KB252897

이 명 재 평론집

통일시대 문학의 길 찾기

새미

통일시대 문학의 길 찾기

문화의 세기에 민족문학의 길을

새로 열린 세기의 길목에서 자신의 네 번째 평론집을 펴내는 감회가 새롭다. 불혹의 나이로 신문사 신춘문예에 비평적인 담론(談論)을 선보인 이래 실로 사반세기 동안 글쓰기를 계속해온 내 중년의 결산이랄까. 이번 평론집은 내 생활과 문학에서 자꾸만 기승전결(起承轉結)의 순환의식이 들게 한다. 하지만 그 끝 부분은 순환의 마무리 단계이면서 동시에 새로 시작하는 매듭임을 알고 있다.

지금까지 필자는 각 평론집들에서 당대 사회와 문학을 점검하고 미래를 겨냥하는 담론의 관리자 겸 지적 길잡이 역능(役能)을 자임해 왔다. 첫째 권『한국 현대문학론』에서는 주로 1970년대 전후의 한국문학 기상도를, 둘째 권『변혁기의 한국문학』에서는 1980년대의 사회격변과 문단상황을 관찰, 평가하였다. 세 번째권『전환기의 글쓰기와 상상력』에서는 1990년대의 문단 성향과 성과를 점검, 정리한 것이었다.

이들에 비해 이번 네 번째 평론집은 대체로 격변의 한 세기 성과를 살피고 새 천년으로 향하는 통일시대 문화 패러다임의 풍향계를 가늠하며 민족문학의 나아갈 길을 모색, 제시하였다. Ⅰ장에서는 원론적인 민족문학의 거시적인 틀을 세워 고찰했다. Ⅱ장에서는 보다 구체적으로 구쏘련권 한글문단 현황과 남북한 문학의 교류방안 등을 제시해 보았다. 그리고 Ⅲ장에서는 최근 작고한 미당(未堂)과 새로 발굴된 심연수(沈連洙)의 시세계 등을 총체적으로 살펴보았다. Ⅳ장에서는 최명희, 박완서 등의 작품론 등을 다루고 Ⅴ장에서는 새로운 문화의 세기 전개와 지역문학의 나아갈 방향 등을 제시해 보았다.

　필자가 의도한 이 평론집의 남다른 특장점은 우선 신세기 통일시대에 부응한 민족문학의 구체적인 과제를 제기했다는 점이다. 여기에는 북한문학의 현황과 남북문학의 효율적인 교류방안도 포함된다. 그리고 구쏘련권 중앙 아시아 카쟈흐스탄 등지에서 이루어진 고려인 한글문단의 실체를 통하여 모국의 문단과 연결시킨 점이다. 여기에 최근 중국의 연변조선족 자치주에서 발굴된 항일시인(沈連洙)의 육필 한글시들로써 윤동주 못지 않은 문학사 실체를 논했다는 점도 추가된다. 끝으로 새로운 세기에 지역문학의 활성화 방안 등을 제시했다는 점 등이 이 책에 다루어져 있다는 사실이다.

　생각하면, 필자는 한국 문학비평사의 거목이신 백철(白鐵) 선생님의 뒤를 이어 30년 가까이 비평론 강의와 평단 활동을 겸해 오고 있다. 그 동안 나름대로 시대를 고뇌하며 밤새워 원고 쓰기에 임해왔는데 아무래도 미약하다 싶어 부끄럽다. 하지만 항시 의연한 자세를 추스리며 선비의 길을 걸어온 필자는 정작 글판에서 여야 다수정파의 목소리에 묻혀 소외되어 왔던 게 아닌가 싶다.

　바라건대, 이 평론집은 소중한 무소속 비평가의 발언으로서 한국 문단에 섹트문단 풍토 혁파의 한 신호탄이 되었으면 한다. 그런 의미에서 이 책이 독자 여러분과 진지하게 대화하는 알뜰한 벗이 되길 바란다.

　끝으로 이 책을 만들어 출판해준 정찬용 사장님을 비롯한 새미 식구 여러분 노고에 감사한다. 아울러 일부 자료를 챙겨준 임영봉 박사, 정유화 시인, 엄동섭 석사 및 오래도록 많은 원고를 정리해준 한승우 원생의 도움에도 진정 고마운 마음을 전한다.

2002 년 여름에, 흑석동 8 층 연구실에서
지은이 삼가 씀

차 례

제 I 장

민족문학의 틀 살피기

통일문학사 접근의 선결과제
민족문학론과 그 전개과정
분단문학사 성찰
북한문단의 이질화 양상

통일문학사 접근의 선결 과제
― 식민지시대 문학의 문제점

1. 접근의 필요성

우리가 흔히 한국문학을 통사적으로 살피거나 주요 작가 내지 작품론에 접근하다 보면 특히 한국문학사 가운데 현대문학의 전반부인 일제 식민지시대의 그것에 유의하게 마련이다. 이 기간은 우선 근대와 현대적 요소의 섭섭(接點) 여부와 함께 우리의 전래적인 고유소(固有素)와 이질적인 외래소(外來素)의 접합양태가 복잡하고 다양하게 얽혀있는 부분이다. 또한 그것은 일제하의 궁핍하고 음습한 상황 속에서 개화와 더불어 초창기의 문단이 형성되고 성장해 온 가장 중요한 특수공간이다. 그리고 이 특수한 식민지 시대의 문학 공간은 곧바로 우리 현대문학사 후반부인 광복 후의 분단시대 문학의 연결지점으로서 통일을 앞둔 한국 현대문학사 정립의 선결 과제이기도 하다.

특수한 시대의 문학적 양상과 그 노작(勞作) 실체를 올바로 파악하기란 매우 어려운 문제이다. 식민통치하의 문학 탐구작업은 이러한 연유에서 기실 지금까지의 여러 저술들에서는 매우 의욕적인 그 노력에 비하여 해당 기간의 그것들에 대한 문학사상의 근원이나 작품의 정수(精髓)에 향한 천착의 밀도를 상실한 채 으레 평면적인 접근으로써 피상적인 관찰에 머물러 있는 실정이다. 그런데 1970년대 이래 이러한 신문학의 문제점들과 더불어 그 정체를 파악하여 이를 재정리하려는 각성과 노력이 가끔씩 학계나 문단 일각, 또는 몇 개의 문예지에 의하여 모색되어 왔다. 일련의 문학사방법 논의나 새로운 자료의 발굴은 물론, 주요한 작가와 작품의 재평가를 위한 작업들이 그것이다. 이러한 움직임은 마침 통칭해서 일컬어지듯 이제 신문학 한 세기에 이른 연륜의식과 함께 올바른 우리 문학사의 정립을 위해 퍽 기대되는 일이 아닐 수 없다.

하지만, 아직도 이 기간에 행해진 문학의 바른 이해를 위해 진지한 연구성과를 보인 몇 사람의 학자와 비평가를 제외하고는 미흡점이 적지 않다. 극히 단편적인 자료로써 고작 지엽적인 문제만을 수정하기 십상이거나 아니면 다분히 상업의식에 치우친 나머지 대수롭지 않은 자료를 지나치게 중시, 확대 평가하여 문학의 이해를 오도(誤導)하는 경우가 적지 않다. 흔히는 이전의 안이한 접근 방법이나 무비판적 학설에다 한 두 가지를 첨삭하는 정도에 그치고 있는 면이 많다.

따라서 필자는 여기에서 적어도 식민지시대 문학 탐구에 있어서는 근본적인 재수정이 필요하다고 생각하면서 우선 이러한 문학사의 개편과 재검토 및 보완작업에 있어서 제기되어야 할 몇 가지 새로운 문제점을 논구해 볼까 한다. 그러나 여기서는 지금까지 많이 논의되어 온 근대문학의 기점이나 전통 문제, 또는 시대 구분들보다는 실로 오랜 기간에 걸친 식민지시대 문학의 위상을 제대로 파악하기 위한 총체적 접근의 기본요인들을 제시, 검토할 단계이다. 이는 역시 우리 신문학 가운데서 가장 중요하고 문제성 많은 문학사 전반부의 넓고 음습한 지평을 재조명하여 통일시대 문학사의 연결고리를 탐색하는 선결문제이기 때문이다.

2. 일제 검열의 문제

이 시대 문학접근의 전제 조건으로써 먼저 생각할 점은, 역시 일제 당국이 식민지의 문화정책으로 행한 당시의 검열문제이다. 우리 경우는 우선 당시에 자행된 검열제도가 직접 간접으로 우리 문인과 그들 작품에 끼친 영향을 간과해서는 일제강점기 문학의 올바른 파악이 불가능하다는 사실이다. 적어도 당시의 검열제도는 한국 신문학 형성과 발전기의 문단에서 일체의 창작 행위를 일제 당국의 억압적인 지배체제 구축을 위한 식민지 문학 제어장치로서 기능해온 우리 문인들의 올가미였고 악명 높은 응전의 대상이었다.

하기는 문학현상을 문학외적인 검열문제와 관련시켜 다루려는 태도가 이른바 문학 예술의 비본질적인 정치·사회적 요소이므로 문학작품 그 자체의 해석과 분석만을 위주로 해야 한다[1]는 뉴크리틱의 관점에서는 온당치 않다고 주장할 것이다. 하지만 일찍이 그 새싹이 움터 나올 적부터 일제강점에서 비롯된 바의 숱한 병폐를 안고 있는 우리 신문학의 경우는 그 발상이나 표현수법 내지 발표여건이 판이한 구미(歐美)의 그것들과는 여러 모로 접근방법을 달리해야 마땅하다. 우리의 경우는 아무래도 구체적인 작품의 해석에 앞서서 작가(또는 시인)의 본연한 창작의도와 예술적 기교가 당시의 사회상과 어떻게 연결, 표출되며 그것들이 통치 당국의 검열 난관을 통과하느라 어떤 모습으로 굴절되고 있는가 하는 이중과정을 천착하지 않으면 셜코 제대로의 모습이 파악되지 않는다.

이러한 견지에서 이 시대의 문학은 총독부에 규제 받는 관리문학(管埋文學)이기 때문에 특수한 시대의 문학으로 간주해야 한다는 견해[2]가 타당하다. 사실 이 검열에 관한 검토와 고찰은 오히려 여러 복합적인 요건을 내포한 이 시대 문학의 정체를 탐색하기 위한 본질적인 연구의 일환으로서 필수적인 과제라 볼 수 있다. 신문학의 실체로 나타난 번안작품과 개화가사 및 신소설, 신체시 등은 예외 없이 이 언론, 출판의 제도 속에서 일제 당국에 의해 여과된 검열의 소산물이다. 그런데 이 검열은 사실상 신문학의 여명기로 칠 한일합병 이전인 구한말의 강화도 강제개항 이후부터 시작된 것이므로 더욱 끈질기고 짙은 의미를 가진 조건인 셈이다. 우리 문학작품에 대한

---

1) R. Wellek. A. Warren, *The Theory of Literature.* 1970.

2) 이청원, 원광대 ≪논문집≫ 6집, 또는 ≪詩文學≫ 65호.

원고의 이중검열(사전검열과 납본검열)을 법제화하기는 예의 광무신문지법(光武新聞紙法) 등으로 비롯되었으나 식민지 조선에 대한 일체의 언론, 출판과 문예활동에 대한 실제 감독은 그보다 훨씬 앞서서 이른바 헌병에 의한 군사경찰 때부터 자행되어 왔었다.[3]

요컨대, 우리 신문학은 그 초창기부터 일제에 의한 통치의 그늘 밑에서 소위 신문지규칙, 신문지 잡지취재규칙, 예약출판법, 국가동원법, 출판사법령 등속으로 이어지는 법적인 규제를 받으며 끈질긴 생명을 부지해 온 셈이다. 따라서 시종 철저한 허가제로써 양적인 취체를 당하는 한편, 걸핏하면 삭제, 압수, 정간으로 질적인 취체를 강행 당해온 당시의 문학 이해는 문예사회학뿐 아니라, 필요하면 정신분석, 행정학 내지 문장심리학 등 다각도로 폭넓게 예의 분석, 고찰해서 극명하게 밝혀내야 할 것이다.

그리하여 이 악명 높은 일제의 검열제도는 필연적으로 한국문학의 기형적인 성장을 초래하고 다음과 같이 여러 가지 주목되는 영향[4]을 끼쳐 우리들 앞에 긴요한 연구와 검토의 대상으로 남아 있다.

1) 원작(原作)의 손실과 변질

이는 시인·작가의 원고가 검열과정에서 퇴거 또는 압수되어 햇빛을 못 보거나 비록 발표는 되었더라도 그것이 본의 아니게 수정되고 삭제 당하는 경우에 생기는 폐해이다. 일찍이 작가 김동인도 실토한 바 있듯, 그의 일제하 30여 년의 문필생활이란 줄곧 조선총독부 경찰국 도서과 출판물검열계 조선문부와의 씨름이 계속되었는데 그 쓴 분량의 3분의 1쯤은 검열에 통과하지 못하고 삭제, 또는 압수되어 거의 어둠 속에서 소멸되고 만 것[5]이라는 점을 감안할 때 실로 이 제도의 영향과 죄과는 막중한 것이었다. 본연한 창작의식

---

3) 조선총독부, 『朝鮮之保護及倂合』, 1918, 181쪽.
4) 이명재, 「日帝의 검열이 신문학에 끼친 영향」, 《語文硏究》, 7·8합병호, 1975, 봄여름호, 250~268쪽.
5) 『東仁全集』제10권(弘字出版社), 1964, 318~319쪽.

으로 쓰여진 진정한 의미의 작품들은 예의 치안방해와 풍속괴란에 해당된다
는 이유로 끝내 발표의 관문을 통과하지 못한 채 그대로 사장해 두거나
이내 유실된 원고들은 얼마나 많았을지 모른다. 그래도 원작이 일단 본의
아닌 삭제와 수정을 당하거나 복자(覆字) 따위로라도 통과해서 이미 만신창
이가 된 채 발표되었으면 단지 활자화되었다는 사실만으로 그 작품을 곧이
곧대로 해석한다는 건 한심한 일이다. 그럼에도 불구하고 미처 복원하거나
검토할 염도 없이 곧잘 문학사의 대상작품으로 취급하는 우리의 모순은
언제쯤 바로잡아질 것인가 의문스럽다.

2) 작품 구조의 양면성

이상의 원고검열 의식에서 당시의 문인들 대다수가 흔히 내심으론 배일
적(排日的)인 독립의지를 지니고 있으면서도 표면상으로는 현실과 타협하
는 듯한 글쓰기에서 오는 요소이다. 그들은 우선 무엇보다도 까다로운 검열
과 관문을 통과하기 위한 방편으로써 제각기 고도의 상징이나 메타포를
활용한 우회적인 수법으로 민족의식을 고취하는 방향을 백했기 십상이었을
것이다. 초기와 중기에 있어서 육당의 경우, 『소년』과 시조부흥론 및 「백두
산 근참기」같은 국토예찬류의 글들은 물론, 수주(樹州)의 『조선의 마음』,
무애(无涯)의 『조선의 맥박』, 만해의 『님의 침묵』이나 그의 소설 『黑風』,
『죽음』 등은 이의 좋은 보기가 된다. 특히 한용운은 일제의 횡포가 극심한
당대를 살아오면서 조금도 자신의 절조를 굽히지 않고 짙은 항일성의 작품
들을 발표하고 성공시킨 가장 현명하고 효과적인 민족문학의 구현자라는
점에서 높이 평가받을 만하다.

3) 친일 어용 문학 조장

이 검열제도가 전 통치기간을 통하여 오래도록 계속된 결과, 직접간접으
로 친일문학을 조장해온 요인이 된 것이다. 이 가증스런 제도 때문에 본디

최소한의 작품을 발표하여 문학예술의 창작생활을 영위하려던 소박한 시인, 작가들이 비록 오래도록 식민통치의 질곡 속에서 역경을 참으며 피나는 민족운동을 전개해 왔으면서도 자칫 그들의 회유라는 올가미에 걸려들어 끝내는 변절한 친일문학가라는 치욕의 낙인을 지우지 못한 채 희생되고 만 실례가 적지 않다. 어쩌면 이 제도의 가장 큰 해독은 결국 문학이 일반 정치사회를 계도(啓導)해온 구미(歐美)의 경우와는 대조적으로 문학예술이 그 본래의 독자성을 지키지 못하고 오히려 현실정치의 시녀(侍女)로 전락한 풍토를 결과시킨 계기도 되었는지 모른다.

4) 민족문학의 위축

시종 우리 문화의 건실한 발전을 저해해 온 이 검열제도가 급기야는 더할 나위 없는 민족문학의 침체와 위축을 초래했다는 점이다. 우선 그 서슬 퍼런 언론·출판의 단속에 따른 금제(禁制)는 외적으로 우리 문학의 공간영역을 식민지 본국인 일본만으로 제한하여 항시 한국의 신문학은 동경지부가 되는 문학적 퇴영성과 종속성을 탈피하지 못한 채 침체와 낙후의 수렁길을 배회 하게 마련이었다. 즉, 그들은 비록 치안과 풍속유지에 저촉되는 불온문서와 불온사상을 취체 한다는 구실로 자행한 문화적 횡포의 부산물이다. 식민 통치 당국은 당시에 구미 자유주의 제국을 위시한 러시아 등의 선진한 사조 나 문학작품이 그들 나라들로부터 직접 국내에 반입되는 신문·잡지나 책자 마저 철저히 단속하여 결과적으로 문학의 바람직한 정보원(情報源)을 봉쇄 한 나머지, 거의가 일본을 통해서만 그것을 수용하게 하는 단일의 채널체제 를 강화했기 때문이다.

그리고 또한 이들의 집요한 금지와 제재의 마수는 실로 우리 지식인들에 게 있어 외적인 것 못지 않게 내적인 심리상태에도 심한 금압(禁壓)을 가중 시켜 온 독소였던 것이다. 이를테면, 한결같은 표현의 자유를 요하는 문인들 의 의식에까지 흔히 법규와 작가의식 사이에 이율배반적인 갈등과 강박관념을 자아내서 저마다의 원활한 창작활동을 막아왔을 뿐 아니라, 자칫 안일한 도피문학이나 패배적인 애상조의 병적인 문학으로 오도시켜온 형태를 빚은 실례가 적지 않다. 당시의 여러 사정으로 보아서는 마땅히 강렬한 레지스탕스적인 민족적 저항시가 나와야 할텐데도 결국 ≪백조≫와 ≪폐허≫동인들에 의한 모처럼의 민족적 저항마저 기화(氣化)해 버렸음은 아쉬운 일이라는 평론가[6]의 지적도 있다. 사실 그만큼 이 시대를 전후한 경우의 문학양상은 문제성이 많아 이에 대한 재검토가 요청된다. 이는 우선 사십여년에 걸친 일제의 간섭과 억압이 횡행하던 식민지 통치시대에 우리의 항일 민족적인 시인, 작가는 과연 이육사나 윤동주 등, 극소수의 옥사한 문인에 불과한 것일까 하는 의문과 연결되는 문제이기도 하다. 우리는 지금까지 실제로 식민지시대의 문학을 논의할 때 으레히 당대의 궁경(窮境)에 처해 산 그 시대현실은 도외시한 채 손쉽게 평가하는 폐단이 많기 까닭이다.

그런데, 위에서 살핀 바 검열의 양상과 정치사회적인 식민지 체제를 감안할 때, 당시 문인들이 과연 항일 민족 의지나 울분을 제대로 표출시킬 수 있었겠는가 생각해 볼 일이다. 역시 작품상으로는 정공법을 쓰지 못하고 수없이 억압 당한 심회를 토로해 낸 것이 그들의 어둡고 슬픈, 그러나 얼핏 보면 배일성이 흐린 듯 하지만 실상 그 작품 내면에는 짙은 항일 의시를 품은 시편과 소설로 나타난 게 대다수였다.

당시 우리 시의 사상적 기조는 민족주의적 경향이 우세했고 서정적 표현적 기조는 일종의 애상과 비감이 앞서 있었다. 이와 같이 시와 사상적 기조가 민족의식에 놓여있었음에도 불구하고 그것이 긍정적이며 저항적인 것이 되지 못하고 투명한 민족주의적 사상으로까지 구김살 없이 승화성장하지 못한 까닭은 두 말할 것도 없이 당시의 시대환경, 즉 일제에 의한 잔악하고 혹독한 탄압정책이 시문학과 그것의 기조가 된 민족적 사상활동의 현실적 여건을 박탈했기 때문이었다는 박두진의 견해[7]도 위 주장을 뒷받침해 준다.

---

6) 金容稷 外, 『日帝時代의 抗日文學』, 1974, 47~48쪽.
7) 박두진, 「한국현대시의 민족적 특성」, 『肯泉 李軒求先生古稀紀念論叢』, 1970, 155

이러한 견지에서 우리가 지금까지 한결같이 순응적이고 패배주의적 감상의 시인으로만 파악해 온 소월시를 재검토하여 필자가 새로이 항일적인 민족시인으로서의 김소월 재론을 제기한 일8)은 뜻깊다고 생각한다. 필자는 소월의 문학을 문예사회학적인 측면에서 정신분석적으로 접근하여 소월 김정식(金廷湜)이 어릴 적부터 일제의 횡포에 의해 평생을 두고 치유할 수 없는 근원적인 정신적 외상(精神的 外傷) 속에서 짙은 항일의식을 지녔음을 논의하였다. 그러나 항일의식과 식민지 현실의 억압 사이에서 소월은 분명 숱한 공격성이 왜적에 대한 행동적 저항이기보다는 내공적(內攻的)으로 옮겨들어 역설적인 자기의 시대에 희생된 식민지적 저항의 화신(化身)이라 볼 수 있다는 주장도 바로 이러한 검열제의 영향들과 연결되는 사항이다. 비단 소월의 경우뿐 아니라 여타의 항일을 위주로 한 한국 저항문학의 대상이나 실체 및 한계 역시 이 문제들과 상관시켜 재검토해야 할 것이다.

3. 망명문학의 탐색과 평가

한국 신문학에서 망명문학을 이야기하면 생소하게 느껴질 정도이지만 기실 식민지시대 문학의 현상으로서는 퍽 두드러진 실상으로서 여러 문제점을 내포하고 있다. 그것은 역시 국내에서는 검열을 위시해서 혹독한 식민지 문화정책으로 원활한 문예활동이 철저하게 제한 받자 이 통제의 굴레를 벗어나서 이루어진 한글문단이다. 이는 곧 북간도 등에 이주하거나 망명한 문인들은 오히려 한반도 밖에서 퍽 활발한 문단을 형성하고 짙은 항일성의 작품을 포함해서 문예활동을 해온 경우들을 지칭한다.

당시 만주지방에서 일제 말엽에 망명문단을 이룬 주요 동인지나 시집·창작집 또는 단행본으로 간행된 것 가운데서 지금까지 전해진 자료를 살펴

쪽.

8) 이기준, 「체념과 저항의 詩學」, ≪新東亞≫150집, 177.2. 여기에서 최초로 김소월의 항일민족문학성을 제기한 이기준은 필자(이명재)의 필명이었음.

보면 다음과 같다.

동인지 ≪北鄕≫ : 1936년에 용정에서 이주복(李周福) 등이 발간해 이듬해 4호까지
　　펴낸 동인지.
신영철(申瑩澈) 편『在滿隨筆選』: 프린트판으로 1939년 출간한 공동 작품집.
　　　〃　　　『싹트는 大地』: [在滿朝鮮人短篇集]으로 1941년 출간한 공동 작품집.
이학성(李鶴城) 편『在滿詩人選』: 연길에서 1942년에 출간한 공동 시작품 선집.
김조규(金朝奎) 편「在滿朝鮮詩人選」: 길림에서 1942년에 출간한 공동 작품 선집.
박팔양(朴八陽)편『滿洲詩人集』: 길림시에서 1943년에 출간된 공동 시 작품집.
안수길(安壽吉) 편「北原」: 연길 예문당에서 1943년에 출간한 창작집.
　　　〃　　　「北鄕譜」: 1944년에『滿鮮日報』에 연재한 장편 소설.9)

　이 문제는 3·1운동 이전의 ≪學之光≫, ≪女子界≫, ≪三光≫ 등과 함께
한국 최초의 월간문예지인 ≪창조≫가 현해탄 건너 적지인 동경에서 창간
된 사실에 버금갈 문학사적 가치를 지닌다. 만주대륙 간도지방에서 동인지
≪북향≫과 재만작가(在滿作家), 작품집 등은 활발했던 망명문단의 실체였
다. 이러한 현상은 반나치운동으로 자국인 독일에서 망명, 추방된 토마스
만 형제나 헤르만 헤세, 쯔바이크 등의 경우와 혁명 직후 러시아에서 망명한
톨스토이, 고리키, 자이에프 등이 타국에서 작품활동을 하다가 후에는 귀국
하는 류의 망명문학 경우와는 그 성격이 상이하므로 더욱 그렇다.

　사내(寺內)·장곡천(長谷川) 총독시대의 한국 출판·잡지계는 위축일로
였으므로 1914년부터는 일본에서 각종 잡지를 발행하게 되었는데 그것은
일본에서 발행하면 일본출판법에 따라 내무성에 납본만 계출하면 되기 때문
이었다10)는 사정을 감안하면 이 망명문학의 생성요인을 알 수 있다. 이러한
사실은 당시의 총독부 당국자들도 그들의 비밀문서 중의 한 보고기사에서
단지 계출만 가지고 족한 내지(일본) 발행형식을 취한 것으로서 주로 내지에

---

9) 이명재, 『植民地時代의 韓國文學』, 중앙대 출판부, 1991, 175～176쪽.
10) 최준, 「한국의 출판연구」, 서울대 ≪신문연구소학보≫1집, 1964, 14쪽.

서 발매, 반포하고 따라서 반도(조선) 내에 이입했다는 사실을 시인하고 있음을 본다[11]. 구한말의 ≪대한매일신보≫는 물론, 소위 문화정치 표방 이후에 발간된 ≪백조≫나 ≪폐허이후≫같은 문예지들이 검열의 마수를 피하기 위한 방편으로써 법정 발행인을 형식상 외국인(영·미·러시아인)들로 내세워도 결코 그 단속을 당할 도리가 없었던 것이다.

그런데 당시 일본이나 만주에서의 문학활동도 식민지통치의 권역을 완전히 벗어나지 못한 상태였지만 중요한 가치를 지닌다. 특히 단재 신채호같은 사례는 망명문학의 모델로서 두드러진다. 흔히 언론인이나 사학자·혁명지사로서 알려진 그는 사실 신문화 초엽에 내놓은 여러 역술서와 인물전기 이외에 한일합병 이후에 쓴 작품으로서 지금 전해온 것만도 자그마치 45편(소설 12, 시 27, 평론 6)에 달하는 작품을 창작해 온 매우 특이한 문인인 것이다[12]. 더구나 이들 작품은 거의가 항상 국내에서 손꼽히는 논객으로 활약하던 자신이 국권상실 직후 국외로 망명하여 중국대륙이나 러시아 연해주·시베리아 등지를 유맹(流氓)생활로 전전하면서 틈틈히 써두었지만 당시의 시대상황 속에서는 발표를 하지 못한 채 묵혀오던 유고였다. 이 원고는 단재가 문학외의 일로 왜경에 잡혀 여순(旅順)에서 옥고를 치루다가 옥사한 후에야 측근에 의해 육필원고로 전해 온 유고인 것이다. 하지만, 그의『몽천(夢天)』이나 「백제노승(百濟老僧)의 미인담」·「일이승(一耳僧)」·「이괄」 등속의 소설작품이 대부분 역사적 인물들의 전기물을 위시한 우리나라의 역사적 제재를 취하고 강렬한 민족주의의 주제를 담고 있다. 문장에서는 다소 작품의 수준으로서는 뛰어나지 못했다 하더라도 오히려 당시에는 햇빛을 보지 못할 작품들이요 비문단적인 망명지사가 퍽 많은 수량의 문학작품을 써냈다는 점에 이 무렵 국내에서 활약한 여느 직업적인 문사의 발표작보

---

11) 이재선,『한국개화기소설연구』, 일조각, 1972, 28~105쪽.
12) 북한의 여러『조선문학사』에서는 신채호의 문학적 비중을 높게 다루고 있음. 저자도 논문「丹齋小說攷」,『淵民李家源박사 六秩頌壽기념논총』, 범학도서, 1977.을 발표한 바 있음.

다 더 짙은 의미와 중요한 가치가 있다.[13] 역시 일제 통치하의 국내문단이나 동인에는 가담하기 어려웠고 그 작품 내용마저도 국내에서는 발표될 수 없었던 사정을 감안할 때 그 의미와 성격은 더 깊은 중요성을 띤다.

단재(丹齋)의 경우는 적어도 이미 신문화 여명기의 선구자적인 문사로서 망국의 설움을 안고 이역에서 풍찬노숙하고 독립투쟁과 민족사학 연구를 겸하면서 작품 쓰기에 임해온 것이다. 그리하여 일본에 향해 훨씬 적나라한 민족주의적 저항의식과 조국에의 애정을 담은 작품들로써 선명하고 바람직한 망명문학을 형성했다는 점에 더 긍정적인 역점을 두어 접근하는 것이 올바른 견해라고 간주된다. 그는 소설 이외에도 반평생을 두고 국외를 유랑하며 골수에 저려오는 심회를 읊은 「백두산도중」,「추야술회」,「북경우음(北京偶吟)」,「한나라 생각」,「매암의 노래」같은 시편들을 써냈다. 이 작품들은 당시의 문단에서는 도저히 발표가 허용되지 않는 극단적인 내용들로써 위와 같은 비문단적이고 망명문단적인 특성을 지니고 있는 항일작품들이다.

하기야 이 기간을 전후해서 한반도를 떠나 작품활동을 한 경우, 미주로 간 강용흘과 독일로 이주한 이미륵도 없지 않지만 역시 신채호의 문학은 그 여건과 질량면에서 퍽 대조적인지라 그의 유고를 포함한 여러 작품들은 망명문학의 한 표본으로서 이 시대상황에서 형성된 특수한 문학의 본보기가 된다. 일찍이 안자산(安自山)도 자신이 쓴 문학사에서 단재는 그 문체가 임제에 비할 정도로 훌륭하고 『이태리건국삼걸전』『을지문덕』『최도통(崔都統)』같은 역사소설을 쓴 개화기의 선구자였다[14]고 기록하고 있다. 신문학 초창기부터 번역과 평론, 시와 함께 모두 12편에 이르는 소설까지 쓴 문사였음에도 불구하고 그후의 여러 문학사에서는 전혀 언급도 되지 않고 있으니[15] 이를 바로 잡아야 할 일이다. 그는 비록 문학사의 주동인물은 아니더라

---

13) 일제강점하에서는 언론 출판의 여건이 항일성을 띤 작품들은 금기되었을 뿐더러 출판사정도 열악했음을 감안하면 당시 활자화되지 않은 한글 유고들도 소중한 대상임.

14) 安自山, 『조선문학사』, 1922, 한일출판사, 124~125쪽.

15) 이는 1920년대에 문학사 대상으로 논급된 바 있고 북한의 문학사들에서도 크게

도 초창기 문단의 주역에 비견될 만한 야인적 문학인으로 황량한 민족수난기의 음지 한 모퉁이에서 그런 대로 작품 쓰기에 임해온 특이한 식민지시대 문인으로서 인정해야 마땅하다고 생각된다.

어쩌면 이런 망명문학 작품은 지금 전해지고 있는 이들 유고 외에도 우리나라의 식민지 시기를 전후한 기간에 해외의 여러 지방에서도 발견될 수 있다. 일제 강점기에 간도나 상해·해삼위(블라디보스톡)와 또는 미국 및 유럽 등지의 출판물에도 몇 편 한국교민들의 한글로 된 창작작품이 발표된 바 있으므로 이런 면에 대한 조사와 고찰도 필요할 것이다. 이를테면, 상해의 《자유보》·《新大韓》·《대한독립보》·<獨立新聞.>,《신평론》. 북경의 《학원》, 간도 지방의 《배달공론》·《애국신보》·《新民報》 등은 그 좋은 대상이다. 또한 러시아 연해주에서 나오던 《대동공보》·《海潮新聞》《勸業新聞》·《한인신보》등16)은 물론이요, 중앙아시아에서 꾸준히 간행되어온 한글신문 《레닌 기치》 역시 중요하게 참고할 실체이다. 여기에 그 무렵 미주의 《新韓民報》·《한미보》·《합성신보》 그리고 프랑스에서 발행되던 《자유한국》·《통신전》 등이 포함된다.17)

이밖에 위와 같은 신문과 잡지에 활자화 되지 않고 식민지 시대 당시에 한글로 쓴 육필 원고 역시 망명문학 작품에 해당됨은 물론이다. 아래 시편 같은 유고들에서 식민지 백성의 고달픈 유랑의식과 국경을 넘나드는 비애어린 민족감정을 만날 수 있다.

> 잘 살려고 고향떠나
> 못사는게 타향살이
> 간 곳마다 펼친 심하(心荷)

평가하고 있는데 비하여 남한의 문학사에서는 제외하고 있는 현상을 가리킴.

16) 정진석, 「러시아 지역의 항일 한국어 신문」 러시아 극동대학교 한러 학술회의 요지문, 『연해주에서의 한국민족운동』, 1999, 55쪽.

17) 이명재, 「일제의 검열이 신문학에 끼친 영향」, 《語文研究》7·8 합병호, 1975 봄·여름호, 265~267쪽. 또는 조선총독부 경무국 도서과 『朝鮮出版觀察槪要』, 1940, 96쪽.

뜰 때마다 허실됐다.

흐뭇할 품을 찾아
들뜬 마음 잡으려고
동해를 둘러서 어선에 실려
대인 곳은 막막한 벌판이었다

싸늘한 북풍받이 허넓은 곳
떼장막을 치고 누워
떠돌던 몸 쉬이려던 심사
불쌍한 유랑민의 꿈이었다
서글퍼 가엾던 부모형제
헐벗고 주림을 참던 일
지금도 뼈아픈 눈물의 기록
잊지못할 척사(拓史)의 혈혼이었다.

— 「만주(滿洲)」 전문18)

두만강 네 몇 민년 흐르는 동안
이 강을 건너던 이 울더냐 웃더냐
나는 건너면서 울음과 웃음새였다

밤은 깊어간다 그러나 깨어있다
흐르는 물소리는 밤 공기를 가볍게 치다
아, 나는 왜 자지 않고 이 밤을 새우려하나.

— 「국경의 하룻밤」 전문19)

　　이런 육필원고를 통한 망명 문단의 문제는 2000년 여름에 발굴된 심연수
(沈連洙, 1918~1945) 시인의 경우가 좋은 보기에 해당된다. 본디 강릉에서

---

18) 이명재, 「민족수난기 항일문학의 표상」, ≪문예중앙≫2001 가을호, 405쪽.
19) 위의 글, 같은 책, 411쪽. 또는 민족시인 심연수 시선집 『소년아 봄은 오려니』,
　　강원도민일보사, 2001, 120쪽.

태어난 그는 가족과 함께 새 삶의 터전을 찾아 연해주를 거쳐서 중국 동북부 지방을 옮겨 다니다가 일본 유학 후에 만주 지방에서 교편을 잡던 중 광복 일주일 전에 일제 주구에 의해 살해 당한 문학도이다. 그런데 27세로 요절한 그가 남긴 3백여 편 가까운 유고가 발견되어[20]일제말 암흑기를 윤동주 시인과 더불어 불 밝힌 항일 저항 문학의 쌍벽을 이루었다.[21]「고집」, 「등불」, 「빨래」, 「만주」, 「국경의 하룻밤」, 「돌아가신 할아버지」 등의 생생한 한글로 쓰인 육필 원고는 꿋꿋한 저항 정신과 민족의식을 지닌 식민지 수난시대 민족문학의 실체로서 진가를 보여준다.

우리는 250편에 이르는 그의 한글 시 작품을 비롯한 심연수의 항일 문학적 위상을 이육사와 윤동주에 버금가는 민족시인의 반열에 올려 새롭게 평가해야 할 것이다.[22]이런 작업이 식민지시대 한국문학사 정립의 주요 과제와 직결되는 사안의 하나인 때문이다.

4. 중국 신문학과의 연관성

한국 신문학에서 다시 살펴볼 또 하나의 문제점은 개화기를 전후한 중국 문학과의 상호관계이다. 기간의 문학사들에서는 거의가 새로운 서구문학의 한국 이입(移入)에 관한 매개자로서는 오직 일본만을 다루었을 뿐, 중국 신문학의 영향이나 연결 문제는 일체 언급되지 않고 있어 의아스럽기까지 하다. 그러나 기실 만청문학(晚淸文學)에 해당되는 개화기 중국과의 문화적인 상관성은 한국문학의 근대화와 전통의 연계문제에 연관되는 문학사의 매우 중요한 과제인 것이다.

---

20) 새로 발굴된 심연수의 유고는 20세기 중국 조선족 『문학사료전집』(심연수 문학편), 연변인민출판사, 2000.으로 발간 되었음. 또한 민족시인 심연수 시선집『소년아 봄은 오려니』, 강원 도민 일보사, 2001.에 출판되기도 했음.
21) 이명재, 「시인 심연수 문학론」, ≪韓國學硏究≫창간호, 중국 연변 과학기술대학 한국학연구소, 2001, 246쪽.
22) 심연수, 『소년아 봄은 오려니』, 강원도민일보사, 2001, 120~123쪽.

잘 아는 바와 같이 한국 고전 문학은 그 원류(源流)를 거의 다 중원(中原)의 한문학에 두어 동양적 동질성을 이어왔는데 근대문학의 경우 역시 앞장의 신문학 유입경로에서 살핀 대로 일본보다는 먼저 중국을 통해 이루어져 왔다. 따라서 그런 맥락으로 박지원이나 정약용 등의 실학파 문인들이 청나라 연경을 통해서 서양의 새로운 문물을 우리 나라에 받아들여 재래의 문화와 접맥 융화시켜 민족문학의 전통을 이어온 것이다. 역시 영·정조 때를 근대문학의 기점으로 삼아야 한다는 견해가 우리문학의 뿌리를 찾는데도 합리적인 일이다.

그런데 신문학의 수용과정을 파악하는 데 있어서는 지금까지 여러 문학사들에서 다분히 이질적인 서양의 근대문학을 모방한 것으로 파악하고 있어 문제이다. 신문학은 발신자로부터 직수입해서 먼저 개화하고 앞서서 발전했다는 통치국 일본이 소화, 재생시킨 그것만을 우리 문학인들이 그대로 모방, 답습하는 과정으로만 이해한다면 가뜩이나 뒤늦게 병적으로 자라온 우리 신문학은 그나마 전통단절과 함께 문화적 미아가 되는 논리적 모순에 봉착하고 만다. 따라서 우리 문학의 전통과 역사적 발전과정을 올바로 접근, 이해하기 위해서는 일본에 버금가리 만치 우리에게 직접 간접으로 영향을 주고 많은 상관성을 지녀온 근세의 중국도 한국 근대문학에 기여한 전신자(轉信者)의 하나로서 파악함이 타당한 것이다.

그럼에도 불구하고 지금까지의 여러 문학사들에서는 거의 이를 다루지 않았을 뿐더러 어쩌면 아직 모색도 않고 있는 정도이다. 개화기 무렵에 크게 활약하던 중국의 양계초나 호적(胡適), 또는 노신(魯迅) 등 선구적인 당대의 사상가·문인·학자들의 계몽적인 문화 운동이 우리 나라의 신문화 내지 신문학에 많은 영향을 끼쳐왔다는 사실은 근래에 들어서 국문학자보다는 오히려 외국문학(중국문학 또는 영미문학)을 전공하는 분들과 일부 사학자에 의하여 더 많이 논급되고 연구되어 가는 상태이다. 특히 문학사 연구가나 문학 비평가들은 민족문학의 올바른 주체의식에 직결된 이 점에 유의하고 반성할 일이다.

근년에 중국문학자 차상원은 한·중 양국의 신문학 운동이 거의 같은 시기에 같은 유형으로 진행되었다는 견지에서 최남선과 호적, 이광수와 노신을 중심으로 한·중 신문학 운동의 비교연구[23]를 펴 보인 바 있는데, 이는 앞으로 국문학에서도 더욱 진지하게 다루어야 할 연구과제이다. 한국과 중국 두 나라는 역시 근대화 과정에 있어서 공통점이 많은 문화적 속성을 지녔을 뿐더러 한국 신문학의 형성에 직결되는 서구문화 및 근대사상 유입의 매개자로서의 주요 대상국이기 까닭이다.

살펴보면, 구한말 우리의 개화기에 있어서 개화라는 말은 일본에서 들여왔으나 실지로 사상계들에 영향을 준 책은 더 많이 중국에서 들어왔다는 사학자 이광린의 지적도 참고가 된다[24]. 한국 개화주의자들이 서양의 새로운 문물과 사상을 받아들이는 데에 있어서는 문자가 다르고 민족감정이 좋지 않은 일본을 기피하고 한문해독이 용이하며 보다 친근감 있는 청나라에서 받아들인 것은 당연한 처사이다. 따라서 마침 청말의 무술정변에 실패한 후 일본에 망명하며 서양의 문물제도를 통해 문명개화의 계몽운동을 펴오던 임공(任公) 양계초의 영향이 크게 미치게 된 것이다. 개화기에 있어서 양계초가 지었거나 편찬한 책들을 다시 우리 나라에서 번역해 낸 것만 살펴보더라도 『청국무술정변기』(현채 역), 『월남망국사』(현채 역, 또는 주시경 역, 또는 이상익 역술), 『흉가리애국자갈소사전』≪朝陽報≫, 『라란부인전』『대한매일신보』, 『이태리건국삼걸전』(신채호 중역술, 또는 주시경 중역술), 『열국신법론』(조양보), 『중국혼』(≪共立新報≫, 또는 장지연 역), 『음빙실자유서』(전항기 역) 등[25] 가장 많은 분포를 이루고 있다. 뿐만 아니라, 이들 단행본 밖에도 그가 손수 주간 하던 ≪시무보≫·≪淸議報≫·≪신소설≫·≪신민총보≫ 등에 발표한 글들을 우리 나라 지식층은 많이 접해 읽었을 것이므로 실로 그 영향은 매우 크다.

---

23) 차상원, 「韓中新文學의 비교연구」, ≪中國學報≫15집, 1974.
24) 이광린, 『韓國開化史硏究』, 1922. 124~125쪽.
25) 김병철, 『韓國近代飜譯文學史硏究』, 1975, 170~173쪽

더욱이 구한말 이후 개화기에 살던 지도층의 모든 인사들에게 미친 그의 영향은 막대한 것이다. 특히 개화 무렵부터 문장보국을 부르짖고 신체시를 개척하며 여러 잡지를 출간해서 신문학의 일인자로 꼽히는 최남선에게는 결정적인 것으로 파악된다. 일찍이 윤영춘도 한중신문학의 교류부분에서, 육당은 양계초를 통하여 신문학에 눈을 떴으며 그를 통하여 서구문학의 개황을 짐작할 정도였는데 그의 문학계몽운동을 그대로 따른 듯하다고 지적[26]했듯이 그 영향은 절대적으로 보인다. 필자가 확인한 바에 의하면 육당이 발행하던 ≪少年≫지는 양계초가 주간 했던 ≪新民叢報≫를 그 표지나 목차는 물론 앞장에 게재한 사진의 체재까지도 유사할 뿐더러 내용도 비슷한 게 많음이 실증되었다[27]. 따라서 임공(任公) 자신도 「조선망국략」 등의 글로 우리 나라에 관심을 보인 셈이지만 개화기 무렵에 있어서는 사실 일본의 어느 지식인보다도 많은 영향을 미친 인물임에 틀림없다. 그리고 장지연·신채호·주시경·현채·최남선 등 구한말 민족 지도층 인사들이 그렇게 많이 청나라 양계초의 저서를 번역 소개한 이유는 그것이 물론 한문자인 점도 있지만 중국의 경우처럼 이들이 은연중에 민족의식과 애국심을 고취하는 내용들이기 때문일 것이다. 일제가 한사코 앞에 든 양계초의 저술들을 모조리 압수하거나 불태운 사실[28]은 곧 이의 증좌가 된다.

또한 양계초의 그것은 직접 우리 신문학 초기의 문단에도 많은 영향을 미쳐서 한용운도 양계초의 글을 모은 『飮氷室文集』을 통하여 서양의 문물을 이해했다. 중국 신문학과의 관계를 처음 추적한 이재선은 양계초의 중요성과 함께 그들이 개화 자강기 문학에 끼친 구체적인 영향을 밝히고 있다[29]. 즉, 양계초가 펴내던 잡지 ≪新小說≫이 한국 신소설의 명칭성립에 영향을

---

26) 尹永春, 『19世紀 東西文學』, 1973, 287쪽.
27) 양계초가 펴낸 ≪신민총보≫ 목차와 편집체제는 물론이요 피터 대제와 나이아가라 폭포 사진까지 ≪소년≫지가 답습하고 있음. 또한 ≪소년≫이란 잡지이름도 '少年中國之少年'이란 양계초의 아호에서 본받았음을 알 수 있음.
28) 朴殷植, 『韓國通史』, 1946, 달성인쇄소, 133쪽.
29) 이재선, 『韓國開化期小說硏究』, 일조각, 1972, 28~105쪽.

주었고 임공(任公)의 공리적이고 사회적인 소설관이 개화기 소설관의 결정소가 된다 는 사실이다. 또한 이해조의『구마검』은 만청(晩晴)의 미신타파적 계몽소설인 소미추의 번역일 뿐더러 이 작가가『자유종』에서도 양계초의 『음빙실문집』에 있는 구절을 일본의 명치문학과 함께 만청문학의 영향을 동시에 받은 대상임을 자세히 논증해 놓고 있다.

그런데 양계초보다 후배인 호적의 경우도 문학혁명에 대한 이론과 문학 작품에 관한 번역 소개는 이미 양백화와 이윤재가, 그리고 그의 철학사상은 이상은 등이 소개[30]하여 우리 나라 지식 계층에 끼친 영향이 적지 않다. 또한 소설가 노신의 경우 역시 이육사 시인이 추도문을 써서 소개할 만큼 잘 알려져 있었고 그의 작품들도 널리 읽혀져서 그 영향이 결코 적지 않았다. 적어도 개화 자강기에 있어서의 청나라 문학은 결코 일본에 못지 않을 만큼 한국 신문학의 형성과 발전에 여러 가지 영향을 끼쳐온 서구문학의 전신자 였음이 분명하다. 이런 사실을 감안할 때, 그에 비하여 우리는 3·1운동의 여파로 중국의 5.4 운동과 문화혁명을 촉발시킨 외로 우리가 중국 신문학에 끼친 영향은 과연 무엇일까? 한국 신문학의 올바른 정립을 위해서도 앞으로 이에 대한 상호간의 비교문학적인 연구, 검토와 일본 종속적인 재래의 신문학 선입견을 탈피하는 우리의 반성이 있어야 할 것이다.

5. 항일 민족문학적 특성

일제 강점기의 한국문학을 이해, 접근하는 데 있어서는 항일 민족적인 저항의식이 그 밑바탕을 이루고 있다는 문제점이다. 그것은 사실 한일 합방 기간인 36년간(1910~1945)에 국한되지 않고 식민지시대를 지내고 난 해방 이후의 오랫동안까지 지속된 우리 문학의 속성이기도 하다. 그러므로 이런 면을 분명하게 해두어야 할 것이다. 민족국가인 경우, 으레 저항적인 요소가

---

30) 이석호, 「胡適의 근대한국에 미친 영향」, ≪연세논총≫12집, 1975.

시대 상황과 대상에 따라 다소는 없지 않게 마련이지만 우리 경우는 그것이 특별한 의미로서 짙은 농도를 지니고 있는 편이다.

그것은 우선 저항의 대상이 근대 서양의 예처럼 절대적인 신의 권위에 대한 도전이거나 물질문명에 대한 부정 등과는 상이하다. 또한 양차 세계대전의 참화를 빚은 기성세대나 낡은 질서에 대한 반항의식과도 다르다. 적어도 한국동란 이전까지는 선진제국처럼 인간소외를 야기하는 메카니즘에 관한 문화적 저항의 그것과는 적지 않은 거리가 있다.

일제 강점의 식민지시대에 행해진 우리 문학에서는 항일적인 저항성이 두드러진 덕목이다. 국권을 빼앗긴 데다가 기본적인 인권과 고유한 민족문화까지 짓밟히는 상황하에서는 인간적인 투쟁이 긴급한 과제인 것이다. 여기에는 이상화, 윤동주, 한용운, 김소월 등의 시와 채만식, 염상섭, 김동인의 민족진영 문인이 거론된다. 또한 조명희, 임화, 리찬, 박세영 등의 카프계 진영 문인들 작품이 꼽힘은 물론이다. 뿐만 아니라 북한에서 중요시하는 예의 이념성 짙은『꽃파는 처녀』,『피바다』같은 작품도 포함된다. 그리고 특히 북한문학사에서는 무엇보다 항일혁명문학을 주된 흐름으로 삼고 있는데 비록 특정인을 우상화한 점이 못마땅할 뿐 그 항일성에 대한 설정은 긍정적으로 평가 해야 할 것이다.

하지만 항일적인 문학작품도 식민지시대 당시의 민족적 상황의 대응에 충실한 데 국한하여 가치를 인정해야 한다. 그리고 단순한 민족주의적인 대결감정으로 일관하거나 이데올로기적인 계급투쟁 목적으로만 행해진 문학은 한시적일 수밖에 없다. 비록 식민지시대의 작품이라 하더라도 문학의 본기능인 쾌락추구의 예술성에다 부차적인 기능인 삶의 문제를 다루는 교훈적인 참여성이 조화를 이루어야 마땅하다. 민족주의 작품은 당대에 국한해서 살 뿐이고 예술성과 항일성을 조화롭게 지닌 민족문학이 오랜 생명력을 누리는 것이다.

우리의 식민지 시대 경우, 저항은 일본을 주로 한 외적 도전과 충격으로 인해 근대국가 인식의 각성과 함께 형성된 민족주의 운동의 일환이다. 물론

이민족(異民族)의 침략에 항거하는 예는 외국에서도 볼 수 있어 참고되지만 상이한 바가 많다. 잘 알려진 대로 2차 세계대전 무렵의 5년 동안 나치스 독일 치하에 있었던 프랑스 국민들이 ≪리베라시옹≫이나 심야 판 같은 지하 비밀출판을 비롯한 레지스탕스 운동을 벌인[31] 프랑스가 한 보기가 된다. 또한 역사와 종족 및 종교문제로 치열한 저항을 계속해온 영국에 대한 아일랜드(愛蘭)의 경우[32]와 식민지 본국인 영국에 대해 민족주의 운동을 편 인도 등이 그것이다. 그리고 중국의 경우 침략자인 일본을 공동의 적으로 하고 있지만 일제 문화시책의 제약을 받지 않은 처지에서 임균(任鈞)의 「전가(戰歌)」나 유정(柳情)의 항일시인 「천지를 울려서 흔든 한달 동안」[33]의 강렬한 항일 전쟁시들로 항전문학을 전개한[34] 점 등이 대조적이다.

이밖에도 2차 대전 후에 독립한 아시아, 아프리카의 여러 약소민족을 주로 한 신생의 제삼세계 여러 나라들도 유사한 요소가 있지만 한국과는 서로 다른 성격이 적지 않다. 1970년대 한때 우리 나라에도 제3세계의 문제들이 중시되어 『아프리카 민요시집』,『예루살렘의 거지』,『팔레스티나 민족시집』 (실천문학사 刊) 등이 소개되고 있음이 확인된다.

요컨대, 한국의 저항문학은 일본에 의한 식민지 시대를 전후해서 통치자인 일제 당국을 대상으로 하는 끈질긴 항거인 것이다. 멀리는 임진왜란을 제재로 한 『사임당전』 등과 개화기의 무서명계 작품인 「車夫誤解」 등[35]의 작품류를 비롯해서 구한말 무렵에 순절(殉節)한 최익현과 황현 같은 우국 한시(憂國漢詩)들이나 일제 침탈시 의병들에 의한 『창의가(倡義歌)』, 「영웅의 모범」 등의 시가나 「아무렴 그렇지 그렇고말고」[36]등의 민요도 이에 속할

---

31) Blake Ehilich, *Resistance*. N.Y. New American Literary, P.28. 박준황, 『항일문학론』, 선명문화사, 1971. 113~115쪽에서 재인용. 프랑스 레지스탕스 운동은 이 무렵 自國의 나치정책에 반대하여 地下문학운동을 전개한 例와는 대조적임.

32) 위의 책, 115~118쪽.

33) 林芥著, 金喆洙 譯註, 『中國新文學20年』, 汎學圖書, 1975, 78~79쪽.

34) 윤영춘, 『現代中國史』, 瑞文堂, 1976, 235~237쪽.

35) 이재선 譯註, 『韓末의 新聞小說』, 한국일보사, 1975, 86~129쪽.

36) 민족학교편, 『항일민족시집』, 理想社, 1971, 申東旭 편, 『抗日民族詩集』, 瑞文堂,

수 있다. 그런데 초기의 소박하고 직설적인 이것은 점차 근대적인 문단이 형성되고 일제의 검열 등, 정책적인 문화통제를 받은 후로는 보다 더 은유화된 문학의 형태로 내면화되어 나타난다.

그래서 끝내 조국광복을 눈앞에 두고 북경 감옥에서 순사(殉死)한 이육사도 그렇지만 시에서는 얼른 간파하기 쉽지 않은 글로 항일의 얼을 점철해온 윤동주가 후꾸오까에서 옥사한 사실[37]을 감안하면 식민지 시대에 발표된 거의 모든 작품은 각별하게 눈여겨서 재평가하고 그 참뜻을 알아차리는 눈이 필요한 것이다. 여기에는 1945년 광복 일주일 전에 일제 앞잡이에 사살 당한 후 반세기가 넘어 최근에 항일 시 원고와 함께 발굴된 심연수 경우도 포함된다.

그의 유고인 「고집」 등에서는 식민지 청년의 꿋꿋한 항일의지가 담겨 있다.

>고집을 써라 끝까지
>티끌만한 너르럼을 보이지 말고
>타고난 엇장을 굽히지 말라
>벽을 문이라고 우기고
>팥으로 메주를 쑨다고 우기고
>그 장으로 식성을 고쳐넬게
>소금이 쉬여 곰팡이 피고
>사탕이 썩어 냄새 난다면
>그건 고집없는 탓이지
>우기고 뻗치다 꺾어진 건 통쾌해도
>튀게다 굽석거리는 꼴은 보기 싫도록 역겨웁더라
>
>— 「고집」 전문[38]

1975.

37) 윤동주가 그의 詩的인 소극적 요소와는 달리 열렬한 反日민족운동 사상가였음은 日本 內務省 警保局 保安課 嚴秘 ≪特高月報≫ 昭和 18년 2월 114~118쪽에도 밝혀져 있음.

38) 민족시인 심연수 시선집 (앞의 책), 120쪽.

우리는 보다 철저하게 친일문학과 항일문학을 가려내고 제대로 평가하는 작업을 새로운 문학의 연구과제로 삼아야 할 것이다. 그리고 어쩌면 마치 깊은 강의 거센 물줄기처럼 한국문학 내면의 소용돌이가 되어온 이 항일성이 오히려 원활하게 성숙할 우리 민족문학을 경직된 외곬으로 흐르게 하여 발전의 저해요소가 되어왔음도 알아차려야 마땅하다.

6. 보완점 확인

위에서 우리는 지금까지 한국 신문학을 접해오면서 그 중에서 가장 중요하다고 생각되는 식민지시대 문학에서 겪어온 문제점 몇 가지를 들어 새로운 모색점을 논구해 보았다. 우리 문학을 통틀어 살필 때 역시 일제치하의 그것은 가장 복잡하고 다양한 부분이어서 사실 매우 벅차고 어려운 과제이다. 따라서 이에 대한 접근에는 보다 과학적이고 진지한 노력이 요청되는데 우선 신문학의 정립과 재정리에 따른 여러 문제의 기조만을 제시해놓았다.

그런데 이렇게 힘겨운 과제를 새삼 제기하는 것은 지금까지 우리가 접해온 이 시대문학에 대한 수많은 접근방법의 모순과 여러 작가나 작품에 대한 평가의 오류 따위를 다소라도 바로잡아 보자는 마음에서이다. 우리는 이제 신문학 한 세기를 맞이한 연륜을 생각해서라도 특히 식민지시대의 경우는 재래의 문학사들을 전반적으로 재검토하고 이를 대폭적으로 바로잡아 바람직한 한국 민족문학사로 재정립하는 노력이 필요하다.

식민지 시대 문학사를 올바로 정립하기 위한 조건으로서는 당시의 문학외적인 특수상황을 감안하여 몇 가지 요건이 전제되어야 한다는 견해를 밝혔다. 그것은 첫째, 작품 창작과 원활한 문단 활동을 저해하는 일제 통치 당국의 철저한 검열 제도에 의한 억압적인 지배구조 장치의 영향과 부작용 문제이다. 그리고 둘째, 모국어를 통한 작품 활동이 금지된 한반도보다는 식민통치의 폭력세력에 대응하는 분출 욕망을 가진 우리 문인들이 간도나 연해주 등지에서 행한 망명문단의 실체 확인과 평가문제이다. 특히 북간도를 민족문학의 최후 보루로 활용한 연길이나 용정은 수난기 한글문단의 메카로서 특기할 공간이다. 그리고, 일제 강점기 동안 러시아령인 해삼위에서의 ≪선봉(先鋒)≫신문과 소련영인 카쟈흐스탄에서 발행된 ≪레닌 기치≫신문을[39]통한 한글문단도 문학사에 첨가할 사항인 것이다.

또한 셋째, 중국 신문학과의 연관성을 곁들여 우리 신문학사상 예의 동경 유학생들에 의한 서구문학 수용에 앞서서 이미 중국(淸나라)의 양계초 등을 통한 근대 신문학 유입(流入)이란 문제점을 살펴보았다. 한국 신문학은 그렇게 이질적인 서구 모방이 아니라 본디 전통에 연결해서 외래적인 요소를 가미, 활용한 합리적 근대 수용의 문학사적 연결고리를 확인할 수 있었다. 마지막으로 넷째, 한국 신문학사에 짙게 드리워진 항일문학도 그 저항이 정치, 경제 및 군사 투쟁적인 정치적 민족주의보다는 민족의식과 기층 문화 내지 전통정신에 바탕한 문화적 민족주의[40]지향이 보다 본질적이고 공동체적 일체감을 지녀 바람직함을 제시한 것이다.

우리는 앞에서 살핀 한국 신문학사 한 세기의 전반부에 해당하는 식민지 시대 문학연구의 문제점들을 검토하여 그 후반부인 분단 이후의 북한문단까지 반영하여 올바른 통일문학사를 정립해야 할 것이다. 따라서 이 글은 나름대로 지금까지의 분단요소를 극복하고 한글을 통한 세세의 한겨레 문학을 아우를 바람직한 통일문학사 인식과 접근의 기본틀을 세우기 위한 길찾기 작업의 하나이다.

(2001년 가을, 보완)

---

39) 1923년 3월초부터 러시아령 해삼위에서 창간된 한글신문 『선봉(先鋒)』지 문예란에 한글작품을 발표해 왔음. 그러다가 1937년 말의 중앙아시아로의 고려인 강제 이주 이후 1938년 초부터 카쟈흐스탄에서 한글신문 ≪레닌 기치≫가 매주 문예 페—지란을 두어 광복 이후까지 계속 간행 되었음.

40) Hayes, Carlton J.H., *Nationalism; a religion*. New York, Macmillan c., 1960. 헤이스는 이 저서에서 하나의 종교적인 위력을 지닌 민족주의를 정치적 민족주의와 문화적 민족주의로 대별하고 있음.

민족문학론과 그 전개과정
—정체 규명을 위하여

1. 정체성 확립을 위하여

참다운 우리의 민족문학 수립은 실로 오래도록 논의되어온 주요과제일 뿐 아니라 당면한 문학사적 과업이기도 하다. 이미 1920년대 무렵부터 제기된 이 민족문학론은 그때마다 적지 않은 논쟁의 대상으로 내쳐왔을 뿐, 올바른 이론의 기틀은 물론 바람직한 작품성과를 거두지 못한 채 오늘에 이르고 있다. 1926년 초 카프와 민족문학파 사이의 국민문학 논쟁을 위시하어 해방 직후 민족문학 수립을 내세운 좌우의 순수문학론을 둘러싼 문학논쟁은 그 열도가 매우 높았었다. 그리고 1950, 1960년대의 민족문학재론 및 전통논의 또는 1970년대의 리얼리즘 논쟁 등을 거쳐 최근의 통일문학에 이르도록 민족문학론은 꾸준히 계속되어온 것이다. 그러므로 우리는 이러한 과정과 지향점을 반성하여 재검토하고 보다 진지한 민족문학 원론으로써 올바른 통일문학의 길을 모색해야 할 것이다.

따져보면 우리의 근대문학도 벌써 신문학(新文學) 100년 가까운 나이테를 맞고 이제는 한국문학의 르네쌍쓰적 비상을 위한 새 전기라도 이룩할 문학사적 계제에 처해있는 셈이다. 특히 1980년대 개혁이후 최근의 수년 동안에도 우리 문학은 개방과 해금만 되었을 뿐 남북통일의 바람직한 방향은 정립 없이 늘상 탐색과 대립을 계속해왔다. 그러므로 이제부터는 민족통일문학론 등에서 재래의 경직성과 침체성 등을 극복, 탈피하는 노력이 긴요하다고 생각된다.

먼저 우리는 이 민족문학론을 재검토하여 보다 선명하고 효율적인 문학의 방향을 정립하는 일이 필요하다. 그리하여 한국의 현대문학도 하나의 바람직한 근대 민족 문학을 형성하여 세계문학에 참획(參劃), 기여할 수 있는 길을 모색해 가야 할 것이다. 필자는 이러한 문제의식에서 가능한 대로 광범한 접근방법을 꾀하여 민족문학에 대한 기본이론과 역사적인 전개과정을 살펴보고 나서 이의 확립과 구현을 위한 문제점들을 제시해 본다.

2. 민족과 민족주의

'민족문학'을 이해하기 위해서는 우선 민족이나 민족주의의 개념과 전개과정을 포함하여 문학 이외의 인접과학에 걸친 입체적 구명(究明)이 선행되지 않으면 안될 것이다. 우리가 여러 해 동안을 논란(論難)해 오면서도 지금까지 매듭을 짓지 못하고 미해결의 장(章)으로 끌어온 것도 어쩌면 재래의 평면적인 해석이나 상식적인 견해의 벽을 뚫지 못한 탓인지도 모른다. 사실이 민족문학 이론의 기틀을 이루는 내셔널리즘은 이질적인 근대의 서구 정치사회로부터 전이(轉移)되어 그 성격이 무척 다양하고 포괄적이기 때문이다.

우선 '민족'이란 말의 의미를 살펴보더라도 사실 '내이션'이 가지고 있는 의미는 영어나 프랑스어, 독일어 경우들이 각기 다른 뉴앙스의 의미를 내포하고 있다고 E. H. 카아도 말했지만, 그렇게 단순하지가 않다. 오늘날 민족주의의 위력을 하나의 종교적인 위치로까지 파악하고 있는 칼톤 J. H. 해이스에 의하면 "민족(Nation)이란 말은 어원적으로 동일한 혈통을 의미하는 Nation이라는 라틴어에서 비롯되었다"[1]고 하는데, 원래 'Nation'은 nature(自然)의 뜻과 함께 Nasci(같이 탄생한다)란 의미를 지닌 어휘이다. 이렇게 내이션이란 단어는 본래 종족적인 의미를 가졌던 것인데, 근자에는 국민이나 인민, 혹은 민족성뿐만 아니라 어떤 독립국가나 주권국가를 의미하는 데에도 막연하게 사용되고 있어 그 대상이나 의미가 복잡다기한 것이다.

헤이스는 다른 민족주의 연구가의 견해에 비하여 민족주의를 비교적 문화적 측면에 역점을 두어 접근하고 있는데, 민족의 문화적인 기본은 '동일한 언어'와 '공통된 역사적 전통'이라는 요소로써 파악한다. 그러면서 민족주의를 "애국심과 민족의식의 융합체로 규정할 수 있고, 본질적으로 민족과 민족의식 및 민족주의는 상호의존적 관계에 있는 것"[2]이라 설명하고 있다.

또한 쉐퍼에 따르면, 민족주의는 ① 공통된 향토, 종족, 언어 또는 역사적 문화에 대한 사랑 ② 민족의 정치적 독립과 안정 ③민족이란 막연한, 기자연적(起自然的)인 사회적 유기체에 대한 신비로운 헌신 ④ 자기 나라는 세계에 절대하리만치 다른 나라보다 우월해야 하며 이 목적을 위하여 공격적 행동을 취해야 한다는 속성들을 지니고 있다[3]고 한다. 따라서 민족의 성격은 다양하고 수많은 주관설과 객관설이 있어 정의하기 어렵지만, 문화 내지 역사적으로 결성된 운명공동체임에 틀림없다.

그런데, 본원적으로 이러한 '민족'의 요소를 구심점으로 하는 '민족주의'의 성격과 그 전개는 문화적인 속성보다도 공통적 역사의 발전과정을 통한 사회사상 내지 정치성향이 짙다. 내셔널리즘은 15세기의 르네상스기로부터 점차 자아의 발견이 뒷받침된 유럽에서 중세의 기독교적 봉건전제 등, 통일 질서가 붕괴됨에 따라 시민계급으로 형성된 정치사회의 변혁으로써 비롯되었다. 이렇게 성립된 민족주의는 직접 프랑스 대혁명을 계기로 성숙되어 나폴레옹 원정 등으로 유럽 전역에 파급된 것이다. 특히 산업혁명 이후 급속도로 진전되어 자본주의로 발전하고 드디어는 제국주의 열강으로 팽창한 후진 약소민족을 향한 식민 쟁취로 비약하였다.

---

1) Hays, Carlton J. H., *Nationalism: a religion*, New York, 1960, 2쪽.

2) 같은 책, 같은 쪽.

3) Shaper, B. E., Nationalism, *Myth and reality*, New York, 1955.

처음에는 룻소 등에 의하여 민족국가로 시작된 자유주의적 민족주의가 이내 침략적인 제국주의로 팽배하여 드디어는 양차에 걸친 세계대전의 소용돌이로 몰아 넣을 만큼 유럽의 내셔널리즘은 다분히 국가주의의 외곬으로 향하였다. 사실, 팽창일로에 있던 이들 내셔널리즘이 '한스콘'의 지적처럼 '니이체나 피해테의 과열된 사상으로 더욱 20세기의 파시스트적 내셔널리즘을 불러일으켜4) 전쟁의 소용돌이 속으로 빠졌던 과오를 감안할 때, 민족주의는 곧잘 파시즘과 전체주의 등을 유발시킬 속성도 없지 않다.

민족주의 발상지인 선진 유럽의 내셔널리즘은 확실히 민족보다는 점차 국가주의의 성격을 띠우고, 또한 자유주의를 바탕으로 대중화되어 왔으며 식민지 지배를 위시한 외향적 동력의 요소를 지니고 있다. 그리고 이러한 유럽지역의 내셔널리즘은 19세기 및 20세기에 걸쳐 정치, 경제 내지 문화부문에 거센 조류로서 작용해 왔지만, 2차대전 후에는 한결 누그러진 채 내면에 흐르는 추세를 보이고 있다. 그러나 후진 여러 나라의 경우는 서구제국의 경향과는 크게 대조를 이룬다. 금세기에 와서는 종전의 후진 식민지들이 "세계사의 흐름에 있어서 한낱 지방사적 영역을 벗어나지 못하고 무역사적 객체에 불과하던 것이 역사적 생명을 누리게 되었다."5)고 한스콘이 지적한 대로 후진국에서는 오히려 민족주의가 강렬한 현상을 이루고 있는 것이다. 특히 전후의 아시아나 아프리카 및 라틴 아메리카의 신생제국이 그렇다. 이들 지역에는 독립과 더불어 새로이 민족주의의 기운이 가득하여 전후세계의 특징을 이룰 만큼 현저한 성향을 보이고 있었던 것이다.

하지만, 오늘날 이들 후진국 내셔널리즘은 서구 제국의 그것들과는 매우 상이한 특질을 지니고 있다. 대체로 이들 민족주의는 첫째, 제국주의 열강의 피압박 상태에서 피나는 고초를 겪었으므로 식민지 민족주의적 반항성을 띠고 둘째, 과거의 피동적 객체적인 위치로부터 각성하여 어느 정도 뚜렷한

---

4) Kohn, Hans, *The Idea of Nationalism*, New York, 1994, 238쪽.
5) Kohn, Hans, *Orient Und Okzident*, 1931, 86쪽.
　하경근, 「아프리카정치론」, 1972, 10쪽.

자상(自像)을 세워서 한 것 의욕적이고 능동적인 주체성을 지닌다. 그리고 셋째, 이들은 후진 사회구조와 이질적인 과학문명의 수용과정에서 적잖이 근대화를 저해 당하고 있지만, 소수 엘리트들의 리더쉽에 의하여 강력한 민족단합의 원동력이 되고 있다는 점 등이다. 근래 한국의 그것도 이러한 식민지 민족주의의 성격을 지녀왔음은 물론이다.

이상에서 대충 민족의 개념과 민족주의 본질 및 전개과정을 살펴보았는 데, 이는 민족문학의 본원적인 정체를 살피고 유럽의 이질적인 요소를 감안, 대비하여 한국의 민족문학론을 보다 합리적으로 추구해 보려는 의식에서이 다. 지금까지는 예의 순수논쟁이나 리얼리즘 논쟁들에서 개미 채바퀴 돌 듯 극히 상식적인 공박만을 계속해 왔던 게 사실이다. 이제는 이미 서구에서 성숙, 퇴조된 근대 내셔널리즘이 정치·사회적 요소로부터 직접 예술적인 문학세계로 전화(轉化)되었다고 속단할 일은 아니지만, 민족문학론은 이러 한 세계적인 내셔널리즘 성향과 무관할 수는 없다. 앞에 말한 해이스도 이를 정치적인 민족주의와 문화적인 민족주의로 대별하고 있으므로 근대 이래의 민족문학은 역시 후자에 포함되는 것이지만, 양자는 서로 밀섭한 상관관계 를 갖고 있는 것이다. 따라서 우리의 민족문학론을 확립하기 위해서는 원론 적인 민족문학 이론의 형성에 대하여 고찰해 보아야 한다.

르네쌍스 이후 생성되기 시작한 민족국가와 함께 프랑스 대혁명을 계기 로 성숙된 민족주의가 유럽 전역에 파급됨에 따라 민족문학의 기운도 성숙 하게 마련이었다. 이전에는 각 민족이나 지방별로 상이한 고유문화를 가지 고 있으면서도 중세의 캐토릭적 계율과 유럽 여러 민족의 공식적인 문어(文 語)인 라틴어에 의해서 지배되어 오던 문화적 미분화 상태에서 탈피하기 시작한 것이다. 이러한 현상은 중세말과 근대초 당시의 중앙 유럽 내지 서유 럽에서 우선 지방어에 의한 민족문학 작품이 산출되고 정치적으로는 군주적 인 민족국가가 출현하여 장원적(莊園的)인 지방경제로부터의 통제적인 민 족 국가경제, 그리고 캐톨릭적 기독교 세계의 분열 등으로 이전의 원시적인 종족적 민족주의로부터 근대적 민족주의를 형성시킨 주요 원인이기도 하다.

　　무엇보다 민족어문의 문제로써 특히 속어론(俗語論)을 편 시인 단테가 『神曲』 등에서 평소 감정표현과 언어구사가 몸에 배인 구어체인 자기네 지방어를 택한 것은 당연한 일이며, 민족문학(국민문학)을 위한 기본요건이 되었음은 물론이다. "14세기초에 단테(Dante, 1265～1321)는 논란이 많던 그의 정치적 저서들에는 라틴어를 사용했으나, 그의 불후의 명작 「神曲」은 토스카니(Tuscan)의 이태리 사투리로 썼고, 페트랄카(Petrarch)도 자기의 서간체 글에는 세련된 라틴어를 빌려 썼으나 그의 유명한 단시(Sonnet)들은 이탈리아 방언을 사용했다."[6]는 사실이다. 재래의 생경하고 부자연스런 문어체인 라틴어보다는 어릴 적부터 평소 감정 전달과 언어 구사가 몸에 배인 단테의 고향 프로렌스의 구어체인 자재로운 자기네 지방어(Vernacular Language)를 택한 것은 당연하다.

　　이렇게 형성된 지방어(사투리) 문학 및 민족문학의 기운은 점차 유럽 전역에 퍼지고 18세기 말엽에 와서는 문화적 민족주의 예언자인 헤르더(Herder, 1744～1803)[7]에 의해 이론적인 기초를 세우고 전파되며 구체화하기에 이른다.

　　"독일문학은 프랑스 文學의 굴레를 벗어나 게르만적인 세익스피어를 模範으로 할 것이라고 주장하고 또 독일문학의 更生은 自國의 過去文學으로 돌아가는 것으로서 이루어질 수 있다."[8]

　　이렇게 주체적이고 개성 있는 헤르더는 민족문학 창도자(唱導者)가 된 것이다.

　　처음에는 이탈리아에서 지방어 사용의 운동으로부터 시작된 민족문학이 독일에서 이론적 기초를 세우고 구체화되었다. 헤르더의 이 국민문학 사상은 같은 시대의 괴에테(Gothe, 1742～1822)에게도 많은 영향을 끼쳤다. 가장 개성적인 국민문학에 의한 세계문학을 착안하여 괴테는 그의 일기장에서부

---

6) Hayes, C. J. H., 앞의 책, 31쪽.
7) 위의 책, 67쪽.
8) 고상민(鼓常民), 『獨逸文學史』, 동경, 삼성당, 1943, 50～51쪽.

터 세계문학을 제창하기에 이른다. 또한 당시의 헤르더나 괴테는 비교문학의 개조(開祖)로도 불리고 있는데, 이들은 이미 민족문학의 필요성은 물론 국민문학이 갖는 세계문학과 비교문학과의 상관성도 밝혀놓고 있었다. 이들이 정립한 이론은 단계적으로 지방어 문학(단테) — 민족문학(헤르더) — 세계문학(괴에테)의 구조를 이루어 체계화된 것이다.

그런데, 위에서 살펴본 서구에 비할 때, 우리 민족문학의 생성 기운은 역시 의식적으로 우리 고유의 말과 글을 사용한 노력이 엿보인 7세기 무렵 신라의 향가활용 전후를 들 수 있다. 그리고 더 본격적으로는 유럽의 르네쌍쓰에 해당하는 15세기에 있었던 세종의 한글 창제로부터 시작되어 17세기 김만중의 「구운몽」이나 「사씨남정기」 등이 한글로 쓰여져 민족문학의 형성을 구현해 왔다고 볼 수 있다. 그리고 비록 한자를 사용하기는 했지만, 18세기의 박지원 소설도 당대의 문체반정에 굽히지 않고 독자적인 향토적 문장을 구사했을 뿐 아니라, 근대적 시민으로서의 민족적 각성을 내포하고 있어 다분히 민족문학 정신을 이루고 있었던 셈이다.

그러나 우리는 역사적으로 유럽제국의 지방분권저인 영주의 장원제도도 없었고, 일본의 경우처럼 "幕府에 의한 봉건적 領民의 상태에서 벗어나 明治維新 이후 국민적인 위치로 身分이 바뀌어 근대저 市民像을 그린 二葉亭四迷이 「浮雲」같은 작품이 출현하여 國民文學의 第一步를 이루었다"[9]고 할만한 민족문학 형성의 뚜렷한 전기는 없었다. 우리의 경우는 아무래도 구전되어 오거나 이두형식으로 겨우 전해오던 고전작품들을 한글창제 이후 국자(國字)로 문자상에 정착시키고 창작하려는 민족어문(民族語文) 사용의 노력 외로는 민족문학에 대한 두드러진 이론이 없다가 20세기 초엽의 신문학기에 접어들어서야 의식적인 논의가 시작된 셈이다. 즉, 1925년에 와서 소위 카프의 결성과 함께 본격화된 프로레타리아 문학의 지나친 계급주의와 이념우위 주의에 반발하여 이듬해에 곧 민족 우선과 문학제일 주의를 내세

---

9) 좌등춘부(佐藤春夫), 우야호이(宇野浩二) 편, 『昭和文學作家論』(하권), 1943, 소학관(小學館), 83~85쪽.

운 국민문학파가 등장, 프로문학에 대항하면서부터 본격화된 것이다. 그러므로 역시 우리문단에는 최남선, 염상섭, 양주동 제씨와 프로문학의 선봉격인 김기진 등의 논쟁에서도 보지만 김윤식의 견해처럼, "階級文學의 對他意識에서 자동적 수동적으로 규정"[10]되어 출발한 셈이라 할 수 있다.

3. 국민문학 — 민족문학 — 한국문학

그러면 이제 우리가 사용하고 있는 '국민문학'이란 용어의 활용이 과연 타당한 것인가를 검토해 보아야겠다. 앞에서 살폈듯이 흔히 파시즘이나, 전체주의, 또는 제국주의 침략은 물론, 심지어는 전쟁까지 불러일으켜서 수많은 과오를 빚어온 민족주의를 일찍이 토인비는 세계사적 '필요악'이었다고 설파한 바 있다. 그리고 그는 말하기를 현대 인류의 주요한 과제의 하나는 바로 이것을 초극하는 일이라고 지적했었다. 이처럼 구미에서는 이미 구세기의 유물로써 경원(敬遠)하는 내셔널리즘을 앞세운 '민족문학' 내지 '민족주의문학'이라는 명칭을 그대로 사용해야 하는 것일까가 문제되는 것이다.

그래서 우리는 곧잘 '민족문학'보다는 흔히 듣는 '국민문학', 아니면 차라리 일반적인 '한국문학'이라는 용어가 부담 없이 느껴지기도 한다. 프랑스의 국민문학이라든지 독일, 영국 또는 러시아의 국민문학처럼 보편성을 띠운 감이 들어 한결 자연스러울 듯 싶기도 하다. 따라서 '민족문학'이란 용어는 다분히 보수적일 뿐 아니라 어쩌면 교조적(敎條的) 국수주의적 요소를 내포하고 있어 부인한다는 견해[11]도 수긍되는 점이 없지 않다.

그러나 이러한 선입견이나 주장은 우리의 문화전통과 특이한 역사적 수난과정을 감안하여 재고(再考) 될만 하다고 생각된다. 물론 일부의 의식대로 우리문학은 의당 '한국문학'이라 부를 수 있고, 사실상 외국인들로부터는

---

10) 김윤식, 『한국근대문예비평사연구』, 한얼문고, 1973, 120쪽.
11) 김현은, ≪月刊文學≫, 1970. 10월호, 191쪽에서, 또한 김윤식도 그의 『韓國近代文學의 理解』(1973, 일지사), 113쪽~117쪽에서 비슷한 주장을 내세우고 있음.

으레 그렇게 지칭되게 마련이다. 그렇지만, 지금까지 우리가 오래도록 애써 추구하고 익혀온 이 '민족문학'이란 명칭을 굳이 '한국문학'이라고 단순화할 필요는 없는 것이다. '민족문학'은 곧 '한국문학'이며 이는 표면적인 것 이외로 역사의식을 내포한 우리문학의 통칭이다.

또한 실제 용어도 서구의 '내셔널 리터러쳐'를 우리는 '국민문학'이라기보다는 '민족문학'이란 종래의 명칭 그대로 사용함이 마땅하다. 우리 나라는 미국이나 러시아, 벨쥼 같은 복수민족 내지 복합언어로 형성된 그들 나라 경우들과는 상이하므로 구분해서 사용함이 바람직하다. 후천적인 선택으로써 결정되는 이익사회(게젤샤프트)인 '국가'보다는 선천적인 혈연에 의하여 이루어진 공동사회(게마인샤프트)인 '민족'이 훨씬 원초적인 농도를 지니며 우리는 바로 후자에 해당되는 것이다.

하지만, 그것은 결코 이렇게 동일한 언어와 통일된 역사 및 독자적인 문화 전통을 지녔다는 이유에서만은 아니다. 우리는 이미 일제 말엽의 수년동안 '국민문학'이라는 이름으로 일제의 식민정책에 동조했던 악몽이 있을 뿐 아니라, 오랜 식민지적 문학상태로부터 각성하여 주체적인 문학의식을 지녀 왔기 때문이다. 여기에서 주체적인 문학의식이라 함은 우리의 고전 등을 천착하고 전통추구를 위한 민족문학에의 노력과 일련의 항일작품을 포함한 예의 민족주의문학을 말한다.

'민족문학'이라는 용어에는 다소 폐쇄적이고 권력 지향적 느낌을 주는 요소가 있지만, 그것이 결코 한국 우위주의라는 가면을 쓴 패배주의자의 문학이거나 사관이 결여되어 있는 문학은 아니라 여겨진다.

비단, A. 지드를 내세우지 않더라도 가장 향토적인 특성을 지니고 민족적 개성이 선명하게 부각된 참된 민족문학이 곧 훌륭한 세계문학이 될 수 있다는 논리는 너무나 당연하다. R. 웰렉도 「문학의 이론」에서 일반문학, 비교문학 및 국민(민족)문학의 관계를 설명하면서, 다음과 같이 민족문학의 주요성을 들고 있음을 본다.

　　"이와 같이 비교문학을 추상(推賞)하는 것은 물론 개개의 국민문학의 연구
　의 輕視를 의미하는 것은 아니다. 사실에 있어 중심문제로써 인식되어야 할
　것은 바로 국민성(민족성)의 문제이며, 그리고 이 일반문학(세계문학)의 성립과
　정에 각 민족이 바칠 獨自의 공헌이라고 하는 문제이다."12)

　그리고 우리가 불러오는 '민족문학'의 의미는 엄밀히 따져, 소박한 의미
의 '민족고유한 국문학'을 지칭하는 경우와 의식적으로 호국애족을 지향하
는 '민족주의문학'을 가리키는 경우로 나누어서 파악할 수 있다. 이를테면,
신라의 향가를 비롯해서 고려의 속요나 시조는 물론, 조선의 가사나 판소리
등, 고전문학을 가리키는 경우와 신문학 초기로부터 강렬하게 의식되기 시
작한 항일문학 내지 서구 비판적 민족의식을 다룬 현대문학을 말하는 예가
그것이다. 하지만 우리는 이 두 가지를 합하여 「민족문학」으로 다룰 것은
물론이려니와 그 영역을 더 넓히고 새로운 방향을 모색, 지향해야 할 것이다.
　어쩌면 우리는 지금까지 세계문학사 가운데 수많은 문예적 '이즘'의 폐물
처리장 같은 변방에서 살아온 것에 지나지 않았는지 모른다. 로맨티시즘,
다다이즘, 모더니즘, 리얼리즘, 쏘셜리즘 등속을 거쳐서 실존주의나 앵그리
영맨, 앙띠 로망 따위의 구미 문예사조를 일본이라는 어줍잖은 전신자(轉信
者)를 통해서 한반도에 들여왔다. 그리하여 한국문단에서는 이 박래품(舶來
品)의 파악을 위한 한동안의 논의를 거친 다음, 겨우 작품으로 시험해 볼라
치면 벌써 구미의 발신자(發信者)로부터 전해 들어오는 또 다른 문예사상을
접하게 마련이다. 사실 구미에서는 이미 씹다버린 이질적인 '이즘'의 껍나부
랭이를 쳐들고 있다가 나중에는 서구의 모방적인 사대주의 문학 아니면
곧장 일본의 아류적인 식민지문학 정도로 전락해 왔지 않는가 싶은 소지도
없지 않다.
　우리의 민족문학론은 이러한 외래문학에의 종속상태에서 탈피하고 새로

---

12) Wellek & Warren, *The Theory of Literature*; 백철 · 김병철 역, 『文學의 理論』, 신구문
　화사, 66쪽.

이 민족 전래의 전통을 찾아 바람직한 한국문학을 수립하려는 각성에서 비롯된 문학사적 의의를 갖는다. 이는 문예상의 주체적 이념이나 새로운 양식의 발굴못지 않는 민족문학 발전의 요체일 수 있을 것이다. 더욱이 조연현의 지적처럼 한국문학이 지니고 있는 숙명적 요인이다시피한 시간적 후진성과 시대적 미숙성, 근대와 현대의 혼착성, 정치적 암흑성과 국토양단이란 역사적 특성13)은 더욱 뚜렷한 민족문학을 필요로 한다.

또 하나 여기에서 분명히 해둘 문제는, '민족문학'이란 이름이 보다 선명하게 한국 현대문학의 특수한 성격을 드러내고 주체적 이념을 지니고 있어 바람직한 명칭이라는 점이다. '민족문학'은 우리가 손쉽게 느끼듯이 결코 폐쇄적으로 세계문학 속에 한국문학이라는 객관적인 성격을 배제하는 것은 아니다. 오히려 오늘날의 건전한 민족문학은 이전의 민족주의 문학이 아니라 민족주의에 바탕을 두고 동시에 국제주의와 세계주의에 연결될 수 있어야 할 것이다.

어쩌면, 근래 우리문학에 있어서 이 '민족문학'은 사실 문예사적으로 주조를 이룬 이즘으로 성립시킬 만도 하다. 그것은 서구의 그것에 뒤지지 않을 만큼 역사적·문화적인 바탕을 지니고 있을뿐더러 신문학 초기이래 오늘까지 한결같은 우리문학의 주된 과제인 동시에 그 방법이나 주장의 정도는 다르더라도 그들의 공통된 지향점은 민족문학에 집결되기 때문이다.

우리 문단에 민족문학론이 대두되어 찬반의 논쟁이 치열했던 1927년 초에 발표된 김기진의 「문단시평(文藝時評)」은 좋은 참고가 된다.

> "…「朝鮮으로 돌아오라!」「眞正한 國民文學을 建設하자!」 이것은 똑같은 말인 同時에 文壇上의 朝鮮主義라고 명명할 수 있는 것이다. …… 「朝鮮主義」는 다시 말하면 民族精神의 發現, 文學古典의 復活, 민족적 예술적 형식의 創造, 外來思潮追從의 배척 등이 그 중심 골자인 듯 하다. 한입으로 말하면 民族主義의 文壇浸潤이다."14)

---

13) 조연현, 『한국현대문학사』, 성문각, 1969, 22~25쪽.
14) 김기진, 문예시평, ≪朝鮮之光≫, 1927. 2월호, 91~93쪽.

이렇게 설파하면서 국민문학파를 공격한 김기진에 대해 반박한 당시의 정병순(東西日報)이나 김영진(新民)의 논지 등은 민족문학에의 의욕이 진지했음을 보여준다.

1926년에 대두된 민족문학이 예의 가갸날의 제정이나 시조부흥과 함께 역사 소설 등으로 민족문학운동을 벌이다가 1930년대 중엽의 카프해체 이후부터 쇠퇴해 갔고, 일제의 침략전이 한창이던, 1940년대 무렵에는 그나마 일시 붕괴되긴 했었지만, 민족문학의 여맥(餘脈)은 결코 사멸하지 않았었다. 일제의 식민통치로부터 해방을 맞자 가사(假死)상태에서 벗어나고 되살아나서 그 방법이나 목표는 상이하더라도 '민족문학의 건설'과 '민족문화의 수립'이 좌우익 모두의 갈구하는 구호였다. 당시 순수문학론을 중심으로 전개된 김동리 대 김병규, 김동석 등의 비문학(非文學)논쟁 역시 예외는 아니다. 그리고 동란 이후인 1950년대에는 전통론과 고전 추구의 노력이 있었고, 1960년대에도 민족문학과 전통논의가 거듭되었는데, 이러한 민족문학에의 의지는 별무성과인 채로 오늘에 이르고 있는 것이다.

그러므로, 본원적인 주요성은 그만두고라도 실제 문단사적인 사실만으로도 민족문학의 역사는 고전과 현대에 맥을 이어오고 있다. 그런데도 민족수난의 고비이던 일제 암흑기에 일부 인사들이 이른바 친일국민문학을 표방하여 일시 반역했던 예외를 제외하고 우리가 한결같이 갈망해온 지표는 역시 민족문학이었다.

4. 민족문학 구현의 길

그러면 신문학이래 오늘까지 허황한 구호처럼 공전만 고듭해 온, 그러나 우리 모두가 한결같이 갈망해온 민족문학의 실현을 위하여 앞으로는 어떻게 해나가야 할 것인가? 이런 문제는 좀 막연하고 무리한 일처럼 느껴지기 마련이지만, 오랫동안 우리 문학의 쟁점이 되어온 과정을 재검토하고 정리하여 오늘의 숙제를 극복하는 작업으로서 다루어지지 않으면 안 된다. 어쩌면 우리가 지금까지 민족문학의 실효를 거두지 못하고 공염불마냥 실패해 왔던 원인도 따져보면 이 실현방법의 모순과 제대로 행해지지 못한 점들이 있을 것이기 때문이다.

필자는 이런 관점에서 대충 민족문학 실현에 있어서 주요한 문제점이라고 생각되는 몇 가지 방안을 제시해 본다.

1) 민족문학사의 정립

우리는 근래의 식민지사관은 물론이요 특히 최근 논의된 바 있듯 분단 이후 남북한의 문학사가 제각기 반쪽의 절름발이로 된 재래의 국문학사 방법을 반성, 재편하여 새로운 한국문학사를 확립하는 일이 긴요하다. 여기에는 바야흐로 통일시대 민족문학의 과제와 더불어 신문화의 전이과정에 있어서 근대의 문물이나 문예사조가 갑오경장 등, 구미의 개항으로부터 유입되기 시작했다는 발상의식의 재고로 이어진다. 우리는 사실 8 · 15이후 이데올로기와 타율적인 정치여건 속에서 남북이 상이한 문학사 방법과 한쪽만의 편중된 상태를 빚어왔고 민족전래이 고유한 전통이니 역사적인 주체성을 도외시하며 서구의 근대적 문물을 그나마 일본의 매개를 통하여 받아들인 외래편향의 문학사로 엮어온 오류가 없지 않기 때문이다. 지금까지 간행된 여러 문학사 중에서도 신문학사 부분에 두드러진 이 외래편향성은 흔히 지적받 듯 고전문학과 현대문학 사이의 단절감을 야기하고 자칫하면 사대주의문학으로 전락될 위험성마저 없지 않다. 구체적인 민족문학의 좌표를 세우고 일대 르네쌍쓰를 이룩해 보려는 과정에 있어서는 필수적인 선결요건일 것이다.

> "이렇게 해서 서구문학중심과 정치사 의존에 구획됨이 없이 우리의 근대문학의 기점을 영 · 정조에 두어서 자주적인 민족문학 사조의 전통을 살리게 되는 것이다. 광해군대의 홍길동전과 숙종원대의 구운몽, 사씨남정기가 또 당시의 평시조가 의연히 귀족문학과 고대문예에 충실하였으나 영정초(英正初)에 들어

　　와서 연암의 소설, 춘향전, 사설시조 등의 혁신성이 한국적 근대성의 발생을
　　웅변하고 있는 것이다."15)

　　흔히 근대화는 서구화라는 등식관념에 사로잡힌 나머지 한국의 현대문학
형성과 성장과정을 곧 유럽의 근대문예사조 수입이나 흐름에 대입하려는
타성이 기간(旣刊) 국민문학사에 없지 않았음을 부인하지 못할 때, 이런 논
리는 새로운 문제점을 시사한다. 즉, 한국문학사 개편의 당위성과 불가피성
을 제기하는 중심 논점이 되는 셈이다. 이를테면, 한국의 신문학을 파악하는
데 있어서는 예의 개항 이후인 신체시나 신소설 이전으로 거슬러 올라가서
민족문학의 전통과 연계시켜야 한다는 것이다. 물론 실제로 개화자강기인
갑오경장으로부터 신문학 추구의 작품들이 출현하였으므로 이들은 신문학
의 효시로 간주함도 일리가 없지 않으나, 문학사는 역시 역사적인 전통이나
일반 문화와의 상관성에서 입체적으로 파악함이 타당하기 때문이다. 우리는
20세기초에 직접 구미제국과 개항관계를 갖기에 앞서서 이미 천주교를 비롯
한 이질적인 유럽문물이 전해져 왔던 중국의 연경(燕京) 등으로부터 유입되
어 실사구시의 근대의식에 눈뜨던 영·정조 시대를 신문학의 맹아기로 봄이
합리적인 접근방법일 것이다. 여기에서 당시 박연암에 대한 연구는 우리
문학을 고전문학으로부터 체계적으로 연결시키는 열쇠를 제공한다는 점에
서 주요한 문학사적 의의를 갖는다. 이는 근래에 근대문학의 기점 논의로서
영정시대로 소급하는 타당성을 거의가 시인하는 편이고, 특히 김윤식·김현
등은 재래의 문학사 방법을 비판하면서 영정조에서 4·19에 이르는 『韓國
文學史』를 발표하여 주목된다.

　　물론, 이 밖에도 우리 문학사를 바로잡아 보려는 노력들이 있어 기대되는
데, 필자가 덧붙여 제기하고 싶은 바는 일제 암흑기 문학의 평가와 재정리
문제이다. 이를테면, 당시의 검열과 통제가 우리 문학발전을 얼마만큼 가로

---

15) 김일근, 「민족문학적 시대구분론」, 《자유문학》, 1957. 7., 150쪽. 또는 《경북대
　　　논문집》, 제1집, 1956, 「연암소설의 근대성 성격」 참조.

막고, 위축시켜 왔으며 작품 형성에는 어떠한 영향을 미쳐온 것일까 등. 일제치하의 특수한 상황 밑에서 행해진 문학은 보다 입체적으로 파악해야 한다는 점이다. 이는 검열에 걸려 아직 햇볕을 보지 못하고 묻혀 있는 작품들의 발굴과 함께 올바른 문학사 정리와 민족문학 수립의 주요과제일 것이다.

2) 민족문학 전통의 계승

위에서 살핀 대로 전통의 모색과 고전 추구를 위한 노력은 우리문단에서도 여러 차례 있어 왔으나 민족문학의 바람직한 정향을 위하여 거듭 분명히 해두어야 한다. 문화적 전통은 우리가 지향하고 있는 민족문학이 뿌리를 내리고 있어야 할 기본 요건일 뿐 아니라, 보다 나은 문학을 창조하기 위한 원동력이기 때문이다.

이 고전과 전통문제는 구미의 현대문학에서도 제일 강조되고 있는데, 그들의 문화적 바탕은 역시 유럽문학의 원천인 고대 그리이스나 로마문화에 이어 닿고 있음을 본다. 문학의 전통 중시는 흔히 괴에테나 상뜨 뵈브, T.S. 엘리어트 등의 이론에서도 곧길 집하지만, 특히 우리에게는 외래문화수용의 자세와도 관련하여 고전과 현대문학 사이의 단절감을 해소하고 민족문학사를 정립하는 일과도 직결되는 과제인 것이다.

하기는 우리 문단에도 역시 1920년대의 국민문학론 제기 무렵부터 고전과 전통에 대한 논의가 시작되었지만, 특히 이에 대한 열띤 관심을 보인 1960년대의 경향은 아직도 모색단계에 있음을 드러낸다. 한국문학은 무엇보다도 유니크한 발상법 등과 표현양식에서 찾아야겠다는 생각에서 예의 신라정신(서정주)이나 또는, 고유의 문학 율조, 문장수사 내지 한국적인 생활윤리와 감정을 내세운 고정설(조연현) 등이 주장되고 있는데, 역시 모색의 단계에서 벗어나지 못한 셈이니 이에 대한 새로운 노력이 요청된다.

아직도 우리의 전통논의 과정에서는 흔히 이웃나라 일본의 문학이 노벨상 수상작품 따위로 세계문학의 반열에 끼는 경우와는 달리, 거의가 한국문학의 전통부재와 그 취약성을 들고 있음이 사실이다. 그렇지만, 이러한 자기 비하의 사고방식은 평론가나 시인, 작가 자신의 고전과 전통에 대한 인식부족 아니면 곁에 드러난 사례에서 빚어진 결과이기 십상이므로 이런 류의 타성은 이내 벗어나야 할 것이다. 유럽의 르네상쓰를 불러일으킨 경우처럼 그리이스나 로마문화 같은 뚜렷한 전통이 없었는지 몰라도 중국을 통한 오랜 동양적 전통 속에서 낙랑이나 신라 또는 고려와 조선에 이어져서 관류(貫流)하는 우리들의 문화전통을 찾아 기리는 자세가 필요하다.

우리 현대 문학과 전통에 대해 논급한 백철의 지적은 특히 명심할 사항이다.

"사실인즉 전통에 대한 再檢討, 再反省이란 것이 오늘 우리의 당면한 과제이다. 무엇보다도 우리 신문학사 60년의 과정을 一括 해서 顧回 , 반성할 때에 우리 현대문학의 질적 수준이 생각한 것에 비하여 低下하고 빈곤해 버린 것은 주로 致命的인 원인이 우리 古典이나 전통에 대한 합리적인 계승의 일을 행하지 못하고 지내왔다는 사실 위에 놓여있는 것"[16]

이와 같은 사항들은 우리가 명심해서 대처할 문제이다. 이런 주장은 결국 탈식민주의에 직결된 문학의 민족적 주체의식에 바탕한 것이다.

어떻든 우리는 전문단적 과제로서 우리의 고전이나 전통을 지향해서 이를 확립하는 노력이 필요하다. 전통의 논의가 활발하던 1960년대 작품에서는 특히 몇 사람의 유능한 작가들에 의해 의식적으로 토착적인 전설이나 고전, 또는 역사적인 소재들을 다루어 이 전설을 시현해 보려고 시도한 바 있었다. 물론 그 득실은 속단할 수 없지만, 현재의 문학적 갈림과 혼미상태를 극복하는 효험과 함께 새로이 비상(飛翔)할 가능성도 없지 않으므로 앞으로도 대담하게 실험을 펴보는 자세가 필요하다.

이러한 민족문학의 전통문제와 관련하여 또 하나 분명히 해 두어야할 것은, 민족문학이란 흔히 상식처럼 말하듯 '민족을 위한 문학'이기 보다는 '민족의 특성(개성)을 지향하는 문학'으로 인식해야 한다는 점이다. 전자인

---

16) 백철, 「傳統論을 위한 序說」, ≪중대논문집≫ 제 6집, 1964, 42~43쪽.

민족을 위한 문학은 자칫 자기네의 피와 흙에 집착했던 나치스 문학처럼 배타적이고 선민의식에 사로잡힌 쇼비니즘적 민족주의 문학으로 전락하기 십상인데 비하여, 후자는 조상 전래의 역사와 문화적 전통에 입각해서 승화된 민족의 개성을 현시하는 바람직한 민족문학이 되게 마련이기 까닭이다. 그러므로 우리는 다분히 전자의 전투적 감정이나 식민지 민족주의에 의한 항거의식을 반영한 예의 『李舜臣』, 『論介』, 「民族」 같은 소설보다는 한국의 토속적이고 전통성을 지닌 「巫女圖」, 「메밀꽃 필 무렵」, 「임의 沈默」 같은 작품이 더 바람직하다고 평가되는 것이다.

3) 통일문학의 성취

참고삼아 앞으로 지향할 민족문학을 위하여 필자가 거듭 밝혀두고 싶은 견해는 우리가 취할 민족문학은 단순히 민족을 위한다는 재래의 통념에서 민족문학이 추구하는 목표를 민족의 권익이나 세력확대에 두어서는 안 된다는 점이다. 현역 문단인 중에서도 적지 않게 범하기 마련인 이러한 발상법은 쉽사리 민족을 궁극적인 민족문학의 목적가치로 속단하여 과오의 함정에 빠질 우려가 없지 않은 것이다. 그렇게 될 때, 그것은 단순히 한시적이고 밀폐된 국지(局地)의 기록문학에 지나지 않고 만다. 궁극적으로 우리가 소망하는 문학은 당면한 현실에 치열하게 대응하면서도 인류전체에 소통되고 자신도 만족할 수 있게 일반문학의 성격을 띠우며 세계문학 속의 개성을 지닌 건전한 민족문학이어야 한다.

민족을 위하고 민족을 전제로 하는 문학이라는 관념은 곧잘 민족문학의 소재와 주제를 제한하고 위축시켜 한국문학의 발전을 가로막을 뿐 아니라, 흔히 경직한 애국주의로 전락하게 만들기 십상이다. 그러므로 우리는 이러한 선입견들을 탈피해야 하는데, 다음과 같은 김용직의 견해는 수긍될만하다.

"첫째, 作品들은 어떤 틀 속에 박힐 것이 아니라 藝術과 文學의 이름에 값하

는 범위 내에서는 얼마든지 대담하게 전개되고 또 충분히 독창적이며 개인적이
어야 한다.
　다음은 主題나 題材의 선택에 있어서도 아무런 제한이 없을 것은 물론, 形
態·文體·文章의 解釋에 있어서도 아주 포괄적 입장이 취해져야 한다.
　셋째, 그 효용면에 있어서 작품들은 물론 민족 전체의 이익이라든가 우리가
공동으로 하는 관심사를 담는 게 이상적이다."17)

　이것은 민족문학에서 다룰 대상의 범위를 제시한 것인데, 특히 셋째 항은
자칫 앞에든 편협한 민족의식에 빠져들 위험성을 경계해야 할 것이다.
　우리의 민족문학은 마땅히 한국전래의 문화적 전통과 특장점들을 구체적
인 작품에 나타내고, 승화시키는 노작(勞作)이 요청된다. 그렇다고 민족사적
현실을 외면하는 일이 아님은 물론인데, 주제나 제재에는 일체의 제약이 없이
원활한 문학예술의 창조활동을 펴 나가야 할 것이다. 이 가운데는 1980년대
말 이후 해금된 일부 납북 또는 월북한 문인과 그들 작품은 물론이요 본디
북한에서 활약해온 문인들과 기타 일본이나 중국 또는 러시아, 미국 등에서
활약해 온 교포 문인들의 그것까지를 포함시켜야 마땅하다. 그것은 한글을
주로한 한겨레 문화 공동체의 모델적인 민족 문학의 실체인 까닭이다.
　그런데 앞으로 우리는 재래의 구국애족류의 작품보다는 오랜 민족의 호
흡이나 개성이 담긴 토속과 전통을 다루는 취향을 택함이 바람직함은 물론
이다. 그것은 호국애족의 작품군 거의가 일시적인 식민지 시대에 경직된
정치적 민족주의에 가까운 항일저항(抗日抵抗) 문학의 산물로써 국수적인
배타성을 띨 뿐 아니라, 민족문학은 곧 국가나 민족을 위한 민족주의의 문학
이라는 함정에 빠지기 십상이기 때문이다. 이에 비해, 민족의 현실을 그리거
나 토착성 내지 전통을 추구하는 작업은 민족의 특성과 세계성을 드러내는
후자는 그대로 문화적 민족주의 지향 작품으로서 바람직한 세계문학을 형성
하는 지름길임을 알아차릴 수 있다.

---

17) 김용직, 「민족문학론」, ≪現代文學≫, 1971. 6, 379쪽.

또한, 민족문학의 수립을 위한 요건으로써 분명히 해두어야 할 문제는 지금까지 우리가 애써 겨냥을 기피해온 바 있는 민족의 실체에 대한 재래의 폐쇄적인 터부의 벽을 허물어뜨려야 한다는 점이다. 이것은 사실 문학보다는 오히려 문학외적 현실 과제인 7·4성명이나 근자의 북방정책 등으로 일단은 극복된 셈이지만, 역시 수 년 전에 일시 귀국했던 제일 교포작가 이희성의 다음과 같은 발언은 의미가 깊다. "민족이라고 할 때, 22만 평방 Km의 5천만 인구, 즉 하나의 조국을 연상합니다. 그래서 저는 절대적 이념에서는 통일국가를 저의 조국이라고 정하고 싶습니다."(≪한국일보≫, 1972. 6. 12)

우리 주위에서 가끔 듣는 바 '조국은 하나'라는 구호와도 같은 이 말은 같은 언어와 혈통을 지닌 채 분단된 통일시대 우리 민족문학에는 가장 핵심적인 의식문제인 것이다.

그리고, 이상의 문제들과 아울러 여기에서 민족문학의 수립에 임해야 하는 문학인 자신들의 자세를 반성, 새로이 하지 않으면 안될 것이다. 더욱이 정치적인 협상으로 비롯된 남북대화와 스포츠 및 이산가족 상호방문단의 교류문제가 협의되는 민족사석 현실에 처한 문학인들의 사명감은 한결 진지하고 선명해야 한다. 새삼스럽지만, 우리는 문학예술이 정치, 사회를 선두하는 서구와는 대조적으로 늘상 현실사회의 시녀로서 살아온 듯한 문학태도를 반성, 탈피해야 하지 않을까 생각된다. 경직된 정치나 경제, 군사적인 면에 앞서서 우리는 최소한 문학본연한 위치를 지키고 원활한 창작에 임할 자세를 가다듬어 가능하면 현실사회를 올바로 이끌어 가는 위치를 차지함직하다. 그러기 위하여 우리는 보다 적극적으로 바람직한 문화적 민족문학을 정립, 계발해야겠고 필요하면 북한의 폐쇄적인 정치적(정론적) 목적문학을 분석하고 그를 지양시키기 위한 연구도 착안, 노력해 가야 한다.

5. 남은 과제

거듭 말하지만, 이제 우리도 그만 문학적 방황을 벗어나 문학사적 좌표를 확인하고 통일시대에 임하여 민족문학을 지표로 매진하는 자세가 필요하다. 이전처럼 막연한 허상과 구호로 논전만 일삼는 상태를 탈피하여 보다 폭넓고 진지하게 민족문학 작품의 노작(勞作)에 임해야 한다. 그리하여 이제는 우리도 늘상 안주해온 외래 문예의 수혜자적(受惠者的) 위치를 박차고 외국 문학에도 기여해야 한다.

그렇지만, 이의 실현과정에서 자칫하면 편협한 국수주의로 빠져들거나 정치·사회의 시녀로 전락하는 경우를 경계하지 않으면 안 된다. 우리는 이미 일본의 침략전이 한창이던 1940년대에 소위 문인협회나 문인보국회의 이름으로 당시의 전제정치에 편승하여 국책에 참여, 죄과를 범했던 선례를 경험한 사실이 있다. 또한 일찍이 나치스가 지나치게 흙과 피를 강조한 국민문학을 표방하여 토마스 만이나 헬만 헷세의 작품을 오히려 국민적 체온과 국적이 없는 '아스팔트 文學'이라고 지적했던 과오도 참고할 수 있다. 그리하여 그들은 결국 한스 그림의『土地없는 民族』(1926)이나 드빙가의『시베리아 三部作』따위18)만을 국민문학의 전형으로 내세워 국수주의 방향으로 치달았던 나치스문학의 사례를 잊어서는 안 된다. 차분한 문학의 주체성을 지니지 못한 채 구체적인 문화적 민족주의 성향의 작품 창작으로 사회에 대처하기 보다는 곧잘 현실 정치에 편승해서 들뜬 문단적 참여로 문학적 성과를 거두지 못해 왔던 우리들에게는 결코 남의 이야기만은 아닐 것이다.

위에서 밝혀온 대로 진정한 우리의 민족문학 수립이야말로 세계의 변두리에 갇힌 채 사대주의 아니면 식민지문학 상태의 국지문학(局地文學)에서 벗어나는 길이며, 통일기운이 더해 가는 민족사적 현실에서 수년내의 문학

---

18) Erich Trunx; *Dichtung der Gegenwart*, 1937; 산지팔랑(山岐八郎) 역,『ナテス文學の 主潮』, 육생사(育生社) 홍도각(弘道閣), 1941.

적 혼미를 극복하는 지름길이다. 특히 1980년대 이후에 들어 활발하게 이루
어진 민중문학이나 통일문학 운동도 결국 이런 민족문학과 직결되는 문제점
이기도 하다. 신문학 이래 한결같은 겨레의 염원이며 문학의 주된 타이틀임
은 물론 바야흐로 분단을 넘어 세계문학의 길에 이르는 2천 년대를 대비해서
는 더욱 민족문학의 대열에 나서서 우리 모두 한국문학의 르네쌍쓰를 이룩
해 나가야겠다. 민족문학은 이미 낡은 문학이라는 일부층의 편견이 있음에
도 불구하고, 필자가 의식적으로 오늘의 문학사적 의의를 들면서 구체적으
로 설명, 제시한 민족문학 재론의 의미가 여기에 있다.

　　요컨대, 통일문학은 한반도와 한겨레의 통일에 직결되는 민족문학의 당
면 과제인 것이다. 우리는 이제 원론적인 본래의 민족문학론을 정립하고
바야흐로 통일시대에 부합하는 문화적 민족주의 문학을 지향해야 한다. 그
리고 본디 민족문학이 지방어 문학에서 시작하여 민족문학을 이룬 다음
세계문학을 형성하는 과정에서 보듯 민족문학의 밑뿌리가 되는 지역문학도
활성화해서 통일시대 민족문학의 큰 과제를 풀어나가야 할 것이다.

(1990년 10월)

분단문학사 성찰

— 민족문학 100년 속에서

1. 분단 반세기를 넘어

한국의 현대문학은 20세기 초입에 들어서면서 동양 전래적인 옛문학의 토양에서 커온 묵은 나무 밑둥치 가장자리에다 서구적인 신문학(新文學)의 가지를 접붙여서 이루어진 문학나무 가꾸기로 비롯된 셈이다. 이는 일찍이 임화(林和)가 예의 '조선신문학사' 서설에서 우리 신문학은 마땅히 전통적인 민족문학에 주축을 이루지 못하고 이질적인 서양의 근대문학 형식을 받아늘인 이식문학(移植文學)의 역사라고 설파한 견해와도 상통한다.

우리 현대문학은 그 초창기에 비록 서양의 근대적인 신문학 형식들을 받아들여서 뒤늦게 가꾸어 온 것이라 할지라도 그 문학나무의 뿌리나 밑둥 줄기는 이 땅에 깊이 뿌리내리고 있다. 따라서 우리는 그동안 숱한 비바람 속에서도 나름대로 민족적 정체성(正體性)에 따른 성장을 해왔다. 하지만 문제는 그 신문학 후반 반세기를 한반도 남북이 단절된 채 원활한 민족문학의 발전을 못해온 분단현실에 있다.

2. 식민지시대 문학의 성숙 과정

1) 1900년대 — 신문학의 기운

한국 현대문학을 통틀어서 살펴보면 역시 구한말로부터 국권을 빼앗기고 식민지 시대로 넘어오는 20세기 초엽 전후가 중요한 전환점으로 파악된다. 무엇보다 나라의 주권을 지키고 외래문화를 어떻게 받아들일까 하는 개화는 물론, 여러 신문화가 신구 갈등 속에서 진통을 겪은 시기인 것이다. 동학혁명과 갑오경장, 개화당과 수구당의 다툼, 청일전쟁 및 강화도 불평등조약이나 강압된 한일합병 등도 이 무렵에 일어난 일들이다.

특히 우리 문학계에서는 신문학이나 현대문학의 기점(起點) 논의가 이 지점에 집중되고 있다. 신문학의 경우는 근대적인 자유시를 표방한 최남선의 신체시(新體詩) 「海에게서 少年에게」(1908)는 물론이요, 이인직의 신소설인 「혈의 누」(1906), 「귀의 성」 등이 이 기간에 발표된 것이다. 논자에 따라서는 우리 신문학 기점을 반세기 이전에 쓰여진 최제우의 동학가사인 「교훈가」, 「용담가」 등의 「용담유사」(1860~1863)도 거론하고 있지만 질량면에 있어서 많은 작품들이 쏟아져 나온 이 기간에 문학사적인 비중이 실려 있다.

1900년대는 한국 신문학이 동터 오는 여명기였으며 개화 자강기(自强期)로서 신문 등에 소박한 우국시와 개화시가 발표되고 의병가사적으로 강렬한 창의가도 적지 않았다. 외국의 애국자 등을 주로 한 계몽적인 역사 전기소설을 번역하거나 번안한 소설이 유행한 시기였다. 『아라비안 나이트』를 번안해서 한글로 쓴 이동서의 『유옥역전』(1895)도 이 기간에 생겼으며 한국 최초의 교양잡지인 ≪少年≫도 출간된 바 그 역할이 컸다. 특히 최남선은 이광수와 더불어 ≪少年≫에 이은 ≪청춘≫ 잡지에서 시, 소설, 평론, 수필 등의 글을 많이 발표하여 점차 문인으로서의 위세를 떨쳤다. 비평에서는 초기 형태로서 위의 역사 전기소설이나 신소설 등의 서문과 발문 등에 지은이가 소박한 문학관(소설관)을 발표해 서발(序跋)비평이 시작되기도 하였다.

또한 당시 ≪대한매일신보≫에는 윤상현의 「천희당시화」, 신채호의 「근금국문소설저자의 주의」 등의 민족주의 성향 비평도 싣고 있다.

2) 1910년대 — 신문학의 싹

개화의 물결과 함께 국민들은 차차 일제 강점에 대한 의식을 표출하며 문학에도 관심을 기울인 시기이다. 애국가사 등을 독자들이 신문, 잡지의 투고란에 발표하고 이해조의 「자유종」같은 신소설도 많이 읽혔다.

일본에서 선풍적이던 오사키고요의 『金色夜叉』를 번안한 조일재의 『長恨夢』이 이수일과 심순애의 슬픈사랑 이야기로 유행하던 때도 이 무렵이다.

특히 1918년에는 순한글판으로 된 주간신문인 ≪태서문예신보≫가 출간되어 서양의 문예사조나 문학작품을 번역, 소개하는 한편으로 김억 등은 창작시를 발표하기 시작했다. 그리하여 본디 문학을 지망하지 않았던 최남선, 이광수에 의한 이인문단(二人文壇) 시대를 마감하는 계기를 이루었다. 곧이어 1919년에는 최초의 종합 문예지인 ≪창조≫가 창간되어 본격적인 문학 지망생을 주로 한 문학동인 시대를 열었다.

희곡분야에서도 조중환의 신파극인 「병자삼인」이 극문학의 길을 트기 시작했던 것이다. 이광수나 윤백남, 최승만 등이 새길을 함께 걸어왔다.

비평에서는 이광수가 「문학의 가치」, 「문학이란 하(何)오」 등에서 서양적인 의미의 근대적인 문학정의를 제시하였고 ≪청춘≫지에서는 「현상소설 선고여언」을 통해서 현장 비평적인 요소를 새롭게 했다.

또한 시인 백대진은 ≪태서문예신보≫에서 「현대조선에 자연주의 문학을 제창함」이란 글에서 서구적인 문예사조를 논하고 있다. 김억 역시 「예술적인 생활」, 「소로굽의 인생관」, 「프란쓰시단」 등을 통해서 서구적인 신식이론을 소개, 제시하고 있는 것이다.

3) 1920년대 — 신문학 움트다

20년대는 삼일운동의 영향으로 일시, 언론 출판 자유를 허용한다는 일제 당국의 문화정책을 틈타서 한꺼번에 수많은 문예 동인지가 발간되어 르네상스적인 기운이 일었다. ≪창조≫에 버금가는 ≪폐허≫, ≪장미촌≫, ≪백조≫, ≪영대≫, ≪문예공론≫ 등이 속간된 것이다. 여기에 동인지 성격을 탈피하여 문단의 공기(公器) 역할을 맡았던 ≪조선문단≫과 ≪동아일보≫, ≪조선일보≫ 등의 창간은 신문학의 새싹을 틔워서 문단 활성화에 크게 이바지하였다.

한편 1920년대 문단의 활성화에 따른 신문예사조의 급진적인 회오리와 세력은 한국문학사를 통해서도 그 자장(磁場)을 크게 넓힌 채 기능하고 있다. 이른바 러시아의 볼세비키 혁명 이후 전세계로 확산된 프롤레타리아 문학의 물결은 일본을 거쳐 한반도에 상륙한 뒤 큰 파장을 일으킨 것이다. 특히 1925년 여름에 염군사와 파스큘라가 합하여 카프를 결성한 이후의 문학 판도는 놀라울 정도였다. 더구나 그것이 대타의식(對他意識)으로 맞선 국민문학파와의 대립은 단순한 좌우대립을 넘어선 단계였다.

직접적으로 평론계에 반영된 두 세력간의 팽팽한 대립상은 주목을 끌었다. 예의 계급주의나 이데올로기 위주인 카프계에 대한 민족주의와 본격 예술 지향의 국민문학 진영이 맞서서 1927년에 정점을 이룬 논전들이 그것이다. 국민문학 진영에서 한사코 조선주의, 시조부흥론, 역사소설 등을 카프에 대응할 문학 방향으로 제시했던 것도 이런 문제와 무관하지 않다. 당시 김기진과 염상섭, 김영진 등이 신문을 통해 벌인 논전은 인상적이다.

사실 1920년대 카프결성 이후 팽팽하게 맞섰던 프로문학파와 국민문학파의 대립구조가 그후 좌우와 남북문단의 기본틀을 이루게 된다.

4) 1930년대 — 현대문학으로 꽃피다

20년대의 카프 제패 시대를 지난 30년대는 한국문학에 보다 심화되고 본격화된 문학의 시대를 꽃피웠다. 그것은 새로이 본격적인 기교와 순수예술을 지향한 《詩文學》에 이어서 《문예월간》, 《文學》과 《시인부락》 등의 동인지들 출간 영향이 컸다. 뿐만 아니라 20년대 무렵까지 신문학을 익히던, 습작 시대를 지낸 문인들의 창작과 비평 수준이 향상된 본격 문단 시대인 면이 함께 했음은 물론이다. 거기에 한국고전과 예술성을 북돋은 월간 문예지 《文章》이나 《인문평론》 등이 창작과 비평의 내실화를 뒷받침한 역할도 덧붙여진다.

물론 북한 문학사에서 중시되는 예의 「꽃파는 처녀」, 「피바다」 같은 사상성 짙은 극문학 작품이 특수한 형태로 발표된 경우도 첨가된다. 그런데 염상섭의『삼대』, 채만식의『태평천하』,『탁류』, 이기영의『고향』, 박태원의『천변풍경』, 이태준의『달밤』,『까마귀』,『복덕방』, 홍명희의『임꺽정』 등의 소설이 대표작들로 꼽힌다. 이 무렵 신진 시인으로 등단한 문인들만 하더라도 서정주, 김동리, 유치환, 오장환, 백석, 김영랑, 정지용, 박용철 등을 빼놓을 수 없다.

이밖에 극작가로 20년대에 희곡이론은 물론 실제를 지향했던 극예술연구회의 조명희, 홍해성 등과 연극운동 및 창작을 겸한 김우진과 유치진의 창작활동이 컸다. 또한 젊은 극작가들로는 박아지, 엄선규, 함세덕 등을 들 수 있다.

비평문학 분야도 위에 든 창작의 성과에 결코 뒤지지 않는다. 더욱이 30년대는 이전의 근대문학 모방이나 습작 단계를 지나서 새로운 서구 문예이론에 익숙해 가고 있어 우리 나라에도 이제 현대문학적인 단계에 들었다고 인정받았다. 이른바 모더니즘이나 쉬르리얼리즘, 주지주의 등의 운동까지 펼치게 된 것이다. 김기림의 모더니즘 시론과 시 창작, 최재서의 주지주의나 풍자문학론, 김남천의 고발문학론, 김환태의 인상비평 등이 이를 증명한다.

하지만 일제당국의 검거, 탄압과 카프 자체내의 내분으로 해체계를 낸 카프계의 프로문학파는 일시 지하로 잠복하여 기회를 노리게 된다.

5) 1940년대 — 꽃피던 문학이 돌풍을 맞다

1940년에 들어서자 일제 강점하의 식민지 환경에서도 겨우겨우 이겨내며 모처럼 소담한 문학의 꽃을 피우던 문단은 《문장》과 《인문평론》 같은 문예지가 강제 폐간되는 탄압을 당한다. 최재서는 이 와중에 친일적인 《국민문학》을 펴냈다.

이런 상황에서도 일부 문인들은 나라 밖의 만주지방 북간도 등지로 나가서 작품활동을 계속했다. 이주복 중심의 문예동인지 《北鄕》이 폐간된 대신 안수길, 김달진, 김조규, 박영준, 강경애 등이 연길이나 용정에서 문예창작집인『싹트는 大地』를 펴내거나『재만조선시인집』 등을 냈던 것이다. 따라서 일제 암흑기라 볼 수 있는 이 시기의 한국 민족문학의 불씨는 이들이 만주 땅에서 끊임없이 지펴 문학사적 의미를 새롭게 하고 있다.

특히 북간도·용정에서 중학시절부터 시를 써온 심연수가 해방 일주일 전에 숨을 거둔 대신 최근 3백여편의 유고가 발견되어 윤동주 시인과 더불어 민족의 암흑기를 불밝힌 항일시인으로 떠올랐다.

그런데 8·15광복을 맞이하여 평화를 찾은 우리 문학은 한동안 불안정한 상태 속에서 혼미를 거듭했었다. 일제 말엽에 지하조직으로 숨어 있던 카프 계열 문인들이 다시 나서서 좌익적인 문학가동맹을 만들자 20년대 중엽의 카프와 국민문학 진영의 대립 양상을 재연하였다. 좌우 양측은 모두 <민족문학 건설(수립)>을 내세웠으나 실제 내용이 상이했다. 좌익측에서는 리찬의 「김일성 장군의 노래」, 백인준의 「그이를 우리의 태양이라 노래함은」 등이 생경한 송가문학의 형태를 보였다. 결국은 정부 수립을 전후해서 수많은 월북, 월남, 재북 문인들이 오르내리고 한 나머지 남북 문단으로 다시 갈라서게 되었다. 임화, 김남천, 안회남, 홍명희, 이태준, 박세영, 이기영,

송영, 오장환, 이선희 등의 월북과 김이석, 구상, 임옥인, 안수길, 최태응, 김진수, 오영진 등의 월남문인들 경우가 그것이다.

3. 분단시대 문학의 전개과정

1) 1950년대 — 문단은 다시 태풍을 맞다

겨우 해방기의 좌우 충돌을 추스르고 재정비하려던 문단은 또다시 한국 전쟁이라는 동족 상잔의 포화 속에서 시달려야 했다. 하지만 수많은 생채기를 입은 불난리가 멎은 다음에는 새로이 전후문학으로 한 차원 거듭나는 계기도 되었다. 실존적인 충격과 민족 의식 및 역사관에서 정신적인 자아를 찾고 외국문학의 이론에도 교양적인 폭을 넓히게 된 것이다. 실존주의, 앙띠 로망, 앵글리영맨, 비트제너레이션 등은 전후 체험에 영양소가 됐다.

손창섭, 김성한, 이호철, 장용학, 오상원, 박경리, 서기원, 선우휘 등의 전후작가들이 한국 소설 작단을 일신하기에 이르렀다. 시단에서도 박봉우, 전영경, 권일송, 황명, 박인환, 김수영, 고은 등이 새로운 세대의 신선함을 드러내며 전면에 나섰다. 희곡의 차범석, 이근삼, 박현숙, 홍승주 등도 국내외적인 문학의 새 모색에 나섰다.

평론에서는 전쟁 전과는 달리 정규 대학에서 문학 수업을 한 유종호, 이어령, 김우종 등이 본격적인 전후 세대 비평가로 나서서 대중에 호응 받는 평단으로 일신하는 데 이바지했다.

중국 동북지방 조선족 문인들도 한글 서정시와 서사시를 발표하였다. 김학철의 장편 『혜란강아 말하라』도 출판되었다. 쏘련권의 고려인 문인들 역시 레닌 찬양의 시와 소설을 한글 신문 ≪레닌 기치≫를 통해 자주 발표하였다. 일찍이 연해주에서 중앙아시아 지역으로 강제 이주된 뒤 시작활동을 하다가 해방과 더불어 조국에 돌아와 장편서사시 『백두산』을 쓴 조기천이 작고한 것도 이 무렵이다.

2) 1960년대 — 비 온 뒤 무성해진 문학

60년대의 문학은 마치 비바람을 맞고 난 후의 과수원 나무들이 무성하게 자라듯 좋은 발전의 계기를 맞았다. 하지만 4·19학생 혁명 이후 일부 정치 군인들에 의한 통치에 반발하는 문인들의 관심이 유독 높은 시기가 되었다. 신동엽의 『금강』, 김수영 등의 강렬한 참여시 활동은 눈길을 끌었다. 현실정 치의 무리수 내지 비리를 풍자, 고발하는 남정현의 「너는 뭐냐」, 「분지」 등이 문제된 사건도 이런 사정과 무관하지 않음은 물론이다. 남정현 사건은 60년대 초엽에 발표하여 나름대로 신선한 파장을 일으켰던 최인훈의 『광장』 과는 대조적인 면이 있다.

이 기간의 비평은 순수와 참여 논쟁을 들 수 있다. 4·19와 군부 통치에 상관되어 고조된 앙가주망 의식과 60년대 중반에 창간된 문예 계간지 ≪창 작과 비평≫의 간행과도 연결되는 사안이다. 유종호, 김병걸, 김우종의 참여 론의 공세에 서정주, 김양수, 이형기 등의 순수론의 수세였다. 김수영과 이어 령의 논전도 이에 참고된다.

1960년대 중엽부터 일어난 중국의 문화대혁명에 많은 문인들이 투옥된 조선족 문인들의 창작활동이 뜸한 대신 중앙 아시아 지역의 고려인 한글문 단은 성하였다. 식민지 시대 만주에서 있었던 항일 투쟁 실화를 작품화한 김준의 장편 『십오만원 사건』(1964)이 알마아따에서 출판되고 리진의 시와 소설들도 ≪레닌 기치≫ 신문에 활자화되었다.

3) 1970년대 — 그런대로 풍성한 열매

70년 5월호 ≪사상계≫에 발표한 김지하의 담시 「오적」사건으로 인한 군부 독재의 탄압을 화두로 연 1970년대 문학은 오히려 용수철처럼 튕겨올 랐다. 잡지 폐간과 문인 투옥이 오히려 문학을 아끼고 사랑하는 힘으로 작용했을 소지도 없지 않다.

경제 성장에 따른 산업사회 체제 속에서 70년대 문학은 전에 없이 대중적인 소설의 붐을 이루었다. 『별들의 고향』, 『겨울여자』같은 신문소설들은 당시 유신정치에 시달리던 독자들의 공감대를 사로잡아 문학 독자층을 확산시켰다. 또한 『난장이가 쏘아올린 작은 공』과 『아홉 켤레의 구두로 남은 사내』 연작은 독재와 사회 부조리를 고발하여 지식층의 큰 호응을 얻었다. 이들과 함께 이청준, 한승원, 전상국, 이동하, 박완서, 김승옥, 김원일 등의 본격 작품도 활발했다.

바야흐로 성을 상품화한 일부 상업성 시비 속에서도 우리 작가들은 실로 당대를 문학의 전성기로 만들었다. 그 무렵 문인들은 마침 문예진흥원의 원고료 지원하에 모처럼 전업작가 시대를 열 정도였다. 이 기간의 시문학은 소설 붐에 비하여 상대적으로 위축을 보였다. 풍자시 『오적』 발표로 인해 김지하가 투옥된 시단에서는 김준태의 『참깨를 털면서』나 양성우의 『겨울 공화국』 등이 읽혀 대조를 보였다. 희곡, 수필, 아동문학의 활동 역시 마찬가지 처지였다.

평론 분야는 경직된 유신 체제의 부소리에 파수병으로서 기능하는 데 임하였다. 이선영, 염무웅, 구중서, 임헌영 등은 강렬한 리얼리즘론과 실천비평으로써 정치 폭력에 대응하며 대량소비사회의 향락성을 감시하였다. 또한 70년대 초, '동서양 문학의 해학'이란 주제로 서울에서 처음 개최된 백철 본부장 주관의 국제펜클럽작가대회(제37차)는 한국문학의 세계화에 크게 이바지하였다.

해외 동포들의 경우, 10년간의 문화혁명 소용돌이에서 벗어난 중국에서 리욱, 김성휘, 김철 등의 서정시들이 그곳 한글 신문, 잡지나 단행본으로 쏟아져 나왔다. 쏘련 지역 고려인 문인들 역시 강태수의 「아리랑」, 김두칠의 「송림동 사람들」 같은 민족 서사적 장시와 김창현 등의 타향살이 애환을 담은 작품들이 공동작품집인 『시월의 해빛』(1971) 등에 발표 되었다.

4) 1980년대 — 민중적인 수확기의 바람

　군부 총성으로 시작된 80년대 문학은 때아닌 된서리를 맞아 원활한 수확을 저해받는다. ≪창작과비평≫, ≪문학과지성≫, ≪실천문학≫의 강제 폐간과 극심한 규제 속에서 문학은 스스로 소생의 길을 모색한 나머지 새로운 무크지 시대를 열어 문단의 변혁을 이루게 된다. 합동 시집 형태의 무크지 『이 땅에 살기 위하여』, 『마침내 시인이여』 등이 문단의 새 바람을 몰고왔다. 새로 노동자 시인 박노해가 『노동의 새벽』으로 각광받던 것 역시 당시 문단 풍토의 변혁을 실감케 한다.

　특히 민주화를 성취한 80년대 후반에는 5월항쟁을 다룬 홍희담의 「깃발」, 6월항쟁을 제재로 한 박태순의 「밤길의 사람들」 등이 눈길을 끌었다. 최일남의 『흐르는 북』, 강석경의 『숲속의 방』같은 운동권 학생을 주인공으로 삼은 소설들이 베스트셀러를 기록했다. 이전에는 터부시되던 제주 4·3항쟁과 빨치산투쟁 등이 작품화되고 광주항쟁이나 6월항쟁 및 강제징집 문제를 다룬 소설까지도 시판되어 눈길을 끌었다. 조정래의 대작인 『태백산맥』도 이와 같은 환경 속에서 이루어진 성과이다.

　그만큼 1980년대 시, 소설, 희곡 들은 독재 세력에 대한 항거 속에서 우리 공동체의 민주화와 통일 문제 등에 관심을 쏟았다. 평론계에서도 채광석, 성민엽, 등의 신세대들이 다각적인 민중문학론을 펴서 치열한 글쓰기와 최루탄 공방의 캠퍼스 현장 강연을 폈다. 드디어는 6·29선언 등으로 언론 출판 규제의 두터운 벽이 허물어지자 우리 문학체계도 달라졌다. 문예지 출판이 자유로워진 가운데 한국문단의 주류는 재래의 보수적인 필진 대신 첨예한 민중문학이론으로 무장한 신진세대로 대폭 물갈이한 계기를 이루었다.

　한편 이 기간 해외 한글문단의 경우도 활발한 활동이 계속되었다. 중국 동북 3성에서 출간되는 ≪연변문예≫, ≪천지≫, ≪도라지≫, ≪은하수≫, ≪진달래≫ 등의 문예지와 단행본으로 발표되었다. 특히 쏘련에서는 공동

작품집 『해바라기』(1982), 『행복의 고향』(1988), 종합시집 『꽃피는 땅』(1988) 등도 출간, 보급된 바 있다.

5) 1990년대 ― 내면화된 수확 누려

하지만 90년대에 들어서는 민주화 이후 88올림픽 등으로 인하여 개방화된 속에서 자유를 만끽한 한국 문단은 현저한 변모를 나타냈다. 소련과 동구권 해체의 정치적 변화도 작용되었다. 시와 소설 및 희곡 등의 창작에서 이전의 운동권 학생층을 중심으로 한 사회 개혁 및 비리 고발을 통한 우리 중심의 외면적인 공동체 의식보다는 한껏 내면적인 자아의 문제로 심화된 것이다. 이런 문제는 가뜩이나 TV와 PC, 비디오 또는 스포츠, 전자 오락 등의 위세에 상대적으로 위기를 절감하게 된 문학의 살아남기 노력의 일환이기도 하다.

한동안 최영미 현상을 일으켰던 『서른 잔치는 끝났다』 역시 운동권 세력의 종언 의식을 표출한 시집이고 이강백, 이윤택 등의 희곡 세계 또한 자아의 고뇌 천착인 셈이다. 소설의 경우, 양귀자의 『숨은꽃』, 최수철의 『얼음의 도가니』 등은 글쓰기 과정의 고뇌를, 신경숙의 『외딴 방』, 한강의 「아기부처」 등도 열띤 공동테 의식(우리)보다는 자아(나) 추구의 세계인 것이다.

이밖에 비평계에서도 80년대의 만주화 의식 대신 새로이 《한국예술비평》, 《비평의 시대》, 《현대비평과 이론》, 《오늘의 문예비평》 등이 계간으로 출간되어 의욕적인 활동상을 보였다. 그러나 나중에는 작품을 통한 비평의 비평보다는 포스트모더니즘이나 탈식민주의론 등의 이론적인 비평 담론 성향을 강하게 드러내고 있다. 그러나 이런 문학계의 변증법적인 변화나 발전은 아무래도 반세기를 넘도록 북한 문학과는 상관없이 이질적으로 이루어졌을 뿐이다.

4. 통일 시대 문학의 길

지난 20세기에 한국 신문학은 문학사적으로 개화 자강기의 준비기를 거쳐 일제 강점의 식민지 시대 상황 밑에서 움트고 꽃피우며 꾸준하게 성장해왔다. 초창기 문단에서는 다분히 이질적인 서양의 근대문학을 청나라와 일본을 통해 이식문화적으로 받아들였으나 1920년대 중엽 이후에는 민족문학의 정체성을 추구해 나갔다.

말하자면 한국 현대문학의 전반부는 외적과 외래문화의 도전에 꾸준히 응전해서 변증법적으로 이겨내 온 수난의 발자취로 얼룩져 있다. 우리의 민족문학 나무는 안팎의 숱한 눈보라와 비바람에 견디어 오며 줄기를 뻗고 잎을 티우며 나름대로의 신문학 꽃과 열매를 맺어 온 것이다.

그러다가 후반부인 1945년 광복 이후에는 우리 민족문학이 이제 다시 분단시대의 고통을 감당해야 했다. 남한의 자유문학 체제와 북한의 통제문학 체제는 드디어 문학 예술의 기능이나 내용과 형식 면의 이질감마저 드러내면서 각자의 평행선을 이어 나왔다. 1920년대 후반의 푸로문학파와 민족문학파 대치보다 더 굳어져 이질화된 상태이다. 수백년 자란 나무 중턱이 굳게 묶여 수액이 통하지 못하고 영양도 전해지지 않는 처지다. 1980년대 말의 개방화 이후 일부 작품만 소개되었을 뿐 아직은 외국문학 교류와 연구보다 경원되는 실정에 처해 있다. 민족문학의 나무는 이제 서양문학 접목 상태를 벗어나서 한 뿌리에서 갈라진 채 서로 상이한 조건에서 두 그루 나무로 커가는 기현상을 이루고 있다.

다가온 21세기에는 아무쪼록 수난을 거듭해 온 우리 현대문학이 통일시대에 걸맞게 이전의 반쪽스런 분단 현상을 극복해야 한다. 점차적으로 통일문학의 구현으로서 민족의 정체성을 되찾고 새로이 거듭나서 정치 사회적인 통일을 선도해 나가는 역할을 다해야 할 것이다.

그리고 이제 한국의 현대문학이 신문학의 두번째 세기를 맞는 2천년대에는 그야말로 바람직한 사이버 시대적인 민족문학을 이룩해 나가야 할 것이다. 21세기에는 모름지기 미래문학적인 첨단의 기술 문명 사회를 전위적 예술기법으로 대응하는 글쓰기를 모색해야 마땅하다. 그러면서도 그 기본적인 바탕은 한국의 문화적인 전통과 인간주의에 귀결되는 발전의 길로 매진해야 할 것이다.

　요컨대, 새 천년의 한국문학은 우리 기후 풍토에서 꽃피고 풍성한 열매를 맺어야 한다. 그리하여 세계인들에게도 좋은 자양분을 줄 수 있는 큰 나무로 키우고 북돋아야 할 것이다. 그러기 위해서 우리는 무엇보다 허리 잘린 민족문학의 큰 수목을 복원시켜야 한다. 실로 반세기가 넘도록 두 동강으로 꽁꽁 묶여온 중등의 맥을 풀어서 남북한 수액이나 자양분 소통이 원활한 민족문학이 하나되어 제대로 자라고 튼실한 결실을 기약해야 하는 과제를 안고 있다.

(2000년 1월)

북한문단의 이질화 양상

―북한문학 현황 알기

1. 반쪽의 문학 현상

새삼스러운 언급인 대로 분단 반세기를 넘는 동안 남북한은 너무나 상이한 문단 여건 속에서 이질화된 문학을 형성하였다. 1980년대 중반 이후 민주화와 개방의 물결을 타고 북한의 문학작품 일부가 소개되기는 했지만 극히 일부에 불과했을 따름이다. 통일을 논의하면서도 남북한이 서로 다른 체제의 문학을 도외시하는 모순된 현실 속에서 한국문학사 연구자인 필자에게 북한 문학의 벽은 한계인 동시에 커다란 도전이기도 했다. 통일시대를 내다보는 지금의 현실에서 생각해보면 남북한을 아우르는 통일 문학사의 수립이야말로 올바른 민족 문학의 지향점이라는 지적 사명감이 필자를 사로잡았던 것 같다.

따라서 필자는 나름대로 올바른 민족 문학사를 고찰하기 위해 적잖은 노력을 기울여 왔다. 이미 1980년대 후반부터 대학원 과정에 '북한문학 특수연구' 과목을 개설하는 한편, 북한 문학사 관련 논문들을 꾸준히 발표해 왔다. 또한 1990년 이후 북한 문단을 포괄하는 통일문학사 기술을 위해 그 예비 작업으로 북한문학사전을 편찬한 바 있다. 어쩌면 국가기관에서 많은 예산을 할애하여 연차적으로 행할 일을 5년여에 걸친 개인적 노력 끝에

1995년 말 1,200여 쪽의 책자를 발간했던 것이다. 북한의 대표적인 문인들과 주요 작품들, 그리고 문단 구조나 문예지의 현황 및 중요 문학 용어 등에 걸쳐 450여 항목을 조사 정리한 북한문학사전의 출현은 결과적으로 북한 문학 연구를 활성화시키는 계기를 마련하였다.

이런 과정을 거쳐오면서 보고 느낀 바를 참고로 현재까지의 북한 문단의 실상을 검토하면 다음과 같다.

2. 김일성시대 북한문학의 흐름

해방 이후 지금까지의 북한 문학은 한 마디로 말해서 특정 목적에 의해 길들여진 통제 체제의 문학이었다. 다시 말해서 예술성이나 문학성의 추구보다는 국가과업이나 당 정책을 수행하기 위한 도구의 문학 혹은 목적문학으로 존재해 왔다. 이러한 사실은 북한문학이 문학의 내재적인 논리보다는 외재적인 통제에 의해 좌우되고 있음을 의미한다. 이것은 곧 문학에 대한 정치 규제를 말해주는 것이다.

북한문학은 개인의 정서나 감정, 상상력을 본질로 하는 자유세계의 순수 문학과는 달리 역사 발전의 매시기에 전개되는 사회, 경제적 변화와 사건들을 즉각적으로 반영한다. 그리고 인민들을 공산주의 사상으로 교양시키고 고무, 주동해서 사회주의 국가건설을 위한 혁명의식으로 고취시키는 것을 궁극적인 목표로 삼고 있다. 따라서 이른바 평화적민주건설시기와 조국해방 전쟁시기, 전후복구건설기와 주체사상시기 등 각 시기별로 부과된 문학적 임무가 따로 존재하고 있는 것이다.

해방 직후 북한 문단은 조선프롤레타리아문학동맹의 이기영, 한설야 등 북로당 중심의 카프 비해소파와 조선문학건설본부의 임화, 김남천 등 남로당 중심 카프 해소파가 권력 암투를 벌이기는 했지만 사회주의 국가 건설이라는 이데올로기적 목적성에 충실히 복무하였다. 따라서 이 시기, 즉 평화적 민주건설시기의 문학에서는 토지개혁, 산업국유화, 노동법 개정 등 일련의 사회주의 제도의 확립과 그에 따른 변화된 인민들의 생활 등이 주요한 문학적 제재가 될 수밖에 없었다. 리찬의 「새소식」, 김우철의 「농촌위원회의 밤」, 김광섭의 「감자현물세」 등의 시와 리기영의 「개벽」, 황건의 「산곡」 등의 소설이 토지개혁의 감격을 노래했으며, 리정구의 「로동법령송」, 리찬의 「그날 아침」, 안룡만의 「축제의 날도 가까워」 등의 시가 노동법령의 역사적 의의를 형상화했다.

> 땅은 밭갈이하는 농민에게—
> 토지개혁의 우람찬 환성은
> 등을 넘고 비탈길을 감돌아
> 두메산골까지 산울림해 왔다.
> —나라를 찾음만해두 고마운데
> 땅까지 차지하게 되다니…
> 이게 모두 꿈인가 생시인가
>
> —김우철, 「농촌위원회의 밤」(1946)에서

조국해방전쟁시기에는 전쟁을 **승리**로 이끌기 위해 인민군의 적개심을 고취시키는 한편 애국적 헌신성과 희생성을 찬양하는 작품들이 많이 쓰여졌다. 특히 이 시기의 시문학은 일종의 전투적 구호로서의 역할을 충실히 수행했다. 채경숙의 「빛나는 혁명전통은 우리의 가슴 속에」, 김조규의 「이 사람들속에서」, 안룡만의 「나의 따발총」, 동승태의 「호랑이 사수」 등이 대표적인 작품이다.

> 나의 따바리! 가자.
> 대구 부산을 거쳐
> 려수, 목포, 부산으로
> 아니 제주도 끝까지
> 가자, 나의 따바리!
>
> —안룡만, 「나의 따발총」(1950)에서

그런가 하면 휴전 이후 북한의 최대 과제는 전쟁으로 피폐해진 경제 건설이었다. 그래서 전후복구건설시기에 북한 문학은 이러한 당 정책을 효과적으로 달성하기 위해 복구건설 현장의 모습을 직접 노래하였다. 한 마디로 이 시기의 문학은 모든 인민들은 사회주의 사상으로 교양시켜 복구 건설을 고무하기 위한 효과적인 도구로 사용된 것이다. 전쟁을 승리로 이끌기 위한 인민군과 인민들의 노력을 경제 복구로 이끌기 위해 문학은 건설 현장의 전투적 구령과 강령이 되어야만 했다. 그 대표적인 소설 작품으로 노동계급의 복구노력을 형상화한 윤세중의 「시련 속에서」나 농촌의 개조문제를 다룬 리근영의 「첫수확」 등이 발표되었다. 이어서 공업화 5개년 계획을 수행하던 50년대 말과 60년대 초엽에는 이른바 천리마 운동 현실을 다룬 작품들이 많았다. 최영화의 시 「천리마로!」나 인간 개조자로 활약한 처녀 선동원의 삶을 다룬 희곡 「붉은 선동원」 등이 이에 속한다. 또한 소설 작품으로는 능률적인 철길공사를 다룬 김병훈의 「해주—하성서 온 편지」와 천리마 기수들을 형상화한 권정웅의 「백일홍」이나 발전소 건설공사장에서 일하는 젊은이들의 모습을 그린 윤시철의 「거센 흐름」 등이 있다.

> 조국이여!
> 더빨리 다우쳐 내닫기 위해
> 네굽을 안으며 갈기를 날리며
> 먼 앞날을 주름잡아 나래치는
> 천리마로 내닫자 또 내닫자!
> 우리의 길—주체의 큰 길로
> 젊음과 삶의 상상봉인
> 공산주의 위대한 봉우리를 향하여!
> 혁명의 폭풍을 천하에 일구며
> 힘차게 앞으로! 힘차게 앞으로!
>
> —최영화, 「천리마로!」(1959)에서

1967년 주체사상 성립 이후 북한 문단은 주체사상 체계를 문학적으로 구현하기 위해 노력을 기울이게 된다. 60년대 후반부터 70년대 말엽까지의 주체사상시기의 북한 문학은 특정인 중심의 유일사상 체제를 굳히기 위한 작품을 대량적으로 양산했던 것이다. 그 결과 4·15 창작단과 백두산 창작단 등에 의해 김일성의 어린 시절을 미화한 집체작 『만경대』, 『동트는 압록강』, 『배움의 천리길』 등이 생산되는가 하면 김일성과 그의 가족을 찬양하는 송가들이 무더기로 쏟아지게 되었다. 이러한 우상화 작업은 김일성을 마르크스나 레닌, 모택동 등과 같은 반열에 위치시키기 위한 당 정책으로부터 비롯되었다. 이것이 바로 중소간의 갈등과 동서 냉전체제가 붕괴되는 국제정세 속에서 살아남기 위해 북한이 선택한 '우리식 사회주의'의 본질이었던 셈이다

> 주체의 힘, 이것은
> 질풍같이 내닫는 천리마의 날개
> 불을 뿜는 우리의 열정이며
> 총명으로 번뜩이는 우리의 눈,
> 이것은 산악도 솟게 하고 바다도 메우고
> 온 땅에 철과 기계와 쌀을 가득 채우는 기적의 손
>
> 주체, 이것은
> 해빙과 도립의 열쇠!
> 력사의 수레바퀴를 밀고나가며
> 공산주의 새 세계를 창조하는 원동력!
>   —집체작, 『우리의 태양 김일성원수』(1969)

　1980년대에 들어서는 1970년대 중엽부터 계속된 수령형상화 작업을 본격화해 왔다. 김일성의 항일 빨치산투쟁을 미화한 『불멸의 력사』총서를 간행하는 한편 그의 처 김정숙을 다룬 『충성의 한길에서』 5부작과 김정일을 찬양한 『불멸의 향도』 등이 집필되었다. 그런데 주체사상은 그 표면적인 의미와는 달리 김일성의 권력 극대화 및 우상화, 그리고 김정일로 이어지는

후계 세습 수립을 그 궁극적인 목표로 하고 있다. 따라서 『불멸의 력사』에서 『불멸의 향도』로 이어지는 수령형상화 작업은 주체사상의 구현을 위한 문학적 처방으로 밖에는 볼 수 없을 것이다.

북한문학이 사회주의 이념과 그 이념의 국가적 실현을 위한 당 정책수행의 도구로 사용되고 있음은 이미 앞에서 살펴본 바와 같다. 당은 그러한 국가적 과업을 수행하기 위한 하나의 문학적 근거와 규칙을 만들어 놓은 바 있는데, 그것이 바로 당성, 인민성, 노동계급성의 원칙이다. 당성의 원칙이란 당의 노선과 정책에 입각해 작품의 소재를 선택하고 사회발전과 생활의 본질을 당의 정책과 연관지어 작품 속에 묘사해야 한다는 것을 말한다. 계급성의 원칙이란 문학예술이 철저하게 계급투쟁의 무기이자 대중들의 계급 교양 수단으로 활용돼야 한다는 것이다. 또한 인민성의 원칙이란 문학예술을 인민들이 쉽게 이해하고 인민들의 이익과 요구에 부합하고, 인민들로부터 사랑 받아야 함을 뜻한다. 마르크스—레닌주의의 혁명사상이 사회주의 문학의 일반적인 세계관으로서 작품의 철학적 기초라면 당성, 인민성, 노동계급성은 그 세계관을 문학적으로 구현하기 위한 창작방법론인 것이다.

또한 이러한 창작방법론의 세부지침을 시인, 작가별로 할당해서 일체의 개인적 주관성이나 감정이 작용할 수 없게끔 규정짓고 있다. 작품 창작에 있어서 기본주제, 기본내용, 주인공, 소재 등을 세부지침으로 정해서 매 시기마다 역사 발전의 원칙과 인민의 지향인식을 작품 속에 철저하게 반영하도록 강제한 것이다. 그 결과 북한의 모든 문학작품들은 집단적, 공식적, 도식적인 특징을 띠는 당 문학으로 귀납될 수밖에 없었다.

3. 주체사상과 송가의 전통성

정치는 곧 통치를 의미하고 통치는 항상 권력을 그 수단으로 한다. 간단히 말해 정치는 통치 권력에 의해 행해지게 된다. 그런데 북한에서의 통치권력은 바로 노동당에 집중되어 있다. 그래서 당의 통제하에 움직이는 북한문학은 자연히 정치성을 띨 수밖에 없다. 문학의 이러한 정치적 간섭과 통제는 문학의 이데올로기화를 의미한다. 통치권력의 정치적 이념과 신념의 실천을 위한 하나의 도구로써 문학이 동원되고 있기 때문이다. 북한에서는 통치권력은 바로 김일성—김정일로 이어지고 있다. 이렇게 볼 때 북한문학은 결국 김일성과 김정일 중심으로 통제되고, 사실상 세습체제 확립에 부단히 이용될 수밖에는 없었다. 이점은 특히 이전의 마르크스—레닌주의에 기초한 사회주의문학이 1967년부터 이른바 주체사상에 의거한 '주체의 문학'으로 변화된 모습에서 집약적으로 확인된다.

1959년 북한 사회과학원 문학연구소에서 펴낸『조선문학통사』는 일제강점기에 조직된 프로문학단체인 카프에서 북한문학의 정통성을 찾고 있다. 이때까지만 해도 북한 문단은 카프의 문학운동을 무산계급의 새로운 세계건설을 지향하는 사회주의 문학의 단초로 생각하고 있었던 것이다. 그 결과 해방기와 한국전쟁을 전후하여 월북한 카프계 문인들이 초창기 북한문단을 주도했을 뿐 아니라 그들의 작품 또한 문학적으로 높게 평가될 수 있었다.

그러나 1986년 사회과학원 출판사에서 발간된『조선문학개관』의 경우 카프보다는 김일성의 힝일혁명투쟁시기의 문학을 북한문학의 정통성으로 변조하여 기술하고 있다. 당의 지도하에 행해진 문예정책에 의해서만 진정한 사회주의 문학이 형성될 수 있는데, 카프는 이러한 당의 지도를 받지 못했다는 것이 그 근거이다. 이는 물론 카프의 활동시기에는 조선노동당이 존재치 않은 데서 나온 발상이다. 따라서 당의 지도를 받지 못한 카프의 문학은 세계관의 불철저성과 창작방법의 미숙성을 드러낼 수밖에 없다고 배제하는 한편 1926년의 타도제국주의동맹 결성이나 보천보전투를 기점으로 한 김일성의 항일혁명 문학을 북한 현대문학의 정통으로 자리매김한 것이다. 이러한 변화와 관련하여『조선문학개관』이 주체사상을 김일성 유일사상으로 변모시켜 김일성의 신격화와 김정일에로의 세습후계체제 작업이 본격적으로 진행되던 기간에 발간되었다는 사실을 상기할 필요가 있다. 즉 김일성의 권력을 극대화하고 유일사상을 앙양하기 위해서 이전의 문학사까지를 수정한 것이다.

수령의 위상 높이기를 위한 노력은 비단 문학사 고쳐 쓰기뿐 아니라 찬양과 송축 일변도의 문학 작품들에서도 찾을 수 있다. 이러한 경향은 특히 시문학의 주류를 이루고 있는 송가 문학작품에서 두드러지게 발견된다. 송가는 북한 정권 수립 이후 김일성 사후에 이르기까지 지속적으로 창작된 북한 시문학의 특성인데 이는 일찍이 러시아 혁명 이후 쏘련권 한글 신문『레닌 기치』등에서 레닌 숭배와 찬양 전통에서 영향받은 성향인 것이다.

> 만주벌 눈바람아 이야기하라
> 밀림의 긴긴밤아 이야기하라
> 만고의 빨찌산이 누구인가를
> 절세의 애국자가 누구인가를
> 아 그 이름도 그리운 우리의 장군
> 아 그 이름도 빛나는 김일성장군
>> —리찬, 「김일성장군의 노래」(1946)에서

> 혁명의 위대한 수령이시여
> 김일성원수님이시여
> 수령님께서 건강하시면 온 나라가 강대합니다
> 수령님께서 건강하시면 온 세계가 기뻐합니다.
> 조선을 위하여
> 인류를 위하여
> 천세만세 무궁토록 만수무강하실것을 삼가 축원하옵니다
>> —집체작, 「어버이수령님 만수무강을 축원합니다」(1972)에서

앞의 인용 작품에서 보다시피 김일성에 대한 칭송과 찬양은 해방 직후부터 그가 사망한 이후인 지금까지도 중요한 시적 주제로 되고 있다. 송가 작품들에서 김일성은 한결같이 위대한 민족의 영도자, 걸출한 위인, 민족의 태양, 신비하고 위대한 영웅 등으로 묘사되고 있다. 그러나 이점은 당의

문예정책 중 인민성의 원칙에 벗어나는 것으로서 북한문학의 자가당착적인 모습을 고스란히 드러내고 있다. 그러니까 인민성의 원칙을 김일성에게 적용하지 않고 오히려 인민과 분리시켜 위대하고 현명한 민족의 지도자로 추켜세운 점은, 오직 그의 위치를 절대화 신비화하여 권력기반을 다지는 통치전략으로 문학이 이용되고 있는 모습이 아닐 수 없기 때문이다.

김일성에 대한 이러한 송가는 본격적인 유일사상의 주체문학시기인 1980년대에 접어들면서 그의 아버지 김형직, 어머니 강반석, 처 김정숙 및 아들 김정일 등의 직계가족에까지 확대되었다. 특히 김정일에 대한 송가는 김일성과 대등한 수준으로 창작되었는데, 정서촌의 「조선의 영광」, 전병구의 「정일봉의 해맞이」, 백하의 「하늘에 새긴 글발」 등이 대표적이다. 이들 작품에는 김일성 송가에서 흔히 발견되는 해·달·별 등의 천상적 심상들이 고스란히 전수되고 있는데, 이러한 수령형상화 작업은 권력 세습의 정치적 의미망을 구축하려는 의도일 수밖에 없다.

> 누리를 밝히는
> 향도의 해발로
> 가장 밝은
> 새 세계의 아침을 불러오는 봉우리
>
> 그래서 여기 비치는 해빛은
> 그리고 따사롭고 눈부신 것이냐
> 여기에 내리는 그 해빛
> 이 땅에 비끼여
> 조국의 미래는 그리도 양양하고
> 인민은 환희에 넘쳐있는 것이 아니냐
>
> 아, 시대를 비치고 력사를 빛내이는
> 은혜로운 사랑의 해빛이여
> 천만가닥 이땅 우에 비쳐내리는

위대한 향도의 빛발이여

—전병구, 「정일봉의 해맞이」(1989)에서

김일성과 동일한 수준에서 김정일에 대한 형상화가 강화된 점은 김정일의 승계 굳히기가 매우 주도면밀하게 진행되었음을 암시한다. 이런 현상은 이미 1967년부터 주체사상을 내세우고 유일체제를 갖추기에 힘써온 북한문단의 현실적 과업이 되어 왔다. 엄밀히 말해서 1970년대초 이후 오랫동안 당 선전선동부와 문화예술부의 부부장 직위에 있으면서 문화예술분야의 실권을 장악했던 김정일 자신이 후계자 자리를 다지기 위한 노력의 하나로 수령형상화의 송가 작품에 큰 관심을 기울였던 것이 사실이다. 김일성이 사망한 이후 김일성의 유훈과 함께 김정일에 대한 송가 작품이 부쩍 많아진 것 역시 후계자로서의 김정일의 위치를 확고히 다지기 위한 당 문예정책으로부터 비롯된 것일 수밖에 없다.

참고로 최근의 「조국과 인민 위해 바치신 어버이 수령님의 위대한 생애를 문학작품에 더 빛나게 형상하자」(『조선문학』, 2000. 7, 머리글)에 제시된 수령형상 방법은 다음과 같다.

> 3위일체의 견지에서 수령을 형상하려면 반드시 인민과 고락을 같이하는 수령의 빛나는 활동과 숭고한 풍모를 깊이 있게 그려야 한다. 더욱이 수령님께서 한평생 조국과 인민 위해 활동하신 혁명투쟁과정에 깃든 잊을수 없는 사연을 감명 깊게 형상해야 한다.
>
> 또한 수령형상작품창작에서는 형상수단과 수법을 여러모로 리용하여 생활반영의 폭과 깊이, 형상의 진실성과 생동성을 보장해야 한다.
>
> 수령형상문학에서 위대한 인간의 위대한 생활을 그려 내기 위한 생활반영의 깊이를 보장하자면 수령의 내면세계를 더 깊이 있게 펼쳐 보여야 한다.
>
> 수령형상작품일수록 수령의 심리세계에 대한 직접적묘사가 더 자유분방하게 펼쳐져야 하며 수령의 위대한 형상이 여러 각도에서 묘사되여야 한다.

4. 김정일시대 북한문학의 현황

1994년 7월, 김일성 사망 이후 북한은 이른바 유훈통치에 접어들었다. 유훈통치는 김일성 사망 이후 김정일이 공식직책을 승계하지 않고 김일성의 생전 교시를 받들어 북한을 운영한다는 뜻으로 김정일의 정통성이 김일성에게서 승계되었음을 정당화하려는 일종의 간접적인 정치전략이다. 1997년 10월까지의 유훈통치 기간에는 북한의 정통성이 여전히 죽은 김일성에게 있었다. 따라서 "우리 문학예술에 있어서 수령의 형상을 창조하는 것은 지상의 과업이다. 수령형상창조를 첫째가는 과업으로 틀어쥐고 나가야 우리 문학예술은 온 사회를 주체사상의 요구대로 개조하는 성스러운 위업에 적극 이바지할 수 있다"고 강조하면서, 그 구체적 방법으로 김일성의 "고매한 공산주의적 풍모와 영광 찬란한 혁명력사, 수령님께서 이룩하신 불멸의 혁명업적을 형상"(유춘희, 「항일혁명투쟁의 승리를 안아오신 경애하는 수령님의 불멸의 업적을 더 빛나게 형상하기 위하여 나서는 몇가지 문제」, 1997)화를 세시한 점에서 알 수 있듯 1990년대 북한문학에서 김일성의 형상창조는 여전히 중요한 과제로 강조되었다. 주체사상의 요구대로 주체이 인간을 개조하는 작업을 진행시키기 위해서는 수령형상 창조가 북한문학의 지상 과업이 될 수밖에 없기 때문이다.

그런데 유훈통치 기간의 수령형상화 과업은 김일성과 김정일을 동급에 놓거나, 점차 그 중심이 김정일에게로 옮겨가는 양상으로 변모하였다. 이것은 김일성과 김정일을 동일시하여 권력 세습을 정당화하려는 정치전략의 결과이다.

> 성스런 령전에서 다진 그 맹세
> 의리로 목숨을 지키여가자
> 유훈을 빛내여 나가는 길에

수령님은 영원히 함께 계신다.
그 손길 따라 싸운 전사들답게
그 품에 자란 제자들답게
내 조국 부강 위해 나가는 길에
수령님은 영원히 함께 계신다.

사상도 령도도 높은 덕성도
수령님 그대로이신 장군님
충효일신 받들어나가는 길에
수령님은 영원히 함께 계신다.
　　　　—최로사, 「수령님은 영원히 함께 하신다」(1995)에서

위대한 수령의 유훈을 받들어 수령 그대로인 장군(김정일)을 충효의 한마음으로 받들자는 인용 작품의 내용처럼 유훈통치 기간의 북한문학에서는 김일성의 유훈을 받들어 김정일을 모시자는 작품들이 많이 창작되었다. "김일성 그이는 김정일! / 김정일 그이는 김일성!"(김영길, 「태양은 빛나라」, 1995)이라고 양자를 동격화 시킨 후, "최고사령관동지를 높이 받들고 / 그이의 령도를 따르는 길이 / 주체혁명의 백전백승이 있고 / 수령의 위업을 만대에 떨치는"(황명성, 「그 유훈 총대로 지켜가리」, 1995) 길이라는 식으로 김정일에 대한 충성 서약을 다짐하는 내용의 작품들이 대량으로 창작된 것이다.

1990년대 후반 북한문학의 특징적 현상인 수령형상 창조는 유훈통치 후 북한의 정치사상적 이데올로기 강화를 위한 방편이었다. 즉 김일성과 김정일을 한 몸으로 만들어, 김일성에게 존재했던 혁명적 전통을 김정일에게 고스란히 전수하려는 의도였던 셈이다. 1994년 김일성은 죽었지만, 북한의 정통성이 여전히 김일성 수령에게 있음을 강조하면서 김정일을 중심으로 한 사상적 통일의 근거를 마련한 것이다.

유훈통치가 끝날 무렵인 1997년도 북한의 문학평론은 예외 없이 글의 서두에 "혁명의 붉은기를 높이 들고 '고난의 행군'을 승리적으로 결속하기

위한 사회주의 총진군운동"을 언급하고 있다. '고난의 행군'은 김일성이 조선인민혁명군 주력부대를 이끌고 1938년 12월 상순부터 1939년 3월말까지 100여일 동안 남패자를 떠나 압록강 연안 국경지대까지 행군한 것에서 유래한다. 김일성은 조선관동군의 동기대토벌에 맞서 싸우다가 위기를 맞지만 항일무장투쟁기의 가장 준엄하고 간고한 행군이었던 '고난의 행군'을 통해 이 위기를 헤쳐나감으로써 전화위복의 전기를 마련한다. 1990년대 후반을 북한 사회가 고난의 행군기로 규정하는 것은 김일성의 죽음과 경제난에 대홍수가 겹치면서 발생한 식량난으로 인한 위기 상황 때문이다. 이에 대해 북한 내부에서는 "우리 당이 요구하는 붉은기정신과 '고난의 행군' 정신에는 혁명의 령도자에 대한 숭배심과 수령결사옹위정신, 우리 식 사회주의를 끝까지 지키려는 높은 사상정신적 각오가 담겨져 있고 수령, 당, 대중의 일심단결의 신념과 자력갱생, 백절불굴의 혁명적 의지가 담겨져 있다"(리창유, 「시대와 인민이 요구하는 명작창작의 길을 휘황히 밝혀주는 강령적 문헌」, 1997)고 지적하면서 '고난의 행군'을 헤쳐나갈 철학사상적 토대가 붉은기정신임을 강조하였다.

김정일이 창시한 사상이라 일컬어지는 붉은기 사상은 "적들이 바라는 것은 우리의 사상이 희어지는 것이나, 우리는 붉다"라는 말에 요약적으로 제시되어 있다. 사회주의의 순결성을 상징하는 붉은기는 북한의 체제 위기 극복을 위한 김정일식 혁명철학이라고 할 수 있다. 북한문단은 붉은기 정신에 대해 "고난의 행군 시기 력사에 류례없는 준엄한 시련과 난관을 이겨나가며 래일을 위한 오늘에 사는 백절불굴의 투지와 혁명적 락관주의, 고귀한 자기 희생과 헌신의 정신"이라고 밝히면서 "오늘을 위한 오늘에 살지 말고 래일을 위한 오늘에 살자는 경애하는 장군님의 주체의 인생관을 구현한 작품이 수많이 창작"(김성우, 「붉은기정신이 구현된 우리 소설문학」, 1997) 되었다고 주장한 바 있다. 그중 특히 송찬웅의 시집『내 삶의 푸른 언덕』에 대해서는 무엇보다도 이 시집이 "사회주의 승리자의 대축전으로 빛내기 위한 투쟁을 벌려나가는 우리 인민들에게 필승의 신념과 완강한 투쟁정신,

혁명적 락관을 안겨주는 사상적 무기"(김의준, 「삶의 푸른 언덕에서 부르는 심장의 노래」, 1998)가 된 점을 들어 사회주의의 순결성을 지키고자 하는 붉은기 정신이 잘 구현돼 있다고 높이 평가하였다.

붉은기 사상은 주체사상의 혁명철학과 우리식 사회주의에 대한 신념에 연관되어 있다. 체제 수호를 위해 주체사상의 철학적 기초를 강조하고 수령형상과 연관된 혁명전통을 확고히 하자는 의도에서 붉은기 사상이 제시된 것이다. 그러나 붉은기 사상은 유훈통치 기간의 과도기적 철학적 형태를 지닌다. 북한 문학평론에서도 1997년 10월 김정일이 조선 노동당 총비서로 취임한 후부터는 주요한 화두로 등장하지 않고 있다. 대신 1998년 이후부터는 '강성대국건설'로 변화한다.

강성대국 건설에 관한 논의는 "오늘 경애하는 장군님께서는 위대한 수령님의 거룩한 한생이 어려있는 우리 조국땅우에 주체의 강성대국을 일떠세울 확고부동한 결심을 지니시고 전당, 전군, 전민을 일대 부흥번영의 길로 이끌고 계신다. (중략) 강성대국, 여기에는 진정 우리 인민에게 이 위대한 조국을 안겨주기 위하여 80여성상을 하루와 같이 바쳐오신 어버이 수령님의 생전의 뜻을 이땅우에 활짝 꽃피우시려는 경애하는 장군님의 철의 신념과 의지가 가슴벅차게 차넘"(최언경」, 「강성대국건설에 헌신분투하는 주인공들의 형상에서 나서는 몇가지 문제」, 1998)친다는 언급에서처럼 김정일에 대한 수령형상화와 연관을 맺게 된다.

> 조선이 있어 지구가 있음을 선포한
> 이 엄숙한 선언이 저 기폭에 날린다
> 원수별 빛나는 최고의 사령관기
> 강성대국 조선의 승리여!
> —권문영, 「원수별 빛나는 저 기폭에」(2000)에서

이는 김정일이 조선노동당 총비서로 취임한 이후의 변화된 정치국면을 반영한다. 김일성의 영생기원으로 대표되는 정신적 유훈통치는 계속된다

하더라도 실제적인 유훈통치는 김정일의 총비서 취임으로 끝난 셈이다. 따라서 북한문단 내부에서는 수령형상 창조의 연속선상에서 새로운 지도자 김정일에 대한 형상화 문제가 서서히 부각되기 시작했다. 유훈통치 기간에는 김정일을 전면에 부각시킨 문학작품을 찾아보기 어려웠다. 그러나 1999년에 들어오면서 김정일의 수령형상화에 관한 논의가 수면위로 떠올랐다. "21세기를 향도하실 위대한 태양으로 경애하는 장군님을 칭송하면서 그이에 대한 다함없는 존경과 흠모의 마음을 담아 주옥같은 시어를 골라 지은 송가문학은 그것이 체현하고 있는 고상한 내용과 숭고한 사상감정 그리고 그 창작과 보급의 전례없는 대중적성격으로 하여 사회주의 위업, 인류의 자주위업을 촉진하며 인류문학의 보물고를 풍부히 하는데서 커다란 의의가 있다"는 언급은 그 직접적인 언급의 시발이었다.(박춘택, 「21세기의 태양 김정일장군을 칭송한 세계 혁명적 송가문학」, 1998)

　한편 김정일이라는 새로운 권력의 출현과 연관하여 새로운 세대의 부상과 그들의 활동영역에 대한 정당성을 강조하고 있는 점은 주체사실주의 문학에서 혁명적 낭만주의의 강조가 새로운 맥락을 형성하고 있음을 의미한다.

인민은 잊지 않으리
청년 건설자들이여
선군시대의 아름다운 꽃으로
조국청사에 빛나는 별들로
우리 장군님 심장에 남은
그대들의 이름과 그대들의 위훈을

잊지 않으리 잊을 수 없으리 (중략)

이 길에서 청년들은
장군님께 가장 뜨거운 감사를 드리며
심장의 격정을 한껏 터치노라
김정일시대 청춘만세 !

김정일 동지의 위대한 청년중시사상 만세!
　　　　　　—백의선·류동호, 「조국이여 청년들을 자랑하라」(2000)에서

　김정일의 수령형상화와 더불어 그의 시대를 청춘으로 비유하고 있는 이 작품은 강성대국의 건설자들로 청년들을 지적하고 있는 것은 혁명적 낭만주의에 대한 강조라는 점에서 주목된다. 북한문단은 김정일이 기획하고 있는 강성대국건설의 핵심적 주체는 "가장 힘든 곳에 자기 한몸을 서슴없이 내대는것도 이를 악물고 참기 어려운 시련과 고난을 웃으며 이겨내는 것도 오늘은 어려워도 활기있고 명랑하고 락천적으로 아름다운 꿈을 안고서 희망에 넘쳐 사는 우리시대의 주인공들"(명일식, 「혁명적랑만이 차넘치는 주인공들의 모습을 모습을 참신하게 보여준 생동한 형상」, 1993)이라고 규정한 바 있다. 이는 김정일의 전면적인 등장으로 인해 북한사회의 세대교체가 본격화되었음을 뜻하기도 한다. 이러한 김정일에 대한 수령형상화와 혁명적 낭만주의를 바탕으로 1998년 이후 북한사회는 강성대국건설로 나아가기 위한 체제 정비를 완료한 것이다.
　그리고 다음의 2000년대에 들어서 발표된 북한 문단의 글들에서도 위에서 살펴본 붉은기 사상과 김일성—김정일 부자의 형상화 및 강성대국 등의 지향성을 찾아볼 수 있다.

　　　　정년 그 글발은
　　　　수령님의 삶의 전부
　　　　수령님의 최대의 유산
　　　　통일을 위해 쌓으신
　　　　위인의 성업으로 찬연한…

　　　　그래서 판문점을 찾으신 장군님
　　　　조국통일친필비앞에 서시여
　　　　수령님 유훈 지켜 통일된 조국을
　　　　후대들에게 물려 주자고

뜨겁게 뜨겁게 말씀하셨거니

아, 통일의 환호성 울리는 그날에도
세월의 먼 한끝에 가서도
불멸할 그 위업 전하고 전하며
태양처럼 영원히 빛나리라
아, 아, 우리 수령님의 위대한 친필이여!
　　　　　　　　　— 송재하, 「위대한 친필」(2000)에서

『조선문학』에 게재된 이 시편에서는 김일성이 생전에 통일로에 가까운 판문점 근처에 써서 남긴 글을 통하여 수령 숭배와 유훈승계를 하게 된 김정일을 연결해 보이고 있는 것이다.

마음도 생각도 새로워 지는
새 세기 첫 아침—
우리는 긍지에 넘쳐, 신심에 넘쳐 이 말을 한다.
우리에겐 붉은기가 있다!
새 세기의 선물로 안고 왔나니　　　　　(첫 연)

우리에겐 붉은기가 있다!
이것이 새 세기의 큰 문에 부치는
우리의 성스러운 문패다
보라 붉은기의 최고사령관
김정일장군님이 대오앞에 계신다　　　(9 연)

아 마음도 소원도 모든것이 새로워 지는
새 세기 첫 아침—
우리는 세계앞에 크게 웨치노라
이 나라 운명의 표대 같은 이 한마디 말을
그렇다, 우리에겐 붉은기가 있다!　　　(11 연)
　　　　　　— 정은옥, 「우리에겐 붉은기가 있다」(2000)에서

역시『조선문학』최근호에 실린 이 시작품은 제목에서처럼 북한의 붉은기 사상을 표방한 것이다. 그리고 이런 붉은기 사상은 나아가서「문학예술 작품창작에서 주체성과 민족성을 빛나게 구현하자」(『문학신문』, 2000. 9. 15)는 구호와 함께 평론「시문학의 붓대는 총대를 노래하는 붓대여야 한다」(김의준,『조선문학』, 2000. 8) 및 서성현의「장군님 안겨 주신 총」(2001. 8) 등에서 주체 사상과 강성대국의 테마를 드러내고 있다.

     대오앞에 날리는 탄광근위기발
     바라보니 이 가슴에 안겨 오네
     병사시절 휘날리던 근위사단 그 기발
     아, 어제는 근위사단 근위병
     아, 오늘은 근위탄부 되었네

     조국을 지키여 휘날린 기발
     조국을 빛내며 휘날려가네
     군복은 벗었어도 언제나 한모습
     아, 검은금을 폭포처럼 쏟아 내며
     아, 오늘도 그 기발 휘날려 가네

     이 기발 날리며 장군님을 받들고
     이 기발 날리며 장군님을 옹위하리
     초소는 변했어도 마음은 하나
     아, 언제나 병사시절 그 정신으로
     아, 한생을 장구님근위병으로 살리
          ― 리남준,「한 생을 장군님 근위병으로 살리」(2001) 전문

『청년문학』최근호(2001. 8)에 실린 이 작품은 근래의 김정일과 그를 따르는 청년 병사를 통해서 젊은 세대로 교체된 북한 사회를 드러내고 있는 셈이다. 그런가 하면, 작년에 있었던 남북정상의 만남 이후로 통일에의 염원을 다룬 작품도 눈에 띈다.『조선문학』최근호(2001. 8)에 발표된 박세일의

가가 한 예이다.

> 6월의 평양에서 울려 퍼진
> 『남북공동선언』의 발표—그때로부터
> 이 행성을 가열시킨 그 열파를 호흡하며
> 시의 용광로
> 나의 심장도 달아 올랐다
> 시인의 피가 설설 끓는다   (1 연)
>
> 하여 나의 시여
> 피줄처럼 뽑아 낸 너 한줄한줄
> 겨레의 가슴가슴 반세기나마 쌓인
> 불신과 오해의 빙산을 녹이는
> 화해의 해살로 흘러 들라   (4 연)
>
> 시는 기발과도 같아
> 나의 시여
> 평양에서도 보이고
> 서울에서도 보이고
> 제주도끝에서도 다 바라보이게
> 통일의 아침노을빛으로 펄럭이라   (6 연)
>   ― 박세일, 「시인과 통일」(2001)에서

다소 정론성을 띤 시이면서도 이 작품에는 비교적 이념의 노출이나 남측 비난 없이 남북공동선언의 감격과 통일의 바람을 담아내고 있는 것이다.

5. 민족문학의 동질성 회복을 위하여

지금까지 살펴본 것처럼 북한문학의 핵심은 유일지도체제에 입각한 수령 형상화에 있음은 자명한 사실이다. 주체사상과 주체문학론의 중요한 축이

수령관에 있다는 점을 염두에 둘 때, 김일성에 대한 수령형상 창조를 통해 수령—당—인민의 일체성을 구현했던 북한사회와 문단은 지속적으로 김정일의 수령형상 창조에 복무할 것으로 예상된다. 즉 향후 북한사회 및 문단은 김일성의 시대와 마찬가지로 김정일 중심의 유일지도체제로 전개될 것으로 보인다. 김일성 사후의 유훈통치나 붉은기 정신, 그리고 강성대국건설 등으로 이어지는 일련의 정치 양상은 혁명적 낭만주의를 바탕으로 하여 김정일 중심으로 권력을 재편하려는 과정이었음이 명백하기 때문이다.

이렇듯 북한문학은 내용이나 방법적인 측면에서 우리문학과 매우 다른 양상으로 정착되었기 때문에 분단 반세기를 지내오면서 남북한 문학은 매우 심하게 이질화되었다. 그 결과 민족적 동질성을 느끼기보다는 낯선 이민족의 문학처럼 낯설게만 느껴지는 것이 오늘의 실정이다. 따라서 문학을 통해 민족 동일성을 회복하려는 노력은 새로운 세기를 맞이하는 시대적 과제일 수밖에 없을 것이다. 우리는 북한문학의 변천과정과 이념 및 오늘날의 이질화된 문단 실체나 현황을 체계적으로 연구하고 대비적으로 접근하여 단계적, 선별적으로 해결해 나가며 통일 민족문학을 지향, 정립해야 할 것이다.

(2001년 10월, 엄동섭 석사와 공동집필)

제Ⅱ장

통일문학의 길트기

민족문학의 선도자로
나라 밖 한글문학의 현황과 과제들
고려인 문학의 길 찾기
하나 되기 위한 남북문학의 접근

민족문학의 선도자로

— 21세기 평단의 과제

새로운 세기를 맞이한 한국문학은 모름지기 새천년의 나이테와 민족사적 사회환경에 부응할 만큼 거듭나야 마땅하다. 바야흐로 세계의 다문화 추세와 정보화 기류 속에서 통일시대를 살아갈 한국문학은 이제 동서양 문학의 광장에서 노벨 문학상도 수상할 단계이다. 그 동안 한국문학은 개화자강기 이래 한 세기 안팎에 걸친 신문학 수련기를 지났으므로 앞으로는 민족문학 본연의 정체성을 찾아서 세계문학의 중심으로 나아갈 문학사적인 계제에 이른 셈이다.

21세기는 특히 문화의 세기라고 일컬어지듯 사회 각 분야 중에서 문화에 상관된 연극, 영화, 무용, 음악, 출판, 미술, 조각 등도 중요한 비중을 차지한다. 하지만 여러 예술 가운데서 문학은 예술의 꽃이요 가장 전통적인 역사성을 지니고 있다. 한 세기가 넘는 연륜을 지닌 노벨상에도 예술 관련 분야는 문학뿐인 사실도 결코 우연한 일이 아니다. 문학은 동서고금을 막론하고 가장 많은 나라 사람들에게 교양과 즐거움을 주는 일반화된 예술의 대표적 존재인 것이다. 흔히 언어와 문자를 매개로한 시, 소설, 희곡, 평론, 수필 등이 답답한 대상 같지만 만인에게 공통적인 생활의 벗으로서 기능하고 있음은 엄연한 사실이다. 여러 영상매체들이 등장한 새천년에도 문학은 생활의 벗으로서 활용되고 인류문화 향상에 뗄 수 없는 제일 요건이지만 그 중에서도 비평문학은 그 선도자로서 제일 긴요한 위치를 차지하고 있다.

따라서 여기서는 21세기 한국문학에서 문단 전반에 걸친 비평의 과제를 중심으로 논의해 보려한다. 문학평론은 한국문학의 여러 창작장르를 올바르게 이끄는 민족문학의 길잡이 몫을 해내야 하기 때문이다. 더구나 날로 더해가는 문학의 위기감과 함께 흔히 이야기하듯 새로운 밀레니엄을 맞이하는 시대의 분기점에서 이런 문제를 화두로 검토해 보는 일은 시의에 걸맞는 사안이기도 하다. 우리는 21세기 한국 문학 평단에서 다음의 몇 가지 과제를 진지하게 논의해서 실천해 나가야 할 것 같다.

1. 창작의 들러리가 아닌 문단의 선도자

우선 앞으로는 평론이 시·소설·희곡 장르의 들러리스런 재래의 인식을 벗어나서 올바른 창작을 이끄는 담론의 관리자로서 원활한 문단의 리더 역을 다해야 한다. 평론 문학이 시인과 작가는 물론 그들이 쓴 작품들을 해석·감상·평가하는 비평 본연의 기능을 제대로 해내지 못할 경우, 흔히 말하듯 창작의 시녀라는 선입견을 벗어나지 못하게 마련이다. 곧잘 지적 당하곤 하는 예의 근친상간 내지 주례사 비평 등의 정실에 치우친 작품 해설이나 상업주의적 상찬 행태 등이 그것이다.

새 세기에는 마땅히 이전의 안이한 비평태도나 사이비 평론의 타성에서 벗어나 본연한 비평 장르의 지위를 되찾아야 한다. 로버트 린드 등의 견해처럼 시인이나 작가가 작품에서 사물의 초상화를 그리듯 비평가는 평론에서 작품의 초상화를 그리는 창작의 주체이다. 감성적인 일차언어를 통한 묘파로써 빚어내는 시인, 작가들의 작품 활동과 흔히 그들 작품을 대상으로 삼아 서술적인 이차언어를 통해서 분석, 평가하는 비평 활동이 다 함께 한국 문학 발전에 기여하고 있다. 하지만 비평가가 창작가를 앞선 작업을 한다는 구미

를 중심한 해체비평론자들의 견해 등은 비평과 담론의 시대인 오늘날에
와서 강세적인 평론 장르의 위상을 뒷받침하고 있다. 우리 평단은 세기가
바뀌는 전환점에서 상업화와 파벌화 속에 엉켜 있는 우리 문단 풍토를 엄정
하게 바로 잡고 쇄신하는 개혁작업에 앞장서야 할 것이다.

　　모름지기 평단은 비평가들 스스로 문단을 정화하고 솔선하는 모범을 보
여야 한다. 자신부터 안이한 이론에 안주하지 말고 단연 정실비평 따위의
함정에서 벗어나야 함은 물론이다. 누구보다도 일부 문예지들에서 양산되는
문인들로 인한 문학의 질저하와 문학단체 선거 풍토를 흐트리게 하는 제도
개혁에 나서야 한다. 문단 일부의 타성적인 병폐실상은 뒤의 장에서도 자세
한 대처방안까지 제시했지만 긴요한 문제꺼리이다. 그리고 특히 평단에서
대처할 주요 사항의 하나는 흔히 문단 권력이라고 지칭될 만큼 각종 문학상
심사와 필진까지 개입하여 문단을 조직적으로 제패하려는 특정 문인 그룹의
섹트주의를 막고 혁파해야하는 임무 역시 비평가들의 몫으로 남아있다는
사실이다.

2. 자설적인 전통비평 활용

　　21세기에는 마땅히 한국문학 거의 모든 분야에서 전 세기적인 유산인
서양 따라가기나 유럽 본받기 태도에서 과감히 탈피해야 한다. 서구 문화의
모방과 서양 문학 익히기는 20세기 1백년 남짓한 기간이면 충분했다. 이질
적인 그것이 더 지속되는 경우는 오히려 그 한계에 부딪히고 해서 우리
민족문학 전래의 특장점을 훼손시키는 부작용만 더해갈 뿐이다. 아직도 우
리 대학과 대학원을 비롯해서 문학 지망생들이 서양의 표준에 맞춘 작품창
작을 일삼을 뿐더러 평론계 또한 거의가 서양의 문학이론과 착잡한 그 담론
들을 무비판적으로 받아들여 오리무중의 미궁 속에서 헤매고 있는 실정이
다. 치수가 다른 서양의 잣대로 이질스런 동양체질의 작품들을 재단하는
모순을 되풀이하며 확대 재생산하는 일이란 얼마나 한심한 노릇인가.

우리에게는 예전부터 동양 전래의 문학과 비평이 있어 왔고 나름대로 오랜 동안의 비평 이론에 바탕한 평론들이 행해져 왔다. 중국에서도 양나라 시절에 이미『문심조룡』(유협)이란 문예이론을 세워 많은 비평활동이 계속되어왔음은 물론이다. 우리의 경우 특히 고려 후기 무렵에는『파한집』(이인로),『보한집』(최자),『백운소설』(이규보),『역옹패설』(이제현) 등의 비평서들이 널리 알려져 오고 있다. 조선시대에도 서거정의『동인시화』와 홍만종의『사화총림』같은 문예평론들이 오늘에까지 전해오고 있는 것이다. 하지만 우리는 아직 이를 체계화하지 못한 채 외면하고 낯설은 서양이론의 답습에 급급하고 있는 형편이다. 이는 마치 지혜롭고 입맛에 맞는 신토불이 섭생 풍습을 버리고 인스탄트식이나 지방질이 넘치는 서양 식품에 젖어가고 있는 청소년 식성의 폐단현상과 크게 다르지 않다. 서양 위주의 양약이나 병원치료법보다는 동양 중심의 우리 체질에 맞는 한약과 허준의 동의보감적인 한방치료법이 더 바람직하다는 문제와도 비유될 수 있다.

우리는 새로운 세기의 문학이론에 걸맞게 우리 전래의 문예 비평론도 체계화하고 이를 일부 보완하여 오늘의 문예비평에 널리 활용하는 노력이 필요하다. 근래 일부 뜻 있는 비평가들에 의해서 한국적인 이기(理氣)문학론이나 주역의 음양오행설, 또는 불교적인 상상력을 통해서 풀이하고 평론하여 그 가능성을 실증해 보인 바도 없지 않다. 송욱, 조동일, 윤재근, 김영석, 한승옥, 최동호, 조완호, 임우기, 고형진, 허혜정 등의 접근 노력들이 그것이다.

그러므로 앞으로 구체적인 실천비평에서도 이를테면 고려시대 이규보가 『백운소설』에서 내세웠던 아홉 가지 적합하지 못한 시의 문체(九不宜體)라는 항목들을 적용하여 시 월평을 함직하다. 또한 조선시대 후기 신경준이 내세운 시 짓기 법칙 6가지—시 영역을 넓게 잡고 간략한 시어사용, 표현의 법도를 지키고 재능 있는 시어 다듬기의 요령, 탈속한 시어구사 및 자연스런 구성 등—를 현대시에 적용할 수도 있다.

이런 일련의 자설적인 전통비평 활용노력은 신문학 이후 오늘까지 궁색하게 서양적인 타자비평적인 이론에 기대어온 한국 현대문학에 정체성을 찾는 탈식민주의 운동과도 직결된다. 그야말로 다문화(多文化)시대인 21세기에는 지금까지 줄곧 서양 문학만을 수용해온 소극적 단계를 벗어나서 새롭게 동양적인 사상의 바탕 속에 형성된 한국 문학 비평 방식을 모처럼 적극적으로 대처하여 서양에 수출하는 성과도 거둘 수 있을 것이다.

3. 독자층과 친숙한 대화 자세

또한 새 세기에는 우리 평론 문단(評壇)도 지금까지의 안이한 비평 습성에서 벗어나 보다 폭넓은 독자층에 가깝게 다가가야 한다. 가뜩이나 활자 매체를 통한 문학이 예의 다채롭고 손쉬운 비디오, 스포츠, PC, TV 등에 독자들을 빼앗기지 않으려면 새롭게 달라져야 살아남을 수 있다. 그리고 서양식 투성이인 생소한 비평 용어와 현학적인 논리로서는 결코 좋은 호응을 얻을 수 없게 마련이다. 더구나 예전처럼 비평가가 독자의 교사 또는 전달자로 군림하던 고답적 태도로 임해서는 민주시대에 역행하는 결과에 이르고 만다. 요즘 비평가는 테리 이글턴의 견해처럼 전문적인 비평 담론의 관리자로서 삭가나 독자들과 더불어 열린 마음으로 논의하는 대화의 자세를 지녀야 한다.

도론 문학인 비평이 독자들에 친밀해지기 위해서는 우선 쉬운 문장으로써 창작문학인 시나 소설 읽기 못지 않게 사회적 관심과 지적 호기심을 자아내고 교양의식을 높일 수 있어야 할 것이다. 따라서 요즈음 우리가 흔히 학술 레포트를 작성하듯 각주를 달고 전문용어를 즐겨 쓰는 논문형태의 평론은 삼가야 한다. 일반 독자 대중을 대상으로 삼는 문학 평론은 결코 아카데미적인 논문이 아니라 저널성을 띤 문학 에세이가 제격이기 때문이다. 강단비평이 횡행하는 사이 독자들은 문학에서 자꾸만 떠나게 마련이다. 문학 평론에서는 근엄하고 논증적인 학구성보다는 날카롭고 응용력 깃든 탄력성을 높이 사는 가치판단 위주의 칼럼이 제격이다.

여기서 함께 언급해 둘 사항의 하나로서는 특정 성향을 내세우며 문단의 파당을 조성하고 패권을 노리는 창비와 문지의 폐쇄적인 편집 방향도 독자 대중과의 거리를 멀게 한다는 점이다. 이들 문예지는 적잖은 엘리뜨의식으로 특정 문인들만의 발표지면으로 제약한 나머지 소수를 받아들이고 다수를 가로막아서 결과적으로 열린 문학 토론 마당으로서의 기능을 다하지 못하기 때문이다. 한때 강력한 지배이데올로기를 내세우며 횡포를 자행한 공권력에 항거하거나 다소 서구 지성적 성찰과 감각을 전해온 기득권을 오만스럽도록 오래 자행하는 행태는 이제는 이미 우리 문단 발전에 새로운 걸림돌임을 반성해야 할 것이다.

4. 통일시대 민족문학을 이끌어야

21세기는 실로 광복 반세기가 넘게 고착화된 분단 모순과 이데올로기 벽을 헐고 통일의 과업을 이룩할 민족사적 전환기이다. 이는 문화의 세기에 당면한 과제인지라 비평을 비롯한 우리 문단은 오히려 남북당사자의 정치교섭이나 경제 교역 및 스포츠와 연예단의 교류보다 선행할 당위성을 갖는다. 특히 비평문학은 이런 시대적 환경과 민족문학의 통일에 앞장서서 올바로 이끌어야 하는 책무를 안고 있다. 이질화된 남북한 문학을 추스리고 온전하게 복원된 통일 민족 문학의 틀로 재정립하는 데 비평이 제 몫을 다해야 하는 것이다.

우리 평단은 남북한이 서로 분단된 이래 최근까지 상대쪽 문학을 외면하고 제각기 자신의 반쪽 문학만을 다루는 절름발이 현상을 바로잡아야 한다. 월북문인과 납북 문인은 물론이요, 재북 문인의 문단 실체를 통일 문학의 시각으로 정리, 평가해야 한다. 그리고 비평에서 남북한 문학의 현황과 반성점 및 한계 등을 밝혀서 대국적인 통일 문학의 길로 이끌어내야 함은 물론이다. 마침 문화의 신세기와 더불어 통일시대를 만난 시점에서 우리 평단이 바람직한 다문화시대에 문화적 민족주의의 전향적인 틀과 방향을 제시하고 이끌어야 할 책무를 맡고 있는 것이다.

통일 시대인 새 천년에는 우리 문단에서 북한 문학을 포괄적으로 접근해서 다루어야 한다. 어쩌면 문학 분야는 남북 정상 회담으로 열린 통일의 물꼬를 더 깊게 더 자유롭게 원론적으로 열어 나가야 한다. 북한 문학 자료 활용은 물론이요 문인의 상호 교류나 통일 민족 문학을 위한 세미나들과 심포지엄도 열어가야 한다.

이제는 우리 비평계에서 북한 문학 작품의 월평과 해설 또는 평론 등도 해내야 한다. 다달이 발표되는 ≪조선 문학≫, ≪청년 문학≫에 실린 시와 소설들을 위시해서 주요 작품집의 평론도 곁들여야 한다. 그것을 남한의 작품들과 대비적이고 비판적으로 접근하여 평가하되 북한 문학 자체내의 특성도 이해해야함은 물론이다. 이런 차원에서 남북한 문학을 아우른 바람직한 통일 민족 문학사 쓰기 작업도 함께 할만 하다.

최근 필자는 나름대로 간추린 통일문학사 집필을 꾀하며 동시에 새로운 문예계간지 ≪통일문학≫의 편집기획일을 하고 있음도 이에 참고가 된다. 우선 우리는 대학의 국문학과 강좌에서도 남북한을 아우른 통일문학사 텍스트가 필요하고 점차 체계화해 나가야 하는 것이다. 우선 남북한의 실체적인 작품은 물론이요 **중국 조선족**과 구소련권의 고려인 한글 문학까지를 포함한 문학사 접근을 필자는 접근, 진행해 오고 있다. 또한 여러 해 전부터 북한의 원전작품 소개에 힘써온 내훈서적에서 2002년 창간을 목표로 통일문학 전문지를 꾀하고 있어 앞으로 실제적이고 통일적인 데 괄목할 성과가 기대된다. 관계기획사에서는 이미 해방 이후 최근까지 발행된 북한의 ≪조선문학≫ 전집과 중국 연변의 ≪천지≫ 전질 영인본 등을 통하여 통일문학 접근의 토대를 마련하며 점차 남북분단의 골을 녹히고 있는 중이기 때문이다.

뿐만아니라 대학 등에서는 적어도 북한문학론 강좌를 개설해서 일반화해야 한다. 어찌 같은 한글을 통한 한 겨레의 문학 실체를 외면하고서야 통일을 이룰 수 있겠는가. 우리는 앞으로 북한 문학을 보다 체계적으로 관리할 연구소도 설립하여, 운영해야 한다. 적어도 문학 비평계에서는 북한 문학도 포함해서 비평하고 정리하는 자세가 필요하다. 북한문학은 남한의 그것과는 퍽 이질스런 대로 반세기가 넘는 기간동안 창작 발표되어온 엄연한 한 실체이기 때문이다. 북한 문학을 한국 문학의 범주에 포함시켜 다루고 정리하는 일이 통일 시대 민족 문학으로 향해 나가는 지름길인 동시에 오늘날의 문학 위기를 극복하여 문화의 세기를 풍성하게 가꿔 갈 한국문학의 새 방향이다.

위에서 제기한 평론 문학의 위상정립과 전통성 활용 방안 및 통일시대를 맞아서 바람직한 민족문학을 선도할 일, 문단개혁에 솔선할 일 등은 결코 필자만의 통과의례적인 견해로 그칠 수 없다. 여기에서는 적어도 뜻 있는 우리 문단인 모두가 나서서 논의하고 협력하여 꾸준히 이룩해 나가야야 할 문학사적 과제인 것이다.

(2001년 봄~겨울)

나라 밖 한글문학의 현황과 과제들

―한민족 문학의 통일을 모색하며

1. 새로운 문화의 세기에

21세기 문화의 세기를 맞이한 우리는 새롭게 한글문학의 실체적 위상(位相)과 과제 및 방향에 대하여 재검토해 봐야 할 것 같다. 신문학이래 한글문학 작품들은 분단 이후 반세기를 넘긴 남북한의 문학은 물론이요 나라밖의 세계 여러 지역에서 이루어진 민족 문학의 실체이기 때문이다. 특히 한반도 밖에서 형성된 중국조선족 문단과 구소련 고려인의 한글문단 및 남북미주 교민들에 의해 쓰여진 한글작품들은 그 의미를 더 한다. 그것은 결코 문학을 통해서 월드컵적인 일체감을 얻는 가능성에서만이 아니다.

구한말을 전후하여 국경을 넘어서 간도(間島)와 연해주(沿海州) 지방에 들어가 살며 계속해온 한글문학 활동은 소중하다. 으레 나라 잃은 백성 처지로 이민족 틈에서 구차한 삶을 꾸려가면서도 절실한 심경을 한사코 모국어로 시와 소설 등을 써서 발표하는 감응의 정도와 의식은 국내의 여느 글쓰기와는 상이한 바 있다. 더욱이 그 가운데서도 중국 조선족과 구소련(독립국가연합) 고려인들의 경우는 일본에 귀화하거나 북미주와 남미 등에 이민 가서 사는 교민들에 의한 한글문학 작품과는 변별될 것임은 물론이다.

우리는 이들 한반도의 남북한 문단과 나라 밖에서 행해진 세계 여러 지역의 한글 문학을 제대로 살피고 비교해서 한민족의 정체성을 찾고 바람직한 통일문학의 길을 모색해야 할 것이다. 문학(literature)이라는 어원에서처럼 언어와 문자는 문학작품의 매재(媒材)이며 요건인 만큼 민족의 얼과 정서를 지닌 문화적 실체이기 때문이다. 무엇보다 군사력이나 경제력으로 점령, 지배하던 예전과 달리 다문화(multi—culture)사회 추세가 짙어 가는 국제 질서 속에서 요즈음은 다분히 민족 고유한 언어문자인 한글활용 등으로 문화적인 세계전략을 도모하기 용이한 여건인 것이다.

2. 연변은 한글문학의 메카

중국 조선족 한글문학이란 구한말 무렵부터 가난과 폭정을 피해 압록강 두만강을 건너서 (越江) 중국의 동북삼성(길림성·료녕성·흑룡강성)을 중심으로 사는 200만 안팎의 조선족 가운데서 한글로 글을 쓰거나 배우고 읽는 문화인구 층의 문학을 가리킨다. 일제강점기에는 수난과 망명 등으로 얼룩진 채 독립운동과 민족문학의 보루였던 간도(間島) 이래 우리 동포들이 많이 모여 사는 집거지(集居地)로서 중심공간이다. 중국 정부 당국으로부터도 소수 민족 보호정책에 의한 각종 조선족 학교나 극장은 물론 신문사, 방송사 등의 언론사들에서도 한글이 통용되고 있어 국외 한글문학의 메카라 부를 만 하다.

일찍이 1930년대 중엽부터 용정과 연길지역에서는 문예 동인지 ≪北鄕≫ 및 소년잡지 ≪카톨릭소년≫과 한글신문 ≪만선일보≫등에 한글작품들이 발표되었다. 또한 신영철 편『만주조선 문예선』, 작품집『싹트는 大地』, 이학성 편『在滿 詩人集』김조규편『재만조선시인집』, 박팔양 편『조선시인집』등이 출판되어 읽혔다. 그밖에 안수길의 창작집『北原』과 안수길의 장편『북향보』가 해방직전까지 신문에 연재될 만큼 정작 한반도에서는 한글작품이 금지된 민족문학의 맥을 이곳에서 이어온 것이었다.

위에 든 편저자 문인들밖에도 1945년 조국광복 이전에 이곳에서 간도체험을 하며 한글 작품 활동을 한 주요시인, 작가들은 줄을 잇는다. 신문학 초엽부터 이 지방에 망명해서 작품화했던 소설 「夢天」, 「용과 용의 대격전」을 위시한 항일성 짙은 여러 시편들을 썼던 신채호 역시 예외가 아니다. 무엇보다 조국 해방의 날을 앞두고 꺼져가는 민족문화를 지키며 불태우다가 끝내 일제에 의해 희생된 윤동주·심연수는 바로 이 고장이 낸 항일민족시인이다. 그리고 작가 김창걸, 시인 리욱(이학성), 시인 함형수 등은 이 고장을 지키며 문학적 삶을 마쳤다.

이밖에 강경애는 이 지방에서 오래동안 생활하며 많은 작품을 썼던 것으로 유명하여 김조규, 박팔양, 김영팔, 현경준, 이갑기 등은 해방 후 귀국하여 북한문단의 중심에서 활약한 바 있다. 그런가하면 해방이후에 귀국하여 남한문단의 주요 위치에서 활동한 문인들로는 염상섭, 손소희, 안수길 유치환, 윤영춘, 김달진, 김진수, 박계주, 윤백남, 이종환, 곽종원, 송지영 등이 있다. 또한 김규동, 문익환, 김수영, 박화목, 민영, 손창섭, 추식, 김용호, 황석영 등도 일찍이 이 고장에서 태어나거나 공부한 세대들이다.

1945년 이전의 조선족 문학작품에서는 대체로 이국에서의 삶의 터전 개척에서 오는 민속적 애환과 망향의 애수 및 짙은 항일의식이 묻어난다. 김달진의 「龍井」, 안수길의 『북향보』, 까마귀 작으로 되어있는 「血海之唱」등의 보기에서도 그렇다. 특히 '혈해지창'은 집체작적인 요소가 농후한 肉筆 잉크로 쓰여진 극문학 대본으로서 북한의 불후의 명작 「피바다(血海)」의 내용과 유사점이 많아 문제적인 작품이다. 사실 북한의 '조선문학사'에서 중요시한 「꽃파는 처녀」나 「한 자위단원의 운명」의 작품무대가 거의 김일성의 항일 무장 투쟁시의 해방구들로서 이 지역에 해당하는 곳으로 설정되어 있음도 주목되는 것이다.

1940년대 후반의 문학작품들에서는 흔히 해방의 감격과 정론적인 테마인 토지개혁 운동 등을 다루었다. 종합시집 『태풍』(1947), 리욱의 시집 『북륙의 서정』(1949) 등의 게재 작품을 비롯하여 설인의 「환호성」, 김진의 「토지 얻은 이 기쁨 쏟아쏟아」등의 시 작품들에서 이런 성향을 발견한다. 그런 한편으로 집체적인 「지뢰수 조성두 용사」에서처럼 당시의 국내 혁명전쟁을 기리고 대중적 영웅주의를 노래하여 애창된 바 있다.

또한 중국문학사에서 통칭 당대문학기(當代文學期)의 시작으로 삼는 1949년 10월 1일의 중화인민공화국 창건 이후 1966년 초엽에 이르는 십칠년 동안은 사방에 흩어져 있던 조선족 문인들이 집거구(集居區)인 연변자치주로 모여들어 중국 조선족 한글 문단을 정비하여 국외 민족문학 건설의 터전을 마련했던 때로 파악된다. 목단강과 할빈인 지역에서 활동하던 시인 임효원, 극작가 황봉룡이나 해방후에 귀국하여 서울을 거쳐서 평양에서 활동하던 작가 김학철 등이 연변에 와서 리욱, 김창걸, 설인, 김순기 등의 문인들과 합류하였다. 이들은 1950년초에 연변문예연구회를 결성하고 1951년에는 중국 한글문단의 텃밭인 문예지《연변문예》를 창간하여 《천지》와 오늘의 《연변문학》에 이르도록 반세기가 넘는 연륜을 이어왔다. 그 사이 수많은 작품발표와 함께 여러 젊은 한글 문인들을 배출해 온 것이다.

살펴보면, 실로 중국 조선족의 한글문학은 연변뿐만 아니라 동북삼성(東北三省) 여러 곳에서 간행된 한글(朝文)신문과 문예지 등에 의해서 꾸준히 행해져 왔다. 해방전의 《滿鮮日報》나 《北鄕》 및 몇 권의 작품집 단계를 벗어난 지 오래이다. 해방 직후 창간된 《동북인민일보》는 1956년 초에 《연변일보》로 바뀌어서도 신춘문예 작품현상 모집을 계속해 왔고 한동안 《문화》 잡지도 내왔었다. 뿐만 아니라 1950년대초부터 발행되었던 《소년아동》(후에 《연변소년》)등은 어린이들로 하여금 모국어 문학을 익히도록 해왔다. 이밖에 요즘의 《흑룡강신문》《길림신문》《료녕신문》등에서도 일정기간에 부록(附刊)으로 문학작품을 실어 한글문학 발전에 이바지해오고 있다. 《연변인민방송》사에서까지 매일 1시간씩은 문예 방송 프로를 하고 있어 중국 조선족의 한글문학은 앞으로도 발전 가능성이 많다고 생각한다.

더욱이 신문사나 출판사, 잡지사 등에서는 계속해서 정기적인 문학상 시상제도를 활용하고 있어 조선족 문학의 발전에 고무적인 현상이다. 《연변

문예≫에서는 1950년대 초엽이후 시·소설·동요분야 등에 신춘문예 현상
제도를 시행해 온 바 있다. ≪흑룡강신문≫의 문학부간인 진달래 문학상,
연변인민출판사의 아리랑 문학상, 잡지 ≪장춘문예≫의 북두성 문학상 등.
이밖에 도라지 문학상, 아리랑 문학상, 송화강 문학상, 은하수 문학상들도
행해져 왔다.

이와 같이 조선족 자신의 문화적 정체성을 찾으려는 분위기 속에서 한글
문학은 자라고 꽃을 피우며 튼실한 열매를 맺어왔다. 1966년부터 1976년에
일어났던 이른바 문화대혁명의 소용돌이를 거쳐서도 이곳 한글문단은 성장
을 계속하고 있는 편이다. 문제는 급격한 산업화와 국제화 추세에 따라서
조선족의 분산과 도시이동에 따른 중국 동화(同化)가 취약점으로 남아있지
만 기성 문인들 노력과 꾸준한 한글 보급으로 해결가능한 일이다.

근년에 작고한 문인들과 원로에 이은 중견과 신진을 받쳐 줄 신인 문인들
을 끊임없이 배출할 일이 과제로 남는다. 이를테면 리욱, 김창걸, 김학철,
김성휘, 임효원, 황봉룡, 김철, 리근전 등을 뒤이을 다음 세대를 생각해 볼만
하다. 조성일, 임원춘, 김운룡, 이삼월, 김훈, 리태수, 리원길, 조룡남, 김훈,
윤일산, 김성호 제씨. 이분들에 이어서 조선족 한글문단을 이끌어갈 다음
일꾼들을 키워내는 문제가 남는다.

3. 중앙아시아에도   한글문단이

역사적으로나 지정학적으로, 또는 사회주의적인 면들에서 중국조선족과
소련의 고려인 경우는 유사한 점이 많다. 이들 고려인 경우 역시 구한말
무렵부터 두만강 너머 러시아 연해주 지역에 건너가 살면서 신한촌(新韓村)
을 이루어 항일민족운동의 거점으로 삼았었다. 1930년대 전후에 모국어로
발행되던 ≪선봉≫신문과 ≪海潮新聞≫지면을 통해서 일찍 망명해 갔던
포석(抱石)조명희 등이 한글문학의 씨앗을 뿌렸던 것이다. 하지만 실제로
고려인 문단에서 작품활동을 하는 문인들은 본국(한반도) 문단의 기성인들

이 다수 참여했던 중국 조선족 문단과 대조적으로 거의 소련 거주의 신인 문학도들로 이루어졌다.

그러나 소련 당국의 정책에 의해 연해주 거주 한인들은 1937년에 중앙 아시아 지역으로 강제이주 당한 이래 그곳에 새 문화의 터전을 잡았다. 전 소련지역에 거주하는 50만 여명의 고려인 가운데 대다수가 모여 사는 카자흐스탄과 우즈벡스탄의 주요도시에서 고려인 문학가들은 꾸준히 한글작품들을 써서 발표해왔다. 구소련내 한글문학의 중심지는 전 소련에 보급되던 한글신문 ≪레닌기치≫ 신문사가 잇던 카자흐스탄 수도이다. 모스크바나 타스켄트, 사할린 등지에 살던 문인과 독자들은 이 신문에 매주 발표되던 문예 페이지 난을 통해서 모국(母國)정서와 얼을 담은 한글문학을 지켜왔던 것이다.

1950년대 말엽부터 소련이 해체되기 직전인 1980년 말엽까지 당 기관에서 발행하여 소련 전역에 배포한 고령인 문인 작품집(단행본)은 10여권에 이른다. 시·소설·희곡·수필 등을 함께 실은 작품집만도 『조선시집』(1958), 『시월의 햇빛』(1971), 『해바라기』(1982), 합동시집 『꽃피는 땅』(1988), 『행복의 고향』(1988), 『오늘의 벗』(1990)등이 그것이다. 또 개인의 작품집도 김 준, 김광현, 리진의 시집과 김준의 장편소설, 김기철의 소설집들이 출판된 바 있을 정도이다.

이들 한글작품집 발간은 중국 조선족의 그것에 비해서는 매우 적은 수량이지만 전 소련에 한글교육이 시행되지 않던 열악한 환경을 감안하면 대견한 일이다. 여기에는 모스크바에서 간행하여 널리 배포되었던 조명희『선집』(1959)과 리기영의『고향』,『두만강』(1966)의 경우도 참고가 된다. 그나마 당시 소련에서 이런 한글문학 작품이 발표되거나 출판되어 읽힐 수 있었던 사실은 조선 총독을 앞세워 한글말살로 일본에 동화시키려던 일제와 달리 소수민족 문화 옹호정책을 유지해온 소련 당국의 시책 때문이다.

이들 고려인 한글문단의 작품 성향은 다음 몇 가지로 나타난다.

1) 모국어 사랑과 정체성 찾기

이국에서 생활하는 고려문인들은 민족 고유한 모국어(한글)를 기리고 민족의 뿌리나 문화적 自我를 찾는 작품을 즐겨 쓰고 있다. 맹동욱의 「모국어」에서처럼 / 그의 품에 안길 때 / 그의 음향 속에 들 때 / 나는 활개를 펴노라 / 의젓이 영예를 느끼노라 / 고 노래한다. 김준의 시 「나는 조선사람이다」, 한진의 소설 「공포」 등. 이런 성향은 중국 조선족 문단 경우와 유사하다.

2) 방랑의식과 향수

고려인 문인들은 조상 때부터 한반도를 떠나서 연해주와 중앙아시아 등으로 유랑하는 삶과 향수에 겨운 내용들을 중국 조선족 문단에서보다 더 자주 작품화한다. 강태수의 시 「아리랑」, 정장길의 시 「혈연」, 량원식의 시 「보름달」, 김장현 소설 「명숙 아주머니」 등.

3) 문화갈등과 적응노력

고려인들 일상에서 문화적 이질성으로 인한 갈등과 이를 극복하고 적응하려는 노력자세를 곧잘 작품으로 다루고 있디. 서양 며느리를 얻는 조선 시어머니 심정을 다룬 김빠웰의 소설

「자밀라, 너는 나의 생명이다」, 또한 고부간의 갈등을 소설화한 리정희의 단편 「선물」 및 우지벡스탄의 황무지를 옥토로 개발하는 실상을 쓴 조정봉의 시 「옥야천리 치르치크 벌」 등. 이 역시 중국 조선족의 그것보다 더 짙은 성향을 드러낸다.

4) 정론적인 송가성향

소련내의 고려인 문단에서는 으레 사회주의 이념과 정치적인 문제를 자주 작품화하고 특정인을 칭송하는 성향을 띠어왔다. 김능보의 시 「레닌 묘 앞에

서」, 김준의 시 「레닌의 숨」등과 볼쉐비키 혁명을 찬양한 김광현의 시 「시월의 태양」, 합동작품집 『시월의 해빛』, 조영의 수필 「레닌은 우리와 함께 계시다」 등.

특히 이런 작품 속에서 '경애하는 수령' '위대한 인민의 어버이' 등의 송가적(頌歌的) 요소는 그대로 북한 문학에 옮겨 올만큼 결정적인 영향을 끼쳤다.

또한 구소련권의 고려인 문단은 다음처럼 한반도나 중국 조선족 문단과는 상이한 특성을 지니고 있다.

1) 모국체험의 세 부류

고려인 문단은 대체로 모국체험의 농도나 세대별로 나눌 수 있다. 한반도에서 태어난 연해주로 이주해 살다가 중앙아시아로 강제이주 당한 문인, 원동에서 태어난 고려인 2세로서 강제 이주되어 살아온 문인, 북한에서 소련에 유학 중 1950년대에 소련에 망명하여 작품활동을 하는 문인이 그것이다.

2) 아마추어적인 작품 수준

고려인 문단은 한반도나 조선족의 그것에 비하여 문단 데뷔과정이 엄격하지 않고 제대로의 문학수련 기회도 부실하여 대체로 문장이 어색한 데 기법보다는 내용에 치우쳐 있다. 작품의 세련미보다는 직설적이고 투박한 이념성에 갇혀 있는데 이는 심한 검열 여건의 규제 탓도 함께 한다. 문장의 세련미 취약성은 평소 모국어를 자주 대하지 못하는 한계에도 있음은 물론이다.

3) 여러 장르에 걸친 글쓰기

평소 한글활용이 원활치 못한 고려 문인들은 전문화된 장르 의식 없이 흔히 시·소설·수필 등을 함께 쓰고 있다. 이런 실정은 일부 특정한 文人들만 한글작품을 쓸 수 있다는 점과 일정 장르만으로는 생활을 보장받을 수 없는 문단의 영세성 때문인 점이 없지 않다.

4) 한글 인구 감소와 문단 쇠퇴

옛 소련지역에서 활약해온 한반도 체험의 원로 문인들이 차차로 별세하거나 은퇴한 대신 문학작품을 한글로 구사할 젊은 세대는 적어져서 고려인 문단은 나날이 쇠퇴해 가고 있다. 더구나 러시아나 카자흐스탄 등의 고려인들은 거의 생활화된 한글 교육이 행해지지 않고 러시아어 등의 현지어에 동화된 나머지 정작 한글작품을 해독할 독자층이 격감하고 있다. 이런 점에서 독립국가 연합 여러 나라에서의 한글문학 장래는 영세한 작품집 출판사정을 비롯해서 교육기관이나 언론계 등의 문화여건에서 그런 대로 왕성한 중국 조선족의 그것과는 대조적이다.

위와 같은 구소련의 고려인 한글문단은 소연방이 해체된 1990년 이후에는 개방이 되어 서울의 자유문학계 정보도 자주 접하며 북한보다는 남한의 문단에 더 호의적인 접근양상을 보이고 있다. 하지만 이들 문단은 이른바 페레스트로이카 이전에 당 기관 등에서 가끔씩 펴내 주던 작품집 출판이 끊긴 데다 ≪레닌기치≫ 같은 한글신문 발간도 어렵게 된 터라 현재 한글문단 전체가 위기에 처해 있다. 한글작품을 읽어 줄 독자층도 줄어든 데다가 소수 남아있는 문인들의 작품을 발표할 지면마저 끊어진 처지인 터라 더욱 그렇다. 이런 면들에서 중국 조선족과 독립국가 연합 내의 고려인 한글문단의 처지는 너무나 대조적이라 할 수 있다.

4. 일본, 미주의 한글문단도

재일 동포의 한글문학 현황은 조선족이나 고려인의 그것과는 사뭇 비교될 정도로 의외로 드러난다. 역사적으로나 문화적으로 빈번한 왕래가 있었던 대상 지역이면서도 한글문학 활동은 미약한 것이다. 문단상으로 취약성을 지닌 대신 한글문학 연구면에서는 중국이나 소련 지역의 그것에 못지 않은 수준을 보이고 있음이 사실이다.

하기는 일찍이 개화기에 해당되는 한국 신문학(新文學) 초기에는 예의 동경 유학생들을 위시해서 일본이 서양의 선진문물을 전해주던 전신지(轉信地)였다. 최남선, 이광수, 양주동 등이 일본 유학을 통해서 신식문물과 근대 서구문물을 익혔던 것이다. 그리고 당시 식민지였던 한반도보다는 일본 內地에서 잡지 등을 출판하는 일이 검열상 용이하고 해서 여러 문예지들도 동경에서 출판된 바 있다. 《創造》 창간호와 《新建設》 같은 문예지는 물론이요 《三光》《學燈》《現代》 등속의 종합지도 이곳에서 간행되어 한반도에 유입시키곤 했었다.

그러나 실제로 문학활동의 중심을 이루는 그 밖의 문단 동인지나 작품집 내지 한글신문들은 동경 등에서 간행된 예는 거의 없다. 이는 한반도와의 왕래가 가장 빈번하고 그 역사가 긴데다 70여만의 교포인구를 감안하더라도 특이한 현상이다. 예의 중립적인 《漢陽》잡지나 일부 조총련계에서 펴내는 문학관계 한글 출판물 외로 일본에서의 한글작품은 오늘날에도 드문 편이다. 그 이유는 중국이나 소련의 소수민족 옹호 정책과 달리 일본 정부의 철저한 일본 동화적(同化的)인 문화정책과 배타적인 사회구조 및 은연중에 한국인임을 기피하는 의식 때문이라고 생각된다.

또한 남북 미주(美洲)의 한글문단은 특이한 양상을 띤다. 그것은 인접한 대륙으로 망명해 나간 조선족이나 고려인과 달리 멀리 바다를 건너 간 이민문학이어서만이 아니다. 미국 이민의 역사는 역시 구한말 무렵인지라 이민은 100년을 헤아리지만 브라질, 알젠친 등의 남미(南美)이민 역사는 그 절반 정도 뿐이고 한글문단의 구성도 조선족이나 고려인 경우와는 대조적이다.

미국에서는 1900년대부터 《共立新聞》이나 《新韓民報》《合成新聞》 등을 통해서 한글 작품들이 발표되었다. 초기에는 안창호의 「거국행」「학도가」, 김창만의 「농부가」, W.B.생의 「나의 벗」, 김혜란의 「삼일절」 등. 필자 거의가 문인이 아닌 일반인들로서 소박한 느낌을 발표한 정도였다. 조국에 대한 사랑을 나타낼 정도일 뿐 치열한 항일의 리얼리티도 살리지 못한 실태이다.

그러다가 남북 아메리카 지역에 대규모 이민 등이 시행된 1960년대 이후에야 미국내의 한글문단도 일어나기 시작했다. 한국에서 건너간 기성문인들이 현지에서 문학도임을 만들고 본국과 연계되는 문예지들을 내고 있다. 뉴욕지역에서는 10여 년 전에 창간한 ≪뉴욕문학≫12권 째를 발간하며 국내출신 기성문인들과 현지 백일장 등에 당선된 신인들의 작품을 싣고 있다. 로스안젤리스 지역 역시 기성 문인과 현지 등단 신인들이 중심이 되어 한글문예지 ≪미주문학≫등을 펴내며 활동중이다. 하지만 이들 역시 조선족이나 고려인 문단의 민족의식과 문학적 쳡진성에 농도의 차이가 적지 않음은 물론이다.

아르젠티나는 수도 부에노스아에레스 중심으로 10여명의 기성 문인과 현지 백일장 출신 신인 등 30여명이 남미(南美)의 한글문단을 키우고 있다. 이웃인 브라질에서도 시인 황문현 등이 한글문단을 가꾸기에 힘쓰고 있지만 그 구심력이나 문학의식의 진지성 등에서 연변, 알마타의 한글문학과 구분됨은 물론이다. 이런 성향은 北美의 캐나다 지역 한글문학도 마찬가지일 것으로 여겨진다.

5. 세계적인 한글문학을 위하여

위에서 필자는 지금까지 형성되어온 국외 한글문학의 현황을 살펴보았다. 그 중에서 특히 신문학 초기 무렵부터 북쪽 국경으로 인접한 간도(연변) 지방과 연해주(沿海州) 방면으로 망명, 이주해간 중국 조선족과 소련 고려인 문단의 경우를 집중, 조명해 본 셈이다. 이들 사회주의 권역의 한글문단은 그 역사성이나 규모 및 민족 문학적인 의미면에서 나라 밖에 있는 한글문학의 메카로서 중요성을 지니고 있기 때문이다. 그것은 분명히 日帝의 한글 말살책과 더불어 일본동화(日本同化) 정책에 따른 일본 내 한글문단의 취약성은 물론이요 남북 아메리카주의 분산되고 이민문학적인 한계 등과는 상이

함을 드러냈다.

역시 중국조선족과 구소련 고려인의 한글문단은 비록 작품상의 이념성 강화로 인해서 표현면이 미흡한 대로 민족수난과 정체성 추구 등을 다루어 우리 민족문학의 한 부분이요 소중한 자산이다. 따라서 일본, 미국, 아르젠티나, 캐나다, 호주 등의 신흥 한글문단과 상이한 이들 사회주의권의 한글문학을 올바로 이해하고 잘 활용해야 한다. 더욱이 이전에는 평양의 이념적인 북한문단에 치우쳐 왔던 연변(延邊)과 알마타의 한글문단이 1990년대 자율화 이후에는 남한의 자유주의 쪽에 활짝 문을 열고 있으므로 우리는 이를 남북문학 통일의 완충지로서 잘 활용해 볼만하다.

우선 이들 지역에서 한반도(韓半島)의 분단기문학(分斷期文學) 해소(解消)를 위한 민족문학 세미나를 합동으로 열거나 이곳 발간의 문예지 등에 남북 양측의 글을 함께 싣는 작업도 모색해 봄직하다. 그리고 앞으로 문학사(文學史) 쓰기에서 반드시 남북한의 분단시대 문학은 물론이요 위에서 살펴본 조선족과 고려인 문단의 주요 작가나 대표작들도 포함시켜서 바람직한 한민족 통일문학사를 정립해 나가야 마땅하다. 어쩌면 한반도 본국에서보다 더 민족문학의 원형을 보존하고 있는 조선족과 고려인의 한글문단은 여러모로 남북 민족 통일의 전초기지적인 요건을 함께 갖추고 있다.

그러므로, 우리는 앞으로도 더욱 연변의 동족문인들과 상호왕래나 협력을 아끼지 말아야 할 것이다. 그리고 연변보다 여러모로 문학적 여건이 취약한 중앙아시아 지역 알마타와 타슈켄트의 소수 동족 문인들을 우리 국가와 문협 차원에서 작품집 출판 및 잦은 모국초청 등으로 긴밀한 협조를 다져야 하리라 생각한다. 이런 노력들은 바야흐로 다문화(多文化) 시대의 국제사회에서 한글문학으로써 세계에 월드컵 못지 않은 한겨레의 일체감까지 함께 얻을 수 있는 문화운동이기 때문이다.

(2002년 7월)

고려인 문학의 길찾기

—구쏘련권의 한글문단은

　정 선생, 뵈온지도 반년이 더 지났는데 그간 안녕하신가요? 그곳 알마타의 양원식, 남철, 이정희님 등, 여러 문인들도 두루 무고하시지요?

　나는 지난 겨울 알마타 공항 송별 후로 2월 13일에 김포공항에 잘 도착했어요. 출국 인사도 제대로 못하고 왔지만, 모처럼 보름 동안의 자료 탐방을 위한 중앙아시아 여행이 인상적이었다오. 특히 하얀 눈세계를 이룬 그곳 아카켄트 숙소 옆 레스토랑에서 문단 대담 중에 마신 새콤한 적포도주 맛이 새롭네요. 그게 카쟈흐스탄 꼬냑이랬지요?

　오늘은 마침 광주지방의 조선대학에서 개최된 재외 교포의 한글문학 국제심포지엄에 대리 참석하신 박 선생편에 구쏘련권의 고려인 문단에 대해서 많은 의견을 전해볼까해요. 말하자면 에세이 형식의 문학평론인 이 글은 중앙아시아 여러 나라에 계신 고려인 문인들께는 물론이요 한국문단에도 참고가 될 꺼예요. 바야흐로 문화의 세기를 맞이한 가운데 다문화 시대의 엘리뜨이신 여러분은 한글창작의 대견한 보람과 위기타개책 등을 본국분들과 깊게 논의해볼 일이거든요. 따라서 이 글을 보시고 필요하면 그곳 한글신문에 게재해도 괜찮겠어요.

1. 한글작품으로 민족정체성을

생각하면, 사실 지난 겨울 초행길인 중앙아시아 삼개국에 한글문학 취재를 혼자서 간 편인지라 애로도 많았지만 보람이 컸다고 생각해요. 카쟈흐스탄 지방에서 1938년부터 전소련으로 펴내온『레닌기치』신문은 한글로서 배달겨레의 정체성을 지켜온 고려인 문화와 민족정신의 실체였지요. 그 신문철을 새로운 이름으로 바꿔단『고려일보』본사에서 조사, 확인할 수 있었거든요. 더욱이 매주 '문예 페—지란'에 실린 10편 안팎의 시와 소설, 수필 등의 한글작품들은 돋보였어요.

1937년 겨울에, 민족 독립운동의 보금자리였던 연해주(원동)에서 낯선 중앙아시아 황무지 벌로 강제 이주 당해온 처지였으니까요. 이민족 속에 살면서 겪은 숱한 설움과 꿈, 그리고 한이 서려 있는 작품들이니 말이요, 우즈벡스탄의 목화밭에서 땀흘려 일하던 고려인 처녀들의 모습과 카쟈흐스탄의 개간지에서 농사짓는 우리 농부의 삶이 선연하게 점철되어 있더군요. 레닌이나 스탈린의 혹독한 혁명 소용돌이 속에서 정작 고국 사랑과 향수 등은 속으로 삭여온 심정을 한글로 표현해온 실상말이요.

이렇게 모국어를 통한 소련권역의 고려인 문단은 이미 구한말 적부터 두만강 건너 해삼위(원동)에서 활동한 신채호 등에서 비롯되었어요. 그것이 1930년대 중엽에 하바로브스크로 가서 살다 희생된 조명희 시인, 작가에 맥을 잇고 오늘에 이르고 있지요. 원동 시절 해삼위에서 한글로 발행하던『선봉』신문에는 이광수의 글도 보이고 있더군요. 그런데 그것이 중앙아시아로 이주해간 이후에는『레닌기치』로 60여년 이어온 것 아닙니까.『레닌기치』'문예 페—지'를 보면, 정 선생이나 양 선생의 작품은 물론이요, 광복 후 북한에 돌아가서「백두산」서사시를 쓴 조기천의 시작품들도 발견되더군요. 거기에는 또 근년에 작고한 연성룡,김두칠, 허진 등의 작품들이 한글활자로 알알이 박혀 있어요.

더구나 지난 2월 타스켄트에서는 조명희 선생의 따님(조선아)을 모시고 있는 조명희 외손주 김안드레이(국립 사범대 교수)를 만나 인상적이었어요. 나는 김교수로부터 외할아버지 작품을 비롯한 현지 고려문인의 합동작품집인 『시월의 해빛』 소장본 한권을 선물로 받아서 무척 기뻤어요.

2. 다문화시대의 해외 한글문학

또, 옛 러시아 지역의 한글문학 자료는 작년에 내가 한 학기 동안 연해주 블라디보스톡의 극동대학교에 초빙교수로 강의하면서도 구하지 못한 자료였다오. 물론, 초빙교수 기간 중 며칠간 사할린의 유즈노 사할린스크에 출장가서 1950년대 전후의 한글신문인 『레닌의 길로』와 『조선로동자』등의 문예란 역시 현지 『새고려신문』 안춘대 사장의 호의로 섭렵할 기회를 가졌구요. 아울러 사할린에서 한글과 로어로 글을 쓰고 있는 허남령 시인을 만나 문학담을 주고 받아 반가웠다오.

이렇게 이역만리에 흩어져서 외롭게 사는 고려인 동포 문인들의 활자화된 한글 작품들을 만나는 보람은 무척 값지고 자랑스러운 것이었다오. 그숱한 혁명의 소용돌이와 고된 삶 속에서도 모국어를 지키며 글쓰기를 계속하는 자세는 갸륵하기 그지없는 덕목이지요. 하지만 안타까운 일은, 이런 한글 작품을 쓰는 문인들이 점차 줄어들고, 한글신문 구독자 수 역시 격감되고 있다는 사실이예요. 구소련권으로 이주해 와서 러시아인들 틈에서 살다보니 젊은 고려인 2, 3세들은 모국어를 활용하지 못해서지요.

정 선생께서는 원동 레스토랑 자리에서 고려인들의 한글문학 장래를 낙관한다고 주장하셨지만, 나는 걱정이 많아요. 알마타나 타스켄트 등에 이어최근 비슈켓 등지에 문을 열고 있는 한국교육원의 일상적인 한글 가르치기수준으로는 감동과 사고를 함께 하는 문학교감이 어렵지 않아요? 나는 구소련 지역 여행 때마다 한국 정부 파견의 교육원장들의 노력 현장에서 많은도움을 받아 고마운 마음을 지니고 있으면서도 한계를 느끼지요.

그렇지만, 해외 여러 나라의 문단활동 전방에서 구소련권은 결코 중국의 조선족 한글문단 경우와는 상이하다 싶어요. 나는 이번 여름에 문협의 남미 대회에 앞서 이미 연변에서 개최키로한 항일 시인 심연수 문학 국제 심포지엄에 발표차 다녀왔습니다만 적어도 연변 조선족 자치주는 그만큼 수많은 동포가 우리 자체의 교육기관과 신문, 잡지 등의 매체를 가지고 모국과 동질적인 문화여건 속에서 생활하기 까닭이지요.

어쩌면 연변지역은 제삼의 한국이라 생각해요. 정치나 군사적인 점령이 아니라 오히려 전통문화 원형이 보존된 민족적인 우리 영지인 셈이지요. 다문화(多文化) 시대인 요즘에는 실로 민족적인 문화의 경쟁이 우선 아닌가요. 중국 정부에서도 소수민족의 문화와 인종을 헌법으로 보장하며 돕고 있거든요. 러시아 또한 소수민족을 보호하는 데는 각별합니다만. 결국 고려인이나 조선인을 각기 우리 겨레로서 각자의 국가인민으로서 떳떳하게 살아가는 문화민족이지요.

새로운 세기에는 구소련권의 고려인이나 중국 조선족뿐 아니라, 전세계 각지에서 여러 동포 문인들이 모국어를 통한 한글 문학을 활짝 꽃 피웠으면 해요. 그리하여 중남미나 북미 지역은 물론이요, 독일 등의 유럽 외에 호주 등에도 교민 중심의 한글 작품을 통한 다문화 세계의 주체로서 우리의 영지를 넓혀갔으면 싶거든요. 앞으로는 한국문학사 또한 남북한은 물론이요 해외의 한글문단을 아우른 한민족 통일의 시각으로 써야 하구요.

3. 쏘련권에서의 한글자료찾기

그런데, 내가 지난 2월, 중앙아시아 3국 여행에서 느낀 신선한 성과 중의 하나는 우리 한글문학 책이 여러 권 그곳에서 출판되었다는 사실이었어요. 우즈벡스탄의 타스켄트에서는 30년대초의 망명 작가 조명희 시인의 외손주로부터 선물받은『시월의 해빛』뿐만이 아니었어요. 그곳에서 필자는 고려인 문인들의 합동 작품집과는 다르게 일찍이 간첩죄로 처형당한『조명희 선집』

(1959)을 확인했거든요. 이어서 60년대 중엽에는 모스크바에서 리기영의 장편소설 『고향』 상·하권(1966)과 리기영의 다부작 『두만강』(1966~1967)을 펴내구요. 그밖에 김소월 시집도 그 무렵에 펴내서 전쏘련권에 배포한 것으로 알고있습니다만 아직 확인은 못했어요. 나는 지난 2월 2일에 타스켄트서 교포이신 신 그레고리 선생한테서 『고향』 한 권을 선물 받았는데 좋은 종이에 새록새록한 한글 활자가 살아 있다고 느껴져요,

더욱이 이들 널리 알려진 분의 선집이나 북한 작가의 대표작보다는 현지 러시아와 중앙아시아 여러 곳에서 문학활동을 하고 있는 고려인 현역 문인들의 작품집들이 더 눈길을 끌었어요. 물론 이들 작품집은 거의가 상대적으로 조잡한 지질에다 비교적 얇은 분량인데도 우리 동포의 생활 실상과 민족적 염원 등을 한글로 쓴 작품들이니 대견하기 그지 없었어요. 이국만리 쯘드라 지방에서 전체주의 사회 속에서의 한글문학은 상상도 못할정도의 선입견을 지녀왔던 우리에게는 경이로운 감격이 아닐 수 없었거든요. 쏘련의 사회주의 당국에서 행하는 소수민족 옹호 정책이 고맙고, 모국어를 지켜온 고려인 문인들에게 갸륵하고 자랑스럽지 않겠어요? 흔히들 자기 민족의 언어와 문자를 잊지않으면 끝내 그 문화와 혼은 잃지않는다고 말하지않던가요. 중학 국어시간에 배운 알퐁스 도데의 「마지막 수업」이 새롭네요.

그러니까, 구쏘련이 해체되기 직전까지 쏘련 공산당 집행부에서 출판해내서 전쏘련권에 배포한 한글 작품집(단행본 책)만도 여려 권이더군요. 아까 말씀드린 책 경우 말고도 필자가 알마타 한국교육원장(정근배)한테서 선물 받은 현지 고려 문인 합동 작품집 『오늘의 벗』은 구쏘련 한글작품집의 마지막책이 되었습니다만. 사실 2월 4일 모처럼 일요일이고해서 서점에서 한 권만 남아있는 종합시집 『꽃피는 땅』을 현지 화폐단위인 룅게로 환산해서 우리 돈 80원에 구입한 기쁨은 대단했어요. 그곳 대학 도서관들에서도 우리 한글 작품집은 보관치 않아 자료수집이 무척 궁했었거든요. 전형적인 카자흐스탄 얼굴 모양을 한 그 곱상한 갈색머리 여점원이 타이프로 판매된 책값 영수증 쪽지를 건네주면서 얼굴이 빨개질 정도로 입을 벌리고 웃을 정도

로 밝게 웃더라니까요.

다행히 나는 그곳 한글신문『레닌기치』의 기자를 거쳐서 사장까지 지낸 양원식 시인께서 소장하고 있는 여나무 권의 한글 작품집들을 빌려서 정말 고마웠어요. 바로 양선생님한테서 시집『그대와 말하노라』등을 기증받고 나머지 책은 그 아타칸타 호텔 308호실서 나 혼자 밤새워 읽고 메모했었답니다.

그리고 낮에는 거의 일주일을 시내에 택시비 20퉁게 거리에 있는 고려일보사에 찾아 가서 몇 십년전의『레닌기치』신문철을 뒤적이며 지냈지요. 러시아 원동에서 중앙아시아 벌판으로 이국해온 고려인들은 이전의 선봉에 이어 전쏘련권으로 보급되던 이 신문에다 한글로 삶의 애환과 모국에의 향수를 토로하여 고독과 울분을 달래왔거든요. 당시 일반 뉴스나 중앙당의 시책과 함께 쏘련 각지 고려인의 소식을 한글로 접하는 이 신문 목요일 판쯤에 개설된 <문예 페—지>에는 특집으로 여러 편의 고려문인 작품들이 실려있어 눈길을 끌게 마련이지요. 그 자료를 찾고 메모하다가 눈길을 돌아오면서 밝은 대보름달을 쳐다보니 바로 대보름 내 생일인걸 알아차렸구요. 결국 30년대 후반부터 최근까지 그 한글 신문에 발표한 작품을 일부 수정, 보충하여 합동작품에 다시 게재한 면도 많지만요. 우리 민족문학의 귀중한 실체인 이들 작품은 한국 현대문학사의 중요한 자료들인지라 앞으로 우리 통일문학사에 반드시 편입, 추가할 대상으로서 이렇게 여러분 상대로 논의하는 것이거든요.

4. 이방의 한글작품집 현황

김준의 장편소설『십오만원 사건』(1964)은 대다수 고려인 문학작품을 펴내던 카쟈흐스탄 알마타의 샤슈식(작가)출판사에서 나온 작품이더군요. 최봉설 등, 일제 강점기에 항일무쟁투쟁을 하던 애국 청년들 몇 사람이 만주 길림과 조선회령을 잇는 철도 부설비로 쓸 은행돈 15만원을 독립군 무기자

금으로 쓰기 위해 일본 관헌으로부터 탈취했던 실제 모험담을 소설화한 것이지요.

이에 비해 종합작품집『시월의 해빛』(1971)은 러시아 10월 혁명을 예찬하는 책이름에서처럼 시·소설·수필 등에 걸쳐서 27명의 고려인 문인들 글을 모은 것인 만큼 내용이나 장르면에서 다양한 작품들이예요. 이어서 김준의 시집『그대와 말하노라』(1977)는 일찍이 연해주의 원동에서 건너온 카쟈흐스탄 거주의 시인 겸 작가로서 한국전통 정서와 고유한 풍속 등을 많이 다루고 있어요. 카쟈흐스탄 작가동맹 조선분과장을 맡은 덕분에 그의 사후에도 유고시집은『숨』(1988)까지 펴내서 책내기가 어려운 가운데서 그곳 당국의 출판혜택을 많이 받은 셈이지요.

또한 공동작품집인『해바라기』(1982) 역시 카쟈흐스탄 알마타 소재의 샤슈식출판사에서 출판되었더군요. 고려인 현역작가들 21명의 작품들이 여러 장르에 걸쳐서 비교적 골고루 실렸어요. 시인 겸 작가인 김광현의『싹』(1986)은 그 자신의 시와 단편 및 서사시 등이 실린 아담한 개인 작품집이지요. 이에 비해 김기정의『붉은 별들이 보이던 때』(1987)는 1920년대 당시를 전후한 연해주와 만주일대에서 러시아 혁명문제를 다룬「금각만」,「복벌」 등 단편 3편을 비교적 짜임새 있는 문장으로 함께 묶은 내용이었어요.

이듬 해에 출판된 종합시집『꽃피는 땅』(1988)은 조기천 시인으로 시작해서 그 당시 활약하던 구쏘련권 시인들의 서정적인 작품들을 모은 것이었어요. 같은 해에 간행된 작품집『행복의 고향』(1988)에는 김광현, 남철, 량원식, 리정희의 단편과 여러 시인들 서정시들이 인상적이었구요. 이듬해에 큰 부피로 발행된 리진의 시집『해돌이』(1989)는 북한에서 모스크바 유학을 마친 시인 자신이 조국을 그만 두고 쏘련방에서 무국적자로 지내는 심경과 조국의식을 쓴 서정시들을 모은 것이지요. 일찍이 이 시집을 통독하고 시평과 해설을 쓴 나에게 시인이 손수 서명해서 필자에게 보낸 책을 지니고 있습니다만 4백여편의 시를 담고 있는 무게가 독특한 질량감을 함께 하고 있어요. 연륜(나이테)을 해돌이라고 이름붙인 제목이나 러시아 땅에 많은 자작나무를 봇나무라 쓴 시작품 등이 인상적이지요. 끝으로 종합작품집 『오늘의 벗』(1990)은 희곡을 많이 썼던 한진의 단편과 강 알렉싼드르의 습작 단편, 리진의 소설 및 원동에서 알마타에 이르는 조선극장 역사 등, 다채로운 내용들로 이루어져서 흥미로워요. 하지만 구쏘련 체제가 해체된 이후로는 이런 공동작품집 같은 단행본마져 나오지 않으니 안타까울 뿐이네요.

5. 모국어 사랑과 정체성찾기

실로 반세기가 넘게 구쏘련권에 널리 읽혀온 한글 신문 『레닌 기치』와 방금 살펴본 10여권의 한글 작품집을 통독하다보면 몇 가지 고려인 문단의 성향을 엿볼 수 있을 것 같아요. 먼저, 오랜 세월동안 소비에트 사회주의 체제하에서 조국(한반도)과 민족언어(한글) 문제에 대한 남다른 애착과 집념이지요. 평소 통치 당국이나 당조직 등에서 고향, 민족, 뿌리의식 등의 표현에까지 금기시 당해오던 고려인 문학자들의 곤혹감이나 갈등은 헤아릴 수 없을만큼 컸던 것이지요. 쏘연방 해체 이후는 더 자유롭게 풀렸다지만 그 이전에도 직접 간접으로 한글 신장과 배달 겨레로서의 민족의식과 스스로 고려인의 정체성에 관해 고뇌하는 면을 가끔 조금씩은 엿볼 수 있거든요.

        모국어
        그의 품에 안길 때
        그의 음향 속에 들 때
        나는 활기를 펴노라
        의젓히 영예를 느끼노라

        나의 귀가에 쟁쟁거리고
        나의 눈에 삼삼거리고
        두뇌에 뜻을 두고
        피방울 들끓게 하느니
        진정 공덕의 선구자로다

이 밤도 늦어
새 금줄 종이에 박노라니
모국어는 나의 동반자
그러니 외롭지 낳다
　　　슬프지 않다
행복이 나를 쳐 든다

—맹동욱, 「모국어」전문

1973년 여름의 『레닌기치』에 발표 당시 바로 그 신문의 문학 담당 기자로
일하던 시인의 절실한 모국어 사랑은 당국의 감시와 이민족의 틈새 생활에
서 가슴 뭉클한 감동을 주어요. 당시 일선 기자로 있던 터라 이런 정도의
내용을 발표할 수 있었으리라 짐작되는데 그 때문에 필화라도 안 당했는지
궁금하군요. 또한 다음 같은 시도 시인이 평소 가슴 깊이 품고 있던 진심
토로임을 짐작하고 남아요. 시인의 민족적이고 역사적인 뿌리를 찾는 고려
인 정체성 찾기인 셈이지요. 김준 자신의 시집 『그대와 말하노라』 가운데
실린 것인데 외로운 시인의 마음을 이해해 줄 상대에게 향한 피맺힌 슬픔의
복소리로 들리네요.

나는 로씨야 원동
이만 강변 조선 사람이다
백두산 신령이 먹이지 못해
멀리 강건너로 쫓아낸
할아버지의 손자로다
로씨야의 ‘마마’ 보다도
카사흐의 ‘아빠’ 보다도
그루시야의 ‘나나’ 보다도
조선의 ‘어머니’ 란 말이
내 정신인 뿌리 더 깊다.

—김준, 「나는 조선사람이다」에서

　다음의 시편에서도 자기 정체성과 모국어 의식을 만나게 되고 적지않은 공감을 주어요. 서사적인 장시『송림동 사람들』머리시로 쓰여진 서두 부분인데 다소 정론성이 담겼네요.

나는 조선 사람이다
그러나 쏘련공민이다
내가 난 곳은 원동이고
내 조국은 쏘련이다
제정 시절엔
조선 사람이란
이름조차 없었고

　　(중략)

제정시절엔 조선글
조건없이 엄급했으나
쏘련에선 조선글
헌법으로 허가했다.
그때엔

　　(중략)

오,조국이여!
그대의 배려는
하늘보다 높도다.
나도 조국이 준
조선글로
이 시편을 쓰노니
나도 쏘련 시인이라
소리쳐 자랑한다.
위대한 조국이여!

(후략)

—김두칠,「송림동 사람들」에서

6. 방랑의식과 향수

구쏘련권 고려인 문단의 특성 중 또 하나는 고국을 떠나서 이방을 떠돌아 다니는 방랑의식과 향수라 싶어요. 그 향수란 멀리는 원초적인 어머니 나라 한반도이거나 1937년에 강제로 떠밀려난 연해주 땅 그리워하기 일수 있겠지요. 이런 성향은 글을 쓰지 않지만 러시아 본토나 중앙아시아의 여러 나라에 살고 있는 우리 동포 일반의 한결같은 심정이겠지요.

조국이란
고향집 문턱에서 시작되는가

대장부가 마혼 가까워
먼 추억이 식어가도
기쁠 때 그리운 건
내 자란 마음이여

괴로울 때 간절한 건
어머니 생각이어라
하여 조국을 어머니라 하는가
하여 조국의 품 어머니 품이런가

—정장길,「그리온 어머님께」전문

어머니를 통한 고향과 조국 그리움이 뭉클한 감동을 자아내고 있어요. 그리고 다음의 「아리랑」에서는 어릴적에 익힌 민요를 부르지만 그 지향하는 고향에 갈 수 없는 정한을 노래하고 있지요? 쉬가기 힘들기도 하지만 남북으로 갈려 있음을 안타까워하며 풍자한 셈 아닌가요?

／아리랑 아리랑／ 애타게 부르는／
그 고개 그 마구／ 남녘에 있는가／ 북녘에있는가／   (1연)
／떠가는 기러기도／ 날아오는 제비도／
보고 듣지 못한 고개／ 진달래 피는가／
눈이 내리는가／   (3연)

—강태수,「아리랑」에서

이런 타향 떠돌이 신세 하소연이나 망향의식은 리진의 시편에서도 발견
되더군요. 고향에 돌아가지 않고 쏘련권 넓은 땅 여러 곳을 떠도는 불효의
마음과 스스로의 처지가 한심스런 것이지요.

어머님 그리운 생각
간절해지게 합니다.
때로는 그저, 그저……그저
고요한 밤의 먼 기적 소리도,
전차 타는 로인이 짚은
어머님 손에서
보지 못한 지팽이도
    (중략)
일 필하고 돌아가리다.
다시 뵙게 될 날까지 부디
편히, 편히 계시소.
마당에 심으신 무도
내가 뽑아드리리다……

—리진,「어머님에게」에서

이런 어머니를 통한 향수와 방랑의식은 리진 경우처럼 모스크바 유학을
마치고 북한에 돌아가지 않고 알마타에 사는 양원식 시인 처지도 유사하지
요. 그의 「내 그리운 곳 고향이라네」「고향땅으로 날아다오」 등은 제목부터

가 향수와 방랑 냄새 물씬하지요?

> 나의 애수여,
> 잠시 나마 나를 떠나
> 흰구름되어
> 멀리멀리 날아다오
> 그리운 나의 고향땅으로 날아다오.
>
> —양원식, 「고향땅으로 날아다오」에서

> 찬바람 홀러드는 차창가 아득히
> 떠나온 내고향은 수천리건만
> 머리 밑 서리 내린 오늘이건만
> 때 없이 그리운 곳 고향이라네
>
> —양원식, 「내 그리운 곳 고향이라네」에서

이밖에 방랑의식과 향수를 짙게 다룬 또다른 작품들로는 한반도가 아닌 경우도 있어요. 1970년대 초엽에 『레닌기치』에 발표된 조정봉의 「신한촌 아가씨」와 최막심이 「수청 아가씨」 능이 그에 해당 되는 시들이지요. 이들 작품은 역시 1937년에 떠나온 러시아 연해주 땅에 연결된 연인들과 이어짐 은 물론이지요.

7. 문화갈등과 적응노력

구쏘련권에서 활동하는 고려인 문학가들 작품에는 여러 군데서 문화적 이질성에서 오는 문제와 이를 탈피하려는 노력들이 적지 않다는 것이지요. 적어도 풍속과 역사, 인종 및 언어가 상이한 이민족 속에서의 생활에서는 심각한 당면사안들이게 마련이니까요. 여기에서는 우선 우리말을 거의 모른 채 러시아말로만 소설을 발표하고 있는 모스크바의 아나톨리 킴이나 타스켄 트의 시인 박보리스, 또는 러시아말로 쓴 시를 한글로 번역한 시집을 낸 사할린의 허 로만(허남령) 경우 같은 글쓰기 과정의 언어문제 등은 별개로 했음은 물론이지요.

먼저 고려인이 이국 땅에서 서양사람들과 더불어 살아가는 과정에서 필연적으로 문화적인 갈등에 마주치게 되는 경우들은 소설작품 여러 곳에 나타나고 있거든요. 보기로 든 서너 단편소설에서는 문화 차이나 세대적인 갈등을 마무리 부분에서 화해로 푸는 구조로 끝맺고 있는데 이런 창작법은 이른바 사회주의 문화지침으로 지정되어 있지는 않았던가 모르겠어요.

서양 며느리와의 갈등문제를 다룬 단편으로는 김빠웰, 리정희 작품들을 들 수 있다고 생각해요. 김빠웰의 「쟈밀랴, 너는 나의 생명이다」에서는 남편을 일찍 여의고 외아들 일남을 데리고 살던 어머니가 조선처녀를 며느리로 삼으려는 데서 생긴 갈등이야기지요. 중학생 때부터 사랑해온 이민족인 쟈밀랴와 혼인하려는 아들 사이에서 번민하다가 어머니가 양보하여 화해하는 줄거리거든요.

또 리정희의 「선물」 역시 고부간의 갈등을 다룬 이야기지요. 일찍 전쟁터에 나간 남편을 잃고 키운 아들 샤샤가 러시아 여성인 알라와 혼인해서 손주딸 아뉴따를 오랜만에 서울집에서 맞이한 순희 할머니의 처지가 딱한 내용이지요. 시어머니 댁에 모처럼 온 며느리는 곧 마을에 산다는 친구댁에 놀러간다는 데서 아들과 다투고 지지않는 판이거든요.

―아이, 참! 듣기 싫어. 오늘이야 좀 나갔다와도 괜찮지 뭐.
―알라, 제발 그만 두어.
허나 알라는 남편에게 지려고 하지 않았다.
더구나 시어머니 앞에서 지고 싶지 않았다.
어떻게 해서라고 이기고 싶었다.
―어머니와는 내일도 모레도 아직 날짜가 수태 있지 않아? 참, 샤샤, 그럴바에야 어머니더러 우리집으로 이사 가자고 해. 좋지 않아. 저녁에 어딜가도 아뉴따에게 적적하지 않고.

― 리정희, 「선물」에서

이들 단편에 비해서 염성용의 단편소설 「영원히 남아 있는 마음」과 양원식의 단편 「낙엽이 질 때」 등은 러시아 며느리와의 세대 갈등 문제를 그려보이고 있어 수긍이 돼요. 전자는 70세인 창세 노인이 집단농장(꼴호스)을 지키고 혼자 사는데 도시에 가 사는 아들 춘길은 아내 니나와 더불어 아버지를 도시집으로 모셔가려 하지만 시골서 남아 지내는 사정이거든요. 후자 역시 팔순 가까운 홍노인은 외아들 알렌찐 부부를 따라서 시골집까지 팔아서 도시집에 와 살지만 소외된 나날인 것이지요. 며느리가 용돈도 제대로 주지 않고 이야기 상대도 없이 지내다가 죽고 말거든요.

시 작품에서는 낯선 이국땅(중앙아시아)을 개간하고 가을철에 농작물을 수확하는 고려인들의 적응노력을 그리고 있어요. 다음같은 「옥야천리 치르치크벌」이나 「쯜반의 봄」등을 가까운 보기로 들 수 있을 것 같아요.

여러 민족 화목하게
미풍양속을 꾸려놓고

일망무제 황무지를
랑전옥토로 개량하고
기계화도 화학화도
빈틈없이 실시하니
옥야천리 치르치크 벌에
건설의 노래소리 구성지네.

—조정봉, 「옥야천리 치르치크 벌」에서

8. 정론적인 송가성향

끝으로 구쏘련권의 고려인 문단에서 문제되는 특징은 한글 작품들에 드러난 이념 뚜렷한 정론적(政論的) 글쓰기와 짙은 송가(頌歌) 성향이예요. 물론 약소 민족으로서 공산권의 철권정치 아래서는 살아남기 위해서 어쩔

수 없이 따른 결과겠지요. 하지만 자유민주주의 환경에서 살아온 우리가
보기에는 지나친 특정인 숭배와 맹목적인 구호같은 그것이 아무래도 너무
부자연스럽더라구요. 80년대 말 이후 쏘연방이 해체되고 자유화된 요즘에는
아마 정 선생님을 비롯한 고려인 문인들 여러분은 물론이고 자유국가 연합
내의 문인들도 너무했다싶다고 그러지요? 이른바 정치체제의 대변혁을 이
룬 페테스트로이카 이후로 대다수 현역 문인들은 너무 경직된 옛 혁명문화
식의 강열한 이념이나 구호스런 태도에는 비판적이더라구요. 1917년의 볼
쉐비키 혁명이나 시월혁명으로 인한 사회주의 국가 건설에 공이 컸던 주인
공에 대한 찬양이 이전 고려인 작품에는 너무 많아 식상할 지경이더군요.
혁명의 주체는 시실 가난하고 힘없는 노동자, 농민인 프로레타리아 계층
아닙니까 그 지도자들도 스스로 소수 브르죠아 계급에 핍박받는 다수 프로
레타리아 민중계급 해방을 위한 투쟁이라 외쳤는데 말이지요. 혁명지도자
이름을 빌린 예의『레닌기치』문예란에도 숱한 송가시들이 눈에 띠게 많이
실려있거든요.
　　김능보의 시「레닌묘 앞에서」(1957), 무산의 시「레닌 릉묘로 통한다」
(1981), 김준의 시「레닌의 숨」(1979), 박 보리스의 시「레닌적 친선의노래」
(1988) 등은 그 비근한 보기들이아닙니까.

　　　　산뜻한 해볕이 빛이어 오는
　　　　맑은 모스크바의 하늘 위로
　　　　은은히 퍼져 들려오는
　　　　붉은 광장 크레믈리 종소리 (1연)

　　　　정성스레 옷깃을 여미고
　　　　수백만의 들끓는 가슴과 함께
　　　　경애하는 수령 일리츠 앞에
　　　　나는 모자 쓰고 삼가 머리 숙인다. (6연)
　　　　　　　　　　　　　　　　—김능보,「레닌 묘 앞에서」에서

> 나에게 자유를 준 레닌의 숨
> 내 나라를 세우게 한 레닌의 숨
> 새 살림을 가르쳐 준 레닌의 숨
>
> 레닌의 사상은 나의 숨
> 레닌의 생애는 나의 숨
> 레닌의 당은 나의 당이다.

—김준, 「레닌의 숨」에서

이런 인물찬양은 조영의 수필 「레닌은 우리와 함께 계시다」에서도 직설적으로 드러나고 있어요. 글쓴이가 시월혁명 기념일을 생각하며 레닌 박물관을 찾아간 소감을 기행문식으로 쓴 것이거든요.

> 레닌이 중환에 계시면서 속기수를 불러 씌우신 그의 마지막 론문들과 서한들인 <대회에 보내는 서한>, <민족들에 관한 혹은 자치화에 관한 문제>. <협동화에 관하여>, <우리 혁명에 관하여> 등이 전시되여있다.
> 전세계 근로자들의 수령이며 스승이며 벗인 블라디미르 일리츠 레닌의 붙타는 심장은 1924년 1월 21일 새벽 6시 50분에 고동을 멈추었다.

—조영 수필, 「레닌은 우리와 함께 계시다」에서

그런가하면 그곳 한글작품에는 시월혁명에 대한 예찬글이 많아 직접간접으로 레닌과 당 등의 공덕을 기리고 있어요. 1970년대에 펴냈던 고려인 문인들의 공동작품집 『시월의 해빛』도 같은 성격인 셈이지요만. 김광현의 시 「시월의 태양」, 강태수의 시 「시월의 밤」 등이 좋은 보기가 될 듯 싶네요.

김광현 작품집 『싹』의 맨 앞의 시 제목인 「시월의 태양」에서는 / 시월—/ 레닌없이 / 서른 여덟돐 맞는 / 시월 /로 시작되고 있어요.

그리고 강태수의 장편서사시인 『시월의 밤』 가운데서도 혁명 투쟁중의 레닌상을 기리고 있거든요. / 레닌이 창앞에 서서 / 창턱을 짚고 / 더운 입김 불면서 / (중략) // 벌써 수사강은 / 되게 얼어 붙었을 것/ 뻬짜는 낡은 갖저고

리나 / 얻어 입었는 지…… / 뻬뜨로 그라드에 / 먹을 것 입을 것 얼마나
되며/ 만일 원수들이 / 항복하지 않는다면 / (후략)

물론 소설의 경우에서도 김기철의 중편 『붉은 별들이 보이던 때』1963
「복별」 등에서 10월 혁명에 의한 붉은 군대를 긍정적으로 그리고 있네요.

—철수야, 너 세상에서 제일 기쁘고 행복한 때가 어느 때였니?
어머니를 만난 오늘 이 순간이란 말을 들으려는 것이었다. 철수는 좀 생각하
더니 느릿느릿 말하였다.
—어머니를 만난 것도 더 없이 기쁘고 행복해요. 그러나 그보다 더 기쁘고
행복한 때는 우리 군대 아저씨들이 쓴 모자의 붉은 별들이 보이던 때였어요.
살아야 어머니를 만났을게 아니예요.
—옳다. 네 말이 옳다. 그 아저씨들이 아니었더라면……하고 나는 부지중
아들을 힘껏 끌어 안았다.
우리 모자를 둘러싼 시선들에는 감격의 빛이 차 넘었다.
—김기철, 『붉은 별이 보이던 때』끝부분에서

이 밖에 정치사회적인 현실문제를 작품화한 것들도 적지 않지요. 이를테
면 한반도 전란(한국전쟁) 당시 중국조선족으로서 북한에 기관차 운전수로
와서 도운 내용의 조형 단편소설 「전우의 회환」이나 월남전을 겪는 민족에
격려를 보낸 조정봉의 시 「월남처녀의 맹세」, 조형의 시 「싸우는 월남」도
있구요. 또 아프리카 콩고 내전을 지원하는 리진의 시 「루뭄바의 사진」 및
초기의 인공위성 위쓰또크호 발사성공을 노래한 야산의 시 「그 위훈 천추에
빛나리」 등도 보이네요.
이런 국가 민족적인 현안의 시국문제에 관한 작품가운데 이웃나라 돕기
나 위성발사 등은 결코 흠이 아니지요. 그런 행사적인 글이야 우리나라에서
도 많이 있는 건 당연하지요. 어느 시대 어느 나라에나 자기들 단합을 위해서
도 절실한 것들이었으니까요.

9. 새로운 통일문학사를 위하여

이 자리에서 필자가 진솔하게 말씀드리고 싶은 문제는 구쏘련의 문단풍토가 아무래도 경직되고 정론적인 송가성으로 흘렀다는 사실이예요. 사회체제가 우리와는 상이하여 묻기 조심스럽기는 하지만 그쪽의 다수 지성인들께서도 그렇게 생각하지 않으시나요? 어찌 특정한 인물이나 혁명에 치우쳐서 신성한 문학을 정치사회 권력의 시녀로 격하시킴은 모순이겠지요. 그것은 적어도 세계정상의 발레예술과 톨스토이나 푸쉬킨 같은 문호와 차이코프스키 음악가를 자랑하는 러시아 문화전통에 어울리지 않는 성향 아닌가요?

그런 지나친 이념적 정론성 작품 창작법이 결국 러시아 문학을 위축시켜 왔을 뿐더러 중국이나 북한 문학에 그대로 전수되어 우리 민족문학 발전에도 저해를 가져 왔다고 생각되거든요. 북한의 특정인(수령) 기리기 송가문학은 레닌 칭송의 모방 그대로 아닌가요. 모스크바 유학생이 쓴 「레닌 묘 앞에서 」의 '경애하는 수령' 등은 북한문학에 그대로 옮겨 온 셈이거든요. 「레닌은 우리와 함께 계시다」 역시 오늘의 북한문학에서 자주 대하는 그대로라 싶어요. 그래서 앞으로 러시아 혁명문학이나 고려인의 한글문단이 북한의 문학에 미친 영향을 상호 대비적으로 접근해서 열쇠로 활용하는 시각도 좋을 것 같아요.

어찌 되었든 구쏘련권의 고려인 한글문학은 중국조선족의 그것 못지않게 한국 민족문학의 귀중한 자산의 일부임에 틀림없어요. 비록 그 짙은 주체의식에다 직설적인 문장표현 등에서 다분히 습작품 같은 기고상의 투박성이 아쉬운 대로 모국어를 이국땅에서 지키는 노력이야 정말 갸륵하고 소중한 일이 아닐 수 없거든요. 다만 김준, 김두칠, 연성룡, 박현, 한진, 박성훈, 태장훈님 등 중앙아시아 이주 1,2세의 시인 작가분들이 근년에 작고하고 해서 애석하지만 그 작품들이야 길이 남아야 할 것 아니겠어요? 생각하면, 일찍이 그곳 카자흐스탄에서 『레닌기치』문화부 기자로 일하면서 요즘 북한에서 유행하는 노래 「휘파람」을 지었던 조기천 시인도 새롭게 떠오르네요. 그 분이 해방직후 귀국해서 북한 문학의 역작인 장시 「백두산」을 남기고 작고 했다는 사실을 감안해도 그곳 고려인 문단은 한반도 문단과 밀접하다 싶어 요.

이상에서 살펴보았듯 그동안 고려인의 한글 문단 성과는 결코 적지 않았 어요. 어렵지만 앞으로도 중앙아시아 알마타 등에서는 작품활동이 계속되길 바라는 마음 간절해요. 그것이 비록 『도라지』, 『진달래』, 『은하수』, 『천지』, 『아리랑』, 『문학와 예술』 등의 문예지가 발행되는 연변 조선족 자치주보다 는 열악한 여건이라 더욱 그렇다구요. 듣자니 요즘에는 『고려일보』도 옛『레 닌기치』시절과는 정반대로 구독자수가 줄어든다니 가슴아프고 말이예요. 하지만 어찌 1930년대 말엽부터 이루어져 그곳 중앙아시아 한글 문단이 1990년대 이루 호화롭게 형성된 미주나 호주 등의 이민 1세 교민들에 의한 한글문학운동에 비할 수 있을라구요.

아무쪼록 구쏘련권 한글문학의 보루인 중앙아시아 문단을 부활시키는데 함께 노력했으면 해요. 필자는 이를 실행하기 위한 한 방법으로 위에서 든 그곳 한글 문단 성과물들을 새 통일 문학사에 편입시켜 출판하도록 약속드 립니다. 지금 양원식 님의 시집도 한 권 주선해서 서울서 출판 준비중이구요.

아무쪼록 정 선생님과 이웃 여러 문인들이 건승하셔서 성과 많으시길 빌고 있어요.

오늘 모처럼 솔직한 글 많이 썼는데 이런 내 글에 대해 기탄없는 소감도 보내주세요.

(2001년 9월)

하나되기 위한 남북문학의 접근

― 효율적인 교류방안

1. 문제 제기

조국 광복 이후 오늘까지 반세기가 넘도록 남북이 단절된 채 이산의 아픔과 이질화(異質化)가 짙어 가는 현상을 겪고 있는 우리에게 분단극복(分斷克服)이란 문제는 긴요한 민족사적 과제가 아닐 수 없다. 더욱이 근년에 들어서 활발해진 정치, 외교 및 경제 교역과 스포츠나 연예단 교류 등에 비해 도외시되고 소외된 요즘 상황에서 이런 현대문학 접근 모색이란 우리 문학계의 당면한 현안인 것이다.

생각하면, 보다 원초적인 인간심성의 예술인 동시에 학문체계인 문학은 외양적(外樣的)인 정치, 경제 및 스포츠보다 얼어붙은 남북 갈등의 골을 녹이고 동질화(同質化)하는데 우선해야 효과적이다. 적어도 물리적인 남북 통일의 빗장이 열린 이제는 내밀한 현대문학이 원활히 교류에 참여하여 민족 통일과 화합에 선도적으로 기능해야 마땅한 일이다. 우리는 이런 면에서도 우리 문인이나 문학도들이 보다 구체적이고 진지한 방안을 모색해야 된다.

따라서 필자는 강단과 문단 일선에서 종사하고 있는 현대문학도의 한 사람으로서 평소 터득하고 생각하는 몇 가지를 제기해 보려한다. 논제의

성격상 다분히 시론적(時論的)인 현황 파악과 반성 내지 방향 제시를 주로
하는 논의적인 접근이 된다.

먼저 이번 논의의 중요성과 함께 지금까지의 북한 자료나 대상문인해금
(對象文人解禁) 과정 및 연구 상황을 살펴본다. 이어서 분단 극복 문제에
상관된 태도와 의식 등에서 우리가 반성하거나 마땅히 지녀야 할 점을 논의
해본다. 그리고 남북한의 문인이나 현대 문학 연구자들이 상호간에 협조해
서 행해나갈 일들을 제기해 본다. 그런 다음 우리가 지향할 체계적인 북한의
현대문학에 다가갈 방향과 보편화 및 바람직한 통일 문학사적 접근 방법
등을 제기해 보려한다.

2. 북한문학 규제와 동향

분단이래 북한측은 말할 나위 없겠지만 남한측 당국에서도 북한 문학
접근이나 자료 섭렵이 냉전 체제하에서 오래도록 금지해 왔었다. 재북문인
(在北文人)들에 의한 북한 문학 출판물은 물론이요, 월북 및 납북문인들에
대한 만남이나 연구 발표마저 허용되지 않았다. 이런 상황아래서 북한의
통제문학과 남한의 자유문학은 철저하게 단절된 채 제각기 상반된 이데올로
기 좌표에 따른 이질화의 코스로 나가게 마련이었다. 그러다가 1970년대에
들어서며 '7.4 남북 공동선언'(1972)이 발표된 여러 해가 지나서야 월북 작가
연구에 관한 이른바 '3.13 해금조치'[1] 이후 점차적으로 규제가 풀리기 시작
했다. 특히 민주화가 이루어진 1980년대 후반에는 대폭 그 규제가 잇달아
완화되어 북한 문학 자료접근으로 연구도 활성화되는 여건이 마련되었다.
1987년에 정부가 발표한 '10.19 금서(禁書) 해금 조치'에 이어서 1988년의
2차[2]에 걸친 연구 대상 확대와 출판 전면 허용 등이 그것이다.

---

1) 유신시대로 지칭되는 1978년 3월 13일 발표한 조치로서 문학사 연구의 목적에서
   필요한 경우, 월북 작가 내지 해당 작품의 취급과 논거를 밝힐 때 반공법 및 국
   가보안법에 저촉되지 않는 월북이전의 사상성 없는 대상만을 허용키로 한 것임.
2) 시민들의 민주화 운동이 무르익어 가던 1987년의 10. 19 조치는 월북 작가의 작

　지금까지 남한에 출간된 북한 문학 관계의 연구서나 소개 논문류를 살펴
보면 대체적인 연구성향 등을 파악할 수 있다. 처음에는 관계기관의 자료지
원을 받거나 연구 보조비로 출간된 개설서(槪說書)가 선을 보였다. 1970년
대 말엽을 전후해서 구상의『북한의 문학 연구』(국토통일원,1978), 홍기삼
의『북한의 문예 이론』(평민사,1981) 등이 출간된 것이다.

　그 후 1980년대 후반의 민주화 열기와 개방화 바람 속에서『꽃파는 처녀』,
『조선문학사』등의 북한 문학 원전이 보급되면서 성황을 이룬다. 권영민
편『북한의 문학』3)과 한국문화예술진흥원에서 씨리즈의 일환으로 펴낸『북
한의 현대문학』I ,II 4) 등이 공동 집필의 북한 문학 입문서(入門書)를 대표
했다.

　1990년대에 와서는 김재용, 오성호, 원종찬, 채호석 등의 진보적인 소장
문학도들에 의한『북한의 우리 문학사 인식』5)에 이어 남북한 문학사 기술
내용을 두루 반영한 새로운 시각의『한국근대민족문학사』같은 저서도 출판
되었다. 그리고 1990년대 중엽에 이르러서는 1980년대 무렵부터 발표해온
북한문학 관계 글을 묶어낸 김재용의『북한 문학의 역사적 이해』6)와 김윤식
의『북한문학사론』7) 등이 비교적 신지하고 체계화된 실적을 보였다. 이 무
렵에 출판된 이명재편『북한문학사전』8)이나 이후 펴낸 신형기, 오성호 공저

　　품 논의를 대체적으로 허용한 금서해금이었음. 이어서 발표된 1988년 3. 31 조치
　　가 정지용, 김기림까지 해금한 것이었는데 같은 해 7. 19 조치는 홍명희, 한설야,
　　이기영, 백인준, 조영 출을 제외한 납·월북작가 연구와 그들 작품 읽기의 전면
　　허용을 골자로 한 것임.
3) 권영민 편,『북한의 문학』, 을유문화사, 1989. 여기에는 북한의 문학이론과 문예정
　　책, 주체사상, 시·소설·희곡 등에 대한 김열규, 김윤식, 임헌영, 이재선, 조남현,
　　유민영의 글들이 실려 있음.
4) 이형기·이상호 공저,『북한의 현대문학 I 』, 고려원, 1990. 윤재근·박상천 공저,
　　『북한의 현대문학 II 』, 고려원, 1990.
5) 민족 문학사 연구소 공저,『북한의 우리 문학사 인식』, 창작과 비평사, 1991.
6) 김재용,『북한문학의 역사적 이해』, 문학과 지성사, 1994.
7) 김윤식,『북한 문학사론』, 새미, 1996.
8) 이명재 편,『북한문학사전』, 국학자료원, 1995. 편자는 이밖에「우리 남북 문학사
　　기술의 대비적 연구」,『중대 논문집』, 35집, 1992.「북한문학사 서술의 문제점」,『어
　　문연구』85호, 1994.10.「문학사 기술에 대한 재검토」,『雲堂 구인환 교수 정년퇴임

『북한문학사』9) 또한 북한 문학 연구면에서 개인 및 공동집필의 적지 않은 평가를 받고 있는 셈이다. 근래에 와서는 대학원 이상의 국문학도들이 북한 문학을 학습하는 과정에서 관심사항에 심도 있게 천착한 논문들을 모은 연구서10)도 나와 북한 문학 연구의 내실화에 한몫을 하고 있다.

하지만 학계의 공동주제로서 북한 문학을 집중적으로 논구하기는 1989년 6월에 행해진 제 32회 전국 국어국문학 연구 발표 대회에서의 「북한의 국어 국문학 연구」에서였다. 당시 7개의 전공 분야별로 북한 국어국문학계의 현황을 점검, 소개한 바 있다. 그 무렵 유수한 문학관계 정기 간행물들에서 북한 문학 바로 이해하기를 동시에 기획 특집11)했던 사실을 참고하면 그 관심도를 짐작할 수 있다.

또한 문단에서도 국문학계에 못지 않게 분단극복 노력을 기울여 왔다. 1988년의 서울 올림픽 이전부터 예의 6.29 선언을 도출한 민주화 기운과 더불어 민족문학 작가회의 등의 진보적 단체를 중심으로 남북문학교류와 통일문제를 외쳐왔던 것이다. 그리하여 이전과는 달리 전문단적인 과제로서의 남북문학교류와 해금 분위기를 이루었다. 또한 유수의 문학단체에서는 통일문학 교류문제를 이슈로 한 공공연한 토론 마당을 열어서 필자도 주제 발표자로 수차 참석한 바 있다. 1989년 6월 24일 강릉에서 개최된 한국문학 평론가협회 정기 세미나의 「남북문화의 방향 모색」과 1971년 4월 19일 순천 에서 열린 제 30회 한국문인협회 심포지엄의 「한민족통일을 위한 문학적 모색」 등이 그것이다.

위와 같은 우리의 북한문학 접근 성향을 감안할 때, 우리는 이제 2000년 여름의 남북 정상회담을 넘긴 오늘의 시점에서 보다 구체적이고 적극적인

기념 논문집』, 1995 등에서 북한 문학사의 문제점을 논구했음.

9) 신형기·오성호, 『북한 문학사』, 평민사, 2000.

10) 최동호 편, 『남북한 현대 문학사』, 나남출판, 1995. 이명재 편, 『북한 문학의 이 념과 실체』, 국학자료원, 1998 등.

11) 특집 「북한 문학 바로 읽기 입문」, 《문예중앙》, 1989. 봄호. 특집 「북한 문학, 어 떻게 볼 것인가」, 《문학사상》, 1989. 6월호. 특집 「북한의 문학과 예술」, 《실천 문학》, 1989, 여름호. 등.

자세로 우리 문단과 학계가 스스로 나서서 분단의 장벽을 허는 일에 앞장서야 한다고 생각한다.

3. 전향적인 교류방안

1) 전제조건

분단 극복을 위한 현대문학 연구 방향을 제대로 논의하기 위해서는 전향적(前向的)으로 열린 의식과 호혜적(互惠的)인 접근 태도가 전제되어야 한다. 문인이나 국문학도는 이전의 경우처럼 북한을 절대시(敵對視)하는 퇴영성을 탈피해야함은 물론이다. 관계 당국도 재래의 안이성과 폐쇄성에서 벗어나서 진정으로 남북 민족의 대화합에 능동적으로 대처해야 마땅하다. 당국은 대승적으로 과감하게 북한문학 자료를 개방하고 문인과 학자들이 원활히 만나 발표하고 토의하도록 지원하는 체제로 개선해야 한다.

북한의 문인이나 작품을 대하는 데 있어서도 우리는 북한 나름대로의 실체(實體)를 인정하고 겸허하게 대해야 마땅하다. 예의 당성, 노동계급성, 인민성에 입각한 나머지 경직된 창작행위와 특정인물을 칭송하고 형상화하는 송가문학(頌歌文學) 작품들도 특수한 대로 진지하게 검토해야 한다. 설사 1백쪽 미만의 북한 문예지(≪조선문학≫, ≪청년문학≫ 또는 ≪문학신문≫ 등)[12]에 실린 분량의 왜소성에서 받기 십상인 부정의식이나 상대적인 우월감 등에서 마저 벗어날 수 있어야 한다. 재래의 선입견(先入見)이나 터부의식 내지 피해의식의 올가미에서 탈피해야 남북이 함께 분단의 긴 역사적 터널을 통과하여 통일의 광장으로 나아갈 수 있기 때문이다.

---

12) 북한의 월간문예지인 ≪조선문학≫ 2000년 8월호는 4.6배판 크기 80쪽, ≪아동문학≫과 ≪청년문학≫ 8월호도 같은 크기에 각각 64쪽 뿐임.

2) 북한 문학의 수용 자세

우리 문인이나 국문학도는 모름지기 북한의 주요 작품들을 읽고 남한의
그것과 상이한 특성들을 대비하여 객관적으로 수용해야 한다. 이런 접근
노력이 여태까지 반쪽 문학의 절름발이 문학 태도에서 벗어나서 원활한
민족 문학으로 지향하는 지름길이다. 통일의 시대인 새천년에는 북한 문학
을 모르는 현대 문학 전공자가 강단(講壇)에 서기는 어려울 것이라 생각한
다. 우리는 이전의 폐쇄적이고 안일했던 국어국문학 인식의 틀에서 탈피하
여 거듭나야할 것이다. 창작을 하는 문인들의 글쓰기와 사고의 문열기도
마찬가지이다.

3) 남북 문학가들의 상호교류

새 세기는 남북의 통일 화합 분위기와 더불어 문학자들도 점차 남북을
왕래하며 상호 교류할 단계이다. 그러므로 연변(延邊)이나 연해주(沿海州)
같은 제3국보다는 평양이나 서울 등지에서 남북문학자들이 한자리에서 만
나 서로의 글쓰기 방법을 논의하고 진지한 학술세미나 기회를 가질만 하다.
남북의 문학자들이 이런 모임을 더해감에 따라 이질화된 분단의 골은 동질
성(同質性)으로 메워져서 복원, 통일되게 마련이다.

가능한 대로 전국적인 문학의 대동제와 학술대회장에 북측의 문학자들을
초빙하여 공동의 주제로 통일작품 낭송과 학술토론을 갖도록 한다. 그리고
남측 문학자들도 북측의 연구기관에 출장하거나 작품 감상회 모임에 참가하
여 교류, 협력 체제로 활성화 할 수 있다. 우선 우리 문협이나 펜클럽 내지
문예총 등이 북측의 문예총 등에 초청장과 참가 신청서를 내볼 일이다. 이는
물론 사전에 당국과 협의하여 되도록 남북공통 주제로서 점진적이며 정례적
으로 착실하게 기획해 나갔으면 한다.

4) 자료 교환과 작품 교류

문학자들의 남북 왕래가 잦아지면 자료 교환도 이루어지지만 보다 원활한 남북의 연구자료와 작품 교류는 더 다각적이고, 효율적으로 행해져야 한다. 이런 문제는 특히 북한 문학 원전(原典)을 비판적으로 수용할 수 있도록 전면 수입 개방하여 전문서점 등에서 판매하도록 허용하는 당국의 이해와 협조가 필요하다. 동시에 북한 문학 전공자가 활용할 수 있는 북한 문학 전용 자료관을 통일원 자료실 이상으로 확충해야 한다.

그리고 남북의 문학자 상호간에도 열린 마음으로 전향적인 작품교류를 하는 일이 바람직하다. 가령 문예지 경우 ≪月刊文學≫, ≪現代文學≫과 ≪조선문학≫, ≪청년문학≫ 등의 일정 분량을 상대편 문인에 할애하여 정례적으로 이념성 없는 글들로 게재 발행하는 방안을 시도해 볼만하다. 남북 양측이 합의하여 새로운 정기간행물 형태의 ≪한반도 통일문학≫ 쯤을 공동으로 펴내면서 남북 문인의 작품을 발표하고 함께 읽는다면 더 바람직한 일이다. 머지 않아서 서울에서는 순수 민간에 의한 남북한과 해외 한글문단 진흥과 교류를 위한 ≪통일문학≫도 계간으로 출간되면 곧 실험적으로 시행할 수도 있는 문제이다. 이런 작품 교류 노력을 계속하는 과정에서 서로 깊이 이해하게 되고 차츰 민족문학의 동질화 성과를 거두어 갈 수 있기 때문이다.

4. 체계적 연구와 문학사 정립

오랜 분단 현상을 극복하고 남북의 문화적 일체성을 실행할 사항 중에 몇 가지를 참고로 제시하면 다음과 같다.

1) 체계적인 북한 연구

새천년에 걸맞은 통일 접근에는 무엇보다 국문학도 자신의 진지한 북한 문학 연구 자세가 긴요하다. 적어도 한국의 현대 문학을 제대로 이해하고 가르치기 위해서는 그 절반의 실체인 북한 문학을 외면하고서는 성립될 수 없는 것이다. 그러므로 우리는 다이제스트 식의 북한 작품 섭렵이나 지엽적인 상식에서 벗어나 어느 정도의 체계화된 지식을 쌓아야 한다. 보다 밀도 있고 꾸준한 북한문학의 체계적 연구는 앞으로 각광받을 북한학(北韓學) 시대에 북한 문학 전공자로 진출하는 선택 대상이기도 하다.

그리고 정부 당국이나 뜻있는 대학 및 일반 기업체에서도 새로운 통일 시대에 부응할 만큼 체계적인 북한연구 여건을 조성하는 데 적극 협력해야 한다. 국책적인 북한연구원이나 북한문학연구소를 설립, 확충하고 연구 기금을 대폭 지원하는 시책이 필요하다. 그래야 지금까지의 개괄적이고 피상적인 기존의 북한 문학 연구 수준을 뛰어넘고 지엽적이며 산발적인 개인의 북한문학 연구 한계를 벗어날 수 있기 때문이다. 북한의 《조선문학》, 《문학신문》은 물론이요 예의 혁명적 다부작들도 속속들이 연구하고 비판, 대응해야 한다.

2) 북한 문학 강좌 운영

최근 우리 나라의 수개 대학에서는 학부나 대학원에 북한학과를 신설, 운영하고 있다. 이들 대학을 위시해서 일부 대학 국어국문학과에는 「북한문학론」,「북한 문학의 이해」 및 「북한 문학사 연구」 등의 과목을 학부나 대학원 교과 과정에 개설, 진행하고 있다. 입체적인 한국문학 접근의 방법에서나 균형상으로 당연한 귀결이다.

앞으로는 많은 대학에서 북한문학 전공 교수를 신규 채용해야 할 것이다. 동시에 북한문학 과목을 점차적으로 전공 과목이나 교양 과목으로 넓혀서 강의해 나가야 한다. 아울러 이 기회에 우리는 북한문학을 재래의 남한 문학과 대비하면서 동질성을 찾는 교재 개발과 강의 운영 문제도 함께 강구해야 할 것이다. 북한 문학 강좌 개설은 전공 과목의 기득권 여부를 따질 차원을 넘어서서 필수성을 안고 있다.

3) 통일 문학사 정립 작업

끝으로 문화 학술에 상관된 남북한의 분단 극복을 위한 바람직한 과제 풀이의 한 모델은 양측의 문학자들이 협의하여 올바른 통일문학사를 정립(定立)해보는 일이다. 민족문학 유산의 역사적인 산물인 여러 문인들의 노작물들을 자기 측 문인과 작품들을 일방적인 잣대로 상이하게 정리, 평가해온 기간(旣刊)의 문학사 틀을 해체하여 새롭게 하나로 세우는 통일 작업이기 때문이다.

특히 근대 이후 현대 문학 부분에 해당되는 이 문제는 남북이 합의해서 풀어내야 할 과제의 하나이다. 이는 광복이래 오늘에 이르는 분단 반세기 동안에 심화된 이질성을 민족 문학사적으로 아울러야하는 부담이 따르지만 남북이 동질성의 큰 틀로 합일시킬 수 있을 것이다. 남한과 북한이 대표적인 시인·작가·극작가·비평가들의 문제작들을 객관적으로 균형 있게 분석, 평가하여 싣고 체계화하는 작업이다. 이 통일문학사의 올바른 정립이야말로 분단 극복을 위한 현대문학의 좋은 시험대로서 관심을 모으는 사항인 것이다.

이런 통일문학사는 북측의 사회과학원 문학 연구소 등에서 집체적으로 집필해온 북한문학사 필진(筆陣)과 순수 민간 연구회 아니면 개별적인 문학사가(文學史家) 중심으로 서술해온 남측 집필자들의 통일 마당이기도 하다. 이렇게 남북의 상이한 학술 단체나 집필 당사자들이 함께 만나서 토론하고 강한 배타적 이념성의 작품을 배제하는 등으로 절충하는 과정 또한 올바른 민족의 정체성(正體性)을 찾고 통일로 가는 노력의 하나가 될 것이다. 물론 대립적인 문학관 등으로 주요 남북작가나 그들 작품이 상치되지만 이를 비판, 수용하면서 변증법적으로 접근하면 대승적인 민족문학의 합일점을 도출하게 되는 것이다. 이런 문학사 정립과정을 통해서 우리는 실제로 오늘의 주제인 분단 극복의 민족사적 과제가 얼마나 실효를 거두고 향후 어떤 방향으로 나갈 수 있을까를 가늠해 보게 된다. 남북이 하나되는 길은 정치 협약이나 철도 운행보다도 자연스런 문학적 교류와 이해로써 통하는 길이 가장 미덥고 올바르며 빠른 것임을 잊지 말아야 한다.

(2000년 10월)

제Ⅲ장

뮤즈의 시미학 모습찾기

구도(求道)의 삶과 전통정서
민족수난기 항일문학의 표상
시련속의 민족적 정서와 인간신뢰
고뇌를 통한 사막의 시학(詩學)
식물적 상상력과 휴머니티의 미학

구도(求道)의 삶과 전통 정서
— 미당(未堂) 서정주론

1. 민족문학의 큰 별자리

우리는 다난했던 한 세기가 마감되고 바야흐로 새로 열리는 세기의 분기점에서 한 겨울밤 유성처럼 스러진 민족문학의 큰 별자리를 생각해 보지 않을 수 없다. 개화기, 일제 강점하에서 태어나 분단시대를 거쳐 살아오며 주옥같은 작품들로써 한국문학의 누 줄기 큰 산맥을 이룩해온 문단의 큰 얼굴이 그 대상이다. 세기의 끝자락에서 황순원 작가에 이은 서정주 시인의 별세는 마침 통일시대 새 천년의 길목이기도 해서 더욱 뜻깊다. 그것은 두 분이 1915년 같은 해에 태어나서 1930년대 중엽에 등단한 이래로 민족문학의 중심에서 실로 60여년 동안 꾸준히 창작에 임해오다가 21세기를 눈앞에 두고 향년 85세를 일기로 역시 같은 해인 2000년 말에 유명을 달리했다는 공통점 때문에서만은 아니다.

여기서는 우선 미당 서정주 문학의 총체적인 위상과 흐름 내지 시문학의 원형질적인 특성들을 살펴보기로 한다. 미당(未堂)이 생전에 남긴 열 다섯 권의 시집을 전체적으로 파악하되 그 삶을 곁들여서 미당 시미학의 요체를 간추려 정리해 보려 한다. 흔히 문학작품은 작가의 전기적(傳記的) 사실이나 사회적 환경 등의 문학 외적인 요소를 배제하고 오직 텍스트 자체의 문학 내적인 언어문제에 주로 접근해야 한다는 분석비평적 주장을 모르는 바 아니다. 하지만 미당시(未堂詩)의 경우는 시인 자신도 언급했듯 거의가 손수 체험한 일을 작품화 해왔기 때문이다. 미당 서정주의 문학은 그만큼 작품의 질량이나 삶에서 여러모로 탈속한 경지를 보이고 있는 것이다.

2. 미당시(未堂詩)의 전개 양상

서정주의 작품연보를 눈여겨 보면 대체적인 서정주 시문학의 변모과정과 지형도를 알아차릴 수 있다. 그의 문학을 살펴보기 위해서는 약관의 나이로 동아일보에 시 「壁」(1936)으로 당선된 이래 한 세기말에 작고하기까지 65년에 걸친 문단활동 기간을 대개 서너 매듭의 기간으로 나누어 봄이 가능하다. 해당 기간에 출간된 시집의 작품 성향을 순서대로 전기·중기· 후기로 고찰하되 거기에 인생 연륜의 네 계절을 곁들여 접근해 볼 수 있겠다.

여기에서 제시한 여러 시집들은 실제로 이전의 수년동안에 발표했던 작품들을 한 데 모은 것이므로 그 연대 측정에 유의해야 함은 물론이다.

1) 방황과 수난속의 방향 모색 : 전기 시

이 기간은 미당이 등단하여 시전문 동인지『詩人部落』활동을 전후한 20대 중반을 거쳐서 처녀시집을 펴내고 광복 이듬 해에 이어서 시집을 출판한 40세까지가 포함된다. 따라서 해당기간은 문학의 나이테 상으로 비길 경우 새로운 출발과 신선한 방향찾기로 시문학을 환하게 꽃피운 봄철에 해당될 수 있다.

제1시집『花蛇集』(1941)에는 초기의 식민지 문학청년으로서 방황하는 고뇌와 육정적(肉情的) 언어 및 방랑적 요소가 담겨있다. '병든 숫개만양 헐덕거리며 나는 왔다.'―(「自畵像」에서), '壁차고 나가 목매어 울리라 벙어리처럼, / 오―壁아.'―(「壁」에서), '붉은 아가리로 /꽃다님보담도 아름다운

빛… '⌐ (「花蛇」에서) 등. 또한 「입맞춤」이나 「水帶洞詩」 경우처럼 이전의
한국문학에서는 볼 수 없던 원초적 욕망과 강한 시적 감수성을 지닌 것이다.

　　애비는 종이었다. 밤이기퍼도 오지 않았다.
　　파뿌리같이 늙은 할머니와 대추꽃이 한주 서 있을뿐이었다.
　　어매는 달을 두고 풋살구가 꼭 하나만 먹고 싶다하였으나… 흙으로 바람벽
　한 호롱불 밑에손톱이 깜한 에미의 아들.
　　甲午年이라든가 바다에 나가서는 도라오지 않는다하는 外할아버지의 숯많
　은 머리털과그 크다란눈이 나는 닮었다한다.
　　스물세햇동안 나를 키운건 八割이 바람이었다.
—「自畵像」에서

　　덧없이 바라보든 壁에 지치어
　　불과 時計를 나란히 죽이고

　　어제도 내일도 오늘도 아닌
　　여긔도 저긔도 거긔도 아닌

　　꺼저드는 어둠속 반딧불처럼 까물거려
　　靜止한 <나>의
　　<나>의 시름은 벙어리처럼….

　　이제 진달래꽃 벼랑 햇빛이 붉게 타오르는 봄날이오면 壁차고 나가 목매어
　울어라! 벙어리처럼, 오— 壁아.
—「壁」전문

　　제2시집 『歸蜀途』(1948)에는 첫 시집에서 넘치던 열정의 과잉이 누그러
진 채 다분히 그리움과 정한에 겨운 한국 전래의 서정이나 동양적 사유성향
을 보이는 작품이 눈에 띄고 있다. 널리 알려진 「귀촉도」, 「푸르른 날」등도
그렇지만 「木花」,「西歸로 간다」, 「누님의 집」이나 「牽牛의 노래」 가운데

'검은 암소를 나는 먹이고 / 織女여, 그대는 비단을 짜게.' 등에서도 나타난다. 하지만 서너 작품만 가작 일 뿐 그 예술적 성취도에 있어서는 고르지 않는 아쉬움을 보인다.

누님, 눈물 겨웁습니다.

이, 우물물같이 고이는 푸름 속에
다수굿이 젖어있는 붉고 흰 木花꽃은, 누님, 누님이 피우셨지요?

퉁기면 울릴듯한 가을의 푸르름엔
바윗돌도 모다 바스라저 네리는데…….

저, 魔藥과 같은 봄을 지내여서
저, 無知한 여름을 지내여서
질갱이 풀 지슴ㅅ길을 오르내리며
허리 굽으리고 피우셨지요?

— 「木花」전문

織女여, 여기 번쩍이는 모래 밭에
돋아나는 풀싹을 나는 세이고…….

허이언 허이언 구름 속에서
그대는 베틀에 북을 놀리게.

눈섭같은 반달이 중천에 걸리는
七月七夕이 도라오기까지는,

— 「牽牛의 노래」에서

이들에 비해 제 3시집 『徐廷柱 詩選』(1956)에는 40세에 펴낸 시집답게 적지않게 관조적 성찰과 전통지향성을 드러내고 있다. 그 사이 조국분단의

전란 속에서 종군문인단 참여와 대전, 부산, 전주, 광주지방으로 전전하며
예의 정신 신경증마저 겪은 10년 세월 속에서 얻은 성과물인 것이다. 「無等
을 보며」, 「鶴」, 「菊花 옆에서」 등의 대표작들이 섞여있다. 이 가운데에는
또 「上里果園」, 「기도1,2」, 「나의 詩」 등의 자유시적인 것도 포함되고 고전
의 현대적 재현을 모색한 「다시 밝은날에」, 「춘향遺文」, 「鞦韆詞」 등도 들
어있다.

> 千年맺힌 시름을
> 출렁이는 물살도 없이
> 고은 강물이 흐르듯
> 鶴이 나른다.
>
> 千年을 보던 눈이
> 千年을 파닥거리던 날개가
> 또한번 天涯에 맞부딪노나
>
> 山 덩어리 같어야 할 憤怒가
> 草木도 울려야 할 시름이
> 저리도 조용히 흐르는구나.

—「鶴」에서

> 한 송이의 국화꽃을 피우기 위해
> 봄부터 솟작새는
> 그렇게 울었나보다
> 한송이의 국화꽃을 피우기 위해
> 천둥은 먹구름 속에서
> 또 그렇게 울었나보다
>
> 그립고 아쉬움에 가슴 조이던
> 머언 먼 젊음의 뒤안길에서

이제는 돌아와 거울 앞에 선
내 누님같이 생긴 꽃이여

노오란 네 꽃잎이 피려고
간밤엔 무서리가 저리 내리고
내게는 잠이 오지 않았나보다.

— 「菊花 옆에서」 전문

2) 성숙·심화된 전통추구와 산문화 : 중기 시

　미당의 시단활동이 성숙단계에 들어선 해당기간에는 시인의 시적 성과가 두드러진 문제시집들이 출간되었다. 또한 동국대 교수로 재직하며 한여름의 과수원에서처럼 튼실한 열매를 키우는 창작활동을 한 시기이다. 아울러 회갑 무렵에는 새롭게 이전의 서정적인 시세계에서 탈피하여 산문시적인 시작(詩作)을 선보인 특징도 드러내고 있다.

　제4시집『新羅抄』(1960)에서는 시의 소재를 삼국유사, 삼국사기, 삼국사절요 등에서 캐내서 한국문학의 영역을 멀리 삼국시대로까지 넓힘과 동시에 고전의 현대화에 모범을 보이고 있다. '朕의 무덤은 푸른 嶺 위의 欲界 第二天'으로 시작되는 「善德女王의 말씀」, 박혁거세 어머니 이야기를 다룬 「꽃밭의 獨白」, 거문고 명수를 재현한 「百結歌」, 수로부인 이야기를 취한 「노인헌화가」 등. 그 중에서 「해」는 자연과 하나된 듯 평화로운 신라시대를 묘사하고 있어 상징적이다. 시인은 이런 불교적 상상력을 통해서 신라정신과 정신주의를 펴고 있다.

　　新羅聖代 昭聖代
　　阿達羅의 임금 때
　　해는 延鳥의 아내 細鳥의 베틀에 가 메달려서도 살았다.
　　하늘에다 잉아를 이 女人이 먼저 걸어놓았기 때문이다.

그래 이 여인과 그 비단이 어딜 가며는, 해도 그리로 따라 다녔다.
新羅人들은 이것을 모두 알고 있었기 때문에
어느날은 돌이 업고 日本으로 간 것을 쫓아가서 비단베만 찾아다가 놓았다.
— 「해」 전문

이어서 제5시집 『冬天』(1968)에서는 시미학적 긴장이나 긴축미가 함축된 면에서 압권을 이루면서 보다 밀도짙은 전통의 세계를 지향하고 있다. 그것은 불교적인 문화의 바탕에서 다분히 동양적인 문화에 동질화된 한국문화의 원형을 추구한 것이다. 특히 「冬天」, 「禪雲寺 洞口」, 「映山紅」, 「蓮꽃 만나고 가는 바람같이」 등의 완성도가 높은 주옥편은 그 모범이 된다.

내 마음 속 우리님의 고운 눈섭을
즈문밤의 꿈으로 맑게 씻어서
하늘에다 옮기어 심어놨더니
동지섣달 나르는 매서운 새가
그걸 알고 시늉하며 비끼어 가네.
— 「冬」 전문

영산홍 꽃잎에는
山이 이리고

山자락에 낮잠 든
슬픈 小室宅 툇마루에

小室宅 툇마루에
놓인 놋요강

山너머 바다는
보름살이 때

소금 발이 쓰려서
우는 갈매기

— 「映山紅」

하지만 제6시집 『질마재 神話』(1975)에 이르러서는 전과는 판이하게 괄목할 탈바꿈을 보여 주목된다. 이순(耳順)의 나이답게 재래의 서정시 격식을 탈피하여 산문에 가까울 만큼의 이야기 형식을 취하여 폭너른 설화와 민담 모티프 등을 시작품으로 흥미롭게 빚어냈다. 미당이 태어나서 자란 고향마을(仙雲里)의 속칭인 질마재 동네에 내려온 이야기나 어릴 적에 겪었던 사람들의 일 등을 속속들이 되살려낸 것이다. 질마재라는 원형적 공간에 함유된 토속성과 동심 및 투박한 방언 속에 담긴 훈훈한 휴머니티가 여느 시보다 더 진진한 맛을 준다.

혼인 첫날밤에 달아나버린 신랑을 기다리다 신부차림 그대로 죽은 「신부」 이야기, ~하고 있어요'식의 어미를 활용하여 한국 예인의 원형을 재현한 「上歌手의 소리」, 한스런 여인상을 그린 「石女한물宅의 한숨」, 마을 인심을 든 「神仙 在坤이」및 딱한 「소×한 놈」 등. 태반의 작품에서는 이전과는 달리 실재했던 구체적인 인물 이름을 들어 3인칭적인 화법으로 제시하여 감동과 교훈을 준다.

아이를 낳지 못해 自進해서 남편에게 小室을 얻어주고, 언덕 위 솔밭 옆에 홀로 살던 한물宅은 물이 많아서 붙여했을 것인 한물이란 그네 親庭마을의 이름과는 또 달리 무척은 차지고 단단하게 살찐 玉같이 생긴 女人이었습니다. 질마재 마을 女子들의 눈과 눈썹 이빨과 가르마 중에서는 그네 것이 그 중 端正하게 이쁜 것이라 했고,…

— 「石女한물宅의 한숨」에서

그런데 곧이어 이듬해에 간행된 제7시집 『떠돌이의 詩』(1976)는 『질마재 神話』에서 드러난 특징이 드물다. 아마도 회갑 맞이의 기념으로 내다보니

알찬 작품을 묶어내기 곤란한 처지 때문인듯 밀도감이 떨어진다. 세상 살아 남는 (以存策)지혜를 작품화한 「曲」이나 「福받을 처녀」등도 손쉽게 납득되지 않으며 이전의 친일 행각마저 독자들에게 억지 변명으로 자기 합리화하려는 혐의로써 거부감을 남긴다. 뿐만 아니라, 새해의 祈願」, 「전북대학교 校庭에 서면」, 「頌詩」 등의 행사시가 많은 분포를 이룬다.

> 곧장 가자하면 갈 수 없는 벼랑 길도
> 굽어서 돌아가기면 갈 수 있는 이치를
> 겨울 굽은 난초잎에서 새삼스레 배우는 날
> 無力이여 無力이여 안으로 굽기만 하는
> 이 왼갖 無力이여
> 하기는 이무기 힘도 대견키사 하여라.

—「曲」 전문

3) 서양 나들이와 전통 세계로의 귀향 : 후기 시

해당 기간은 『질미재 神話』에서 새로운 시 미학을 펼쳐보인 미당이 회갑 다음 해에 다시 또 다른 시 세계를 탐색, 실험한 시기이다. 거의 일년에 걸쳐 세계여행을 나서서 동서양 여러 곳을 답사하며 쓴 기행시를 비롯해서 다시 한국 전래의 역사와 문화를 기리는 시편들과 예전에 손수 겪었던 일을 전통적인 정서로 다룬 작품들이 이에 속한다. 후기 시의 전반부에 속하는 1980년대는 실로 미당 시 문학을 통틀어 왕성한 시 쓰기 실적을 냈던 가을 추수기에 해당한다. 1980년대에 들어서 모두 다섯 권의 시집을 펴 낸 바로서 어느 연대보다 풍성한 양을 이룬 것이다.

제 8시집 『西으로 가는 달처럼』(1980)에서는 제목 대로 미당 자신이 처음 남북 미주와 유럽, 아프리카 및 중동과 아시아 여러 지방을 여행했던 현지 풍물을 경쾌한 필치로 써서 연재했던 것이다. 「라스베가스」, 「센디에고의 한국 금잔디」, 「파나마의 詩」, 「나이로비의 杜鵑새 소리」, 「보들레에르 墓

에서」, 「노르웨이 美人」, 「아테네 뒷골목에서」, 「印度의 여인」 등. 이들 작품에서는 『花蛇』, 『귀촉도』, 『冬天』에서와는 달리 서양적인 문화배경에 실제인물들을 등장시켜 더러는 한국의 것과 비교해 본 점이 두드러진다. 이런 이국적인 서양 탐색 여행은 결국 미당의 떠돌이스런 운수 수도(雲水修道)의 길찾기 행각으로서 드디어는 『귀촉도』나 『冬天』같은 전기 시의 전통세계로 되돌아 와서 자기환귀(自己還歸)하는 일종의 변증법적 길찾기 과정으로 파악된다.

> 서러운 두견새의 서러운 소리도
> 아프리카 케냐의 나이로비쯤에 오면
> 이미 싱그러운 꽃송어리가 되어서
> 따로 서러울 것도 없이만 되는 것을
> 나는 한밤중
> 나이로비 마사이 族의 마을에 와서
> 난생 처름으로 비로소 알게 됐다.
>
> — 「나이로비의 杜鵑새 소리」에서

그런가 하면, 제 9 시집 『鶴이 울고간 날들의 詩』(1982)에서는 곧 바로 한국의 역사적인 옛 인물과 신화나 민담, 설화 모티프들을 시로 쓰는 작업을 계속하고 있다. 『新羅抄』에서와 같은 신라정신만이 아니라 고조선, 부여, 백제 및 조선조에 걸친 한국 문화 정체성 찾기 노력의 일환인 것이다. 「檀君」, 「곰색시」, 「百濟의 피리」, 「萬波息笛의 피리 소리가 긴히 쓰인 이야기」 나 「冬天」, 「황진이」 등.

> 제 딴으론 사는 힘에 자신이 있다고 생각한 사나운 계집애와 어리석은 계집애는 하느님의 제일 이쁜 아드님 — 환웅한테서 먹고 살 것으로 쑥과 마늘만을 얻어 가지고 깡깜한 굴 속에서 누가 더 잘 참고 견디어 내나 겨루어 보기로 했던 것인데,…
>
> — 「곰 색시」에서

또한 제 10시집 『안 잊히는 일들』(1983)에서는 『질마재 神話』에서와는 달리 어릴적부터 고향이나 타향에서 시인이 직접 경험한 사실을 모두 실명 그대로 진솔하게 써서 더욱 흥미로운 자전적 작품들로 채우고 있다. 마치 시인과 독자 서로가 마주 앉아 숭허물 없이 대화하듯 친근한 맛을 준다. 선운사 나들이 때 손주 손잡고 다니던 「내 할머니」, 처음 이성으로 끌어 안아 주던 「中國人 우동집 갈보 錦順이」, 고생 많던 18세 때의 체험담인 「넝마주이가 되어」 등.

> 밤에도 새벽닭이 울 때까지는
> 내 머릿밭 웃목에서 물레를 잡았다.
> 남편의 임종에 수혈을 하노라고
> 藥손가락 두 마리가 없어진 할머니, 할머니가 시집올 때 가지고온 班服은
> 시렁우의 函 속에 담기어만 있었을 뿐,

— 「내 할머니」에서

이에 비해서 제 11 시집 『노래』(1984)에서는 비교적 소박하고 아담한 시 편들로서 음악성을 지닌 것이다. 「설날의 노래」, 「바꽃이 피는 시간」, 「冬至 날」, 「질마재의 노래」가 좋은 보기들이다. —'소나무에 바람소리 바로 그대 로 / 한 숨 쉬다 돌아가는 할머님 마을, / 지붕 위에 바가지꽃 그 하얀 웃음 / 나를 부르네, 나를 부르네. / 식의 「질마재의 노래」 (3연중 가운데 연) 등으 로서 시 미학적 성취도는 여리다.

또한 제 12 시집 『팔할이 바람』(1988)은 역시 미당이 지금까지 겪어온 자전적 사실을 수필체에 가깝게 대화하듯 쓴 시편들을 모은 것이다. 그 내용 도 앞의 『안 잊히는 일들』을 일부 첨삭한 정도여서 중복성이 많아 아쉬운 바 없지 않다. 「광주학생사건」, 「넝마주이가 되어」, 「만주에 와서(에서)」, 「4.19(바람)」 등의 제목마저 그대로인 정도이다.

그런데 위에서와 같은 미당 서정주 문학의 시대 구분에서 말엽에 해당하는 1990년 이후부터 작고 무렵까지는 후기 시의 후반부로서 앞에 든 시기에 비해

겨울처럼 침잠해 있던 시간으로 파악된다. 사실 미당은 1994년에 잠깐 러시아의 바이칼 호수와 캄챠카 반도를 부인과 함께 다녀온 이후로는 관악산 기슭의 봉산산방에 칩거한 채 꾸준한 자세로 가끔씩 시 쓰기에 임해왔던 셈이다. 하지만 이런 동안 세 권 분량에 수록된 시집은 그 농숙미에 비해서 탄력성에 차이가 나는 대로 1980년대의 시작업과는 구분해 봄이 타당하다. 그것은 뒤늦게나마 서양 문물의 공간에 오랜 문화 탐색 나들이를 다녀온 시인이 자기 전통의 시 문학 본고향으로 되돌아와 정착한 단계이기 때문이다.

제 13시집 『山詩』(1991)는 미당이 1977년과 1984년에 세계 여행을 다녀왔던 기억과 자료를 중심으로 동서양의 여러 명산들을 대상 삼아 봉산 산방에 은거하던 이 무렵에 써낸 소산물이다. 노익장의 의욕으로써 가까운 바다나 강보다는 전세계 육대주에 두루 걸친 큰 산들을 상대로 쓴 90여 편에 달하는 이들 산악시편은 특기할 사항이다. 「몽고산의 점쟁이 새」, 「히말라야의 하느님과 나」, 「그리스의 파로나소스山과 나의 마음」, 「스위스의 山들의 말씀」, 「핀란드의 할머니山의 密語」, 「브라질의 태양산의 신령께서 하소연하시기를」 등. 각각 상이한 문화와 역사에 연결시키며 설명하고 주체적으로 대화한 내용의 무게도 높이 살만하다.

> 춘다라는 대장장이네가 끓여준
> 독버섯죽을 먹고
> 피를 토하며 숨넘어가고 있으면서도
>   — 「어느 맑은날에 에베레스느 山이 하신 이야기」에서

> 히말라야 山사람의 運命은
> 아직도 옛날 그대로
> 하늘에서 드리우고 있는
> 산 동아줄에 매달려 있다.
>   — 「히말라야 山사람의 運命」에서

이어서 제 14 시집『늙은 떠돌이의 詩』(1993)에서는 만년의 노시인이 달관의 시안(詩眼)으로 인생을 관조한 농익은 글의 묘미와 훈훈한 인정을 만나게 된다. 특히「감꽃질 때」,「여름철 솟작새와 개구리가 만들던 시간」에서는 자연과 인간이 혼융일체가 되어 상응하는 경지를 이룬다. 그리고「러시아 美女讚」,「이슬비 속 창포꽃」등에서는 심심찮게 싱그러운 이국 여인의 자태도 엿볼 수 있다. 또한 "까치야 까치야 우리 山까치야."로 시작되는 시에서는 이승과 저승을 잇는 어릴 적 동무 순실이와의 정을 읊고 있다.

> 그 다음핸가 그 그 다음 핸가
> 기척도 없이 저승으로 간 계집애
> 그 계집애는 시방 저승의 어디메쯤에 있는지?
> 어디메쯤에서 혼자 나물을 캐고 다니는지?
> 알거던 까치야 말해 다오 까치야

끝으로 미당이 82세에 펴낸 제 15 시집『80 소년 떠돌이의 詩』(1997)에서는 결코 요즈음의 젊은 시인들이 범접하지 못할 주제의식과 사랑을 접하게 된다. 심원한 윤회사상을 입체적으로 풀어낸「우리집의 황소」와「고창 禪雲寺의 동백꽃 제사」등이 전통정서의 한 모범을 보인다. 그 밖에 아내 손톱을 깎아주는 노후의 부부사랑을 그린「늙은 사내의 詩」,「도로아미타불의 내 햇살」에서는 솔직한 인품과 따뜻한 인간미를 만날 수 있다. 환경문제를 다룬「서울의 겨울참새들이여」,「요즘 소식」등을 대하면 미당 시인은 아직 우리 곁에 함께 하고 있음을 느끼게 된다.

> 내 나이 80이 넘었으니
> 詩를 못쓰는 날은
> 늙은 내 할망구의 손톱이나 깎어주자.
> 발톱도 또 이쁘게 깎어주자.
> 訓長 여편네로 고생살이 하기에

거칠대로 거칠어진 아내 손발의
손톱, 발톱이나 이뿌게 깎어주자.
내 詩에 나오는 초승달같이
아내 손톱밑에 아직도 떠오르는
초사흘 달 바라보며 마음 달래자.
마음 달래자. 마음 달래자.

— 「늙은 사내의 詩」 전문

뻐꾹새들도
"가슴이 아푸다"면서
우리들의 산에선 떠나버리고

기러기들도
"눈이 아프다"면서
우리들의 하늘에선 떠나버린다.

우리의 넋도
大氣層넘어
천국이나 극락에 가서
살 수 밖엔 없이 되었다.

하느님 보고
실한 동아줄이나 하나 내려주시래서
그거나 타고
하늘 깊이 들어가서 살아야만 하겠다.

— 「요즘 소식」 전문

미당은 이미 지난 세기 마지막 성탄절 전야에 내린 하얀 서설 속에 홀연히
이승을 떠났지만 우리는 아직 아련한 하나의 축제로 인식하고 있다. 그것은
역시 세속적 삶에서 다소의 역사인식 문제가 없지 않음에도 위에서 처럼

시인 자신이 생전에 높이 쌓아 올린 성취도 높은 미당 문학의 업적을 통한
시작품들과 곧잘 친숙하게 만날 수 있기 때문이다.

3. 미당 시문학의 중추와 특질적 요소

위에서 고찰한 서정주 문학 형성과 전개양상을 검토하면 실로 두 세대가
넘는 창작 기간 동안에 걸쳐서 시인은 스스로 수많은 변신 노력을 거듭해
왔음을 발견하게 된다. 등단 이후 지천명(知天命)의 나이테에 걸친 전기와
중기의 미당 시는 동양 전통적인 서정의 응축미를 주로한 내성적(內省的)인
관조의 정신주의 미학세계였다. 그러다가 회갑 무렵부터는 이전의 신라향가
등 한국 고전에 접근하던 시간적 폭 넓이보다 새로 서양 문화 탐사를 통해서
외향적(外向的)인 공간 영지(領地) 넓히기로서 시미학의 전환을 모색했다.
『질마재神話』 이후에는 오히려 서사적인 확산미를 꾀하며 대화적인 산문시
성향을 드러냈다. 그리하여 후기 말엽에는 처음의 서정성과 나중의 산문성이
버무려진 동서양 시공(時空)을 함께하는 회상조의 시 창작 현상을 나타냈다.
하지만 그 가운데 미당 시문학의 원형질적인 중추는 다름 아닌 전통정서
임을 알 수 있다. 원초적인 한과 설움 및 임을 향한 사랑의 고전적인 향수가
그것이다. 문단 초기인 전기 시 무렵부터 중기 시로 무르익을 때까지 시
창작의 화두로 삼아 모색 노력을 계속해왔던 「귀촉도」와 「冬天」 등의 작품
세계가 그 바탕으로 귀결되는 셈이다. 모두 열 다섯 권 남짓한 미당시들
가운데서 가장 정체 있는 대표작 거의가 이 계열로 꼽히고 있음도 사실이다.
경박한 서구문학의 교양스런 모방을 일삼는 모더니즘적 기교나 이질적인
현대감각보다는 한국 고전이나 동양적 소양을 뿌리로 하는 전통을 중시하는
것이다. 가장 우리적인 사상과 감정을 토착적인 모국어에 바탕한 시어(詩語)
의 뮤즈적인 연금술로서 활용하는 빼어난 능력이 미당시 미학의 요체임을
본다.

흰 무명옷 가라입고 난 마음
싸늘한 돌담에 기대어 서면
사뭇 숫스러워지는 생각, 高句麗에 사는 듯
아스럼 눈감었든 내 넋의 시골
별 생겨나듯 도라오는 사투리.
등잔불 벌서 키어 지는데……
오랫동안 나는 잘못 사렀구나.
샤알·보오드레—르처럼 설ㅅ고 괴로운 서울 女子를
아조 아조 인제는 잊어버려, 仙旺山그늘 水帶洞 十四번지
長水江 뻘밭에 소금 구어먹든
曾祖하라버짓적 흙으로 지은집
오매는 남보단 조개를 잘줍고
아버지는 등짐 서룬말 졌느니

—「水帶洞詩」에서

그런대로 우리 전통 정서를 잘 드러냈다고 여겨지는 시이다. 「水帶洞詩」는 제 1 시집에 게재되고 「歸蜀途」는 순서대로 제 2 시집에 실린 작품이다. 아늑한 우리 삶의 정겨움과 처연한 별리의 슬픔이 심금을 울리는 절편이다.

눈물 아롱 아롱
피리 불고 가신님의 밟으신 길은
진다래 꽃비 오는 西域 三萬里.
흰옷깃 염여 염여 가옵신 님의
다시오진 못하는 巴蜀 三萬里.

신이나 삼어줄ㅅ걸 슲은 사연의
올올이 아로색인 육날 메투리.
은장도 푸른날로 이낭 베혀서
부즐없는 이머리털 엮어 드릴ㅅ걸.

초롱에 불빛, 지친 밤 하늘
구비 구비 은하ㅅ물 목이 젖은 새, 참아 아니 솟는가락 눈이 감겨서
제피에 취한새가 귀촉도 운다.
그대 하늘 끝 호올로 가신 님아

— 「歸蜀途」 전문

그리고 이런 자기 정체성 찾기로서의 전통지향은 타고난 미당 자신의 그 꾸준한 구도(求道)노력에서 이루어지고 있다. 소년 시절부터 미당이 석전(石顚)스님을 찾아 절간을 드나들고 하다가 문학의 길로 들어서서 숱한 시의 실험 과정을 겪는 글쓰기의 역정들도 이 길 찾기 영역에 든다. 이는 미당이 남다른 떠돌이 행각을 일삼아오다가 중기 시 이후 감행한 그의 서양세계 편력을 하고 돌아와서 끝내는 서정주 문학의 본 고향인 전통정서에 정착했음도 그런 구도행각과 연결되는 일이다.

그렇다면, 과연 서정주 문학에서 제 길을 찾는 구도정신과 전통정서는 그의 실제 작품들에서 어떤 모습으로 분포되어 어떻게 작용하고 있는가. 우리는 여기에서 구체적인 보기를 들어 그 요소를 알아보고 그 요인들이 구도의 노력과 전통정서에 어떤 상관성을 지니고 있는가도 가량해 볼 수 있다.

이런 특질적 요소들은 앞으로 행해질 여러 서정주 연구에서 중요한 코드로 작용하는데 이들 가운데 태반은 구도성과 전통성에 직결되고 있는 것이다.

1) 떠돌이 성향

우선 미당시의 떠돌이 성향은 이별과 만남 모티프를 형성하는 요인으로써 서정주 문학의 중심코드로 작용한다. 위에 든 바처럼 미당 시집 중에 다섯 권이나 표제(標題)로 쓰여지고 있을뿐더러 작품 곳곳에 드러나 있다. 시인 자신도 작품 속에서 스스로 시인하고 있고 있는 생래적인 성품인 것이

다. '나를 키운건 八割이 바람이다' ―(「自畵像」에서), '내 驛馬살이 너무나
도 센' ―(「나이로비 市場의 買物」) 등. 특히 청소년 시절 절을 찾아 철원을
지날 때의 심경은 인상적이다.

> 山골 물에서 빨래하던 눈매 고운 계집애가
> 나를 보고 낮달같이 미소짓던 것
> 七十 다 된 시방까지도 잊을 수 없네.
> 아무럼 내 生涯서야 上之上의 寶物이었지.
>
> ― 「금강산으로 가는 길1」에서

2) 불교적 상상력

미당시의 특질 중에서 불교적 상상력은 동양적 사고와 한국 전통정서에
직결되는 주요 형질이다. 이는 중기의 신라 정신이나 영생주의의 기틀이
된 것이기도 하다. 이 상상력은 곧 잘 인연생기와 윤회는 물론이요 자아와
우주대상이 혼융일체로 합일되는 범아일여(梵我一如)스런 처세에 이르곤
한다. 모란꽃과 처녀의 현생적인 만남을 쓴 「因緣說話調」, 「唐明王과 「王
妃와 모란꽃이」 서로의 만남에 미련을 버리라는 「연꽃 만나고 가는 바람같
이」 및 「비가 내린다」, 「시베리아 항공편」 등. 또한 '내 어린 눈에 처음
뜨인 이 나그네'(황소)는 '지금 저승에서는 / 한 神仙의 자리로 되돌아 가
/ 제법 그럴싸한 冠도 하나 쓰시고' 잘 살 것이라는 「우리 집의 큰 황소」도
그렇다. 이런 상상력은 나아가서 「추석 전날 달밤에 송편 빚을 때」의 인간과
자연의 상응관계는 물론이요 무생물과도 대화하는 기초를 이루고 있다. 「눈
오시는 날」, 「에베레스트 女雄峰이 말씀하기를」, 「러시아의 까즈베크峰이
어느날 하신 이야기」 등.

> 추석 전날 달밤에 마루에 앉아
> 온 식구가 모여서 송편 빚을 때

그 속 푸른 풋콩 말아넣으면
휘영청 달빛은 더 밝어 오고
뒷산에서 노루들이 좋아 울었네.

"저 달빛에 꽃가지도 휘이겠구나!"
달 보시고 어머니가 한마디하면
대수풀에 올빼미도 덩달아 웃고
달님도 소리내어 깔깔거렸네.
달님도 소리내어 깔깔거렸네.

— 「추석 전날 달밤에 송편 빚을 때」 전문

3) 토속어의 활용

미당 시에서 자주 쓰는 질박한 호남방언이 원초적인 전통 정서를 자아내서 시적 효율성을 높이는 것이다. 미당의 시를 읽다보면 곧잘 르네상스 무렵의 한낱 정치지망생이던 단테의 속어론(俗語論)을 만난다. 그는 연인 베아트리체에 대한 열정을 한사쿠 라틴어가 아닌 프로방스 지방의 토스카니 사부리로『神曲』을 써서 구구절절 심금을 울린 시성(詩聖)으로서 정립시킨 지방어 문학의 중요성과 민족문학의 본질을 터득게 된다.

그의 작품에서는 표준어보다는 '솟작새'나『西으로 가는 달처럼』,「봄치위」같은 시어 활용이 한껏 미당 시의 밀도감을 살린다. '빵고롬히 웃으며 타이르기를' — (「河西 김인후 小傳에서), '후미진 굴헝' —(「내 영혼은」에서), '제일로 제일로 이뻤지라우', '첫 離別을 나는 또 공부헛지라우.' —(「첫 離別공부」에서) 등. 옛스런 정감을 자아내는 데는 짙은 토속어가 효과적이어서 문법 파괴를 누려온 미당시의 특장점을 이루기도 했다.

4) 실험적 자세

자연인인 서정주는 그 떠돌이 기질 못지 않게 결코 어느 틀에 매이지 않는 자유분방한 선비였다. 이런 기질이 시문학에서는 문학청년 시절부터 여러 시 창작을 다양하게 시험해 오다가 나중에는 산문스런 이야기 시나 산시(山詩)에까지 이르는 실험성을 보이게 된다. 뿐만 아니라 「방랑하는 한 젊은 碧眼女人과의 대화」에서는 시드니 거리에서 집시 여인과 가졌던 입맞춤 사건을 희곡에 가까운 대화시 형태로 쓰고 있다. 이렇게 미당시에서는 이전의 시문학 정석을 해체해서 미당의 시는 일종의 장르 파괴적인 면도 없지 않다. 곧잘 역사나 지리 및 설화, 정치 문제 등을 기행식, 일기식, 수필 식 아니면 편지글 형태 등으로 자유자재로운 시 쓰기를 실천해 보이고 있다. 다음과 같은 시 구절에서는 언어와 동작으로써 인간 욕망을 자유자재로 구사하여 묘미를 자아내고 있다. 호흡 연결과 이미지의 연상이 새로운 모국 어의 가능성마저 보여준다.

> <좋……네……좋……네……좋네……좋네……좋네……좋네……좋네좋
> 네좋네좋네좋네좋네좋네좋네   좋…네……좋네……좋네……좋…네……좋
> 네……>하늘에다가 대고요로코롬
> 그 머리의 그 기인 열 두발 상무를
> 마구 내젖고만 있나니,
>
> — 「우리 나라의 열 두 발 上舞」에서

5) 진솔한 삶의 기록

그야말로 자유인다운 기품으로 글쓰기에 임하는 미당의 시작품에는 실제의 삶에서 체험한 일들이 적나라하게 다루어져 있다. 어려웠던 시절에 겪은 「넝마주이가 되어」, 「自殺未遂」 등도 그렇지만 수많은 여성 편력 사실은 흥미를 더 한다. 어릴 적 친구 순실이를 그리워한 「편지」, 곽참봉 따님 '南淑'을 좋아했던 「滿十歲」, 소년 때 초등학교 담임 선생을 사모한 내용의 「첫 사랑의 詩」, 「내 영혼은」이 그 보기이다. 더욱이 첫 포옹을 밝힌 「中國人 우동집 갈보 錦順이」, 함박눈이 내린 날 황소 장수 첩한테 당했던 사실을

적은 「童貞 상실」, 회갑을 넘긴 나이로 미국 골목에서 혼혈 여성과의 정사를
다룬 「텐 딸라 모어」 등은 흥미롭게 읽힌다. 여느 시인들은 으레 떳떳하지
못하다싶은 여성들과의 정사관계 등은 글쓰기에서 표현을 삼가거나 의도적
으로 미화 또는 은유하는 데 비해 미당은 속속들이 벌거벗은 모습으로 대하
는 것이다. 이것은 미당만의 제 특장점이다.

　하지만 이런 사사로운 고뇌 체험과 여성편력 등속의 스스럼없는 이야기
에 비해서 정작 미당 자신의 친일행각에 관한 고백이나 반성의 글이 없어
아쉽다. 40년대 초에 친일문예지의 편집책을 맡고 조선인 지원병 송가 등을
썼던 자신의 죄과를 진실 되게 밝히지 않은 자세는 미당답지 않은 한계이다.
해방후에 김동인의 「亡國人記」나 채만식의 「民族의 罪人」 같은 작품은
말고라도 서정주는 에세이 등에서마저 이렇다할 참회와 반성을 공개하지
않은 편이다. 몇 백년 강성할 일본이 그렇게 쉽게 망할 줄은 꿈에도 생각
못했다는 투의 시적 표출에는 아무래도 양심의 가책이 묻어 있지 않아 안타
깝다. 어쩌면 살아남으려 그랬다는 그 구차스런 이존책(以存策) 핑계도 통하
지 않을 만큼 일생의 뼈아픈 치부인 그 친일행각의 흠을 그는 부끄러워
차마 터놓고 씻지 못한 채 이승을 떠나고 만 셈이다.

6) 인간미와 해학성

　또한 미당 시에는 적지 않은 유머 감각과 익살끼가 담겨 있다. 어릴 적에
서당에서 책 한 권을 뗀 기념으로 어른들이 벌인 술자리 경우를 다룬 「꾸어
온 남의 妾의 勸酒歌」는 시 제목부터 관심을 끈다. ―’/동네 술집 朴舜民氏
네 小室宅을 꾸어다가/권주가를 시켜 쐬酒로 대접하고 있똥만이라우./’ 그
리고 「白沙 李恒福」에서는 순오지에 있는 내용을 풀어놓고 있다. 사색 당쟁
을 비판하는 풍자미가 후련한 기쁨마저 전해준다 ―’/고자 대감은 스님 머리
끄뎅이를 움켜잡고, 스님은 고자 대감 불알을 잔뜩 거머쥐고 설라문….’ 그
밖에 「눈들 영감의 마른 명태」에서의 ‘똥구녁께는 얼마나 많이 말라 째져

있었는지….'식의 걸직한 사설투가 재미있고 「소×한 놈」같은 경우는 흥미로운 관심 뒤에 남는 착한 청년의 처지가 훈훈한 여운을 남기는 것이다.

끝으로 미당시의 특질들은 아직 더 남아 있다. 먼저 그것은 미당 시편들에 자주 나오는 예의 '손톱' 못지 않은 분포를 보인 눈썹(눈섭)과 귀촉도나 소쩍새 등의 원형 심상적인 의미이다. '내마음 속 우리 님의 고운 눈섭을' ―(「冬天」에서), '눈섭이 검은 금女동생' ―(「水帶洞詩」에서) 「싸락눈 내리어 눈썹 때리니」 '눈썹같은 반달이 중천에 걸리는'― (「牽牛의 노래」에서), " 「아흐 고 꼬치에 땀방울이 이뻐.」하고/ 음력 초사흘날 달눈썹 아래―" (「사내자식 길들이기」에서) 등에 나타난 그것은 남 다른 시인 자신의 눈썹과 어떻게 상관된 것일까. 그리고 슬픈 한이나 이별을 표상하는 귀촉도 등은 왜 후기시에 잘 등장하지 않은 것일까.

또한 미당시에 자주 등장하는 누님(「국화 옆에서」, 「누님의 집」, 「木花」 등)은 가끔 등장하는 어머니나 "하얀 하얀 박꽃은 울 어머니꽃/ 해질 무렵 어머니가 잘 아시던 꽃" ―(「박꽃이 피는 시간」에서) 할머니처럼 서정주 시인에게 실재했던 인물들일까. 또 미당시에서 중요한 속성이 되고 있는 동심세계는 무슨 작용을 하는 것인가? 시공전환(時空轉換)의 원활성으로 과거와 현실을 대비하며 원초적인 정서 발상의 원천으로서 미당시의 주요 코드가 되는 이 동심세계는 후기시의 중추를 이루고 있어 더 중요한 고찰 대상임에 틀림없다.

4. 미당 담론에 대하여

이상에서 우리는 서정주 시세계를 살폈지만 미당 사후 반년도 되기 전에 그를 비난한 고은 시인에게 몇 마디 언급해 둘 바 있다. 솔직히 말해 최근 발표한 고은의 「미당 담론」(『창작과 비평』 2001년 여름호)은 글쓴이의 재승박덕과 자가당착 내지 자기도취를 드러낸 문제꺼리이기 때문이다. 사실 고은은 글에서 보듯 자신의 번득이는 재능과 날카로운 비평감각으로 고인된 시인을 위무하기는 커녕 선배 시인 깎아 내리기 난도질로 시종하여 뜻 있는 분들의 의분을 사기에 충분하다.

그렇다고 여기에서 필자가 미당의 과오를 은폐하거나 미당 옹호편에 나서는 것은 결코 아니다. 필자는 방금 미당 자신의 친일행적에 대해 솔직한 사과 없음을 지적하기도 했지만 오히려 그의 일부 선비답지 않은 글쓰기 처세 따위엔 강한 거부감을 느낀다. 아무리 많은 업적을 남긴 원로 시인이라 하더라도 양식을 가진 사람치고 어느 누가 그를 떳떳하다고 두둔할 수 있겠는가. 미당이 저지른 친일 행적은 이미 씻을 수 없는 그의 오점으로 남아있다. 하지만 필자는 단지 미당 떠난 이즈음에 하필이면 고은 시인이 나서서 그 취약점들로 스승 깎아내리기에만 칼을 대는 그 비난 태도를 비평할 뿐이다.

고은은 스승인 미당의 업적이나 인품의 덕목을 모두 접어두고 문학과 삶의 취약점만을 꼬집는 데 칼날을 세운 것이다. 결국 비평도 앙갚음도 아닌 그 공격행위 내면에는 그 자신도 의식하지 못할 자격지심과 자기도취에서 비롯된 스승 넘어뜨려 입신하려는 그의 음험한 영웅의식이 도사리고 있음을 보게 된다. 그의 아깝도록 발랄한 문장에는 고인의 인간적 결함을 안타까워하는 틈새 하나 없이 폄하 일변도이다. 흔히 미당 시의 특장점으로 치는 특성들도 그에게는 '심금을 건드리는 음악적 명향성(鳴響性), 그리고 으밀아밀하게 그늘진 밀이, 한 여름날 남을 넘어 가는 노련한 파충류와도 같은 그의 언어 미각만으로 남겨지기를 바라는' 정도뿐이다.

"미당(未堂)은 나에게 추억의 대상이기도 하고 단절의 대상이기도 하다"는 지적 오만의 화두로 시작된 고은의 글에는 예의 친일행각 들추기와 권력지향의 지탄 외에 문학과 삶 전체에 걸친 준엄한 비판이 이어진다.

"미당에게는 삶에서나 문학에서나 이른바 대응 콤플렉스라는 것이 거의 나타나지 않는다. 그것은 은연중 자신을 무오류성에 두게 한다."(『창작과비평』294쪽)"이런 시 세계와 함께 순수문학의 행방인 권력 의존적 생존이 다시 진행되는 것이다. 그것은 상대가 일제든 해방 이후의 집단세력이든 권력의 편에 존재함으로써 시인의 특장인 음풍농월(吟風弄月)의 가락 속에

일신의 안보(安保)를 유지할 수 있기 때문이다."(『창작과 비평』 299쪽)여기에서 고은은 대응 콤플렉스란 어설픈 용어를 통해서 미당의 사회의식이나 참여 의식의 빈곤성을 지적하고 있는데 그것이 은연중 고은 자신과 대비하여 자신의 우월성을 드러낸다. 하지만 필자는 고은이 비판한 그 자리에 고은을 대입시켜 고은의 삶과 문학에서 오히려 계산된 대응 콤플렉스가 많이 나타나 은연중 자신을 무오류성에 두게 한다고 생각한다. 그리고 『창비』 299쪽 인용구 역시 미당의 순수문학을 고은의 참여문학으로 대입시켜 그의 특장인 음풍사회의 언어 속에 고은 일신의 안보를 유지한다고 볼 수 있다.

고은은 민주화 운동 무렵 한때 폭력 정권에 맞서서 항거하면서 옥고도 치르는 등으로 선비로서 의당한 출람(出藍)의 모습을 보였지만 결국은 자기 도취와 오만의 수렁에 빠지고 만 것이다. 그리하여 유난히 둥글고 노란 눈망울 마냥 겁 많은 소년처럼 김일성이나 후르시쵸프 같은 권력자들에게 수시로 공중 텔레파시 통신을 보내던 스승의 천진한 그것에 비하면 현실정권에 밀착해있는 제자의 계산된 권력 접근은 차원이 다르다. 남북정상의 만찬장에서 건배하는데 얼굴을 내민 고은만은 적어도 천진한 스승을 탓할 수 없다. 일련의 명분 없는 스승깎아내리기 「미당담론」은 결국 평소 저간의 권력 유착행각에 가책을 느낀 자가당착 행위로서 자기 스스로에 대한 지탄인 셈이다. 설사 다소간의 처신에 떳떳치 못한 과오가 얼룩져 있다 치더라도 한평생 쌓아올린 미당 시인의 예술적 금자탑은 결코 무너지지 않을 뿐더러 이런 고은의 화살촉을 공격자에게 되튕겨가게 할 것이다.

(2001년 1월)

민족수난기 항일문학의 표상
—새로 발굴된 심연수(沈連洙) 시인론

1. 문제 제기

2000년 봄과 여름철, 두만강 건너 중국 연변 조선족 자치주에서는 새천년 문화의 화두처럼 연일 새로운 항일 시인 출현과 유고작품 소개로 달아오르고 있었다. 그것은 선구자의 땅인 용정시 한 조선족집 마당 밑의 항아리 속에서 자선시집 등 8권의 창작노트와 원고묶음을 포함한 일기장, 편지철 등의 육필원고들을 발굴해냈기 때문이었다. 이 원고들은 1945년 해방을 일주일 앞둔 긴박한 정세하에서 영안현에 소재한 소학교 교편을 잡다가 강제징집을 피해 용정 집으로 오는 도중 왕정현 춘양진에서 일제 앞잡이 총에 희생된 심연수 시인의 배낭에 들어있던 유고들이다. 그 원고지며 창작노트 철들을 챙겨서 그의 동생인 심호수(현 78세)가 몰래 땅 속에 묻어두었던 것이다.

55년 동안 땅 속에 묻힌 채로 일제관헌의 닥달과 홍위병의 수색을 면해온 육필원고들은 푸른 잉크색 그대로 햇빛을 보았다. 따라서 새로운 세기에 육신과 더불어 영원히 소멸될 위기를 벗어나서 심연수 시인은 새로운 민족문학사의 한 자리에 떠오르게 되었다. 그야말로 그는 자신이 한글로써 심혈을 다해 써 놓은 문학의 힘으로 기적처럼 부활한 셈이다. 심연수는 이제

3백여편의 주옥같은 문학실체로서 간도에서 형성된 식민지시대 문학과 한반도 분단시대를 풀 통일문학사의 열쇠를 제공한다. 그는 또한 국외 한글문단의 메카인 연변이 낳은 시인의 한 사람으로서 새로운 민족문학사 정립의 전환을 이룰 존재인 것이다.

2. 획기적인 문학사 실체

이때 연변 일대 매스컴에서는 잇달아 민족시인 심연수를 제2의 윤동주 출현이라고 흥분했다. 과연 그는 기구한 삶과 3백여편의 작품으로 우리 문단에 솟아난 또 하나의 혜성이다. 27세의 아까운 나이로 요절한 시인은 동생에 의해 보존되어오던 유고작들로 인해서 실로 반세기가 넘어서야 발굴되기에 이르렀다. 이 유고들은 연변인민출판사 관계자와『문학과 예술』편집부의 확인과 협력으로 햇빛을 보게 된 것이다. 그래서 그의 시는 현지 문예잡지『문학과 예술』『연변문학』『도라지』『은하수』등에 발표되고 현지의『연변일보』『흑룡강신문』『연변라지오텔레비죤』등에 보도되어 널리 알려지기 시작했다. 이 육필 원고들은 곧 이어서 작년 7월에 50권으로 예정된『문학사료전집』제1권(심련수문학편)책자로 연변인민출판사에서 발행되었다.

동경유학시절의 심연수

심연수(1918. 5. 20 ～ 1945. 8. 8 : 호적명은 沈鍊洙, 필명은 沈連洙)의 전기적 삶에 대해서는 연변 현지와 강릉종친회 등에서 여러모로 확인되고 있다. 그는 본디 삼일만세운동이 일어나던 전해 봄에 한반도 강릉군 경포면 난곡리에서 삼척 심씨 가문의 5남 2녀중 두 누이에 이어서 장남으로 태어났다. 그의 나이 일곱 살 (1925년) 때는 생활고에 시달리던 가족들과 함께 독립운동을 하던 삼촌을 따라 러시아 연해주로 새 삶의 터전을 찾아 떠난다. 그러다가

1928년에는 러시아의 한국인 강제이주 정책에 의해 연해주에서 중국 대륙으로 옮겨간다. 처음에는 흑룡강성 밀산 농촌으로 가 살다가 다시 신안진으로 이주하여 만주벌을 개간하는 농사일로 지냈다. 학교 공부를 제대로 못해온 심연수는 간도성(間島省) 연길현 용정으로 이사해온 1935년 이듬해에야 열 여덟살 나이로 뒤늦게 동흥소학교 5학년에 편입해서 다음해에 졸업한다.

심연수 경우는 요즘 학생 같으면 대학생이어야할 19세에야 동흥중학에 입학하여 독서를 즐기며 문학에 뒤늦게 눈뜬다. 22세 때인 1940년 일기에는 자기가 하고 싶은 말을 글로써 나타낼 수 있는 문인을 동경하고 있었다. 『문예독본』『상록수』『문장강화』를 밤새도록 읽으며『님의 침묵』,『아, 무정』등에도 심취해 있음이 발견된다. 「農家」라는 습작 단편을 밤새워 쓰고 『만선일보』등에 습작시를 투고하여 서너편 활자화시킨 것도 이 무렵이다. 심연수의 문학적인 글쓰기는 사실 이때부터 본격화되고 있다. 그의 유고작품 뒤에 '강덕 7년'이나 '소화 15년'이라고 밝혀진 대로 심연수는 수학여행 때 쓴 여러 기행 시조 등을 합쳐서 1940년 한해에 쓴 작품 수효가 100편을 넘는다. 그의 시를 주로한 작품창작은 뒤늦게 시작한 대신 대학진학 전부터 왕성했음을 보여준다.

3. 심연수 시의 특질들

심연수 문학의 주종은 시 장르이다. 유고를 정리해 실은『문학사료전집』에 의하면 시와 산문을 포함해서 모두 250편에 달하는 심연수의 전체 작품 가운데서 238편이 시 장르(시조 64편 포함)일 뿐만 아니라 이 시편들 속에 비교적 정채 있는 대표작들이 분포되어 있다. 그의 작품 중에 단편소설 4편과 수필을 비롯한 산문 12편은 문학성의 질과 양면에서 결코 시 장르 수준에 미치지 못한다. 나머지의 수많은 일기문이나 편지글 등은 참고 정도일 뿐이다. 따라서 여기서는 먼저 대표적인 시작품 열 편을 감상하면서 미학적인 특성을 들어서 몇가지 갈래별로 정리해 본다. 심연수의 작품세계는 그가 겪어온 현실적 삶과 민족 의식 등을 그대로 반영한 리얼리즘에 바탕하고 있어서 비교적 난해하지 않기 때문이다.

1) 비애어린 유랑민 의식과 수난상 고발

심연수 시문학에는 모국을 떠나 남의 나라 땅을 떠돌아다니는 서글픔과 고난의 삶을 드러내는 요소가 짙게 드러나 있다.

> 잘 살려고 고향 떠나
> 못사는게 타향살이
> 간 곳마다 펼친 심하(心荷)
> 뜰 때마다 허실됐다
>
> 흐믓할 품을 찾아
> 들뜬 마음 잡으려고
> 동해를 둘러서 어선에 실려
> 대인 곳은 막막한 벌판이었다
>
> 싸늘한 북풍받이 허넓은 곳
> 떼장막을 치고 누워
> 떠돌던 몸 쉬이려던 심사
> 불쌍한 유랑민의 꿈이었다
> 서글퍼 가엾던 부모형제
> 헐벗고 주림을 참던 일
> 지금도 뼈아픈 눈물의 기록
> 잊지 못할 척사(拓史)의 혈혼이었다
>
> —「만주」전문

1941년 9월말에 쓰여진 이 작품은 시인 자신이 일본에 유학갔을 때 연해주와 중국 대륙에서 겪은 삶의 역정들을 읊은 시편이다. 직설적인 토로이면서도 비애 어린 심정을 리듬에 담아 뭉클한 감동을 준다. 첫연에는 가난한 식구가 좀 더 잘 살아보려고 고국산천을 떠나지만 그것을 이루지 못하고 타향을 떠도는 실향민의 딱한 삶이 절실하게 표출되었다. 둘째 연의 /동해를 둘러서 어선에 실려 / 대인 곳은 / 그대로 심연수 시인의 가족사적인 실제의 삶에 그대로 적용되는 사실이다. 셋째연의 / 싸늘한 북풍받이 허넓은 곳 / 그 공간은 다름아닌 만주이다. 당시 일본에 점령 당한 만주 괴뢰국은 아늑한 조상의 옛터라기보다 황량한 벌판과 추위로 연상되는 유형지였던 것이다. 이렇게 어릴 적부터 노령 연해주 — 만주 — 일본 — 간도 등으로 이국땅을 수차례 유랑해온 가족사적 체험과 일본유학 경험 등이 나라 잃은 백성의 유맹의식(流氓意識)으로 승화된 채 심연수 시의 내면 공간에 짙게 자리하고 있다. 하지만 위에서와 같은 심연수의 짙은 유랑민 의식은 결코 슬픔이나 절망에 그쳐있는 것은 아니다. 그는 깊은 고독과 설움 속에서도 새로운 안식처로서의 터전을 마련하기 위한 개척의지와 요나콤플렉스적인 귀향의식이 함께하고 있어 안정감을 획득한다.

또한 심연수는 다음과 같이 한결 서정성 짙은 시편에서 더욱 몸에 배인 실향 콤플렉스를 드러내고 있다. 어쩌면 그의 유랑민의식은 국권상실이나 낙원상실에 가닿을 만큼 짙은 질감으로 다가들고 있다.

> 길손이 잠못 이루는
> 이 한밤
> 호창(胡窓)의 희미한 등불
> 더욱이나 서글퍼요
>
> 칼자리 틈눈에는
> 뭇손의 여진(旅塵)이 절어있고,
> 칼자리 난 목침에는
> 여수(旅愁)가 몇 천번 베여졌댔나
>
> 지난손 화김에
> 애꿎이 태운 담배꽁다리

구석에 타고 있어
마음 더욱 설레인다

어두운 이 밤길에 달리는 여차(旅車)
왈그락덜그락
호마(胡馬)의 발굽과 무거운 바퀴
이 마음 밟고 넘어가누나.
— 「여창(旅窓)의 밤」 전문

이 시는 그가 중학 졸업반 때 『만선일보』에 투고하여 처음 활자화되기도
했던 작품으로 눈길을 끈다. 여린 습작성을 풍기면서도 신선한 감수성과
감정표현이 돋보인다. 첫 연의 길손이 잠못이루는 창빛 정경과 둘째 연의
칼자리 난 목침에 배인 여진이나 여수내음이 인상적이다. 셋째 연의 담배꽁
초 타는 정경 및 넷째 연의 여차와 호마의 바퀴소리들이 앞 연의 이미지들과
잘 어울리면서 나그네의 서글픔을 읊어내고 있다. 시각적 이미지와 후각적
이미지, 그리고 청각적, 촉각적 이미지가 조화를 이룬 서정성 짙은 모더니즘
풍의 시 작품이다. 그의 비애 어린 나그네 의식이 작품 전체에 배어있어
서정적인 감흥을 더하고 있다.

그런가하면 시인은 객관적 상관물인 새를 통해서 짙은 유랑의식을 표상
하기도 한다. 시 「생」에서의 새는 창공을 나르는 기쁨을 누리려는 것이 아니
라 새로운 삶의 터전을 향하여 고된 여로(旅路)의 길을 날으고 있다. 또한
「갈매기」에서는 더욱 시인 스스로 바다를 건너다니며, 이역의 포구에서 외
로운 삶을 영위하는 갈매기와 대화하는 형식으로서 '갈매기'는 자신의 처지
를 대치하는 효과를 거둔다.

「턴넬」에서는 위에서 살펴본 「만주」와 「여창의 밤」 보다 훨씬 강렬하게
식민지 시대의 민족 수난상을 극단적으로 고발하고 있다. 이 작품은 예의
이상화가 "낮에도 밤, 밤에도 밤 / 그밤의 어둠에서 스며난, 뒤직이 같은"이
라고 절규한 「緋音의 序詞」 이상의 치열감을 준다.

길다란 터널
캄캄한 굴속
자연이 가진 신비를
뚫어놓은 미약한 힘
눈을 감고 걸어도
걸키우는 물건
밝히우는 송장
박닥 가득 늘어 자바진 꼴
아, 빛이 없어 죽었나
빛이 싫어 죽었나
그러나 또 무수한 생명이
레루를 베고 침목을 베고 누워
지나갈 바퀴 기다리고 있음을
또 어찌하리
싸늘한 송장의 입 김에서 들려오는
울부짖는 소리
우를 우러러도
아래를 굽어보아도
선해보이는 그 캄캄한 굴속

— 「터널」 전문

　여기서 길고 캄캄한 굴속은 대자연의 법도를 거역하고 무리한 통치를
펴고 있는 일제하의 한반도 상황을 대신한 지옥이다. 그 암흑 속에서 송장처
럼 파김치된 채 레일과 침목을 베고 누운 군상의 신음과 아비규환 공간이
당시 식민지 조국의 실상이라는 고발이다. 그야말로 처참한 암흑상황이 아
닐 수 없다. 일반적으로 터널은 잠시 광명한 목적지로 향하는 지름길이요
통과를 위한 인위적 공간이다. 그럼에도 시에 설정된 터널은 굴속에 지쳐누
운 군상들에게는 너무 힘겹게 길어서 언제 끝날 지 알 수 없는 일제통치권력
의 무궁함을 암시한다. 굴의 사방에는 송장처럼 지쳐 누운 군상과 아직은

광복의 빛이 막막한 절망스런 식민지 현실을 신랄하게 제시한 항일저항의 비유적 시장치이다.

일제의 강점에 의해 주권을 상실한 백성으로서 이웃나라를 전전하던 심연수의 시작품에는 짙은 민족의식과 항일 저항정신을 특성으로 하고 있다. 특히 중국인들과 어울려 소수 민족으로 문학에 뜻을 두고 두만강 국경을 지척에 둔 당시의 간도땅에서 살아온 문학청년으로서는 남다른 의식을 지니게 마련이다. 그것은 당시 일제의 만주괴뢰국을 통한 회유와 통제가 교묘하게 직·간접적으로 병행된 상황이었으므로 더욱 그렇다.

2) 백의 민족의 정체성 추구

심연수 시는 소재면에서 민족성과 표현상의 시조 양식을 활용하여 돋보인다. 우선 그의 여러 시편들에서는 곳곳에 짙은 배달겨레로서의 민족의식이 숨쉬고 있는 것이다. 모국에서는 일체 한글 작품을 금지시키고 있는데도 한사코 모국어(한글)로 창작하는 행위 자체가 민족의식과 항일정신에 해당된다. 당시 만주괴뢰국에서도 검열 행위가 은밀하게 행해지고 있던 사정을 감안하면 이런 한글문단 활동을 일종의 항일문화운동의 일환으로 이해해야 마땅하다. 어쩌면 시인의 한글창작 작업은 항일 무장 투쟁적인 싸움에 못지않은 '문화적 민족주의 운동'으로서 식민지시대에 국가와 민족의 정체성을 확립하는 데 중요한 가치를 지닌다.

　　빨래를 생명으로 아는
　　조선의 엄마 누나야
　　아들 오빠 땀젖은 옷
　　깨끗하게 빨아주소
　　그들의 마음가운데
　　불의의 때가 묻거든
　　사정없는 빨래방망이로

두드려 씻어주소서!

— 「빨래」 전문

시인은 「빨래」에서 배달겨레의 민족적 정서와 전통스런 풍습을 되살려 감동을 자아낸다. 백의민족의 하얀 빨래 풍습에 상관된 개울이나 우물가 여인들의 빨래 방망이질 풍경과 더불어 정결한 민족성을 가락에 맞추어 읊은 가작이 아닐 수 없다. 이국에 살면서도 오래도록 잊지 않은 겨레의 풍습이 선명하고 참되게 살려는 마음씨가 갸륵하다. 여기에서는 군더더기 없이 '조선의 엄마 누나야' '두드려 씻어주소서!' 등의 어미 그대로 잘 어울리는 시편으로서 싱그러운 맛을 준다. 이런 배달겨레의 빨래에 대한 착상을 시로 쓴 데는 자주 보는 주위의 한족이 청복을 입은 채로 너무 정결치 못한 면에 민족적 차별성도 지니고 있다.

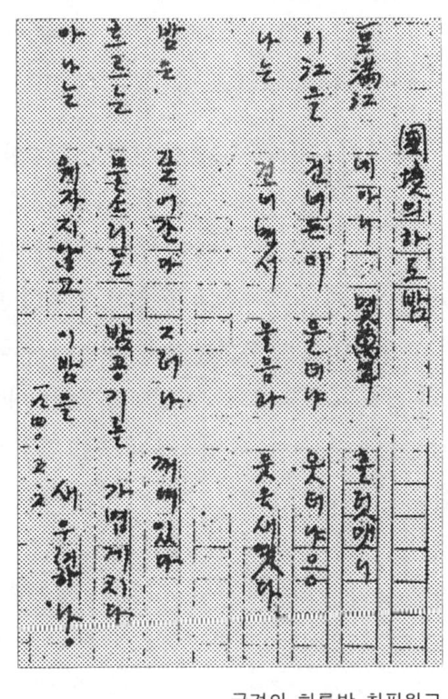

국경의 하룻밤 친필원고

한편 기행시적인 요소가 있는 「국경의 하루밤」에서는 우리 고유의 가락을 통하여 한껏 배달겨레로서의 민족의식과 민족적 수난의 삶에 겨운 시인의 감동을 만난다.

두만강 네 몇만년 흐르는 동안
이 강을 건너던 이 울더냐 웃더냐
나는 건너면서 울음과 웃음 모두 새였다.

밤은 깊어간다 그러나 깨어있다
<u>흐르는 물소리는 밤공기를 가볍게 치다</u>
아, 나는 왜 자지 않고 이 밤 새우려 하나.
— 「국경의 하루밤」 전문

　한두 군데 시어의 모호한 표현도 있지만, 심연수 자기를 낳아 준 어제의 모국과 자신을 키워주는 오늘의 조국 사이에서 숱한 감회가 교차하는 감격을 느끼는 것이다. 그것은 가슴 뭉클해지는 설움이요 울분이며 환희로서 독자들과 함께 어우러진 민족적 감정의 도가니일 수도 있다.

　여기에서 특히 유의할 바는 남달리 한국 고유의 전통적인 문학 양식인 시조형식을 활용했다는 사실이다. 낯선 이국 땅에서 살면서도 한사코 한민족의 고유정서에까지 집착하여 수십 편의 시조풍 시를 써서 성과를 거두고 있음은 주목할 일이다. 시인이 수학여행단 학생의 일원으로서 기행시조풍으로 쓴 「서울의 밤」도 관심을 모은다. 새삼 경이롭게 물씬 동족으로서의 일체감을 풍기는 내용이 아닐 수 없다. — / 말소리 서울 말씨 옷도 조선옷이요 / 말도 다 조선말이더라 // 거리엔 흰옷 조선옷 흰빛이요 / 얼굴도 조선 얼굴, 모습도 조선 모습 / — 「서울의 밤」에서.

　아울러 심연수의 민족의식을 드러내는 모국역사에 관한 깊은 관심을 비켜갈 수 없다. 역시 모국 수학여행 때 보고 느낀 소감을 작품화한 기행시조 「대동강」, 「청천강」 등에는 해박한 역사에 대한 지식이 관심을 끈다. 고주몽 설화를 곁들인 「대동강」과 을지문덕 장군의 전승지였던 「청천강」을 시조시로 써놓고 있다.

　또한, 민족의 정체성 찾기로서 빼놓을 수 없는 작품으로서는 「등불」이다. 어쩌면 옛 조상들이 백두산 주위의 중원에서 나라를 세워 밝은 문화를 폈다는 육당 최남선의 불함문화론 의미와 밝은 빛을 기린다는 조선의 나라 이미지와도 상통하는 시이다.

존엄의 거룩한 등불이
문틈으로 새어나오다가
한줄기 폭풍에 꺼져버렸습니다
그 옛날 조상께서
처음 편 그 불이
그동안 한번도 꺼짐이 없이
이 안을 밝혀왔댔습니다.
그들은 그 빛을 보면서
옛일을 생각하였고
하고싶은 말을 하였으며
하고싶은 일을 하였습니다
그러나 지금도 어둠 속에서
숯불을 부는이 있으니
또다시 밝아질 때가
멀지 않았습니다

그 등에는 기름도 많이 있고
심지어 퍽으나 기오니
다시 불만 켜진다면
이 집은 오래오래 밝아질 것입니다

— 「등불(1)」 전문

상징적인 「등불(1)」은 배달민족의 연면한 문화전통과 주권국가의 명맥
잇기에 깊은 의미를 두고 있다. 그동안 조상들로부터 이어받아온 등불이
'한줄기 폭풍에' 꺼져버렸다는 것은 평화로운 배달겨레의 국권과 문화가
외부 침략자의 폭력에 의해 상실되었음을 지칭하는 메타포이다. 시인이 중
학 졸업반이던 1940년 당시에 창씨 개명과 모국어 사용까지 금지시키던
민족적 위기상황을 작품화한 것이다. 조상 전래의 등불이 꺼진 암흑기를
괴로워하면서도 머지 않아 광복의 날이 올 것을 예언하고 기다리는 마음이

미더웁다.

심연수 시에서는 드물게 '~습니다'라는 경어체 존경어미로서 진중한 무게를 함께하면서 신념에 찬 바램이 수긍되는 시편이다. "그러나 지금도 어둠 속에서 / 숯불을 부는이 있으니" 대목은 아무리 일제통치가 드세더라도 어둠을 밝히는 독립노력을 하는 분들이 있어 해방의 날이 밝아오고 있음을 암시하는 것이다. 그러므로 끝연에서는 일시 일제의 침략에 꺼진 등불일지라도 아직 "그 등에는 기름도 많이 있고 / 심지도 퍽으니 기오니" — 배달겨레의 저력이나 가능성이 충분하니 자주 독립과 민족문화 건설의 불을 켜자는 밝은 전망과 용기를 주고 있는 내용이다.

3) 피 맺힌 항일의식

심연수 시문학의 주된 테마는 항일 저항의식이란 점이다. 그의 멍든 가슴 속에서는 평소 뜨거운 항일과 증오의 불덩어리가 이글거리지만 한사코 솟구치는 울분을 글로써 달래며 살아왔다. 그는 결코 현실 순응적이거나 친일에 방관적일 수 없는 숙명적 피해를 당해왔던 것이다.

> 고(苦)에서 고생으로 돌아가신/ 가엾은 우리 할아버지/ 할아버지의 할아버지 적부터/ 물려주신 가난에 싸여 지내시며/ 자손까지 끼칠가봐 애쓰신 일/ 나는 차마 눈뜨고 못볼 때가 많았나니/ 돌아가시던 그날 식전까지/ 수고를 모르시고 도우시다가/ 자손을 위하여 길바닥에서 놈들의 총에 맞아/ 객사하신 나의 할아버지시여/ 왜 그렇게 총망히 오셨다가/ 그렇게 가시는지요/ 자손으로 봉양을 제대로 못한 저희들을/ 부디 용서하여주세요/ 마지막 눈을 감는 그 시각/ 굶주린 수두룩한 자식들을 두고/ 유언의 말씀도 많으셨겠건만/ 한마디 말씀 못하시고 못하시고/ 돌아가시다니 돌아가시다니/ 그 현대가 낳은 저주로운 악물(惡物) 때문에/ 몸이 떨리고 이가 갈리는 그 악마/ 그러나 원쑤의 그놈을 차던지지 못하고

— 「돌아가신 할아버지」에서

만주벌에서 살다가 자신의 비참한 최후마저 예견하듯 기구한 유랑생활을

거듭해온 민족사의 아픔을 토로하여 피
맺힌 저항의지로 통렬하게 절규하고 있
다. 시인이 일본유학중이던 1942년 3월
에 쓴 이 작품은 심연수 시에서는 드물게
모두 90행으로 이루어진 장시이다. 작품
전체가 만주벌에서 비명에 간 조부에 대
한 분노와 죄책감을 비통스럽게 토로하
고 있어 특색을 이룬다. 그런 면에서 이
작품은 감정의 여과나 절제 없는 개인의
한풀이라고 비판받을 수도 있다. 하지만
오히려 오늘과는 판이하게 각박한 1940
년대 식민지 상황 속에서 손수 당한 원한

육필원고

스런 사실을 시종 격조지닌 호흡으로 통쾌히 카타르시스하는 시의 특장점도
인정해 줄 만하다.

심연수가 살았던 식민지시대 당시의 문학에서 긴요한 핵심 덕목인 항일
성을 감안하면, 심 시인의 육필 원고들은 검열을 거치지 않은 그대로 누구보
다 강렬한 저항성을 띠고 있다. 가령 굽히지 않은 항거의식을 표출한 「고집」
에서는 친일 아부를 단호히 거부할 것을 역설하고 있다.

고집을 써라 끝까지
티끌만한 너그럼을 보이지 말고
타고난 엇장을 굽히지 말라
벽을 문이라고 우기고
팥으로 메주를 쑨다고 우기고
그 장으로 식성을 고쳐낼게
소금이 쉬어 곰팡이 피고
사탕이 썩어 냄새난다면
그건 고집없는 탓이지

　　우기고 뻗치다 꺾어진건 통쾌해도
　　뉘게나 굽석거리는 꼴은
　　보기 싫도록 역겨웁더라

　　　　　　　　　　　　　　　　　　　— 「고집」 전문

　여기서는 독특하게 '엇장'이나 '뻗치다' 등의 고집불통과 비타협을 뜻한
모국어로써 권유하면서 짙은 저항의 마무리로 시의 맛을 돋구고 있다. /
우기고 뻗치다 꺾어진건 통쾌해도 / 뉘게나 굽석거리는 꼴은 / 보기싫도록
역겨웁더라 / 대목이 매운 맛을 준다. 남다르게 직설적이면서도 굴종과 타협
을 매섭게 풍자하고 경계한 내용이 재미있다. 일제 관헌의 끈질긴 설득과
혹독한 고문이 자행되는 가운데 적지 않은 변절자와 민족 반역자가 생겨나
는 식민통치 사회에서 살아갈 지조를 강조하며 격려하는 내용은 여느 시인
에게서는 보기 어려운 시이다.

　하지만 심연수 시인의 끓어오르는 반일감정과 저항의식은 선비답게 스스
로 내면으로 가라앉히면서 폭력적인 행동으로 나가지 않고 있다. 그는 되도
록 사회의 기본질서를 지키면서 항일의 정신을 펴려는 자세를 보인다. 그의
시 「우정」이나 「벙어리」에서는 차라리 스스로 자해하여 멍울진 가슴의 피
를 토해내고 카타르시스하려는 안타까운 고뇌를 토로한다. 폭력으로 남을
공격해서 죽이기보다 차라리 내면으로 통렬한 자기파괴를 통해서 울분을
토해내려는 것이다. 두편 모두 처절한 일제의 탄압 속에 멍든 시인의 저항
행위요 무서운 인간의 절규로서 한 차원 농도 짙은 항일의지의 표출이 아닐
수 없다.

4) 우주적 시야와 미래 지향

　심연수 시인의 시특성 중에서 제재적인 면의 또 다른 하나는 작품의 스케일
이 적어도 세계나 범우주적일 만큼 넓은 시야를 지니고 있다는 점이다. 사실
여러 시편들에서 이렇게 넓고 큰 시야를 활용한 시인으로서는 아마 한국 문단

사를 통틀어 제일 손꼽힌다고 볼 수 있다. 이런 시적 영역 확대 시야를 활용한
그의 작품들은 심연수 시인이 일본에 유학하던 1940년초 무렵에 쓰여진 시편
들이다. 「인류의 노래」, 「우주의 노래」, 「지구의 노래」 등 비교적 거창한 스케
일에 퍽 긴 분량을 지니고 있다. 이들 작품은 「여창의 밤」, 「이역의 만종」
등의 서정성의 시작(詩作)을 주로 하거나 흔히 「모교」, 「교문을 나서며」, 「1940
년을 보내면서」 등의 일상적인 삶 아니면 「고독」, 「기다림」, 「님의 넋」 등의
감성적인 글을 쓰던 초기와는 사뭇 달라진 양상이다.

> / 빠미르고원에다 천막을 치고/ 모우의 등에서 짐을 풀어라/ 히말라야 빙하
> 에 목을 추기고/ 영령봉의 천지에 목욕하자/ 흐림없는 벽공에다 이상을 달리자/
> 정의의 고함을 높이 쳐보세/ 젊은이여— 산자여/ 우리의 피는 끓나니/ 우리의
> 이상은 높나니/ 저— 사방에서 일어나는 돌개바람에/ 평화를 꿈꾸던 썩은 현실
> 은 일크러지련다/ 동서에서 밀려드는 검은 구름과/ 천벌같은 뇌성벽력에 / 말세
> 같은 재개벽이 시작되련다/ 들으라/ 해일이 밀려드는 소란한 소리/ 손으로 오갈
> 지어 자세히 들으라/ 익사기걸(溺死饑乞)하는 사바녀(娑婆女)의 아비규환을 /
> 죄악과 압박이 터지는 소리/ 오무러들어가는 육지의 축계를 / 양자강의 범람에
> 떠내려가는 묵은 집/ 륭기하는 태평양의 새 륙지를/ 미친놈이 지랄쓰는 난사의
> 쏘화에/ 쫄아 말라든 지중해를/ 아— 저어—기 저/ 아라비아 사막 우에 일어난
> 괴광(怪光)이/ 일어날 앞일을 전조(前兆)한다/ 우리는 피난온 무리가 아니다/
> 목숨을 아끼는 연골충은 더구나 아니다/ 우리의 일감은 새로 있나니/ 우리의
> 새 일터는 무한 넓나니/ 우리의 할 일은 태산같도다/ 품은 이상은 우주에 차고/
> 저장한 힘은 위대장엄하나니/ 정의의 앞에 굴복할 것은 / 허위를 감행하던 악마
> (惡魔)일리라

— 「세기의 노래」 전문

이 시는 다소 난해하지만 문명사적인 무게를 지닌 시편으로서 인상에
남는다. 「세기의 노래」는 당시(1942년 6월) 독일, 이태리, 일본 삼국동맹에
의한 파쇼정권의 세계 침략전을 풍자, 응징하는 시편이다. 퍽 거창한 지구와
인류역사를 생각하는 이 시에서는 당시의 국지적인 식민지 현실의 고뇌를
탈피하여 세계적 시각으로 사고하는 시인의 지혜를 엿볼 수 있다. 동서양

여러 지역에 걸친 세계사적이며 지정학적인 안목으로 펼쳐나가는 언어가 막힘이 없어 호쾌하다. 장시형으로 된 이 작품은 세 부분으로 된 알레고리다. 파미르 고원같은 세계의 지붕 위에서 서로 마음껏 높은 이상과 정의를 외쳐 보자는 것이 시작부분이다. 그러나 이어서 동서양 뭍과 바다에 파쇼정권에 의한 돌개바람과 검은 구름이 전쟁을 몰고와 아비규환하는 인류의 참상을 연상시킨다. 하지만 드디어는 우리가 의연히 나서서 허위와 폭력으로 평화를 파괴한 악마들을 굴속시켜서 응징하자는 테마이다. 여느 시인들과는 상이하게 식민지 군국주의에 대한 지탄과 항거를 세계사적인 시각으로 제시한 문제작이다.

그러나 심연수 시인은 결코 거창한 우주와 세계적 시야에 눈을 돌려 민족적 수난의 현실을 외면하지는 않는다. 각박한 식민지 탄압의 어두운 현실과 기세등등한 군국일본의 말발굽 속에서도 그는 조국의 광복과 희망을 버리지 않았다. 그리하여 얼었던 대지에 봄이 올 것과 밤이 지나면 아침이 올 것을 기다리며 확신하고 있었다.

봄은 가까이에 왔다
말랐던 풀에 새움이 돋으리니
너의 조상은 농부였다
전지(田地)는 남의 것이 되었으나
씨앗은 너의 집에 있을게다
가산(家山)은 팔렸으나
나무는 그대로 자라더라
재밑의 대장간집 멀리 떠나갔지만
골 풍구는 그대로 놓여있더구나
화덕에 숯 놓고 불씨 붙여
옛소리 다시 내여봐라

— 「소년아 봄은 오려니」에서

이 시는 자연의 법칙대로 일제는 멸망하고 머지 않아 독립 해방의 날이 올지니 대비하라는 내용이다. 마치 "빼앗긴 들에도 봄은 오"듯이 밭(田地)은 강제 점거로써 남의 소유가 되었지만 원 주인이 마음의 씨앗을 뿌려 새나라 농사를 지을 채비를 하자는 것이다. 이는 어릴 적에 생활고로 전답을 팔고 타향으로 나간 가족사적 체험을 민족사적 아픔으로 확산한 경우이기도 하다. 국권은 빼앗겼으나 산천초목은 변함없으니 전통적인 문화와 민족의 옛 마음 그대로 돌아와 행복스런 옛날을 되찾자는 메시지이다. 요컨대 조국광복과 귀향을 준비하라는 예언적 복음인 셈이다.

더욱이 다음 같은 「지평선」에서 시인은 가뜩이나 주눅들고 암담해 있던 청소년들에게 큰 용기와 희망을 불어넣고 있다. 머지 않아 하늘가 지평선에 대지의 동이 터오듯 일제통치의 어둠이 물러나고 해방과 조국독립의 새날이 밝을 것임을 노래한 시인은 동포들의 용기를 북돋우고 있다. 이제는 어둠과 속박에서 벗어나 막힘 없는 젊음을 구가하자는 의미를 담고 있다.

> 하늘가 지평선
> 아득한 저쪽에
> 휘연히 밝으려는
> 대지의 여명을
> 보라, 그 빛에
> 들으라, 그 마음으로
> 웨쳐라, 힘찬 성대로
> 달려라, 해가 뜰
> 지평선으로
> 막힐 것 없는
> 새벽의 대지에서
> 젊음의 노래를 높이 부르라
>
> — 「지평선」 전문

하늘과 지평선과 청소년의 삼요소가 빛을 두고 어우러진 희망의 시미학 구조인 이 작품은 더 짙은 의미로서 주목을 끈다. 그것은 「지평선」이 심연수의 56주기인 금년 8월 8일에 시인의 모교였던 용정의 실험소학교 교정에 우리문학기림회가 세운 심연수 시비(詩碑)에 대표시로 새겨진 때문만은 아니다.

다름아닌 이 작품은 시인 자신이 일본에서 고학하던 1942년 무렵에 자선 시집으로 엮은 시집 제목이기도 하다. 원고지 칸으로 바탕을 이룬 문집형태의 그의 창작노트 유고에는 '沈連洙 詩集『地平線』'이란 만년필 글씨가 세로쓰기로 선명하게 적혀있다. 하지만 특이한 점은 그가 손수 푸른색 잉크로 적어놓은 48편의 시편들에는 필자가 이 글에서 대표작으로 꼽는 열 편 대부분이 제외되어 있다는 사실이다. 「지평선」과 「여창의 밤」만 수록되었을 뿐인데 그 이유는 당국의 검열을 의식한 때문인 것이다. 시인 스스로 자신의 시에는 일제 통치하에서 출판에 저촉될 항일성이 짙다는 걸 알고 있던 결과이다. 따라서 심연수 시집이 시인 생전에 나오지 않고 오늘날에 전집형태로 자유롭게 발표될 수 있는 여건을 맞은 건 역설적인 행운이라 볼 수 있다.

4. 윤동주 시인과의 대비점

심연수는 위에서처럼 뼈저린 식민지적 상황 속에서 남다른 민족의식과 항일 지향의 정을 점철한 한글 문학작품으로 거듭나서 바야흐로 통일문학사의 새 인물로 떠오른 것이다. 더구나 그는 일제 말의 가파른 암흑기에도 정조를 굽히지 않고 국내에서 지탱해 온 이상화나 끝내 이국땅 북경감옥에서 숨을 거둔 이육사는 물론이요 일본 후쿠오카 감옥에서 목숨을 빼앗긴 윤동주 시인과 더불어 항일 시인의 반열에 우뚝 서게 되었다. 특히 청소년기를 중국 간도지방에서 보낸 윤동주와 심연수 시인의 경우는 여러모로 대비되는 요소를 지니고 있다.

표 1 두 시인의 상호 대비점

윤 동 주 시인	심 연 수 시인
1917. 12. 30, 중국 간도(연변) 출생	1918. 5. 20, 한국 강릉 출생.
기독교 집안, 농촌서 성장	유교 집안, 농촌서 성장
명동소학 ― 은진중 ― 광명중학 ― 연전문과	용정소학 ― 동흥중학 ― 일본대 예술과 학원 예술과 졸업
― 일본 입교대 ― 동지 사대 영문과 수학	1932~1943년, 10여 년간 동안 창작 활동
1934~1942년, 8년 남짓 창작활동	주로 시, 시조 발표
주로 시, 동시 발표	유고 시집 『지평선』 등, 300여 편 남김
유고 시집 『하늘과 바람과 별과 詩』 등, 116편 남김	직정적, 대응적 작풍
은유적, 자성적 작풍	김기림류 모더니즘 성향
정지용류 모더니즘 성향	신혼 수개월 지냄, 아들 심상룡 둠.
미혼	1945. 8. 8. 간도서 피살됨
1945. 2. 16, 일본서 옥사함	

　이 대비표는 일제말 이국 땅에서 항일민족시인으로서 쌍벽을 이루며 최후까지 민족문학을 지켜낸 해당시인의 여건과 실상들을 객관적으로 정리해 본 것이다. 대비점에서 보는 마처럼 1917년 말에 중국 간도(용정)의 기독교 집안에서 장남으로 태어난 윤동주보다 여섯 달쯤 늦게 한국 강릉의 유교집안에서 삼척 심씨 집안의 장남으로 출생한 심연수는 윤 시인처럼 용정에서 중학과정을 마치고 일본의 대학에서 문과를 전공했던 당대의 인텔리였다. 중학시절부터 문학지망생이던 두 사람은 일본유학시절까지의 10년 안팎 사이에 윤 시인이 주로 시와 동시, 심 시인이 시와 시조 등을 써서 『만선일보』 등에 몇 편씩 발표할 정도의 무명 문학도였었다. 그들은 각각 일본에서 유학 생활을 하면서도 어느 문예 동인으로 참가하지 않고 특정 유파에 기울지 않은 채로 스스로 글쓰기를 해 왔던 것이다. 그런 두 사람은 각자 습작생활을 계속 해 오다가 해방되던 1945년 2월 16일에 윤동주는 일본 감옥에서, 심연수는 같은 해 8월 고대하던 민족해방 일주일 전에 이역 만주벌에서 아까운

20대 중반의 나이로 비명에 간 항일적 삶의 유사성을 띠고 있다.

생존당시에는 무명의 문학지망생이던 이들은 사후에야 그들이 남겨둔 유고 작품들을 통해서 시인으로 거듭나고 널리 알려지게 되었다. 윤동주 시인은 해방 전 동경유학을 떠나면서 친우들게 맡겼던 자선시 30 편으로 1948년 유고시집이 출판되어 일약 식민지시대를 지켜낸 민족시인으로 평가되기에 이른 것이다. 시인 경우는 그의 성장지인 중국 연변에서보다는 오히려 모국에서 유명해졌고 심 시인은 작년 여름 자료발굴 현지인 조선족자치주로부터 모국 문단에 뒤늦게 소개된 편이다. 피살되기 전에 심연수 스스로 자선시집을 구상한 경우 역시 윤 시인과 우연치 않은 일치를 보인다.

그러나 작품면에 있어서는 윤동주 시인이 자선(自選) 시집 『하늘과 바람과 별과 詩』로써 이미 널리 알려진 대신 심연수 시인은 한꺼번에 윤 시인의 그것보다 세 곱절이 많은 작품들로써 뒤늦게 발굴, 등장되었다. 윤동주의 그것은 최근까지 조사된 모든 문학작품이 116 편인데 비해서 심연수 시인 경우, 시만도 300 편을 넘고 있다. 또한 윤 시인이 내성적이고 은밀한 시를 구사한데 비해서 심 시인은 훨씬 직설적이고 호쾌한 필치로 대응한 작품 성향으로써 대조를 보인다. 기법면에서는 아직 미숙한 면이 있다 손치더라도 작품의 제재나 영역 면에서는 오히려 윤 시인 보다 심 시인이 훨씬 폭넓고 우주론적인 성향을 띠고 있어서 적지 않은 작품상의 상이성을 보이고 있다. 윤동주 시인은 동경에서 검거된 전후의 시편들이, 심연수 시인은 만주의 소학교에서 교편잡던 기간의 원고들이 일실되어 안타깝다. 그렇더라도 특히 항일 저항적인 농도에서는 심연수 시인의 작품이 훨씬 돋보이는 게 사실이다.

하지만 어쩌면 두 시인은 감히 비교하기 어려울 만큼 항일 민족적인 삶의 여건이나 작품의 질과 양 측면에서는 차라리 한국 민족문학을 위한 상보적 존재이다. 예술의 가치나 성취도는 그 유고 작품들이 햇빛을 보게된 시간의 빠르고 늦음과 작품 수효의 많고 적음으로 우열을 가릴 수 없다. 따라서 우리는 이미 반세기가 넘도록 교재와 애송시집으로써 대표적인 민족시인의 위치를 차지하고 있는 윤동주 시인 못지 않게 심연수 시인에게도 응분의 문학사적인 평가와 자리 매김을 해야 마땅하다.

심연수의 경우, 비록 작품 창작기간이 길지 않은 대로 전후 10년 동안에 다작(多作)으로 써낸 많은 시작품 가운데 대표작 60여 편만을 정선(精選)해서 활용해야 한다. 그렇게 제대로 음미한다면 심연수 시미학은 단연 윤동주의 자선 시집에 못지 않은 기량과 문학성으로 문학사적 가치를 평가받을 대상이기 때문이다. 심연수는 윤동주와 마찬가지로 핍박받던 소수민족 청년으로서 회한(懷恨) 많은 유맹(流氓)의 신세로 중국 ─ 일본 ─ 또는 러시아를 통한 이민족 및 해외 체험을 역사적 현장에서 함께 하며 민족의 아픔을 표출하고 죽음으로 마감한 항일 민족시인인 것이다.

5. 마무리 ─ 암흑기를 불밝힌 샛별

이상에서 최근 발굴된 심연수의 삶과 시문학을 일별해 보았지만 보다 올바른 평가와 위상 정립을 위해서는 몇 가지 과제가 남아 있다. 그것은 무엇보다 작품을 위주로 하고 기구한 전기적 삶은 참고 사항으로 하여 공정하게 파악해야 할 일이다. 그리고 300편이 넘는 그의 유고를 정확히 분류, 정선하여 제대로 된 텍스드를 확정한 나음 분학성 위주로 평가할 일이다. 특수한 1940년대 상황을 감안하더라도 그의 유고에는 아직 투박하고 덜 익은 태작과 습작품이 적지 않다. 그러므로 심연수 문학의 특장점을 지니면서도 문학성 있고 완성도 높은 작품 50편 안퐈 정도를 일반화하는 일이 바람직하다. 또한 검열을 통과하지 않은 원형 그대로의 심연수 시작품들은 생생한 항일문학 모델로서 여러모로 윤동주의 그것과 대조를 이루므로 앞으로 심도있는 대비적 접근이 필요한 일로 남는다.

이런 심연수의 시 미학적 특성들과 문학사적 의미를 감안하면 그는 실로 민족수난기인 식민지시대 항일 문학의 표상이다. 심연수는 모름지기 일제 말엽 한국 민족문학을 지켜오다가 끝내 이국에서 숨진 이육사나 윤동주와 더불어 항일 민족시인의 반열에 우뚝 선다. 더욱이 민족수난의 삶과 항일적인 작품 실적 등에서 그는 결코 윤동주와 우열을 가리기 힘들 정도로 일제말의 한글문학을 지켜온 쌍벽이었다. 심연수는 특히 일제 강점하의 암흑기 민족문학의 불씨가 사그러져가던 한반도 문학을 중국 대륙 북간도 땅에 이어받아 한사코 한글문학으로 불 밝힌 우리 민족문학 최후의 수호자이다.

이제 새 세기를 맞아 돌연 통일시대 민족문학사의 새 지평 위로 떠오는 심연수의 항일 민족시인으로서의 존재는 제대로 자리매김 해 주어야 마땅하다. 우리는 각종 학교의 국어 교과서에도 항일 민족시인 심연수의 「국경의 하루밤」, 「빨래」, 「만주」, 「지평선(여명)」 등의 대표시를 실어서 산 교육으로 널리 활용해야 할 것이다. 그리고 그의 올바른 문학사적 위치 설정은 남북한 문학자들은 물론이요, 바야흐로 다문화시대인 오늘날 새로운 한국 민족문학사의 큰 기틀이 되고 있다. 이런 과제는 구 소련권 여러 나라에 사는 재외(在外) 한국 동포의 한글문학을 통틀은 한국 현대문학사가나 중국 조선족 문학사 집필자 및 일선교육자와 더불어 우리 독자들 모두의 몫이다. 우리는 결코 심연수 문학을 낳은 연변조선족 자치주가 국외 한글문학의 메카인 동시에 남북 통일문단의 완충공간으로서 민족문학의 많은 가능성을 안고 있는 현장임을 잊어서는 안될 것이다.

(2001년 7월)

시련 속의 민족적 서정과 인간신뢰

— 알마타의 시인 양원식론

　이른바 탈이념 시대를 맞이하여 우리는 몇 가지 커다란 변화를 경험하고 있다. 이념이라는 경계를 넘어 세계는 바야흐로 지구촌 시대에 접어들었다. 더욱이 1990년을 전후한 소연방체제 붕괴 이후 탈이데올로기적 흐름은 전 세계에 급속노로 파도쳤다. 따라서 민족분단이라는 비극적 역사 속에서 살아온 우리에게 이러한 세계의 변화는 하나의 충격으로 다가왔다. 그리고 민족동일의 시대가 성큼 다가왔음을 모두가 실감하게 되었다.

　먼 이국땅에서 살아가는 동포 양원식의 시들을 읽는 즐거움 또한 그로부터 가능했다고 볼 수 있다. 80년대 후반 사회주의권의 변동 이후, 마침내 우리는 소련과 중국 내의 동포들과 만날 수 있게 되었다. 특히 독립국가연합에 속하는 옛 소련지역의 한인 동포(고려인)들은 그 동안 격동의 시간과 싸우면서 민족을 보존하고 자긍심을 어렵게 지켜온 경우이다. 이민족 속에서 살아오면서 점차 생활 터전도 마련했고 소수민족으로서의 존재 가치도 인정받기에 이르렀다. 그들은 《레닌 기치》라는 한글 신문을 간행해 오면서 한글 작품집만도 10여권 발행해온 바 있다.

　중앙아시아 카자흐스탄에 거주하는 양원식의 삶은 여기에서 남다른 특수성으로 다가온다. 그것은 그가 북한에서 태어났고 그곳에서 자라났으며 6.25 전쟁 직후, 북한 정부가 파견하는 국비 유학생 자격으로 모스크바에 가게 된 때문만이 아니다. 그는 유학생활 중 북한으로 돌아가지 않을 결심을 하게 되어 소련땅에 머물게 된 것이다. 일종의 망명생활이라고 할 수 있는 그런 삶 속에서 꾸준히 모국어(한글)로 글을 쓰면서 그는 지금까지 살아온 것이다. 우리는 그의 시를 통하여 요즈음의 국내 시인들 작품세계와는 상이한 국외 의 한글 문학을 살펴보고 민족사와 분단현실 등을 새롭게 만날 수 있다.

모스크바에서 영화를 공부한 시인 양원식은 다큐멘터리 영화감독 일을 오랫동안 한 것으로 알려져 있다. 그러나 이 시집에 실려 있는 작품들은 그에게 있어 시쓰기가 취미의 수준을 훨씬 넘어선 차원의 것임을 보여주고 있다. 그는 영화감독 일 외에도 <레닌기치>라는 한글신문의 기자와 문학예 술 부장을 거쳐서 사장으로 일해 왔다. 그는 자신의 시집 제목처럼 중앙아시 아 고원(高原)의 산꽃 같은 존재이다.

그가 살아온 삶이 이와 같이 극적이면서 다채로운 것처럼 그가 쓴 시들 또한 그런 의식과 감정의 편린들을 담고 있다. 그리고 칠순에 처음 펴내는 그의 시집을 통해서 소련지역에서 작품 활동을 하고 있는 사회주의권 문학 의 변모상과 고려인 문학의 특성도 파악해 볼 수 있다.

1. 수난의 삶과 민족정체성 찾기

이번 시집 『카쟈흐스탄의 산꽃』에 수록된 시들 가운데서도, 가장 먼저 독자의 눈길을 끄는 작품은 구소련에서 겪은 한인동포의 지난했던 과거 삶을 회고하는 시편들이다. 그것은 일찍이 한반도에서 태어나고 분단시대를 거쳐서 러시아에 망명하여 이국땅에서 살고 있는 자화상이기도하다. 우리의 「상속」이라는 시는 고려인 수난의 삶을 반추하면서 시작되고 있다.

　　알아보았노라, 이 생활을.

못 알아보기엔 너무나도 험했던 생활
나는
기나 긴 간난신고의 길가에서,
황량한 시베리아 벌판에서
영원히 헤매고 있는 유령,
억울한 중상, 추방을 당하고도
공손히 떠나오다 숨이 졌고
죄없이 피살된 어른들,
피기도 전에 애처롭게 꺼져버린 어린이들—
수만 겨레들의 넋이기도 합니다.

이 시의 화자 '나'는 자신이 걸어온 힘들었던 삶의 여정 가운데서 궁극적으로 고난에 찬 겨레의 역사를 떠올린다. 여기서 그가 살아온 삶은 자신의 것이면서도 그 이상의 의미를 띠고 있다. 그것은 고통스러웠던 러시아 이주 동포(고려인들)가 걸었던 길이면서 한민족이 경험해야만 했던 겨레 전체의 운명을 뜻한다. 화자의 기억 속에서 '지나간 나날'들은 '어둠의 장막'으로 상기되며 그런 기억의 한복판에서 '나'는 고통을 견뎌온 앞 세대들에 대한 위로와 경의의 심정을 드러내고 있다.

우리의 「상속」은 드러내고 있는 바처럼 구소련 지역의 고려인들 삶의 여정은 고난의 역사이지만 그 속에는 삶에 대한 따뜻한 기억들 또한 깃들어 있다. 고려인 이주민들을 따뜻하게 받아준 유목민 카자흐족에 대한 애정을 그린 「카자흐 사람들의 미소」가 그것이다. 이러한 시편들은 소련 지역의 고려인 동포들이 먼 이국땅에서 겪어야 했던 고통과 삶에 대한 강한 애착을 잘 보여준다. 이 시집이 우리에게 말해주고 있는 것은 구소련의 우리 동포가 걸어온 길에 대한 생생한 증언일 것이다. 이를 통해 우리는 오랫동안 망각해 온 러시아와 카자흐스탄 및 우즈벡스탄 등의 중앙아시아 지역에 흩어져 사는 50만 동포의 삶을 새삼 되돌아보게 되는데 거기서 우리가 마주치게 되는 것은 한인 동포의 삶에 대한 강인한 의지이다.

그의 시 「고려인 송가」에서는 숱한 고난을 겪으며 이국땅에다 삶의 보금
자리를 차리고 사는 고려인들의 역사와 의지를 읽을 수 있다. 구한말 연해주
로 건너가 살던 동포들이 1937년에 중앙아시아로 강제이주 당한 처지에서
끈질기게 지탱해온 삶의 역정이 역연하다.

> 걸어온 지난날의 수난의 자취
> 피땀의 값으로만 살아온 우리
> 억울한 사연도 많았던 살림
> 정직한 노력으로 살림 꾸리며
> 어거지 불가항력 살아왔다네.
>
> 땀배인 땅에만 희망을 걸고
> 끈질긴 손발로 땅을 가꾸며
> 지식과 지혜로 길을 닦으며
> 봄날을 기대할 뿐이었다네
> 어거지 참아오며 이겨왔다네.
>
> — 「고려인 송가」에서

이런 고려인의 수난과 정체성 의식은 장편서사시로 쓴 그의 「영원히 잊을
수 없으리라」의 허두와 마무리 대목에서도 엿볼 수 있다.

> / 어떻게 시베리아 망명한인 / 참다운 아들딸들이 / 천신만고 달게 여기며
> / 찬바람, 눈비 속에서 / 조상 땅에 새봄을 불러보러 / 피와 땀으로 그 길을
> 헤쳐 왔는가를 // (중략) /   나는 고려인 여자였고 / 조상 땅의 자주독립을
> 위해 / (후략).

또한 시편 「할머니와 손녀」에서는 러시아말을 모르는 할머니를 꺼리며
버스 칸에서 피하는 손녀를 통해서 세대차와 고려인 정체성에 대한 단면을
보여준다. "애, 나쟈야! · · · 넌 그런 애는 아니겠지?"라는 할머니 말에
어린 나쟈는 창피해 하며 피하는 것이다. 고려인 의식에 관한 앞날을 암시하

는 메시지가 아닐 수 없다.

양원식의 많은 시편들은 고통과 절망 속에서도 자신의 삶을 개척해나가는 불굴의 의지를 보여주고 있다. 그렇다면 무엇이 그것을 가능케 했을까? 세계 도처에서 살아가는 대다수 한인 동포가 그러한 것처럼 그것은 아무래도 한민족의 강인한 민족적 정체성에 뿌리를 두고 있는 것으로 볼 수 있을 것이다. 그 길었던 고난의 도정 가운데서도 시인의 의식 속에는 자신의 모국에 대한 기억을 결코 버리지 않았다. 그에게 있어 조국은 영원한 그리움의 대상이자 생명의 젖줄이다.

2. 짙은 고독과 망향의식

소련지역에서 살아온 고려인 문인들의 대다수 작품에서 그렇듯 양원식의 여러 시편에는 곧잘 망향의 고독과 부모형제를 그리는 내용들이 담겨있다. 오랜 기간 공산체제하에서 살아온 사회주의권 시인들에서 보통 직설적인 제목부터가 그런 고독과 망향의 간절한 심사를 드러내고 있다.

「내 그리운 곳 고향이라네」, 「내 고향 마을」, 「고향방으로 날아다오」 등의 작품은 조국을 향한 시인의 짙은 그리움과 향수를 느끼게 하고 있다. 모국에 대한 불타는 그리움은 먼 이국땅에서 살아가는 시인을 따뜻하게 데워주고 새로운 설레임으로 이끄는 삶의 활력소와 같은 존재이다.

찬바람 흘러드는 차창가 아득히
떠나온 내 고향은 수천리건만
머리밑 희뜩해진 오늘이건만
때없이 그리운 곳 고향이라네.

진달래 곱게 피는 고향언덕에
하이얀 연 띄우며 뛰놀던 시절
철없이 바라보던 푸른 하늘이

때없이 그리운 곳 고향이라네

— 「내 그리운 곳 고향이라네」에서.

　또한 눈에 선한 고향 마을을 그리워하는 마음은 더욱 애절하다. 가족을 떠나 먼 이역에서 생활하며 느끼는 향수는 수구초심의 나그네 심정 그대로이다.

　/ 올해에도 함박꽃은 나를 기다려 / 담장 아래 탐스럽게 피었을꺼야. / 기다리다 기다리다 믿기 어려워 / 마지못해 다른 나비 앉혔을거야. / // 뒷동산에 부는 바람 나를 붙잡고 / 살아나갈 온갖 사연 일러주던 곳 / 조부모님 부모님도 가시었건만 / 자나깨나 마음속엔 내 고향 마을 /

— 「내고향 마을」에서.

　더욱이 먼 나라에 떠나와 사는 시인 자신의 '죄 없이 죄스런' 심정은 "//다만 하루라도 우리 어머님 / 한가로이 앉아 계시는 걸 봤으면 / — 「내 고향 마을」에서"하는 아쉬움은 더 간절할 뿐이다. 이런 어머니 생각은 여러 자손들이 모여 만나는 「할머니 생신날」에서도 계속된다. 그리하여 시인은 이런 외로움과 고향 그리움을 견디는 하늘의 보름달을 우러러 하소원하는 것이다.

둥근 달, 보름달아!
무슨 길, 비밀의 길로
여기까지 나를 찾아왔느냐?
언제나 간절히
고향소식 기다리는 마음,
그리워 쓰라린 내 마음 달래고저
수천리길 나를 찾아왔느냐?
"계수나무 한 나무 토끼 한 마리"
너의 모상에 우리 조국산천
토끼모양의 한반도 그려졌다던

옛노래 오늘도 새롭고나
언제나 간절히
고향소식 기다리는 마음
그리워 쓰라린 나의 심정 아시고서
다심하신 어머님이 보내주신
편지로 너를 기다리노라.

— 「달편지」전문

또한 「강가의 애저녁」에서는 해으스럼 저녁에 강가에 서 있는 나그네의
외로운 심정을 읊어내고 있다. 20대 청년으로 조국을 떠나온 이래 반세기를
지낸 70순 노인의 삼사가 역연하다. '애저녁'(초저녁)이라는 제목과 마감(마
지막)이라는 평안도식 시어(詩語)속의 고독이 짙은 여운을 남긴다.

멀디 먼 고향이나 찾아가듯
외로이 걸음을 더듬다가
고개들어 둘레를 살피니
마감 떠나가는 물새의
서운한 울음소리뿐

— 「강가의 애저녁」에서

3. 서정성과 관조적 시선

이 시집에서는 러시아를 비롯해서 중앙아시아 카자흐스탄을 비롯한 구소
련 여러 곳에 걸쳐있는 우리 동포의 삶에서 취재한 작품들과 함께 서정성
짙은 시편들을 발견할 수 있다. 「산꽃」, 「카자흐초원」, 「함박눈송이」, 「수풀
속에서」, 「봄바람」 등의 시편들은 역사나 현실로부터 일정하게 거리를 둔
자연에 대한 서정을 다룬 작품들이다. 특히 천산 위에 피어있는 에델베이스
를 통해서 자신의 삶을 확인하는 「산꽃」은 시인의 자화상이라는 인상을

풍긴다.

> 찬바람 눈보라만 불어치는 곳
> 높은 천산 벼랑 위에 외로이 피어
> 은근하고 소박한 네 몸이지만
> 그리도 정다이 돋보이누나
>
> 그렇다 할 향기도 네겐 없고
> 남과 같은 선명한 빛깔도 없어
> 봄, 여름에도
> 나비 한 마리 반기어 찾아주지 않으니
> 휩쓰는 눈보라도 웃음으로 맞아
> 의젓이 피어있는 에델베이스 산꽃이여
>
> 사랑의 상징, 절개의 꽃이여
> 살림 전체가 투쟁인 한 생애
> 찰라의 평온도 바라지 않는 너
> 시련에만 가득 찬 운명의 길에서
> 나 역시 천길 벼랑 위에서 산다해도
> 너처럼 살리라. 꿋꿋이 살리라

— 「산꽃」전문

찬 바람 몰아치는 높은 벼랑 위에서 나비 한 마리 찾아주지 않는 대로 소박하게 의젓이 살고 있는 에델베이스가 먼 이국땅에서 생활하는 시인의 처지임을 비유한 것이다.

또한 「밤 하늘」이나 다음 같이 소박한 「아가씨 심정」도 서정성이 물씬한 시편이다.

> 이른 봄 움트는 새벽을 반겨
> 내 사랑 내 진정 쏟아부어요

얼마나 길어야 드레박줄이
그대의 사랑을 퍼낼 수 있을지

— 「아가씨 심정」에서

  시인 양원식은 자연에 대한 서정적 감정뿐만 아니라 삶 자체에서 우러나
는 관조적 시선으로 현실적 삶에 뿌리를 둔 서정시를 즐겨 쓰고 있다. 「생의
본능」, 「행복이란」, 「영예」, 「시간과 이별」, 「꿈」 등이 바로 그것이다. 이
작품 속에서 시인은 헛된 욕망을 버리고 영원히 변하지 않는 가치를 찾아나
갈 것을 설파한다.
  그리고 「고요」, 「참된 생」등도 그렇지만 다음과 같은「사랑의 진실을 알려
면」, 「눈무더기」 등에서 짙은 인생의 관조적 성찰을 발견할 수 있다.

높은 산 마루의 눈무더기
멀리에서 보노라면
눈부시게 맑고 희지만
가까이에 가 손에 만져보면
한줌 흐린 물 뿐이라네

— 「눈무더기」 전문

  시인이 희구하는 소박하고 진실을 추구하는 삶 역시 관조적인 태도와
이어진다. 그는 헛된 명예를 비웃고 아무도 관심을 두지 않는 대지에 대한
깊은 애정을 드러내기도 한다. 이런 시인의 삶에 대한 진실된 태도는 "복은
선의 대가로만 이루어진다"(「복은」)는 사실을 자명한 이치로 받아들이는
대목에 잘 표현되어 있다. 이런 시인의 소박하고 가식없는 삶은 "종이꽃을
나는 즐기지 않는다./ 생기 없는 거짓 아름다움/ 영혼 없는 곳에 미도 있을
수 없다."(「종이꽃」)는 구절에서도 재차 확인할 수 있다. 여기서 시인 양원식
은 자신의 무덤 위에 한 송이 생꽃(생화)을 놓아줄 것을 소망하는 정도이다.

혹시 누가 손질하며

건들거리는 승강대로 뛰쳐내려와
앞에 나설 수도 있지 않느냐!
그러면 다른 생활 시작된다.
가슴은 뛰고
눈동자에는 희망이 서릴 것이다.
고독감은 숨을 곳을 찾을 것이다.
오, 위대한 힘, 기다림이여.

— 「기다림」에서

　여기에 그려진, 만남과 이별의 장소인 정박장의 풍경은 그의 달관에 이른 관조적 삶 그 자체에 대한 비유이다. 시인은 자신의 고독한 삶을 새로운 만남을 기약하는 기다림의 일종으로 생각하고 있다. 그런 기다림 속의 만남을 통해 삶은 늘 새로운 것일 수 있다는 것. 그러하기에 삶이란 하나의 희망, 기대와 설레임이다. 삶을 바라보는 이와 같은 관조적 시선은 온갖 시련을 경험한 이 시인의 연륜에 그 뿌리를 두고 있는 것으로 볼 수 있을 것이다.

4. 자유와 인간신뢰 속에서

　끝으로 또 다른 양원식 시문학의 특성은 궁극적인 자유의지와 휴머니즘적인 인간 신뢰가 바탕을 이루고 있다는 사실이다. 이런 요소는 본연한 자유를 찾아서 소련에 망명해서 질박한 카자흐스탄 사람들과 신뢰 속에서 긍정적으로 살아온 시인의 자전적 삶과도 직결된다.

　그의 시 「너와 나」에서는 모스크바 유학시절, 평양으로 돌아간 벗과 달리 소련에 남아 끝내 국적까지 잃어버리면서까지 거주와 양심의 자유를 찾은 자신의 처지를 드러내고 있다. 그래서 시인은 자유를 찾은 대신 국적을 잃고, 친구는 조국을 찾은 대신 자유를 잃은 처지로되 서로 믿고 기다리자는 약속을 되뇌인다. — / 긴 긴 밤을 미리 알고 서로 돌아설 적에 / 차마 소리도 못낸 채 무너진 가슴 / 너와 나는 항상 그리워했다. / 마음껏 부르짖고 싶은 자유가 그리웠다. / 그러기에 슬픈 행복의 담장 밑에서 / 서러워도 어려워도 기다리자던 / 너와 내가 아니냐 / ―「너와 나」에서.

또한 시 「바라는 바」에서는 사회주의 체제하에서 마음대로 글쓰기 어려운 당시 형편을 들어서 애로 많은 표현의 자유를 토로한다. 평소 여느 사회주의 시인들과는 달리 정론적인 문제를 싫어하는 시인으로서 참고 견디는 삶의 자세를 드러낸다. 특히 모국 사랑과 현실적응의 처세 노력은 보인다.

> ― / 쓰고 찢어버린다. / 또 쓰고, 찢어버리고 다시 써본다. / (중략)
> / 정도 이상 기뻐할 수도, / 악의를 품을 수도 없음이 / 우리의 삶이 아닌가!
> / 친구들이여, / 너무 책망치 말아다오. / 나의 양심만은 언제나 / 조상나라와
> / 살고있는 나라의 숨결에 맞춰 / 생사고락 같이 하려고 애쓴다오 /
> ―「바라는 바」에서.

이 시에는 「너와 나」에서의 자유와 장편서사시로 발표했던 「영원히 잊을 수 없으리라」에서의 "자유의 길에 미래가 있고 진리와 정의의 길에 행복이 있음을"이란 대목과는 상이한 자유의지가 담겨있는 것이다. 자유를 찾아 조상의 나라 국적을 버린 채 나그네 신세로 고독하게 살아온 시인은 숱한 시련 속에서도 인간신뢰 속에서 용기를 얻고 있음을 볼 수 있다. 그것은 이국정취와 더불어 현지민족들과 사귀며 적응하는 태도이며 상호간의 인간신뢰를 의미한다.

이를테면, 「카자흐스탄 땅이여!」,「카자흐 사람들의 미소」,「나의 도시 알마타여」등의 긍정적인 예찬들에서 확인된다.

> 지난 30년대 탄압시기의 수난의 사연
> 쓰라린 추억으로 오늘도 가슴 에이노라
> 그 수난기에 너 카자흐스탄은
> 친형제들과도 같이 우리를 마중해 주었고
> 친어머니처럼 우리 아픔 함께 나눠주었어라.
> ―「 카자흐스탄 땅이여」에서.

그러기에 37년 강제 이주시 / 자기네도 어렵게 살면서도 /
낯선 고려인 이주민들을 / 형제처럼 받아주었죠 /
유르따(유목민들의 천막집)를 내어주고 /　마지막 빵마저
같이 나눠먹었답니다. /

— 「카자흐 사람들의 미소」에서.

천산마루 아침햇살 비춰줄 때면
온 도시 은파만경 절경입니다
백가지 민족들이 한가정 되어
즐겁고 화목하게 살아갑니다.

아아아 나의 사랑, 나의 도시여
만 사람 마음 끄는 알마타여

— 「나의 도시 알마타여」에서.

5. 천산 기슭의 에델베이스처럼

양원식 시인은 지금까지 숱한 안팎의 시련을 겪어오면서도 중앙아시아 천산(天山)기슭에 핀 한그루 에델베이스 산꽃처럼 살아온 존재이다.

이처럼 고고하게 살아온 그의 소박한 바램과 진지한 글쓰기는 인간에 대한 믿음과 예술의식에 굳게 결합된 것이기에 더욱 인상적이다. 「아름다움을 찾노라」라는 시에서 그는 이렇게 고백하고 있다. "한평생 나는 아름다움 찾았노라"고. "변함없는 아름다움"을. 중요한 것은 그것이 밤하늘의 금은같은 달빛도, 반짝이는 뭇별도, 꽃송이도, 미녀도 아니라는 사실이다. 이는 인위적인 이데올로기나 일시적인 부귀영화 보다는 예술과 인간을 지향한다는 시인의 문학관이요 생활관이다. 그가 찾고 있는 것은 다름 아닌 "사람들의 행동에만 있을 수 있는/그 변함없는 아름다움"일 뿐이다. 아름다움이란 결코 멀리 있는 것이 아니다. 그것은 우리 자신 속에 있다는 것이기에 이

시인이 70평생만에 첫시집으로 보여주고 있는 인간에 대한 굳건한 휴머니즘적 믿음은 조국 땅에서 살아가는 우리들에게도 시사하는 바가 크다. 세상이 아무리 변해도 영원히 변하지 않는 것, 인류사의 마지막 희망은 주최인 인간 그 자신이기 때문이다.

우리는 이상에서, 조국을 떠나 반세기가 넘는 세월동안 중앙아시아 벌판에다 삶의 둥지를 짓고 사는 양원식 시인의 시작품을 통해서 또 다른 민족문학의 실체를 살펴볼 수 있었다. 숱한 수난의 고초와 민족의식, 뼈저린 고독과 향수, 서정성 짙은 삶의 성찰 및 듬직한 휴머니티 성향 등. 비록 중국 조선족 한글문단에서처럼 사회주의 진영의 문학적 특성이 되고 있는, 다소 투박하고 직설적인 표현이 아쉬운 대로 소중한 우리 문학이 아닐 수 없다. 『카쟈흐스탄의 산꽃』에 실린 이들 작품은 특히 한반도 밖의 먼 이국땅에서도 모국어인 한글을 통한 창작활동의 성과물이므로 통일시대 한겨레 문학의 하나로서 특수한 존재가치를 지니고 있는 것이다.

(2002년 5월)

고뇌를 통한 사막의 시 미학

— 김용언의 작품론

1. 소중한 시인과의 만남

솔직히 말 해, 필자는 오래 전부터 김용언(金勇彦)시인 이름만을 문예지 등에서 가끔씩 대해 왔을 뿐 그의 작품에 대해선 가까이 다가가 보지 못했었 다. 그러다가 근래 문인 모임들에서 여러 번 만나 대강의 인품을 접하고 지내온 정도였다. 하지만 이번에야 모처럼 그의 시집 한 권을 읽게 된 것은 뒤늦게나마 필자에겐 대단한 기쁨이요 보람이었다. 새삼스레 '인생은 만남' 이라는 한스 카롯사의 의미도 되새기게 된다.

김용언의 시는 여느 시인에 차별화된 개성과 섬세하고 예리한 시안(詩眼) 을 지닌 채 독자를 미지의 세계로 이끈다. 그의 시편들에는 소탈하고 진솔한 자신의 인품에서 우러나는 따스함과 고뇌들이 담겨 있다. 우리는 이 작품들 을 통해서 고된 여정에서 만난 나그네처럼 시인과 서로 대화하며 친숙하게 된다. 그것은 깡마르고 후리후리한 체구에다 낮은 목소리를 머금은 그의 미소 때문만이 아님은 물론이다.

우선 김용언 시인의 시집 『당나귀가 쓴 안경』은 제목부터가 진진한 관심 을 끈다. 당나귀가 안경을 썼다는 말부터가 희화적이고 친근하게 다가들며 흥미롭다. 필자는 문득 그의 자화상처럼 길쭉한 얼굴에 걸친 안경 너머로 반짝이는 시인의 웃음 머금은 눈빛과 마주치는 듯 싶어 절로 웃음이 솟는다. 십리 밖 오아시스를 찾을 만큼 보이지 않는 안경을 썼다 싶은 당나귀와 사막여행에서 반려가 된 시인이 생사고락을 함께 할 정도로 혼연일체 된 경지를 오히려 코믹하게 심상화시킨 기량도 수긍된다.

2. 사막의 시적 공간

이번 시집 『당나귀가 쓴 안경』은 김용언 자신의 전 시집 『사막여행』(1997) 에서처럼 대체로 황량한 사막을 소재로 삼고 있어 특징을 이룬다. 시집의 이름 역시 사막 체험과 연결된 발상법을 쓰고 있지만, 모두 85여편의 시 가운데 태반이 이런 소재 및 제재는 물론이요 테마 등에서 직·간접적인 중추를 형성하고 있어 주목된다. 「사막의 언어」,「낙타의 눈물」,「데킬라」,「당나귀와 단둘이 있는 건 위험하다」,「에스원을 걸으면서」,「마른하늘의 천둥소리」,「아내의 우물」 등. 일련의 시편들은 삶의 영역과 시적 공간을 넓히고 있는 것이다.

시에는 으레 낭만스런 전원이나 강촌 아니면 하늘과 바다를 선택하게 마련인 데 비해 그의 시세계는 이례적이다. 김용언 시인 스스로 사막의 마력에 끌려 10여년 동안에 걸쳐서 아프리카나 남북아메리카주를 비롯해서 유라시아 고원의 사막 여러 곳을 목숨 건 위험을 무릅쓰고 답파한 실체험을 살린 것이다. 이렇게 특이한 대상 공간을 여러 시편들에 다양하게 활용하여 성공한 경우는 우리 문단에서 독특하게 유일한 존재이다.

하지만 시인은 결코 이채로운 소재주의에 그치지 않는 질량을 지니고 있다. 그는 일상적인 서울 도심의 황폐해진 의식 공간에 살면서도 곧잘 사회적인 삶의 현실에서 탈출하여 새로운 이방지대인 황량한 자연 공간의 사막에 나서고 있다. 사회 현실적인 삶의 고뇌를 추스르고 저민 고독을 이겨내기 위한 도전이다. 시인은 오히려 악마의 저주 같은 모래 바람이며 메마른 돌산이나 자갈밭에 나가 자연과 교감하며 낙타나 당나귀 등과 우정을 나눈다.

사막은 언제 보아도 첫사랑이다
오랜 세월이 지난 후 만나도 웃는 모습이다
떨리는 손끝으로 단추를 풀면
떨리는 가슴으로
속옷을 벗기는 신비로움이다

사막을 걷노라면
바람만큼 추억이 무성해 진다

― 「사막의 추억」에서

시인은 불모의 산등성이 같은 사막을 첫사랑의 연인으로 변용시켜 공감을 자아낸다. 그런가하면 「사막의 언어」에서는 "제 몸을 허물며/ 사구(砂丘)를 넘고"있는 낙타와는 "나는 아직 살아 있구나"하는 동지의식을, 「당나귀와 단 둘이 있는 건 위험하다」에서는 "사람은 당나귀가 되고/ 당나귀는 사람이 된다"는 동류의식을 표출하고 있다.

그리고 시인은 「넝쿨풀」이나 「살아남는 방법」에서 사막의 척박한 토양 속에서도 생명을 부지하려고 피나는 싸움을 벌이는 실상을 통하여 자신의 투쟁의지를 드러낸다. 그는 결코 현실적인 사회에서 벌어지는 생존경쟁으로부터 사막지대로 도피하지 않았음을 나타낸 것이다. 도리어 서울 도심의 일선에서 지친 심신을 원초적인 생명의 벌판에서 충전하고 배워서 강화하는 고행의 수도행각으로 삼은 셈이다.

넝쿨풀이
바람과 싸우고 있다
바람은 흰 이를 드러내며 늑대소리로 운다
동대문 혹은 남대문 혹은 경동 시장에서
좌판의 이권을 놓고 다투던 그런 음성이다
생존이란
승리하는 것뿐이다

뿌리가 흙을 놓아 버리면
영원한 추락이다
넝쿨들은 그것을 알고 있기에
바람과 숙명의 대결을 벌인다

승자는
패자보다 더 외롭다는 진리를 그는
모르고 있다

— 「넝쿨풀」 전문

목숨을 지탱해서 살아가려는 사막 속 식물들의 '숙명의 대결'과 '원초적
투쟁' 모습에서 우리는 생생한 교훈과 새로운 다짐을 얻게 된다.

/열사에서/제몸을 가시로 만들며/꽃 한 송이를 피우는 몸짓도/원초적 투쟁이
었다//사막에 사는 잡풀더미는/푸른 빛깔을 그리워하고 있었다/마른천둥이 지
평선 너머에서 요란할 때도/ 낙타가 앞발을 치켜들고 놀랄 때도//砂丘 몇 개를
넘으면/오아시스가 나올 것 같아/막막한 사막을 걷게 된다// 희망이 있다는 것
은 존재해야 하는 전부였다/

— 「살아있는 방법」에서

또한 시인은 사막의 현상만을 평면스레 제시하는 데만 그치지 않는다.
그는 나아가서 인간의 현실적 삶에 파김치된 현대인들의 처지를 사막의
동물에 비유하여 입체성을 보여 독자들에게 깊은 감동을 더한다. 사막의
낙타처럼 오래도록 가족을 위하여 묵묵히 일하다가 끝내는 가족으로부터
소외되고 잊혀져가는 가장의 신세로 구현한 작품이 그것이다. 일상의 삶에
서 겪는 의식공간을 사막지대로까지 자연스럽게 넓힌 시 작업의 높은 성과
이다.

「낙타의 눈물·2」는 반생을 병원 수술실에서 일해온 외과의사가 뒤늦게
자신을 깨닫고 인간으로 돌아오는 고백이 가슴을 울린다. —" 나는 낙타였습

니다. 묵묵히 사막을 걸으며, 스스로 몸을 추스르며 걸어야 하는 낙타였습니다."// " 죽으면 사막에 묻히고 싶습니다./기억까지 말라서 형체를 버리고 싶습니다./내가 자란 땅에서 묻히면 물이 되고/다시 땅으로 돌아오는 슬픔을 떠나고 싶습니다./"— 이런 마지막 연은 원숙한 인생관조의 맛도 풍기는 것이다.

「낙타의 눈물·3」 경우 역시 30년간 회사원으로 봉직하다 정리해고된 실직 가장의 처지를 들고 있다. —"산행을 마치고 갈증을 풀 겸 들른 선술집에서 사막을 혼자 걷는다는 낙타를 만났다."— 이렇게 산문적인 자유시로 시작되는 시적 자아의 다음 같은 마무리 부분의 자조 섞인 토로는 뭉클한 충격을 준다. —"사막을 걷는 낙타일 뿐이었지요."— 이 한마디가 오늘날 우리 사회의 고개 숙인 가장군상(家長群像)의 심경을 대변하기 때문이다.

3. 생명추구와 생활 예찬

김용언의 시문학에는 흔히 강한 생명력 추구와 삶을 예찬하는 테마가 특성을 이루고 있다. 사막의 모래 벌편에 뿌리를 내린 들풀 한 포기를 비롯해서 선인장이나 마당가의 접시꽃, 과꽃, 미루나무는 물론이요 낙타와 당나귀 외로 숲속의 쑥국새, 비둘기 등의 생명제 신비와 삶의 노력을 높이 산다. 일종의 생의 외경(畏敬)사상에 뿌리를 둔 시세계이다. 이런 사상이 휴머니즘적인 생활예찬에 잇닿게 됨은 당연한 귀결이다. 시인은 열사에서 제 몸을 가시로 만들어 꽃 한 송이를 피우는 몸짓도 '원초적 투쟁'이라고 설파했지만 극한 환경 하에서의 생명 존엄성은 더 빛난다. 「꽃의 몸짓」에서 처럼 곧잘 "모래 바다에서/ 꽃의 아름다움에 취하는"시인은 "살아있는 건/ 모두 피붙이"(「사막의 언어」에서)라고 말한다. 그리고 고된 사막의 여행길에서 먼 곳의 물 냄새를 맡는 낙타를 두고 "희망이 있다는 것은 존재해야 하는 전부였다"고 「살아남는 방법」 중에서 강조하고 있다. 그리고 다음 같은 사막 시편들에서는 더욱 생명력의 경이감, 그리고 생명체에의 그리움과 더불어 강한 삶의 의지를 외치고 있음을 본다.

> —"/멕시코 에르모시오 사막엔/ 부채 선인장이 시원하다/ 죽어서도 생명을
> 얻는 열 두 마디 죽선(竹扇)같다."
>
> — 「데킬라」에서.

또 낮엔 영상 40도로 치솟았다가 새벽쯤에는 영하 30도로 곤두박질치는 모래 언덕에서의 생명감은 큰 감동이다.

> 이름표도 달지 못한 잡초가
> 빛나 보인다
> 눈시울이 뜨거워진다
> 하찮은 연체동물까지
> 모두 모두 그리움이다
>
> — 「나미보」에서

무엇이든 생명체가 그리운 시인은 이제 그 소중하고 신비스런 생동감에 겨운 나머지 생피를 흘리고 누군가를 만나고 싶다는 심경을 편다.

> 달빛 아래
> 선인장
> 그의 가시에 찔려 피를 흘리고 싶다
> 몸에 지닌 피를 모두 토해 내고
> 빈 원고처럼 누군가를 기다리고 싶다
>
> — 「달빛과 선인장」

더 없는 생명찬양이고 휴머니즘의 갈구인 것이다.

(2000년 12월)

식물적 상상력과 휴머니티의 미학

― 시인 임종숙 작품론

1. 일상적 삶의 진실된 서정

이번에 출판된 임종숙의 처녀시집 『하비가 걸어준 민들레꽃』은 감수성 넘치는 식물적 상상력으로 인간과 자연에 대한 의미를 진실되게 담아낸 성과물이다. 이 시집이 독자들에게 감동을 줄 수 있는 것도 바로 식물의 풋풋한 이미지와 자상한 인간미에 바탕한 시적 성향의 매력에 있다. 이렇게 임종숙 시인이 식물적 상상력을 즐겨 사용한다는 것은 그 만큼 자연을 사랑히고 가까이 한다는 말이 된다. 그에게 있어서 인간의 삶 또한 범아일여(梵我一如)스런 경지에 어울린 자연의 일부로 여겨진다. 때문에 그의 식물적 상상력은 사소한 인간사의 일과 자연의 섭리를 두루 함께 포용하는 넉넉한 상생(相生)의 이미지로 구현되고 있는 것이다.

사실 필자는 처음에 그야말로 생면부지인 임종숙 시인의 시집 평설 문제를 놓고 내심적으로 적잖게 망설였다. 그것은 대상 시인이 아직 중앙문단에선 생소한 지방의 신인 처지에서였음은 물론이다. 하지만 정작 임 사백(林詞伯)의 시들을 통독해 읽으면서 새로운 기쁨과 함께 자신감을 얻을 수 있었다. 그것은 드물게 이순의 나이테를 넘어 늦깎기 시인으로 문단에 오른 그만큼 임 시인의 작품들이 긍정적인 질량을 지니고 있기 때문이다. 예의 식물적 상상력을 동원해 시적 대상을 쉬우면서도 재미있는 이미지로 한껏 알뜰하게 형상화해 내는 시인의 역량이 수긍되고 남았다. 문학계는 무엇보다 작품으로 평가해야 한다는 정설에 따르더라도 임종숙 시인 경우는 흔히 문단 권력과 매스컴의 지원 속에 화려한 인기 시인으로 치부되거나 권위 시인으로 군림하는 중앙의 일부 중견 문인들 보다 신선하고 성실한 지방 시인으로 돋보이곤 했다.

임 시인(林 詩人)의 시문학적 특장점은 결코 인간과 자연에 대한 사랑을 심오하게 현학적으로 설명하지 않는 데에 있다. 또 권위 따위로 스스로 자랑하거나 시적 기교를 부려 멋을 내려고도 하지 않는다. 일상생활에서 늘 대할 수 있는 사소한 소재들을 가지고 청순하고 발랄한 감수성으로 진실된 시를 꾸밀 뿐이다. 시적 이미지도 억지스럽거나 가식적인 것이 아니라, 의미를 풍부하게 하고 시적 풍경을 감각적인 것으로 만드는 데 사용되고 있다. 일찍이 미국의 민중시인 휘트먼도 가장 소박한 무기교의 진실된 글이 감동적이라 하지 않았던가. 그래서 임 시인의 시를 읽을 때는 친근감과 즐거움을 만나게 된다. 시가 생경하고 난해해 독자들로부터 외면 당하고 있는 현실에서, 임 시인의 시는 독자들을 아늑한 포에지의 세계로 끌어들이는 역할을 하는 것이다.

시인에게 있어서 시는 지상을 환하게 밝혀주는 꽃이요, 인간 사회의 속된 삶을 벗어나 하늘로 상승시켜주는 미루나무와 같다. 그것은 어쩌면 임종숙(林鍾琡) 시인의 여성스런 성과 이름에서 느낄 수 있듯이, 수풀 이미지와 더불어 부드럽고 환한 꽃에 잘 어울리는 면도 수긍된다. 이렇게 그의 시를 감싸고 있는 식물적 상상력은 추락이 아닌 밝음의 상승적인 인간회복의 휴머니티 세계를 지향하게 만든다. 마찬가지로 시에 나타나는 가족애, 동심 찾기, 자연친화, 청순한 감성, 친구와의 우정, 미래지향적인 화합의 역사의식도 이러한 식물적 상상력을 통해서 시적 이미지로 구현된다. 필자는 이러한 식물적 상상력과 휴머니티 성향을 중심으로 해서 『하비가 걸어준 민들레꽃』의 특성을 몇 가지로 나누어 살펴보기로 한다.

2. 가족애와 동심지향

임 시인의 시문학 작품들에서 가장 먼저 꼽을 수 있는 특성은 가족에 대한 따뜻한 사랑과 동심지향에 대한 회귀의식이다. 가족에 대한 사랑은 가장으로서 역할을 다하지 못했다싶은 그 동안의 미안함과 안타까움을 솔직하게 되새겨보는 마음으로 드러난다. 그리고 동심 지향적 세계는 자상했던 어릴 적 부모님과 순수했던 고향 마을의 원초적 세계를 그리워하는 모습으로 나타난다. 시인은 이러한 원초적 휴머니즘의 욕구와 소중한 의미를 다채롭고 원활하게 형상화하기 위해 예의 식물적 상상력을 활용한다.

보편적으로 시에 나타난 동물적 상상력은 공격적이고 파괴적이며 비정한 세계를 드러낸다. 그러나 이에 비해 식물적 상상력은 동물적 상상력과 달리 화해와 포용, 그리고 자기 헌신적인 온정의 세계를 드러내게 된다. 임 시인은 우리가 사는 이 세계를 동물적 세계로 보지 않는다. 그에게 있어 이 세계는 헌신적인 사랑으로 포용해야 하는 예술적 공간이다. 그가 식물적 상상력을 즐겨 쓰는 이유도 여기에 있다. 시집 제목이기도 한 「하비가 걸어 준 민들레꽃」도 딸에 대한 사랑을 노래하고 있는데, 이것 역시 식물적 상상력에 의한 이미지로 구축되고 있다.

세 살 배기 외손녀 신영인
이 외할애빌 하비라고 부릅니다.

하비가 오늘 신영이 방에
한 폭의 풀꽃 그림을 선사합니다.
민들레꽃 두 송이가 그려진
이현섭 화백님의 그림입니다.

여고시절 어느 날

갑자기 공부방이 없어졌어도
속으로만 참아내던 신영이 에밀
지금 생각합니다.

자랑하지도 않고 시새우지도 않고
보거나 안 보거나
언제나 제 빛을 잃지 않던

이십여 년을 거슬러
그 빈 자리에
이제야 민들레 향기를 걸어줍니다.
— 「하비가 걸어준 민들레꽃」 전문

이 시는 가족애가 흐뭇하게 피어나는 소박한 꽃다발 같은 서정의 작품이
다. 시인은 애지중지하는 어린 외손녀를 위해 그 아이의 방에다 "민들레
두 송이가 그려진/ 이현섭 화백(畵伯)님의 그림"을 벽에 걸고 있다. 그런데
시인은 이 '민들레'라는 꽃의 이미지를 통해 외손녀에 대한 사랑뿐만 아니
라, 신영의 어미인, 즉 자신의 딸에 대한 사랑까지 확인하게 된다. 그러므로
여기에 나오는 민들레 두 송이는 다름 아닌 외손녀와 딸을 상징하는 예술적
상관물이다.

시인의 상상 속에는 '신영이 에미'인 자기 딸이 민들레와 닮았다고 여겨
진다. 여고 시절, 부득이한 경제적 사정으로 갑자기 공부방을 잃게 되었는데
도, 민들레꽃이 주어진 환경에 관계없이 제 빛깔로 살았듯이 신영이 에미도
그렇게 불편한 가족 환경을 인내로 수용하며 살았기 때문이다. 아마도 지난
시절의 어렵던 환경 때문에 그렇게 된 일이지만, 그런 살림 터수에서도 착한
딸은 부모의 안타까운 처지와 따뜻한 사랑을 다 포용해 주었던 것이다. 한창
사춘기인 나이인데도 불구하고 속으로만 참아내 줬던 것이 시인에게는 무척
기특한 것으로 기억되고 있다. 그래서 시인은 오랜 세월이 지나서도 신영이
에미를 더욱 애틋하게 사랑하고 있음을 외손녀를 통한 복합적인 시 장치로

표출하고 있는 것이다.

여기서 우리가 읽을 수 있는 바는, 말로 표현할 수 없는 부녀간의 끈끈한 사랑의 정이다. 이 부녀간의 정이 한층 승화된 글로 될 수 있었던 것은 식물적 상상력의 이미지인 '민들레'에 의해서다. "이십여 년을 거슬러/ 그 빈자리"를 채우는 포용과 화해의 사랑은 향내 짙고 화려한 장미꽃과 대조적인 대로 소박한 생명력을 지닌 '민들레'라는 식물적 이미지로 상징화되었다. 이렇게 시인은 식물적 상상력을 통해서 딸에 대한 깊은 무언의 사랑을 가슴 뭉클하게 전해주고 있다. 물론 그 사랑은 식물의 잎새처럼 외손녀에게까지 뻗어가고 있음은 말할 나위가 없는 것이다.

그리고 임 시인의 시적 특성 중에서 빠뜨릴 수 없는 요소가 바로 동심 지향적인 세계이다. 동심 찾기는 어쩌면 사회의 세파에 시달린 탕자가 옛 고향집에 찾아드는 인간회복의 휴머니티 행보 노력과 직결된다. 이 동심의 세계에 중심을 차지하고 있는 것은 무엇보다 헌신적이고 자상한 부모님의 모습이다.

> 자귀대나무 꽃 피면
> 그 여름이 비 맞으며 온다
>
> 옥수수 먹자시던
> 어머니의 다정한 목소리
>
> 온종일 똑 똑 똑
> 통나무 베어 절구통 만드시던
> 아버지의 끌망치 소리
>
> 장대비로 내리고
>
> "이놈들, 감기 들라" 애태우셔도
> 내 동생 토란잎 우산 쓰고

뒷마당으로 살금살금

물 철벅이던 시절……

— 「자귀대나무 꽃 피면」에서

이 시는 여름이 올 때 아늑한 가족적 풍경을 묘사한 작품이다. 동심과 고향의식이 물씬 느껴질 정도로 어릴 적 어머니와 아버지의 목소리가 잔잔한 울림으로 다가오고 있다. "옥수수 먹자시던 어머니의/ 다정한 목소리"와 통나무로 절구통 만드시던 아버지가 "이놈들, 감기 들라"라는 묵직한 음성에는 자식에 대한 무한한 사랑이 담겨져 있는 것이다. 여기에 드러난 동심 속의 어머니와 아버지는 엄격하고 권위적인 모습이 아니라, 가족을 위해 열심히 일하는 자상하고 소탈한 자태이다. 자식에 대한 헌신적인 사랑은 "고향 가는 길 따라 / 망덕리 포구에서// 생소금 발린 전어가/ 석쇠에서 뒤집힐 때마다/ 아련히 들려오는 어머님의 목소리// "내 아들 어서 먹어라."/"(—「望德里 포구」일부) 등에서 더 짙게 나타난다. 또한 "이른 봄/ 햇병아리 안방에서 부화시켜/ 소리개 막아주며/ 정성 다해 키우신 영계를// 여름방학 기다리고 기다리셔/ 인삼 뿔 홍 대추에/ 찹쌀 넣고 푸욱 삶아/ 나누어 먹이시던/ 어머님의 그 정성을/(—「고려조 삼계탕」일부)에서도 쉽게 확인할 수 있다.

시인의 동심 속의 어머니와 아버지를 그리워함 역시 그들의 식물스런 생태에서처럼 묵묵하게 가족을 구김살 없이 꾸려온 데에 있다. 부연하자면 부모님에게는 사랑과 헌신이 있을 뿐 당신 자신을 위한 욕망은 없었던 것이다. 예컨대, 어린아이들이 장대비 속에서도 "토란잎 우산 쓰고 뒷마당으로 살금살금/ 물 철벅이"면. 꾸중을 하기보다는 오히려 감기 들까봐 걱정하는 마음이 앞서고 있다. 이렇게 헌신적이고 포용력 있는 세계가 가능한 것도 어릴 적 부모들이 식물적 생태를 닮았기 때문이기 십상이다.

그리고 인간미 물씬한 휴머니티에 귀결될 예의 원초적 고향을 그리워하는 동심에는 "노루귀 봄비 맞으며/ 파르르 파르르/ 간지럼 타는 고갯길//

산마루에 올라/ 茶園 너머 율포 가는 길/ 바다가 보인다"(「노루목 노루귀」에
서)가 대표적인 작품이라고 할 수 있다.

3. 자연친화와 상승적 공간

또한 임 시인의 시문학적 주제 중의 하나는 자연친화 사상이란 점이다.
사실 그의 시집에 등장하는 시적 소재의 빈도 수를 따져 볼 때, 자연에 대한
이야기가 가장 많이 나오고 있다. 그 정도로 자연에 대한 남다른 애착과
관심을 보여주고 있는 것이다. 이런 면에서 그의 자연친화 사상은 임종숙
시의 본질을 이해하는 데 아주 요긴한 디딤돌이 됨은 물론이다. 그가 자연을
시적 소재로 즐겨 사용하는 대상들에는 산, 하늘, 바람, 나무, 꽃, 풀, 산새
등이 있다. 그런데 흔히 이러한 자연을 시적 소재로 삼을 경우, 여느 시인들
은 거기에 대한 특별한 의식 없이 막연하게 예찬하거나 도피처로 인식하는
경향이 되기 마련이다. 하지만 임 시인은 그러한 시적 관습에 빠지지 않고
자연을 나름대로 독특한 시각에서 보고 있기 때문에, 그의 시가 돋보인다고
할 수 있다. 그의 시문학적 바탕이라고 할 자연친화 사상도 다름 아닌 식물적
상상력에서 나온 셈이 된다.

시인이 자연을 통해서 주구하고자 하는 시의식은 크게 두 가지로 나누어
진다. 하나는 자연을 통해서 순수하고 맑은 마음의 세계와 헌신적인 사랑을
발견하는 것이고, 다른 하나는 천지화육(天地化育)을 통한 합일정신(合一精
神)과 상승적인 삶에 대한 의식 찾기인 것이다. 우선, 순수와 사랑의 세계에
대하여 구체적으로 살펴보도록 하자.

6월을 흔들어 깨우는
풍경소리입니다.

방울방울
그

하이얀 미소는
알알이 영글어
산비탈 계곡을
별빛으로 흐르는
천사의 노래입니다.
자비의 손짓입니다.

— 「초롱꽃」에서

이들 시에 나타난 이미지는 매우 참신하고 독창적이다. 동시에 독자들이 쉽게 공감할 수 있는 감각적인 표현으로 되어 있다. 즉 시인은 초롱꽃을 '풍경소리', '천사의 노래','자비의 손짓'에 비유하여 감각적이고 구체적인 이미지를 연쇄적으로 만들어내고 있는 것이다. 이렇게 연쇄적 기법으로 빚어내서 형상화한 이미지들이 주는 의미는 천사와 같은 순수함, 부처의 자비와 같은 사랑이다. 한 마디로 말한다면 물욕을 말끔하게 비워버린 순수한 마음의 세계라고 할 수 있겠다.

"풀빛 고운 언덕을/ 푸른 군복 입고 가는 쇠뜨기// 황토밭에서 뽑아 올린 초록으로/ 헐벗은 땅 상처 감쪽같이 치유하고/ 노랗게 웃는 저 쇠뜨기// 운동장 복판으로 기어가는/ 저 놈은 또 뭣이여/ 허허 바로 나 아니여"(—「쇠뜨기」 일부)에서도 또한 마찬가지이다. 푸른 쇠뜨기의 이미지를 '푸른 군복'으로 비유한 감각적인 이미지가 그것이다. 쇠뜨기의 이미지 역시, 우리에게 주는 의미는 "헐벗은 땅 상처 감쪽같이 치유"해 주는 헌신적인 사랑이 된다. 더욱 이 시인 자신을 쇠뜨기로 동일화하고 있기 때문에 그 헌신적인 사랑은 더 실감이 난다.

이처럼 실제로는 노장철학(老莊哲學) 못지 않을 만큼 평소 실생활이 몸에 배인 시인에게 자연친화 사상은 순수와 사랑의 마음을 갖게 해준다. 독자들이 임 시인의 시에 쉽게 공감하고 감동 받을 수 있는 것도 이러한 시적 특성 때문이다. "어느날엔가/ 후미진 오솔길에/ 피어있던/ 이름 모를 풀꽃 한잎/ 문득 고향의/ 밤하늘에 반짝이던/ 작은 별들이 숨어/ 저 꽃이 되었는가/ 어인

일로 내 가슴에/ 사무쳐오는 까닭 모를/ 슬픔이여/ 그리움이여/ 이름 모를 풀꽃 한 잎/ 이제부터 그대 이름은/ 나도야 꽃이어라.(「나도야 꽃이어라」에서) 이렇게 시인이 '나도야꽃'이 되고 싶다고 간절하게 소망하는 것은, 다름 아닌 그러한 사랑으로 살겠다는 실천적인 자세를 말하는 것이 아닐까.

> 봄비는
> 동토에서 초록을 뽑아냅니다
>
> 버들개지 매화 개나리 민들레
> 다투어 옹송거리면
> 봄비는
> 벚꽃망울을 터뜨려
> 봄의 절정을 빚어냅니다
>
> 봄비는
> 창가에 사랑을 잉태시키고
> 진달래 철쭉꽃이 되어
> 반아봉을 넘어갑니다.
>
> — 「봄비는 사랑을」에서

이 시는 천지화육 경지의 자아와 대상이 상응하여 하나로 혼융된 자연예찬을 나타내고 있다. 봄비가 얼어붙은 겨울의 대지에서 초록을 뽑아내는 이미지가 그렇고, 대지에 있는 모든 꽃나무의 꽃망울을 터뜨려 생명을 잉태시키는 이미지가 그러함은 물론이다. 예의 이러한 천지화육의 자연 사상은 인간이 사는 창가에도 사랑을 잉태하게 만든다. 이것은 곧 노장철학과 불교적 담론에 앞선 우주의 근원적인 섭리를 시화(詩化)한 성과이다. 인간도 우주 속의 한 작은 존재에 지나지 않는다. 그래서 시인은 천지화육의 시정신을 통해서 우주의 근원적인 섭리를 따르고 이와 합일하려는 욕망을 갖게 된다. "그 방울 웃음들은/ 하늘로 날아가 반짝이는 별이 되고/ 별들은 다시/ 우리들

의 가슴으로 솔솔 내려/ 사랑이 되고/ 풀꽃이 됩니다"(―「가슴속 별」에서)
대목에서처럼, 인간과 자연의 합일만이 대립이 없는 사랑의 세계, 부드러운
향기로 가득한 풀꽃의 세계를 만들 수 있는 것이다.

또한 자연은 시인으로 하여금 상승적인 삶에 대한 공간적 의식을 갖게
해준다. 이것은 세속적인 인간 세계를 떠나고자 하는 도피의식이 아니라
세속적 삶을 정화시켜주는 의식을 뜻한다. "그 해 여름을/ 하늘을 우러러/
미루나무가 된 것은/ 그대 때문이고// 파아란 그리움이/ 밀물겨와/세월을 움
켜쥐고 있는 것은/ 그 미루나무 때문이며/"(「미루나무 때문에」일부)에서
알 수 있듯이, 시인은 미루나무가 되어 하늘을 우러러보고 있다. 시인은
지상과 대립하는 파란 하늘을 통해 원초적인 그리움을 느끼게 된다. 이 그리
움은 '하늘'에 대한 공간의식에서 비롯되기 때문에, 자연스럽게 삶에 대한
그의 의식을 상승시켜 주게 되는 것이다. 결국 "거기/ 하늘까지 피어오른/
포플러"(―「우리는」일부)는 그의 삶의 방식을 대변해 주는 이미지이다. 푸
른 하늘을 향하는 미루나무처럼 밝고 빛나는 세계를 향해 깨끗하게 살아가
겠다는 삶의 자세를 표명한 것이라고 하겠다.

4. 청순한 감성과 감각적 이미지

임 시인의 시문학적 특성 중의 또 다른 하나는 발랄한 감수성으로 빚은
싱그러운 이미지의 세계를 보여주고 있다는 점이다. 이 청순한 이미지는
수줍은 듯한 소녀적인 느낌을 담고 있어 한층 더 시를 부드럽고 상큼하게
만들어 주는 역할을 한다. 흔히 우리가 나이를 먹어감에 따라 감수성이 무디
어지거나 아예 그런 감성조차 망가지기 십상인데, 임 시인은 그런 나이테와
관계없이 싱그러운 감정을 풍부하게 지니고 있는 것이다. 그가 발랄한 감수
성을 지니고 있음은 일상생활에 물들거나 매몰되지 않았음을 의미한다. 말
하자면 그가 때묻지 않은 감수성을 지니고 있기 때문에 주옥처럼 청순한
시를 쓰게 된 셈이다.

여름방학이
강나루 언덕에 머물면
포플러는
기린 모가지를 하고
하늘색 원피스 소녀를 기다렸다
원두막을 오후가 서성거릴 때
저기에서
글라디올러스 꽃 분홍 소녀가 오고
강나루 긴 언덕은
흰구름을 이고
저 산으로 달려갔다

— 「강나루 언덕」 전문

　시인이 기다리고 있는 소녀의 이미지는 밝고 맑기 그지없다. 이는 하늘색 원피스를 입고 있는 소녀의 모습과 글라디올러스 꽃분홍 같은 소녀의 이미지가 잘 말해주고 있다. 그러한 소녀를 기다리고 있는 화자의 이미지 역시 청순한 소년과도 같은 것이다. '기린 모가지'를 하고 소녀를 기다리는 '포플러'나무 자체가 기실 시인 자신이기 때문이다. 그리고 포플러를 기린의 모습으로 비유한 참신한 식물직 발상의 기법도 이 시를 재미있게 읽히도록 하고 있다. 나아가 청순한 감수성은 또한 한 폭의 수채화 같은 시를 짓게도 한다. "3층 교실 안을 엿보는/ 저 은행나무를/ 귀공자라 부르던 여고시절// 점심시간을/ 고르게 들려오는 테니스볼 소리에/ 가을이 포물선을 그으며 지고 있었다"(「귀공자」에서) 등.

　또한 청순한 감수성은 시적 이미지를 감각적으로 만들어 내는데 크게 기여하고 있다. 임 시인의 전체 시의 바탕을 이루고 있는 것도 다름 아닌 개성적이고 독특한 감각적 이미지의 세게이다. 그 많은 감각적 이미지 중에서 손에 잡히는 대로 몇 구절을 인용해 보자. "오월의 하늘은/ 나의 수줍은 손끝으로/ 살며시 끄르는/ 뽀오얀 젖가슴"(—「오월 하늘」 일부)에서는, 추상

적인 오월의 하늘을 구체적으로 '뽀오얀 젖가슴'의 이미지로 구현하여 독자
들로 하여금 감각적인 세계를 지각하도록 해주고 있다. "꿈에서도 팔랑이는
하얀 손수건"(―「하야얀 손수건」에서), "등나무 아래서도/ 웃음다발이/ 포르
르 굴러가는 오후"(―「외출」에서), "덕수궁 돌담길 돌아 삼청공원/ 그 벤치
에 아직도 찬란한 가을이 쌓이는데"(―「세월은 가고」 일부) 등에 나타난
심상(心象)도 생생한 느낌을 불러일으켜 주는 감각적 이미지이다. 이렇게
다양한 감각적 이미지들은 시의 의미를 생동감 있게 만들 뿐 아니라, 전달하
고자 하는 의미를 긴 설명 없이 한 순간에 직접적으로 독자들에게 전해
주고 있다. 그래서 독자들은 곧잘 시인을 따라 시인이 창조한 청순한 소년의
감각적 이미지 공간을 추억과 더불어 소녀시절로 상상적 여행을 즐기게
된다.

5. 시문학의 성과와 미래의 전망

임종숙의 시는 일상의 도심에서 시달린 우리가 모처럼 정겨운 옛 동창을
만나 시골길을 거닐며 정다운 이야기를 나누는 것처럼, 오붓한 정감을 주는
시편들이다. 독자들은 이 시집을 통하여 오랜만에 파김치가 된 일상에서
벗어나 손수 임시인과 함께 고향의 오솔길을 걸어볼 만하다. 마치 탕아가
오랜 방황을 접고 아늑한 고향의 품에 되돌아가듯 원초적인 사랑과 동심이
깃든 곳으로 갈 수도 있다. 다시 말하면 화해와 포용이 있는 식물적 공간,
인간회복이 가능한 공간으로 가서 잠시나마 휴식을 취할 수 있을 것이다.
이런 인간미가 가득 넘치는 휴머니티 세계가 임 시인의 시문학적인 특장점
이라고 할 수 있다.

그리고 앞에서 자세하게 논의하지는 않았지만, 임 시인의 나머지 작품에
서도 휴머니티 넘치는 친구간의 알뜰한 우정이나, 혹은 부부애, 그리고 미래
지향적인 화해의 역사의식 등도 높이 살만하다. 가령, "오늘은 편지를 꼭
써야지요/ E―mail이 뭐였드라/ 전화라도 해야겠네요"(―「산길에서」)라는

친구의 세계, "당신은/ 또 별을 헤며/ 첫날밤 촛불을 밝힐 것입니다"(―「별을
헤며」)라는 소망의 부부애, "동서남북이 다시 시작하는 원점/ 도청 앞 분수
대/ 사랑의 거리에서/ 이제는 돌아서 가는 강으로 살고/껴안는 산이 되어
살아야 우리"(―「光州강강수월래」)에서 알 수 있듯이, 미래지향의 역사적
의식이 그것이다.

하지만 따져보면, 그의 시에 취약점이 없는 것도 아니다. 우선 시집 한
권 분량이 되기에는 아무래도 작품의 편수가 다소 적다는 점이다. 이런 내면
에는 겸손한 시인 자신이 한사코 등단을 미루고 시집 출판도 사양했던 글쓰
기에의 소극적 대응 태도와도 무관하지 않을 것이다. 그리고 소재의 편향성
을 지적해 둘 수 있다. 대체로 보아 앞에서 살핀 대로 식물적 상상력이 특장
점인 대신에 그것이 너무 '꽃'이나 '나무' 등에 한정되어 있어 아쉽다는 점이
다. 또한 어쩌면 임 시인의 매력이며 한계일지도 모를 그의 사회에 대한
모순에의 선비적 대응 태도가 분명하게 드러나지 않고 있어 의아스럽다는
점을 빼놓을 수 없다. 그러나 이것은 옥의 티일 뿐이다. 임 시인의 시적
감수성과 상상력으로 볼 때, 얼마든지 폭 넓은 시의 세계를 감동적으로 그려
빌 수 있는 역량이 잠재되어 있어 기대되기 때문이다.

앞으로 그 역량을 더욱 키워 펼쳐가면, 이순(耳順)이 넘어도 결코 늙지
않는 나무가 오히려 더욱 싱그러운 잎사귀 속에서 더 풍성한 열매를 맺듯
결실을 얻어 대기만성할 수 있다고 생각한다. 이제 우리는 어쩔 수 없이
시인의 숲길로 들어선 이상 꾸준하고 진지한 자세로 매진해갈 임종숙 시인
의 건승을 지켜보면서 더욱 풋풋하며 옹골차고 풍성한 결실을 바라마지
않는다.

(2001년 8월, 정유화 시인과 공동집필)

제Ⅳ장

산문의 현장과 방향찾기

『혼불』의 소설미학
현실인식과 자아성취
변동사회에 대한 문학적 접근
장보고(張保皐)의 소설적 형상화와 그 의미
꾸준한 소설 미학으로의 접근 노력
동서양, 옛과 요즘의 글쓰기 현상

『혼불』의 소설 미학

— 최명희 작품론

1. 문제제기

작가 최명희(崔明姬)는 필생의 대작인 대하소설『혼불』을 통해서 자신의 뜻을 펴고 민족문화의 정체성을 찾아 세우기에 혼신의 힘을 다했다. 따라서 여기서는 한 세기의 마무리와 함께 창작물로 남기고 간『혼불』의 소설미학 저 특질을 간추려서 논의하기로 한다.

이 글에서는 되도록 문학 작품 자체적인 요건인 표현 문체, 인물 성격, 구성면 및 주제적인 면을 주로 하여 섭근해 보려 한다. 문학 연구에서는 무엇보다 문학의 본질적인 요소가[1] 핵심이고 정치·사회적인 시대환경이나 전기적인 사항들은 부차적인 요소인 까닭이다. 자칫 접근의 기본자세가 흐트러질 경우에는 오히려 필생의 노작물(勞作物)에 대한 선입견과 오독(誤讀)으로 인해서 작품을 그릇 이해, 평가하고 작가 위상(位相)에 손상을 끼칠세라 조심스럽기도 하다.

그러므로 여기에서는 이 글의 논의대상인 작품 텍스트로서의『혼불』의

---

1) R. Wellek & Warren, *Theory of Literature*.(London, 1970)에서 제 4장은 문학의 본질적 연구 항목에서 문학 내적인 조건인 언어, 상징, 문체 등을 중요하게 논하고 있음.

경우, 이 작품의 완결편인 한길사판 제1판 1996년 12월 5일 10권을 대상으로 삼았다. 그리고, 여느 소설과는 달리 몇 갑절 상세히 읽어야[2] 하는 특징과 전통적인 민족문학의 원형질을 추구하여 남달리 의연한 글쓰기를 실현하려는 최명희의 특징적인 작가의식은 참고로만 언급하기로 한다.

2. 새로운 문체 정립

『혼불』에 드러난 문장의 수월성이나 문체미학적인 관심은 이미 몇 평론가들에 의해서도 단편적으로 논급된 바 있다. — "지극히 조탁한 언어를 운용하는가 하면, 그 풍부한 민속의 언어들을 이 '판'에 끌어들인다. 그 언어들은 마치 생동하듯 우리의 느낌에 다가선다. 우리는 그 느낌의 발현에 감입해 든다."[3] "『혼불』은 전반적으로 개별의 문장 표현들에 상당한 공력을 기울인 작품이다.『혼불』의 문장들은 화려하고 선명하며 정제된 느낌을 주기에 충분한데……"[4] "『혼불』에는 서정적 미문과 묘사가 곳곳에 산재해 있다. 이루 헤아릴 수 없을 정도로 정곡을 찌르고 우리의 가슴을 서늘하게 하는 빛나는 서정적 문체가『혼불』전편에 삼열(森列)하고 있다. 그렇기 때문에『혼불』의 문체나 묘사에 대해 찬탄하는 것은 그다지 잘못된 평가가 아니다. 그러나 『혼불』이 지니는 서정성에 대한 궁극적 평가는 다시 내려져야 마땅하다."[5] 이런 견해를 참고하더라도『혼불』의 문체적인 중요성은 짐작되고 남는다.

언어예술인 문학에는 무엇보다 표현기법적인 문체가 중요한 데 최명희에 있어서는 그런 면이 더욱이 두드러진다. 그의 소설문장은 우선 재래의 작가

---

2) 러시아 형식주의 이래 영미의 분석비평이나 프랑스 구조주의 및 탈구조주의적인 해체비평에 이르는 현대비평담론에서는 텍스트를 꼼꼼히 읽는 정독(精讀)행위가 중요시되고 있음. 일찍이 H. 밀러는 '모든 독서는 오독이다'라고 설파했으며 M. H. 에이브럼스도 '현대는 차라리 독서의 시대'라고 지적한 바 있음.

3) 장일구, 「소설 텍스트의 연행해석학 시론(試論)」, 서강대 대학원, 1992, 128~129쪽.

4) 방민화, 「극채색의 서사로 완성시킨 소설 미학의 새로운 지평」, ≪리브로≫28호, 1997년 봄호, 25쪽.

5) 김헌선, 「『혼불』, 우주적 상상력의 총화」, ≪문학사상≫, 1997년 12월호, 81쪽.

들이 흔히 활용해온 평면적인 사물의 묘사나 스토리 중심스런 서사(敍事)의 문법적인 틀을 탈피하고 있다. 그의 작품에서는 오히려 근대 이후의 소설문학에서 필수적인 덕목으로 치부해왔던 예의 서구적 리얼리즘 태도를 극복, 외면하고 있는 것이다. 작품에서는 작가의 주관적인 견해나 감정을 철저히 배제하고 산문정신에 투철해야 한다는 수칙을 벗어난 차원인 것이다.

이미 이전의 서구 중심적인 글쓰기의 장단점을 파악한 최명희는 도리어 그런 소설문법을 혁파하고 새로운 동양적 글쓰기를 실험적으로 시도하고 있다. 그는 어쩌면 서정시적인 언어를 비롯해서 감정이 담긴 의식의 흐름같은 문장구사로 호흡을 살리고 때로는 객관적인 리얼리즘보다 더 날카로운 산문을 활용한다. 그만큼 정감 넘치고 지성적이며 다채로운 언어를 자유자재롭게 구사하여 은은하고 감동적인 소설효과를 거두고 있는 것이다.

① 그다지 쾌청한 날씨는 아니었다.
거기다가 대숲에서는 제법 바람소리까지 일었다.
하기야 대숲에서 바람 소리가 일고 있는 것이 굳이 날씨 때문이랄 수는 없었다. 청명하고 볕발이 고른 날에도 대숲에서는 늘 그렇게 소소(蕭蕭)한 바람이 술렁이었다.
그것은 사르락 사르락 댓잎을 갈며 들릴 듯 말 듯 사운거리다가도, 쏴아 한쪽으로 몰리면서 물 소리를 내기도 하고, 잔잔해졌는가 하면 푸른 잎의 날을 세워 우우우 누구를 부르는 것 같기도 하였다. (1권 허두)

② 괭꿍 괴꿍 괭꿍괭꿍 괘꿍 괘앵
핏속에서 징소리가 울린다.
징소리에 가슴이 빠개지는 것만 같다.
아아.
강모는 강실이의 어깨를 쓸어안고 무너진다.
마치 절벽 아래로 떨어지듯이.
붉은 꽃이 핀 닭이장풀의 달개비 같은 꽃잎사귀, 밭두렁에 줄기를 뻗고 있는 참비름의 연두꽃, 습지에 눅눅하게 핀 자귀풀의 황색꽃, 난쟁이처럼 땅바닥에

엎드린 채 피어오른 질경이의 흰 꽃과, 길가에 버려지듯 피어 있는 바랭이의 실가닥 같은 꽃줄기의 꽃잎들이, 단단하게 뭉쳐진 어둠의 돌멩이에 정수리를 맞으며 소스라친다.

민들망초의 흰 꽃, 담자색 꽃이 새끼손톱만한 꽃모가지를 부러뜨리며 쓰러진다. 가문 여름의 들판에서 하찮은 비노리풀, 갈퀴덩굴까지도 아우성치며, 꽃대가 부러진다. 그리고 꽃잎이 찢어진다. (2권 151~152쪽)

③ 날선 어둠은 가차없이 그 울음을 잘라 버리고, 잘린 울음은 먹피로 무릎에 떨어져 홍건하니, 노적봉의 어둠은 그만큼 더 빨리 깊어졌다. 어둠의 서슬은 하늘도 잿빛으로 질리게 하는데, 발도 없는 노적봉 몸뚱이 하나로야 어찌 당해 낼 수 있으리. 그저 다만 더 이상 찌를 곳도, 자를 곳도, 베일 곳도 없을 만큼 온몸이 어둠에 난자되는 수밖에.

드디어 그는 먹장같이 무겁게 어두워졌다.

밤이 깊어진 것이다. (5권 13쪽)

④ 독아지의 얼음이 가장자리부터 얼기 시작하다가 점점 그 동그라미를 좁히며 한가운데로 얼어들 듯이, 정월 대보름 밤의 시린 달빛은 마치 목에 씌우는 큰칼처럼, 만동이와 백단이의 목을 조이고 있었다.

"아이고, 저 달은 없는 거이 낫겄네, 하도 훤헝게 기양 대낮맹이어갖꼬 누가 보까도 싶으고오." 어째 무엇이 더 무서워 보였다.

달빛이 비친 곳은 시리게 시퍼렇고, 응달진 곳은 차라리 칠흑같이 어두운 곳보다 더 음산한 귀기(鬼氣)로 그림자를 시커멓게 드리우고 있어, 둥글 둥글, 여기 저기 둥근 몸을 누인 무덤의 봉분들이며, 우뚝 우뚝 몸을 세운 비석들, 그리고 그 비석 옆의 호석(護石)들이 소나무 쓸어 내리는 달빛과 바람 소리 속에 귀신처럼 서 있는 것들은, 이렇게 굳이 그 발치 아래 남의 부인 묘를 파헤치고 일을 하지 않더라도 그냥 보기 오금이 붙을 일인데, 이처럼 밀장을 하고 있는 두사람으로서야. (6권 41쪽)

⑤ 아아, 강실아.

무지개같이 둥글고 이쁜 사람아.

네가 없다면……네가 없다면…….

나의 심정이 연두로 물들은들 어디에 쓰겠느냐. (7권 37쪽)

⑥ "식민지 백성으로서의 비극이라고 말해 버리는 것도 못마땅합니다." "너, 생각 많이 했구나."

"근본적으로 인간의 생존 존재 방식에 문제가 있는 것 같아." "방식? 아니면 구조?"

"방식은 구조를 만들고, 구조는 방식을 낳겠지."

강모와 강태, 종형제는 서로의 눈을 깊이 당기며 쏘아보았다.

날이 조금 풀리면서 동문사 인쇄창에 모이는 독서구락부 형설학회에서는 서탑교회 안에다 야학을 세우기로 하였다. 심진학 선생도 역사를 맡아 가르쳐 주기로 약조해서 강모와 강태는 물론이고 독서회 다른 사람들도 모두 기꺼워했다. (10권 233쪽)

편의상 대체적인 보기를 들어 살펴보더라도 『혼불』에 활용된 문장은 여느 한국 작가나 서양 작가의 그것과는 변별되는 특질을 지니고 있다. 작품의 서두 부분인 ①에서는 대실 마을의 정경을 바람소리와 '사르락 사르락' '우우우' 등의 의성어를 써서 자연과 교감하는 시적 분위기마저 자아내고 있다.

그리고 ②는 집안처녀한테 상사병으로 죽은 동녘골댁네 강수 혼신(魂身)의 혼인식날 밤의 굿마낭 옆 밭누렁에서 사촌 오누이가 상피붙는 대목으로 인상적이다. 말하자면 짜릿한 정사장면에서도 핏속의 징소리와 여러 빛깔의 꽃들이 우그러지고 꽃대가 부러지는 통정(通情)현장을 호흡있는 문장으로 처리한 것이다. 청각과 시각 및 역동적인 복합이미지를 차원높게 아우른 것으로서 주관과 객관이 조화된 문장의 경지이다. ③의 경우 역시 혼연일체된 교감대상으로서 매안 마을을 감싸고 있는 노적봉의 밤자태를 짙은 어둠의 이미지로 밀도감있게 묘파하고 있다.

또한 ④에서는 대보름 밤에 남의 묘에 남몰래 자기 아버지 뼈를 투장하는 사람들의 심경을 통해서 으스스한 귀기를 리얼하고 절실하게 전달하고 있다. 그런가 하면, 강모가 애타게 강실이를 그리워하는 ⑤는 그대로 강모 자신의 심정 그대로를 토로하고 있어 독자들에게 직정적으로 다가든다. 그리고 ⑥같은 경우는 여늬 작가들이 곧잘 활용하듯 객관적인 설명과 대화를 곁들여 다양성을 보여주고 있다.

위에서 살펴본 바와 같이 작가 최명희는 결코 예의 서양적인 객관묘사나 내적 독백체처럼 함부로 쓰는 단조로운 문장에 기대지 않는다. 보다 내밀하게 자아와 우주의 대상을 주·개관적으로 조화시켜 언어로써 교감하는 특유의 동양적인 문체로 새로운 글쓰기를 계발, 구현한 점에『혼불』의 예술적인 가치를 두고 있다. 그래서『혼불』은 여느 작품 읽기보다 적어도 세곱절쯤은 읽어내기가 힘든 대신 거기서 얻는 독서의 보람은 몇곱절 더한 것이다. 민족문화와 전통정서의 보물들을 마음의 양식처럼 은밀하게 내장해놓은『혼불』을 빨리 내처 읽거나 혹은 그 절차를 차근차근 감당해 내는 진지성이 부족해 가지고는 으레 소화불량이거나 포기하기 마련이어서 최명희 문학의 진수는 맛보기 힘드는 것이다.

우리는 여기에서 한사코 만년필을 통한 육필원고로써 순결한 모국어를 찾아 한껏 가꾸어온 작가 최명희의 글쓰기 자세와 모국어 사랑을 참고해 둘 일이다. 이런 사실은 특유의 문체를 손수 계발해서 성취해낸 작가의 기법 면이나 문학사상에 직결되는 요소이기도 한 까닭이다.

> "나는 원고를 쓸 때면 손가락으로 바위를 뚫어 글씨를 새기는 것만 같다. 날렵한 끝이나 기능좋은 쇠붙이를 가지지 못한 나는, 그저 온 마음을 사무치게 갈아서 생애를 기울여 한마디 한마디 파나가는 것이다.
> 세월이 가고 시대가 바뀌어도 풍화 마모되지 않는 모국어 몇 모금을 그 자리에 고이게 할 수만 있다면 그리하여 우리 정신의 기둥 하나 세울 수 있다면."6)

> "언어는 정신의 지문(指紋)이다.
> 나의 넋이 찍히는 그 무늬를 어찌 함부로 할 수 있겠는가.
> 나는『혼불』을 통하여 순결한 모국어를 재생해 보고 싶었다."7)

---

6) ≪리브로≫, 27호, 한길사, 1996년 겨울호, 9쪽.
7) 위의 책, p.18 또는 ≪문학사상≫ 1997년 12월호 71~75쪽. 인터뷰 참조.

요컨대, 최명희의 문체는 보다 범아일여(梵我一如)적인 차원의 "예술혼이 담긴 교감의 언어"로써[8] 서양적인 문화에 침식된 채 오염되거나 스러져가고 있는 우리네 언어와 전통정서를 되살리는 문화적 정체성(正體性) 찾기 노력의 일환인 것이다. 그런만큼 새롭게 살아있는 이 문체야말로 우리 체질과 문화에 가장 걸맞는 새 시대 소설의 바람직한 전범(典範)이라고 생각된다.

이렇게 그의 각별하고 실험적인 새 문체 지향 노력은[9], 만년필 자루에 얼과 혼신의 힘을 쏟아서 짜낸 그 정교한 모국어 직조물(織造物)에 비해서 컴퓨터 자판을 두드려 손쉽게 양산해내는 요즘의 화학섬유류 상품과 변별되는 예술적 가치를 지닌다고 여겨진다. 그야 물론 최명희의 야심적인『혼불』에서도 부분적으로 절약의 미학이 아쉽게 서사구성의 앞뒤와 서로 얽히는 답답한 면이 적지않고 문장구사면에서도 문장이 한 단락에서도 고르지 않을 만큼 지루하게 이어지는 대목이 없지않음도 사실이지만 긍정적인 업적이 두드러져 있다는 견해이다.

3. 전통적 한국 여인상

『혼불』은 또한 인물 성격의 설정면에서도 소설미학적인 특질을 보여주고 있다. 이 작품에서 최명희는 한맺힌 고난의 삶을 영위하면서도 시종 시십간 가문(家門)의 지킴이로서 부덕(婦德)을 발휘하는 우리의 전통적인 여인들을 창조하고 있어서 더욱 문제작가로 주목된다. 사실 대하소설『혼불』의 주된 인물은 분명히 말하기 쉽지 않다. 얼핏 보아서는 매안의 전주 이씨 가문 종손인 강모와 그의 부인 효원이나 또는 강모의 사촌누이인 강실과의 빗나간 사랑을 주로한 구도로 여겨진다. 하지만 근친상간적인 사촌 오누이간의

---

8) 같은 책, 19쪽, 장일구의 글 참조. 또는 장일구,『혼불읽기 문화읽기』, 한길사, 1999, 179~180쪽에서는『혼불』은 사건전개보다는 시를 능가할 정도로 빼어난 언어의 조탁을 이룬 거기에 구사된 언어를 읽는 재미라고도 논급하고 있음.
9) 이문재, 작가인터뷰, ≪리브로≫ 25호, 한길사, 1996 봄. 37쪽. 여기에서 최명희는 이미 "이제 한국소설도 문체로서 읽혀질 단계"라고 말했음을 밝히고 있음.

사랑보다는 그 가문을 지키는 여인들이 작품 전체의 중심부에 더 깊이 자리하고 있음을 살피게 된다.

그렇지만 그 중심은 전주 이씨 집안의 종부(宗婦)로 시집올 때부터 하얀옷의 청상으로 와서 산 청암부인을 비롯해서 그녀의 며느리와 손부(孫婦)인 효원으로 이어진다. 그리고 일찍이 남편 잃고 보쌈부인으로 와 살다간 청암부인의 시어머니, 시집온 첫날밤에 소박맞아 베틀에 앉아 사는 인월댁 등이 부수적인 인물로 등장한다. 이들 여인들은 거의 열아홉살에 남편을 잃거나 소박맞아 과수댁으로 지내는 것이다.

그러나 본디 지체있는 집안에서 학문을 익히고 양반의 계율에 젖은 그녀들은 오직 절개 지키기와 가문 지키는 법도에 전념하여 조선시대 여성의 높은 풍모를 보여 준다. 그녀들은 친정에서 『戒女書』며 『女四書』는 물론이요 바느질과 수놓기까지 익힌 바로써 행실 등에서 가계(家系)의 모범으로 위엄을 보인다. 청암부인이나 인월댁 등은 예전에 내려오는 집안의 내간체 두루마리를 간수하고 사돈댁과 격조높은 사돈서 정도를 주고받는 품격을 지녔다. 그런 면에서 상민들이 모여 사는 거멍굴의 옹구네와 공배네, 쇠여울네 등과는 교양의 격차를 드러낸다.

열 아홉 살에 혼인하자마자 열 여섯 살 신랑이 죽거나 집을 나간 후 한서린 삶을 영위해온 청암부인과 인월댁의 대화를 참고하면 그녀들의 수난과 교양 내지 깊은 정의를 헤아릴 수 있다. 오래 몸져 누운 청암부인과의 대화라서 유장하고 긴 그것은 고즈넉한 감동을 자아낸다.

청암부인은 미소를 지었다.
"제 몸은 죽고 없는데, 마음이 지은 집착이 남어서, 원이 남고, 한이 남어서, 몸도 없는 이승의 천지를 배회하고 다닌다면, 그것이 무슨 좋은 일이겠습니까……그저 제가 이승에 난 목숨의 섭리라면, 모든 것을 삭여 버리고, 아무것도 이루지 않고, 아무것도 남기지 않고 가는 것이라고 생각을 했지요 그렇게 소멸해 버려야 내생에 다시 태어날 인연을 남기지 않게 되겠지요."똑같은 꿈을 내가 꾸었더라면, 나는 달리 생각했을 것이네. 나는……자네와는 정반대였는

지도 모른지……자네는, 잘라 내고 없어지려고 태어난 사람이라고 했지만, 나는 뿌리를 내리려고 살아온 사람일세……무서운 집념으로, 더 질기게……더 깊이……자네는, 자네를 비우려고 베틀에 앉았지만……나는……나를 채우려고 땅을 샀네. 열아홉에 소복을 입고, 홀로 텅 빈 집에 신행을 오면서, 나는 많이 울었지……그때 청암양반은 열여섯 살이었어……곱고 애띤 신랑이었다네……강모 애비가 사모관대를 쓰던 날도……강모가 사모관대를 쓰던 날도……나는 그 모습에서……어린 나이에 세상을 떠나간 청암양반을 보았지……참 이상하리만큼 가운이 비색하였던 모양이라. 시부께서 그렇게 어이없이 상처를 여러 번 하시고, 당신 자신 아드님을 성혼시키시고는, 자부 폐백도 제대로 받지 못한 채로 돌아가시지 않았는가……그랬는데, 청암양반도 우리 친가에서 사흘을 묵고는 매안으로 돌아간 다음 세상을 버렸어……무슨 그런 운수가 있었던고……내가 고과살(孤寡煞)이 끼었던 게야. 그렇지 않고서야 그리 되었겠는가…… (3권 99쪽)

특히 『혼불』의 중심축을 이루는 청암부인은 남편없이 기운 이씨 집안의 종부로서 스스로 "내 홀로 내 뼈를 일으키리라"(3권 129쪽)는 의지를 안고 시댁의 가문 지키기에 나섰다. 작은집 맏아들인 이기채를 양자로 삼은 그녀는 규모있게 가풍을 세워나가고 전답도 늘리기에 적극적으로 나서 큰 재산가가 된다. 그것은 일찍 간 낭군의 함에 있던 예단을 팔았던 죄책감과 허전한 정을 메우려는 행동이면서 동시에 어엿한 가문을 일으켜세우려는 종부의식(宗婦意識)에서였던 것이다. 그녀의 이런 의식은 결국 현모양처 이상의 한국 전통적인 여인들 부덕에서 비롯된 것이다. 그녀의 옷차림 및 그윽한 언행들로 살아온 모습은 헌신과 인종(忍從)으로 표상된 한국 여성의 전형이다.

『혼불』은 역시 이정숙의 견해처럼 작품의 방대함보다는 등장하는 여인네들의 가문 지키기에 그 초점이 맞추어져 있다. 청암부인을 비롯해서 그 손부인 효원으로 대표되는 여인들은 평생을 통해 남정네들이 남겨놓은 일의 뒤치다꺼리를 해가며 지키고자 했던 것은 '가부장적 남성 위주의 보존과 유지', '아들 중심의 혈통 잇기'인 것이다.[10] 말하자면, 전통적으로 유교적인

---

10) 이정숙, 『한국 현대소설 연구』, 깊은샘, 1999, 353쪽.

가부장(家父長) 제도에 수동적으로 살아온 여성들이 남성 부재의 처지에서는 여성 스스로 그 자리에 앉아 가부장의 역할을 대신하는 현상이다. 그것은 결코 서양가족스런 부부 대결 구도에서 그 자리를 빼앗은 경우가 아니라 오히려 어쩔 수 없이 대행하는 협조의 입장이다. 즉, "가부장 사회가 저물어 가고 있던 바로 그 황혼과 그 뒤를 이은 암흑 속에서 이들은 '집안 지키기' 또는 '가문맥이' 구실을 도맡아내고[11] 있는 셈이다.

> 이토록 우습게 왜놈의 성으로 창씨를 할 양이면, 무엇 하러 이다지도 애가 잦는 가문을 지키고 핏줄을 보전할 것인가.
> "창씨개명이라니……말이 안된다."
> 청암부인은 자기도 모르게 입술을 힘주어 다문다.
> 눈매에 푸른 서리가 서린다. 청암부인의 다문 입술 위로 경련이 지나간다. 그 입술 빛깔이 가무스름하게 죽어드는 것이 그네의 몸이 식어내리고 있다는 증거였다. 푸르륵, 어깨가 떨린다.
> 그네는 문득 동구에 서 있는 열녀비에 가 보고 싶어진다.
> 그곳에 가보면 좀 속이 뚫리려는가. (1권 232쪽.)

그런데 이렇게 여성이 중심이 된『혼불』경우는 흔히 남성 위주로 이루어진 여느 가족사소설들과는 대조를 보인다. 1930년대 당시 사회를 다룬 염상섭의『三代』는 구한말 세대인 조의관, 개화세대인 조상훈, 식민지세대인 조덕기를 주로 하고 있다. 또한 채만식의『太平天下』역시 구세대인 윤직원에 이어 신세대격인 창식을 거쳐 종수·종학에 이르는 삼, 사대 남성들이 주축이다.

하지만『혼불』의 서사적인 골격은 청암부인을 위시하여 며느리 율촌댁과 손부(孫婦) 효원에 이어지는 삼대에 걸친 여자 중심으로 짜여있다. 변동사회의 발전상과 더불어 점차 더해가는 부권(父權)상실에 따라서 상대적으로 여성들의 역할이 상승된 시대상을 반영한 것이기도 하다. 청암부인의 낭군이던 이준의와 기채—강모—철재 등은 이들 여성의 뒷전에서 부차적인 남성들일

---

11) 김열규,「집안 내림 이야기로서 갖추고 있는 전혀 다른 개성」, ≪문학사상≫ 1997년 3월호, 98쪽.

뿐이다. 이런『혼불』의 전도된 가부장 형태의 여성 편향 요소를 감안할 때, 이 작품의 페미니즘성을 지적해도 좋을 것이라는[12] 견해도 타당성을 지닌다.

집안의 대를 이어온 남정네들보다는 새식구로 시집온 아낙네들을 주된 인물로 부각시킨『혼불』에서 독자들은 전형적인 한국여인들을 만날 수 있다. 특히 숱한 고난을 이겨내며 종부로서의 정성 깃든 가문지키기 마음가짐과 가지런한 옷차림으로 늘 규모있게 집안을 다스리는 청암부인은 지체있는 양반댁 부인의 표상이다. 또한 시어머니 뜻을 받들고 그윽한 언행으로 자상하게 또는 위엄있게 며느리를 꾸짖기도 하는 율촌댁의 모습은 흔한 시어머니 상이다. 시집올 때부터 밖으로 도는 남편과 상피붙은 강실을 질투하면서도 가문과 아들(철재)을 위하여 남몰래 그 시누이를 친정 암자로 보내며 속을 삭이고 사는 효원에게서도 오늘날과는 유다른 예전의 부덕(婦德)을 만나는 것이다.

4. 해체적인 구성 지향

사실『혼불』은 여러모로 찬반에 걸쳐 적지않은 문제점을 지니고 있다. 특히 문학작품에 대한 의식과 발상 및 창작방법 등에서 남다른 견해를 지닌 최명희의 작가적 특이성에서 비롯된 이 문제는 그렇게 간단한 것이 아니다. 우선 구성면의 짜임새나 글읽기에서의 재미 문제, 자료의 반영 문제 등이 이에 상관된다. 하기는 지금까지 구구하게 쓰고 있는 이 작품의 일반적인 명칭 — 장편소설, 대하소설, 대하예술소설, 변종대하소설[13] 등의 타당성부터 따져봐야겠지만 이 글에서는 접어두기로 한다.

『혼불』은 사건 전개나 구성면에서 삼원(三元)대립구조를 이룬 채 갈등

---

12) 위의 글, 97쪽. 여기에서 페미니즘성이란 흔히 논의되듯 여권운동이나 남성과의 대립관계를 주로 하는 차원을 벗어난 보다 넓은 의미의 여성편향(피메일 컴플렉스)적인 여성성을 지칭함.
13) 장세진,「역사공간과 여성성」, ≪表現≫, 1998년 하반기, 필자는 이 책 404쪽 등에서『혼불』을 변종대하소설로 명명하고 있음.

속에서 긴장하거나 화해 과정을 거쳐서 해결하는 서사구조로 이루어져 있다. 신분상으로는 매안 마을에 자리잡은 양반들과 거멍골에 모여사는 천민들이 고리배미에 사는 평민들을 중간계층으로 한 채 갈등과 대립구조를 이루고 있다. 여기에서 이기채나 이기표의 횡포 등에 덕석말이까지 당했던 춘복이와 옹구네 등이 변동천지를 꿈꾸고 '내 이 피를 갚으리라'며 강실을 범할 계략을 꾸미면서 이야기가 진행된다.

그런가 하면, 매안의 이씨 집안 자체의 세대적 갈등이 중요한 대립구조를 보이고 있다. 작품에서 구세대격인 청암부인과 이기채 형제 등이 신세대인 강모, 강태, 강호와 갈등을 빚고 있는 것이다. 이들은 집안을 지키고 노복들을 엄히 다스리라는 데에 반발하고 중국(만주)과 일본 등지에 나가 지내며 사회주의적 사상 등으로 대응하는 것이다. 전통적인 것과 신문명적인 것의 만남에서 오는 세대적 갈등인데 이런 과정에서 강모의 오유끼와의 동거와 근친상간에 이어 만주로의 출분이 계속되고 있다.

또한 간접적이면서도 커다란 원인을 이루는 것은 1930년대 중엽에서 1940년대 초엽에 걸친 당시의 일제 강점세력과 이에 대응하는 양반댁의 민족적인 대립구조이다. 창씨개명과 징용제도에 반대해서 죽은 이웃 고을 분들의 이야기는 물론이요 3·1 만세 운동 등을 연결시킨다. 그리고 전주고보의 동맹휴학 사건에 연루되어 만주 봉천의 서탑과 시칸방에서 독서회(형설학회)를 연 역사 선생(심진학)으로부터 남원과 전주의 역사적 사건이며 만주땅이 바로 고구려 고토였던 사실 등을 반일 민족적인 측면에서 집중 논의하고 있다.

그런데 이『혼불』에서는 위에서와 같은 삼원(三元)구조가 복잡하게 얽히면서 작품 속에 우리 민족의 관혼상제며 각종 민속놀이 및 관제·직제·사주 명리학(四柱 命理學)·복식·예절·향약·삼팔주·불사(佛事)·종교·흡월정(吸月精)·농악·두레·바느질·수놓는 일·화전가·간찰(簡札) 등을 통해서 소설적인 서사를 계속한 것이다. 반면에 많은 논자들은 이런 창작 태도를 외면하거나 비판적으로 언급하고 있음을 본다. 따라서 이런 문제는 최명희 작가와 『혼불』을 제대로 이해하지 못한 사안이 되므로 여기에서 다소라도 검토해 두는 일이 필요할 것 같다.

먼저 구성적인 짜임새가 마땅치 않다는 비판적인 견해들을 참고할만하다. "전개에서 시간 배열 순서의 문제나 자료제시의 경우 그 탐색이 지나쳐 소설의 흐름을 끊어놓기 일쑤이다. 작가의 교훈적 설교와 시혜적 자세도 맥 끊어놓기에 한몫한다."14) 이렇게 지적한 분은 곧바로 "읽어내기의 어려움"15)을 토로하고 있다. 그리고 김경원 또한 그의 서평에서 『혼불』가운데다 풍속묘사를 하는 경우, "그것은 형상화를 통해 작품 내적인 융화를 이루기보다는, 풍속사의 한 대목을 날것 그대로 옮겨놓은 듯 (중략) 작품안에 녹아들지 못하고 생경한 느낌을 준다."16)고 언급하고 있다.

이와같은 일부 『혼불』에 대한 비판적 언급에 대해서 장일우는 그 부당성을 들어서 논급하여 설득력 있다. 위에서는 제시하지 않았지만 『혼불』에 관한 글을 발표한 백지연이나 정호웅 등의 경우는 역사주의적인 접근방법이 오류였다는 것이다. 역시 앞에 든 김경원의 글 가운데 "『혼불』은 양반문화를 미화하고 복원하는데 바쳐진 작품이라고 해도 과언이 아니다. (중략) 단연 『혼불』은 양반 중심적인 시각에서 씌어졌다."는 대목이야말로 단선적인 역사주의의 환원론에 빠진 것이라고 지적17)하고 있어 수긍된다. 김경원의 이 글은 대상 작품을 정독하지 못한 억지 입론일 뿐이다.

이렇게 논의가 되어온 가운데 주의할 바는 적어도 『혼불』 읽기나 해석에 올바른 견해를 가져야겠다는 점이다. 위에서 살펴본 견해 말고도 『혼불』에 대해서는 가끔 소설이 아니라든가 읽기가 힘들어서 외면한다는 따위의 비판적인 의견을 지닌 독자와 문학도가 적지않기 때문이다. 특히 장세진의 경우

---

14) 이정숙, 「<혼불>, 해원(解怨)의 신탁행위 — 수용미학적 측면에서」, 앞의 책 (『한국 현대 소설 연구』), 368쪽.
15) 위의 책, 353쪽.
16) 김경원, 「근원에 대한 그리움으로 타는 작업」, 『실천문학』, 1997년 여름호, 410쪽.
17) 장일구, 「환원론의 오류를 경계함」, 『작가세계』, 1997년 가을호, 393쪽.

는 최근『혼불』에 대한 불만을 서슴없이 털어놓아서 눈길을 끄는데 최명희 문학을 이해하는 데 좋은 기회라고 생각한다. 이 분은『혼불』의 작가나 작품에 너무 긍정적이어도 곤란할텐데 오히려 지나치게 부정적인데다가 그나마 그릇 파악하고 있다고 보여져 더욱 그렇다. 몇군데만 들어보기로 한다.

> 그러나『혼불』은 너무 재미가 없는 '대하예술소설'이다. 이 때의 재미가 말초적이거나 감각적인 흥미 따위를 의미하는 것이 아님은 물론이다. 이른바 읽히는 힘으로서의 재미인데, 개인적 경험담이 허용된다면 필자는 지금까지『혼불』처럼 재미가 없는 대하소설을 읽어보지 못했다.[18]

이런 독서체험을 말하면서 필자는『혼불』이 너무 '아름다운 소설'이라는 데 불만을 토한다. "특히 읽히는 힘으로서의 재미가 미흡한 것은 (중략)『혼불』의 대중적 인기가 그리 오래가지 못할 결정적 단서로 보이기도 한다."[19] 이런 경우야말로 즐거운 공감대를 자극하여 베스트셀러를 기록한 작품이 제일이라는 '감동의 오류'[20]에 빠진 셈이 아닐 수 없다.

그런데, 중요한 것은 그 재미가 다양한 것이라는 점이다. 도리어 춘복이가 대보름날 밤에 그렇게 쓰다듬듯 정을 통하는 표현법에서 재미가 더하고 춘복이의 인간미도 반영되어 효과적인 것이다. 위의 논자께서는 소설에 여러 자료를 자주 인용하여 재미없고 화끈한 정사가 아니라서 따분하다지만 정반대일 독자들도 많을 것이다. "민요의 轉寫나 야담의 재구 등은 작품에 배경적인 요소이면서도 또다른 '맛'을 독자에 선뵈고 있다."[21] 다시 말하면, "『혼불』에서 배경의 역할은 중요하다. 배경은 이를 기술하는 데 동원된 뛰어난 언어의 수사력이나 형상화 때문에도 독자의 눈길을 끈다. 그럼으로써

---

18) 장세진, 「역사공간과 여성성」, ≪表現≫, 1998 하반기호, 400쪽.
19) 위의 책, 405쪽.
20) '감동의 오류'란 미국의 신비평가였던 윔세트와 비어즐리가 '의도의 오류'와 함께 역사주의적 비평태도를 비판하는 데서 제기한 개념임. 즉, 문예작품의 가치를 그 작품에 대한 독자들의 정서적 반응의 강렬함에서 찾으려는 것은 옳지 않다는 주장임.
21) 장일구, 앞의 논문(1992, 서강대 대학원). 95쪽.

『혼불』은 바야흐로 읽는 재미를 독자에게 선사한다."[22] 바로 이런 경우가 그 좋은 보기인데 충분히 이해될만한 일이다.

『혼불』은 비록 여느 소설 작품 읽기보다는 시간상으로 갑절 이상의 독서 시간이 들지라도 진지하게 귀중한 음식을 씹듯 천천히 음미하며 읽어야 한다. 그러노라면 그 문장과 사건 내용 및 숱한 자료들을 통해서 진진한 재미와 새로운 지식을 얻는 이중 삼중의 보람을 누리게 되는 것이다. 그것은 이미 작가 최명희가 흔한 소설처럼 이야기 중심으로 손쉽게 써내지 않고 한사코 몇 배 힘겹더라도 독자들을 위해서 일부러 문장과 분위기를 곁들여 값진 지식 정보를 함께 섞어서 글쓰기 해놓은 결과물인 때문이다. 보다 원론적인 접근으로 설명할라치면 결국 문학예술의 기능[23] 선택에 관한 문제이다. 최명희는 그의 소설에서 여느 작가들이 쾌락의 기능만 살려서 재미만 노린 것에 만족하지 않고 지식과 교훈을 함께 묶은 교시(敎示)의 기능까지 살려서 독자들에게 봉사하는 것이다.

독자들은 『혼불』을 읽을 때는 쫓기는 마음으로 고속버스 휴게소 식당에서 인스탄트식 햄버거를 먹듯 대하지 말아야 한다. 산해진미의 전통 한식을 아늑한 안방에서 차분한 마음으로 차근차근 씹어서 제대로 맛보고 소화하는 독서법을 익혀야 할 것이다. 위에서 논급한 태반의 논자들과 일반 독자들은 자칫 패스트푸드 식당에서 서양음식 삼키듯 건성으로 내쳐 읽은 오독(誤讀) 탓으로 『혼불』의 진면목을 파악하지 못하는 우를 범했다고 여겨진다.

5. 주술성의 활용

또한 혼불에서는 적지않게 일종의 주술적(呪術的)인 요소가 활용되어 사건의 복선적인 연결효과를 거두면서 으스스한 분위기를 자아내고 일종의

---

22) 「예술혼이 담긴 교감의 언어」, 『리브로』, 1996년 겨울호, 20쪽.
23) 아리스토텔레스 이래 문학의 기능에는 ① 쾌락을 주는 일 ② 敎示를 하는 일 ③ 또는 두 가지를 함께 하는 일로 이론화되어 있음.

기층문화적인 전통성을 살리고 있어 소설미학적인 특성을 더한다. 이런 점은 어쩌면 샤머니즘적인 조짐의 미학으로서 최명희 문학의 긍정스런 면이 되고 남는다. 이런 특성은 최명희가 단선적이 아닌 작가로서 작품의 중량감을 더하는 요소이기도 하다.

『혼불』의 서두부분인 '청사초롱' 가운데 신랑 강모와 신부 심효원이 구식 혼인식을 올리는 대목에서 색실이 얽혀 그들 부부관계가 순탄치 않을 것임을 암시하고 있다.

"실이……그렇게……어찌 할고……이 노릇을……"

그리고 강모한테 부적을 달고 다니게 하여 액을 면하게 한 것은 물론 공무원으로 일하는 사람으로서 화류계여성(오유끼)에 빠져 낭패를 본 망신살 등도 해당된다. 상사병으로 죽은 강수의 혼신(魂身) 결혼굿때 망자와의 대화장면과 청암부인의 혼불이 집을 떠나는 으스스한 영혼이미지들 역시 주술성과 상관된다.

『혼불』에서 홀로된 청암부인의 이미지를 형성케한 청암양반의 죽음모티프 역시 주술성과 무관하지 않다. 신랑이 그때 하루밤만 더 지내고 가면 열병에 죽지 않았을 운명을 안타까워하는 청암부인의 이야기 일부분이다.

(전략)……자신이 그렇게 일찍 죽을 것을 미리 예감이라도 했었던가……내일이 떠날 날이라면 오늘 밤, 나를 붙들고 그리 울었다네……마치 내가 누이라도 되는 것같이 안타깝게 울면서, 매안으로 돌아가지 않겠다는 것이야……반가의 도리로 그리할 수가 있는 일인가……여러 말로 타이르고 어르고……그러다가 밤이 샜지. 이튿날 길을 떠나야 하는데……다시 나를 붙들고 울었어……하룻밤만 더 있다 가리다. 하룻밤만 더 재워 주소, 내 많이 있다 가지 않을게……하룻밤만 재워 주소……(후략) (3권 100쪽)

이런 주술성은 청암부인의 청호 저수지를 만들 때 바닥에서 캐낸 조개 바위를 두고 마을사람들이 지닌 생각에도 이어지고 있다. 용궁의 신령님인 조개에 물을 채우면 자손이 번창하고 풍년이 든다는 것이다. 하지만 그 저수지가 30년만의 가뭄에 바닥을 드러내고 물고기를 잡게 되자 흉년이 들뿐 아니라 나라가 망하게 되고 청암부인도 드러눕게 되었다는 인월댁의 인식이 그것이다.

더구나『혼불』에서는 적지않게 풍수지리적인 요소까지 곁들여 여느 작품과는 유다른 변별성을 드러낸다. 이는 6권에서 무당인 백단 부부가 대보름날 밤에 청암부인 명당 자리에다 몰래 투장을 하는 행위와 연결되는 사안이기도 하다. 청암부인이 정정하던 날 정초 세배 때 가진 바, "옛말 그른 데 없거든. 좌청룡 우백호만 보더라도 그렇지."하던 이야기에서이다.

> "그러니 자연 우백호라 하면 오른쪽이요, 음(陰)이라. 음은 서쪽으로, 해가 지는 방향을 가리키네. 빛깔은 흰색이란 말일세. 그런데 산세의 오른쪽이 승하면 백호가 포효를 하는 형상인지라, 외손이 승하게 된단 말이야. 외손이라면 여자 쪽을 말하는 셈이 돼서 자연 여자가 잘나고 득세를 한다는 게야."그러니 매안의 이씨 문중 선산은 우백호가 승한 셈이란 말인가. (3권 103쪽)

이밖에도『혼불』에서는 변동천하를 노리며 살아온 춘복이의 눈썹을 반골 기질의 '선모미형' 아니면 천기를 받을 영웅의 '나선미'로 보는 관상학까지 동원해놓고 있다. 그만큼 작가 최명희는 남다르게 불가사의한 동양선동이나 한국 기층문화의 원형까지도 활용하여 심도높은 창작의 정수에 임하려 힘썼던 것이다.

6. 민족문학의 정체성 지향

위에서 필자는 최명희의 역작인『혼불』이 지닌 중요한 소설미학적 특질들을 항목별로 살펴보았다. 재래의 서구적인 틀을 혁파한 새로운 문체 정립, 전통적인 한국여인상 재현, 해체적인 구성, 그리고 주술성 등이 그것이다.

작가 최명희는 그야말로 심혈을 기울여서 창작한『혼불』로써 한 세기

안팎의 나이테를 지닌 한국문학에 새로운 민족문학의 이정표를 세웠다. 그
것은 근래까지 이식문화적인 서구문학의 영역으로부터 탈피하여 올바른 한
국문학의 정체성을 정립한 문학사적인 기념탑이기도 하다.

　그는『혼불』을 통해서 개화자강기와 일제강점기를 거쳐 분단현실에 이르
기까지 서양의 물질문화와 왜적의 군사문화들에 의해 스러지고 외면된 채
내쳐져온 우리 문화의 본체를 되찾아 복원시켰다. 더욱이 서구적인 재래의
소설문법부터 혁파하여 가장 한국 전래적인 접근법을 활용하여 커다란 문학
적 성과를 이룬 것인지라 그것은 더 가치있고 의미가 짙다. 남원의 한 양반가
문의 삶을 다루되 그 풍속이며 예절, 반상의 관계, 역사성과 시대상 및 사주명
리학 등으로 입체화시켜 이룩해낸 보람이다.[24]『혼불』은 최명희의 대표작이
면서 우리 민족의 정신이요 빛이다. 이 작품이야말로 탈식민주의를 구현한
실체이면서 한국적인 창작방법을 이상적으로 실현해 보인 민족문학의 본보
기이다. 작가 최명희는 이 작품과 함께 한국문단의 빛나는 위치에 의연하게
자리하고 있다.

(1999년 12월)

---

24) 백지연은 「핏줄의 서사, 혼찾기의 지난함―『혼불』론」, ≪창작과 비평≫, 1997 여
　　름호 서두에서, 박경리의 『토지』에 견준다면 "『혼불』이 개척한 역사적 지평은
　　협소하게 느껴진다"라고 평한 바 있음. 그러나 필자는 오히려 반대로 생각하고
　　있음을 밝혀둠. 그것은 소설에서 작중인물들의 무대를 실제 생활의 공간으로 치
　　더라도『혼불』이 더 넓다고 볼 수 있기 때문임.『혼불』은 실로 남원 지방 뿐만
　　이 아니라 만주지방은 물론이요, 요동반도와 고려, 신라, 후백제, 조선 등의 역사
　　적인 서사공간을 지니고 있는 것임. 따라서 명칭만 하더라도 다분히 물질성향의
　　『토지』에 비하면 정신요소가 승한『혼불』의 역사적 지평이 오히려 더 광대하다
　　고 할 수 있을 것임.

현실인식과 자아성취

— 구인환의 작품론

새삼스럽지만 1960년대 초에 소설문단에 데뷔하여 40여년 창작활동에 임해온 구인환은 이제 원로에 가까운 중견작가이다. 그런데 이 작가는 최근 써온 단편들을 모아서 새 창작집을 펴내고 있어 관심을 모은다. 이번 창작집은 이 작가가 지금까지 발표한『움트는 겨울』,『일어서는 山』등 8권의 장편소설과 함께 일곱 번째의 소설집『프라하의겨울』(1998)에 이은 여덟 권 째 소설집이다.

이 글에서는 이번 창작집『모래 성(城)의 열쇠』에 수록된 15편 안팎의 단편들을 중심으로 살펴보기로 한다. 대체로 소설문학의 주요 요소들인 제재나 주제에 이어 인물성격 및 문체와 구성 등의 순서로 논의해본다. 하지만 문학작품에 대한 감상과 이해 및 올바른 평가는 구체적인 작품 텍스트를 자세히 읽는 데서 행해지는 작업이므로 독자 여러분도 실제 작품집을 벗삼아야 함은 물론이다.

1. 일상적 삶의 소설화

작가 구인환은 으레 우리 생활 주변에서 자신이 보고 느낀 체험들을 소설 미학적으로 다양하게 형상화하고 있다. 그는 현실적인 삶의 현장이나 여러 대상들을 글감(題材)으로 삼되 역사적인 사실이나 실제의 삶과 마음의 여울들을 문학적 상상력으로 재구성하여 문학작품으로 빚어낸다. 그래서 그의 소설에는 곧잘 작가 자신의 고향마을에 찾아가거나 특강 또는 박사논문 심사일 등으로 시골에 나들이할 때 겪은 이야기들을 자주 활용한다. 그래서 이번 창작집에서도 독자 여러분은 평소 자주 들르는 청진동 다방이며 대포집 등을 순례하며 여주인과 흉허물없는 대화를 나누곤 하는 친숙한 작가 모습을 만나게 된다.

그의 작품 가운데서는 이야기를 하는 화자 역시 흔히 작가 자신인 '나'(서 교수)를 통한 일인칭 관찰자 시점이 활용된다. 그만큼 구인환 소설에는 직접 간접으로 낭만적이고 다정하며 진솔하고 소박한 작가의 인품이 듬뿍 담겨있다. 말하자면 구인환 소설은 일상적인 삶의 주변에서 글감을 취택하되 그것은 작가의식과 함께 다양하고 자연스런 이야기로 독자들에게 다가든다는 특성을 보인다.

「伎伐浦의 전설」은 수년 전 겨울 방학때 공주의 충남교육연수원으로 교사들의 연수특강을 갔던 차에 작가 자신의 고향인 장항의 포구에 얽힌 이야기이다. 고향 친구와 공주에서 부여를 거쳐 장항에 도착하여 무정집 아구찜에 선양소주를 들고 소나무횟집 등에서 술을 마시며 현재와 옛날에 걸친 숱한 수난의 역사를 입체적으로 다루고 있어 인상적이다. 백제 의자왕이 나당연합군에 패전하게 됐던 이 포구가 일제 강점기에는 많은 미곡을 실어 갔던 곳인 동시에 요즘은 쇠락한 채 허성한 현상에 처해 있음이 실감 있다. 더욱이 6.25전란 때 기벌포서 학살당한 주 교장 부자의 한스런 삶을 지탱해오다가 끝내 금강으로 뛰어들어 자살한 소실댁 할머니의 죽음은 충격을 준다.

그런가 하면 「뒤로 뜨는 黃昏」은 우리 사회가 겪어온 예의 IMF상황 속에서 정리해고된 샐러리맨(안기민 과장)의 딱한 삶을 다루고 있다. 이에 비해서 「딩구는 껍질들」, 「슬픈 되풀이」는 황폐한 우리 농촌의 문제를 글감으로 하고 있다. 또한 「을숙도의 비화」, 「산수유의 밀어」, 「어떤 탈출」 등은 낭만스런 여인과의 연애담으로서 진진한 흥미를 돋운다. 그밖에 「지상 낙원의 그늘」은 무대를 해외로 넓혀서 북유럽 여러 나라 경우의 충분한 사회복지 제도와 자유분방한 성생활 문화도 보여주고 있다.

특히 중편인 「모래성의 열쇠」 경우는 작품 무대를 공간적으로 한국내와 미국으로 연결하여 진행시킨다. 여기서는 국내 청진동 부근의 다방과 '가연', '시인통신', '열차집'같은 술집들이 실명 그대로 드러나 있는데 미국 워싱턴 지역의 세미나 행사와 자연스럽게 이어져 있다.

2. 훈훈한 휴머니티 추구

구인환 소설의 주제는 여러 갈래로 파악할 수 있지만 공동분모는 결국 따뜻하고 올바른 인간 본연의 휴머니티 지향으로 나타난다. 이런 테마 선택은 인간이 희노애락의 삶속에서 각박한 현실의 벽에 부닞혀 있으면서도 참고 견디며 자아를 성취하려고 노력하는 긍정적이고 미래지향적인 작가의 식과도 상통한다. 본시 '雲堂'이란 작가의 아호에서 풍기는 이미지처럼 낭만적이고 이상적인 요소와 맞닿는 셈이다.

이번 소설집에 수록된 작품들에서는 첫 창작집인 『山頂의 神話』(1974)에서의 순수하고 소중한 것에의 동경과 모험으로 상실한 낙원을 찾는 정도는 아니더라도 직간접적으로 본래의 자아를 찾고 자신을 가꾸어가려는 노력을 그치지 않고 있다. 「슬픈 나들이」에서는 서울에 올라가서 막노동을 하며 버티다가 농촌 내려가서 살기는 싫다는 다방 레지 명희와도 헤어지고 장항으로 낙향하는 기진의 귀향에서 그 모습을 만나게 된다. 청년 주인공(기진)

의 패배스런 도피행각이라기 보다는 원초적인 동경과 순수성이 시사하는
바 인상 짙다. 그래서 「슬픈 나들이」는 장항행 열차 속에서 도시 진출로
인한 농촌의 공동화 현상과 공단 및 국제항 건설로 인한 하구둑의 공해와
환경문제를 고발한 「딩구는 껍질들」과는 성격을 달리한다.

또한 이 작가는 그 원초적인 순수성과 열정을 낭만스런 연애담으로도
드러내서 감흥을 준다. 서울에서 교편을 잡고 있던 기석이 시골의 바닷가
학교에서 근무하는 선희의 목마른 속달편지를 받고 부산에 내려가 둘이서
을숙도를 다녀온 밀회 이야기가 단숨에 읽히고 있다. 그것은 오랜 시절,
푸른 눈빛의 여성인 그랄라를 싱그러운 빛깔의 산수유로 삼고 자신(나)은
赤松이라며 창경궁을 나란히 거닐던 추억담을 다룬 「산수유의 밀어」 경우
와도 상이한 맛을 지녔다.

훈훈한 인정세태나 휴머니티를 드러낸 경우로서는 또 「뒤로 뜨는 黃昏」
과 「살아있는 풀들」을 들 수 있다. 전자는 IMF로 인해서 계략에 속아 해고를
당한 채 집을 나와 있으면서도 선녀처럼 상냥한 아내와 자녀(서진·서동)를
위해 묵묵히 내일을 기다리는 자세를 보여준다. 전자와는 달리 월남에서
전사하여 국립묘지에 묻혀 있는 동생의 묘를 찾아와서 형제의 정을 나누되
애달파하면서도 밝게 명복을 빌어주는 접근법과 단아한 테마가 수긍되고
남는다.

그런가 하면 작가는 단연 치열한 현실비판의식을 드러낸 작품도 발표해
서 눈길을 모은다. 예의 「기벌포의 전설」과 「나비와 꽃의 환상」이 그것이다.
전자는 이미 장편 『일어서는 山』(1987)과 『동트는 여명』(1994)에서 항구도
시 장항을 주로한 백제의 한을 되새기고 일제치하의 짓눌리고 억압당하는
민초의 삶과 수난을 기록한 내용과 맥을 같이한 것이다. 하지만 후자에서는
서정적인 단편 성격을 띠면서도 날카롭게 정치현실의 부조리상을 고발하고
있다. 말하자면 박사학위 심사차 영남지방에 가있던 서교수 일행이 뜻밖에
도 나비와 꽃의 통나무 술집서 애제자인 수경을 만난 것이다. 그녀는 다름
아닌 십 여년 전의 국군공화국때 반독재 투쟁을 하다가 피신해서 저항하던

중 쫓기다가 강물 속에 빠져죽은 것으로 알려졌었는데 서진이란 이름으로 음식점에서 일하고 있던 것이다. 흥겨운 이야기 중에 쓴 일종의 촌철살인스런 효과적 접근법이라 할 수 있겠다.

끝으로 책이름이 된『모래성의 열쇠』는 소설미학적인 구현도가 가장 높은 역작으로써 테마적인 승화면에서도 두드러진 중편이다. 미국에 아시아 문학 심포지엄 참석차 여행하는 기간 중에도 강지수는 누이인 미선의 행방을 찾는 것인데 문제는 그들의 현지문화 적응 여부에 초점을 두고 있는 것이다. 본디 운동권 출신으로서 결합했던 강미선과 김상수는 한국인계로서의 경직된 고집으로 미국 사회에 적응하지 못한 채 이혼을 했는데 비해 미선의 친구인 여선정은 떳떳하고 알뜰한 한국계로서 성공한 대조로써 테마의 복합성과 현대성을 살리고 있다.

3. 선의의 인간상

이 작품집에 드리난 구인환 소설의 인물들은 성격면에서 한결같이 선의의 마음과 사람 좋은 모습을 지니고 있다. 평소 소탈하고 낭만적이며 착하게 살아가려는 인물, 그것은 본디 어려운 환경 속에서도 늘 이상적인 세계로의 자아성취를 꿈꾸며 밝고 미래지향적인 추구를 해온 작가 성품과 직결되는 사실이기도 하다. 실제 작품에 등장한 주인공이 다름아닌 일인칭 화자로서 관찰자격으로 나선 작가 자신이어서 그런 것만은 결코 아니다.

「뒤로 뜨는 黃昏」의 안기민 과장은 전형적인 샐러리맨으로서 소시민의 가장이지만 자기를 속임수로 퇴출시킨 회사의 윤실장과 한사장과는 대조적인 선의의 인물이다. 서울에서 고향으로 낙향해서 새로운 농민의 꿈을 키우려는 「슬픈 되풀이」의 기진은 더더욱 순둥이일 만큼 순박한 젊은이다. 또한 월남에서 전사한 춘현 역시 전선에서 더 근무를 연장해서 부친 회갑에 맞춰서 돈을 벌어와 가지고 고향 봉근리 기와집의 넷째 아들이란 칭송을 받으려 했던 청년이다. 이들 인물들은 흔히 보듯 남과 우격다툼을 해서라도 이기고 물리치려는 갈등의식이나 대결감정이 여려보일 정도로 순하기 그지없다.

뿐만 아니라 「伐伐浦의 전설」에 등장하는 인물 대부분 역시 선의의 피해자일 뿐이다. 화자인 서교수(나)도 모범생다운 선의의 인물이지만 6·25전쟁 중 무참히 학살 당한 그 덕망 높던 주교장 심성답게 그의 아들인 효식도 두문불출하며 학교 일에만 종사하며 지낸다. 큰 아들이 6·25적에 그 포구에서 학살당한 한을 품고 살다가 끝내 금강에 몸을 던진 소실댁 할머니도 마찬가지이다. 그리고 수동적으로 당한 이들 수난자들과는 다르지만 「을숙도의 비화」에서의 순수하고 당돌한 선희의 기석에 대한 구애 또한 선의에 속한다 할 것이다.

구인환 소설에 등장하는 작중 인물들은 곧잘 서로 아귀다툼으로 이기를 꾀하고 남을 공격하거나 피해를 입히고도 죄책감을 모르는 요즘의 영악한 사람들과는 대조적이라서 특징적이다. 「나비와 꽃의 환상」의 수경(서진)이나 「뒤로 뜨는 황혼」의 안기민 과장, 「살아있는 풀들」의 춘현, 「슬픈 되풀이」에서의 기진처럼, 오히려 남한테서 피해를 당하고도 인내하며 지내는 사람들이다. 대체로 이들 작중인물들은 오영수 소설에서의 주인공들하고는 다른 지성인들이면서 스스로 나름대로의 희망을 지니고 미래지향적으로 살아가는 모습을 보이고 있어 동정이 간다.

4. 스스럼없는 대화와 경이스런 결말

이처럼 선의의 인물들을 통해 성실한 현실인식과 더불어 자아성취를 지향하는 구인환의 소설 문체는 소탈한 성품처럼 스스럼 없고 친근감을 준다. 어쩌면 톡 쏘는 사이다 맛이나 소주보다는 시골의 우물물에 가깝다 할 만큼 소박하고 허물이 없어서 좋다. 으레 긴장감과 서투른 서양 모방투의 잔기교를 일삼는 여느 작가들의 글과는 상이하다.

그의 소설은 허두부터 자연스런 화두로 시작된다. 아래 문장에서처럼 작가의 생각과 마음을 때로는 의식의 흐름인양 풀어나간다.

또 하루가 지나간다. 가는 세월을 막을 수는 없지만 세월은 많은 흔적을 남기고 속절 없이 흘러 간다. 흘러 가는 세월 따라 인걸을 낳고 가면서 숱한 비화를 남긴다.

기민은 디스를 피워 물었다. 깊이 숨을 드리키고는 밖으로 내품었다. 시원한 기분이 온몸을 감쌌다. 나른한 기분에 몸이 둥실하고 뜨는 것 같았다.

— 이거야. 이러면 되는 거지. 사는게 별게 아니라구. 이렇게 기분이 좋으면 좋은 거야.

— 잘 산다고 야단을 부려 봐야 그게 그거라구. 알겠지. 별거 아니라구 생각하면 태평천하지. 나물 먹고 물 마시고 팔을 베고 누으니 대장부 살림살이 이만하면 족하도다라고 의연하게 살아가던 선인을 본받으면 되는거야.

— 「뒤로 뜨는 황혼」 서두에서

또한 다음 대목에서처럼 그는 회상적인 대화와 화자 자신의 생각을 우연하게 풀어나가고 있다.

"지수씨! 내가 왜 살아야 하는지도 몰라. 상수씨의 박력을 따라가면 모래성이라도 하나의 쌓을 수 있을 것 같아서."미선은 스스로 상수와 장도의 길을 떠나 저희들의 모래성을 쌓는다고 장담을 하고 갔다. 탈출해서 우선 숨이라도 돌리자는 계산이었다. 군부의 권좌에 짓눌린 현실을 등지고 그에 맞서 저항하던 의지를 접어 들고 미국으로 간 것이다.

그 미선이 모래성을 짓다가 상수와 문제가 일어난 모양이다. 이민의 희비곡이 로스안젤로스를 중심으로 번지고 있다는 그것이 미선에게까지 감염되고 있는지 알 수 없다.

세월은 흘러 갔어도 미선은 옛날 그대로 맥주잔 가를 빙빙 돌고 있다.

— 아니야. 저런 얼굴일 수는 없지. 사십을 오르내리는 여인! 미세스이기를 거부하고 미즈이기를 자처하고 그런 생활 패턴을 즐기는 여인, 그 여인의 모래성이 흩어지고 있다는 것은 이민의 뿌리가 착근하지 못하고 방황한다는 것인가.

— 「모래 성(城)의 열쇠」에서

구성면에서 작가 구인환은 대체로 기승전결(起承轉結) 식의 정석법을 활용한다. 이를테면, 이야기를 꺼내서 여행코스로 진행되다가 목적한 사람을 만나고 마무리하는 방식이다. 「나비와 꽃의 환상」 경우를 보면, 서교수가 박사심사차 부산에 출장감→심사 후 경주 보문단지 술집서 저녁식사→운동권 제자였던 수경 만남→돌아오는 길로 마무리된 것이다.

그리고 작가는 마무리 직전의 전환점에서 경이스런 사건을 제시하여 작품효과를 높이고 있어 수긍된다. 「기벌포의 전설」에서는 그 무거운 주제의식과 시공적인 역사성을 수난의 모델격인 소실댁 할머니의 충격적인 금강 투신으로 소설기법적인 구성의 묘미를 살리고 있다. 이런 점은 앞에 든 「나비와 꽃의 환상」에서 뜻밖의 제자와의 만남 못지 않게 「을숙도의 비화」의 마지막 장면에서는 애인 앞에 혼인 청첩장을 내민 선희의 대담한 제의를 곁들여서 글읽는 재미를 더하는 것이다.

> 기석은 자세히 보지도 않고 옆으로 내밀었다.
> "그게 아니라구, 자세히 읽어 보라구. 사흘 남았다구, 먼저 이렇게 선희가 기석에게 밤을 바치는거야———자 시간이 부족해. 우선 우리만의 공간으로 가자구, 어서 무얼 꾸물거리고 있는 거야. 일어나지 않구———"기석은 어리둥절하여 선희에게 끌리다 싶이 일어섰다.
> "벌써 일어나게 천천히 음악을 듣지, 이건 기막힌 곡인데, 새로 들어온 신세기야……."홍언니는 무엇인가 찬사의 눈으로 두 사람을 바라보았다.
> "기석이 오늘은 내게 맡기는 거야, 아무말도 안하기로 하고……"선희의 어딘지 눈물이 섞인 목소리에 기석은 말없이 끌리어 갔다.
> 거리는 더욱 네온이 빛나고 활기를 띠고 있었다.

작가 구인환은 이 소설집을 통해서도 2000년대를 맞이한 동시대 독자들에게 왕성한 글쓰기로써 달관한 새 모습으로 다가와 대화를 청하고 있다.

(2000년 4월)

변동사회에 대한 문학적 접근

— 박완서 작품론

박완서의 장편소설 『도시의 흉년』은 구한말의 개화기 무렵부터 이 작품이 발표되던 1970년대 후반 당시까지에 걸친 우리 사회의 변천상을 신구세대 3대의 가족사 소설석인 형식으로 리얼하게 조명해낸 역작의 하나이다. 1975년말부터 79년 여름까지 ≪문학사상≫에 연재되어 모두 2책 분량에 18장으로 간행된 이 소설은 어쩌면 총체적이며 입체적일만치 여러 영역에 자장(磁場)을 미치고 있다.

이 작품은 서울의 신흥 중산층 자녀로 자라난 쌍둥이 남매가 세속적인 삶에 질긴 뿌리를 내리고 행세하는 부모와 갈등을 빚는 한편으로 할머니의 고루한 관습에 대립된 삶을 영위하는 서사구조로 이루어져 있다. 일제말에 시집가서 아이를 못낳았다고 구박받던 며느리가 해방 후 서울로 올라와 고생하다 6·25전란때 양색시 장사로써 돈을 벌고 동대문 시장에서 부자로 행세하는 사회 현실과 이에 대응하는 상대들과의 종횡으로 얽힌 관계는 관심을 불러 일으킨다. 며느리의 득세로 인해 전통적인 고부의 권위가 뒤바뀌고 남편과 아내의 위치 또한 전도된 상태에서 낡은 가치관에 도전하는 자녀들과의 긴장은 계속된다. 더욱이 할머니로부터, 쌍둥이 남매는 상피붙게 마련이어서 집안을 망하게 한다는 의식은 화자(나)에게 숙명적인 끄나풀처럼 작품의 주요 모티프로 작용하고 있다. 거기에 3대에 걸친 가족관계와 시대상을 씨줄로 하고 시장과 학교, 군대, 구치소 및 이웃들에 날줄로 연결된 사건들은 장편소설이란 상품의 중량감을 더한다.

그런 점에서 『도시의 흉년』은 사회와 인생에 그만큼 너른 안목을 지닌 작가가 여성 특유의 빼어난 필치로써 흥미롭게 현대 한국 사회의 실상과 문제점을 파헤치고 생생하게 묘파한 문제작이기도 하다. 따라서 우리는 여러모로 복합성을 띠고 있는 이 작품의 특성이나 가치를 다음 몇 가지 요소로 간추려 볼 수 있다. 그것은 어쩌면 다양하고 급속하게 변모하고 있는 기성사회에 대한 치열한 문학의 대응노력에서 연유한 비판이며 올바른 참여 의식에서 비롯된 박완서 문학의 중추를 이루고 있기 때문이다.

1. 신구 세대의 갈등과 사회 대응

역시 핵심 모티프를 형성하는 예의 이란성(二卵性) 쌍둥이 남매로 인한 위기 의식은 이 소설의 가족사적인 사슬의 끈을 분명히 하고 있다. 그것은 어머니 뱃속에서 나란히 껴안고 있다가 태어난 화자(수연)와 그녀 오빠인 수빈의 할아버지 대에서 이어져 나왔음을 알게 된다. 즉, 수연의 할아버지가 남매 쌍둥이로 태어나서 서로 떨어져서 남남으로 살았는데 우연히 만난 두 사람이 여름철에 멱감던 개울에서 상피붙은 사실이다. 이런 일로 인한 죄책감으로 후에 물속에 뛰어들어 스스로 목숨을 끊은 나머지 할머니 혼자 외아들을 키워왔음을 수연이가 그녀 대고모 할머니 입을 통해 듣게 된 것이다.

문제는 수연이 남매가 멘델의 유전법칙의 소산이란 것보다는 할머니가 손녀인 수연이를 집안 망칠 '조년이 애물'이라며 저주하면서 수빈이만 부적을 달아보내고 무당 굿까지 동원하며 애지중지하는 데 대한 선입견과 적대 의식이다. 할머니의 성화 때문에 어릴 적부터 수연 혼자서 이모집에서 크다가 뒤늦게 부모가 사는 집으로 들어왔지만 남존여비 사상을 뛰어넘은 할머니의 구박과 천대는 수연의 참을 수 없는 대상이 되고 남는다. 그리하여 신세대인 수연에게 구세대인 할머니는 극복되야 할 상극양상을 이루게 되지만 서로가 그렇게 악의에 찬 감정없이 맹목적일 뿐이었다.

하지만 오히려 수연과 수빈이 함께 타도대상으로 삼을만큼 혐오하고 대적할 상대는 중간세대인 그들 부모인 것이다. 사실 모친은 너무 극성적일 만큼 자녀를 세칭 일류 학교로 진학시키기 위해 가정교사와 과외에 돈도 많이 투자한다. 그리고 특히 수빈에게는 좋은 음식을 먹이고 자랑스럽게 키우기 위해 과잉보호를 일삼아 왔다. 더구나 무능한 부친은 남 몰래 첩을 두고 어머니한테 빌붙어 사는 것이다. 그래서 김복실 여사의 극성스런 보살핌은 결국 수빈이 진정 사랑하는 순정이와의 혼인을 배경없고 가난한 집 딸이라는 이유로 가로막아 극한 상태에 처한다. 수연이 오빠의 귀대 전날 실의에 빠져 인사불성인 수빈을 위로하고 토해낸 오물을 닦고 매무새를 돕는 과정에서 드디어 두 남매가 상피 붙었다고 밤중에 온 식구들이 보는 가운데 무참히 태질 당하는 지경에까지 이른 것이다.

이 작품에서 두드리지게 드러나고 있는 신구세대 사이의 갈등양상은 남존여비나 상피붙는다는 고정관념 따위에 그치지 않는다. 그보다는 자식이란 무조건 부모 위주로 진당 잡혀야 한다는 통례를 벗어나고자 하는 의식 등에 주안점을 둘 수 있다. 작중의 주인물인 화자(나 — 池秀然)를 통해서 두어 번쯤 대화 아니면 자의식적인 투로 언급한 바 있다. 그것은 '암, 내가 그 자식을 어떻게 기른 자식이라구.'라는 부모 위주의 기대에 따라 순종시켜야 한다는 강요로서 우리는 이런 태도를 반성해야 마땅한 것이다. 이런 타당성은 '자식들에게 있어서 부모들이란 얼마나 숙명적인 악몽일까?'하는 구절들에서처럼 어른들에 시달리는 아이들 세대의 숨막힐 외침을 알아차릴 수 있다. 그리고 이런 구세대의 극성과 지나친 간섭에는 이제 거의 성인으로 자란 자녀들에게 가출이나 출분의 충동과 행동으로 이어지고 있음을 본다. 수빈이 순정이와의 만남을 어머니로부터 무참히 방해당했을 때 만취한 상태로 차고에 내려가서 운전대에 앉아 "내가 이놈의 집구석에서 못 도망칠 줄

알구…… "하는 장면을 만난다. 또한 소설의 본문 중에 쓰인 '수연이 꿈꾼 자유는 결코 가출이 아니라 탈피였다'는 대목에서도 돈암동 부모 집에서 느끼는 목마른 심경을 엿볼 수 있는 것이다.

이 작품을 삼대에 걸친 가족사 소설로서 신구세대의 갈등관계를 참고로 30년대에 염상섭이 발표한 『삼대』와 대비하면 몇가지 상이한 면이 드러난다. 『삼대』에서는 중간세대 격인 개화세대(조상훈)보다는 구세대(조의관)와 신세대(조덕기)에 서사의 중심이 주어진 채 다분히 삼인칭 전지적 시점으로써 긍정적인 신세대가 화해적 자세이다. 이에 비해 『도시의 흉년』은 대체적인 언급으로 처리한 구세대 대신 중간세대와 특히 비판적인 신세대에 중심을 두어 그 갈등관계를 일인칭 관찰자 시점을 통해 부정적, 비판적으로 접근했다. 그리고 무엇보다 각 세대를 대표하는 인물은 『삼대』가 모두 남성을 중심 삼은 데 비하여 『도시의 흉년』에서는 거의 여성으로 내세우고 있다는 점들이 두드러진다.

2. 속물주의 세태의 고발

여러 모로 신구 세대의 갈등상을 첨예하게 내비치고 있는 『도시의 흉년』에서는 예의 영악스런 화자(수연)같은 신세대 층을 통해서 곧바로 당시의 산업사회에 만연된 중산층의 속물주의적 삶의 군상들을 통렬하게 고발한다. 여기에서는 무엇보다 궁핍했던 해방기를 넘고 전란에 시달렸던 1950년대의 혼란기를 거치고 다시 60년대의 경제개발 고비를 지낸 한국 사회의 병폐를 지탄하고 있다. 그것은 일부 중산층과 특권층에 만연한 물신주의(物神主義) 풍조와 비리 행각을 비판의 대상으로 떠오른 사정을 지칭한다. 더구나 월남 파병과 중동진출 및 국산품의 해외수출 등으로 소비가 미덕인 양 산업화를 통해서 도약단계에 접어든 70년대 사회는 애정 모럴의 실종이 무질서를 방불케 하던 것이었다. 도무지 걷잡기 힘들 지경으로 퍼져 있던 속물취향 족속들은 국가사회와 겨레 장래에 아랑곳없이 자기만의 탐욕에 잠길 뿐이었다.

이미 양색시 포주로 돈을 벌어 동대문 광장시장에 20여년 본거지를 둔 김복실 여사와 그 주변 아낙네들 행태는 좋은 보기로 제시된다. 이를테면, 자녀들은 오직 경기로 진학시켜 명문대 출신에다 판검사나 의사로 키우려 가정교사와 과외공부 시키기를 비롯해서 학교를 향한 치맛바람, 수빈이의 좋은 군 근무지 부탁 따위 뿐만이 아니다. 큰 딸 수희를 고시합격한 과부아들 서재호한테 시집 보내고 축제 때 임신한 수연에게 낙태 겸 인공의 순결 시술을 해 준 정도인 것이다. 그런가 하면 무능한 아버지(지대풍)는 첩에다 숨긴 아들(수남)까지 둔 처지에 구색 뿐인 남편으로서 사장행세를 하고 산다. 이런 남편 눈치는 모른 채 김복실 여사 역시 바로 수남이 외삼촌격인 최 기사와 심심찮은 정사를 즐기고 지냄을 리얼하게 묘파해서 고발한다.

또한 화자는 엄마 자신도 예전에 낙산 꼭대기의 오막살이에서 살던 적을 잊고 정릉 산동네로 순정이 부모까지 찾아가서 자기 아들과의 혼사는 어림도 없다며 협박과 함께 돈으로 무마하려는 부모의 행각을 지탄한다. 특히 수연은 거짓과 돈과 상류사회에의 신분지향이 오직 자식들 위해서라는 말을 내세우는 엄마의 견고한 금니에 진저리치며 고발하고 있음을 본다.

> (전략) 돈이 많지도 않은데 많은 척 하려고 그러는 거라구. (중략) 너희들 기죽지 말고 행세하고, 시집 장가 잘 가라고 그러는 거야.」 「(전략) 엄마가 다 생각이 있어 선생님하고 미리 그리고 소파수술하고 숫처녀 수술하고 같이 했단 말이다(중략) 히힝, 아무튼 사람은 오래 살고 볼거더라. 좀 좋으냐. 요새 세상 돈 갖고 안되는 게 뭐 있어야지. 참 좋은 세상이야 요새 세상.

이런 속물주의 군상에 대한 세태 고발은 수연의 부모가 아닌 그녀 주변 사람들을 통해서도 계속하고 있음을 본다. 수빈의 군입대 후에 배치될 근무 처를 두고 하는 동대문시장의 주단 포목점 아주머니의 한마디도 인상적이 다. ―"(전략) 군대야 돈만 있으면 다 해결되는 거 아뉴. 성님들이야 그래도 양심이 있으니까 …… (후략)".

또한 크리스마스 이브의 파트너 게임에 초대된 경화네 점보맨션 아파트

장면에서는 참석한 일행의 말을 빌려 일부 특권층의 삶 태도를 풍자한다.
― "그래 그래, 이 집은 우리 집처럼 더러운 부잔가 보다." "우리 아버진
느네 아버지보다 더 더러운 부자다."이어서 바로 그 집에서 열린 경화의
약혼식장에 마련된 초호화판 교자상 심부름을 하는 수정이의 혹사와 오만한
신부 태도를 보고는 화자 자신도 짙게 분노하고 있음을 발견한다. 그리고
'다만 나 자신의 고유한 삶을 속(俗)하게 하지는 않으리라. 마치 세상 사람들
이 말하는 행복이나 불행이라는 것과 대천지원수라도 된 것처럼 나는 그렇
게 앙심을 먹었다'는 대목이 그것이다.

2. 시대 인식과 항거 양상

위에서 살펴본 『도시의 흉년』에서는 또하나 작품 전체에 드리운 일종의
지배세력에 대한 강렬한 저항의식을 내쳐 버릴 수 없다. 그것은 적어도 이
작품이 발표되던 당시의 유신 체제를 감안하면 적잖이 용기있는 글쓰기에
해당하기 때문이다. 흔히 그 무렵의 문인들은 으레 행간을 통해 암시나 은유
로 작가의 뜻이나 저항감을 내비치는 정도가 예사인데 이 소설에서는 당시
금기사항에 준하는 병역비리 언급은 물론이요 직간접적으로 지배세력에 대
한 항거의 목소리를 죽이지 않고 있음이 돋보인다. 한때 사회에 문제되었던
군 병영내의 사신 검열 횡포도 수빈이와 수정이 편지 항목에서 밝힌데 이어
매부인 서재호 검사가 손써서 처남을 의가사 제대시켰다는 이야기도 손쉽지
않은 내용인 것이다.

더구나 유신독재의 위세가 서릿발치게 드세던 무렵의 크리스마스 이브
모임에서 금지곡만 신나게 불렀다는 대목은 흥미를 끌어 효과를 더한다.
이런 문제는 작품의 분위기나 내용에다 음성적인 검열 당국의 위험 수위를
헤아리며 조율하는 작가의 역량과 더불어 의연한 선비의 자세에 직결되는
사안이다. 이런 사정을 새삼스럽게 강조해서 언급하는 것은 이 소설에서
문제적 인물로 기능하는 운동권 학생이 여느 작품들보다도 비중있게 다루어

져 있기 때문이다. 말하자면, 이 작품 전반부에서 수연의 개인적인 가정에 가득한 허위, 부정으로 인한 가족훼손문제를 다룬데 비해 후반에서는 보다 국가, 사회적인 민주회복과 빈부의 안배 문제 등에 접근하고 있다.

K 대학 가면극회 회장으로서 데모 주동자로 앞장선 채 깃발을 흔들어 수배를 받던 청년은 문제적 인물로 자리잡고 있다. 탈을 쓰고 굿판을 휘잡거나 데모대 위에 높이 솟아 깃발처럼 자유자재로 나부끼다가 마침내 최루탄 연막 속으로 추락하던 구주현이 그 장본인이다. 그런 구주현을 사귀면서 수연은 그를 자기 집에 데려다 재워주기도 했었다.

그러나 그는 수연이 초대장을 받고 찾아간 서울 근교의 선바위골 탈춤 현장에서 풍자적인 말뚝이 춤을 추다가 검거되어 1년 6개월 복역을 언도받게 된다. 이 사이 집을 나와 구주현이 경영하던 빈민촌의 야학에서 여러 운동권 학생들과 만나면서 교편을 잡던 수연은 그와 더욱 가까와진다. 그러다가 결국 그녀 스스로 자주 면회를 가고 솜옷 등을 차입하는 행동은 수연과 주현 서로가 사랑하며 지배 세력의 횡포에 함께 항거함을 이른다.

결국 수연은 그가 출옥 한 뒤 구주현 부친이 별세할 때까지 언젠가 귀향할 아들을 위해 마련해 둔 전남의 후미진 농촌집에 찾아가 구주현과 만나서 안정을 취하게 된다. 그리하여 결국 제목처럼『도시의 흉년』에서 늘 방황하며 줄곧 기성세내들과 내립 갈등해오던 지수연과 구주현은 드디어 귀향하듯 시골 농촌에서 대우(對偶) 관계를 이룬 채 갈등 대상들과 화해를 모색하기에 이른 것이다.

서울행 열차를 타러 역으로 오가는 길에서 나눈 두 사람의 대화는 인상적이다. 시골에 남아있겠다는 구주현과 떠나려다가 함께 되돌아오는 지수연의 말이 시사하는 바가 짙게 남는다.

내가 온몸으로 오랫동안 찾아 헤매던 가락을 여기 이 고장 사람들의 농삿일 속에서 만난 것처럼 느꼈다면 환상이 지나칠까? 아냐, 분명해. 비로소 난 제곬 을 찾은거야. 내 생애에서 이렇게 내가 자유롭고 자연스러워보긴 처음이거든.

차라리 내가 버리는게 나아. 내가 악착같이 움켜쥐고 미워하던 걸 한번 버려볼
까봐. 버리고 나야 화해도 가능할 것 같아.

요컨대, 작가 박완서는 거의 5년간에 걸쳐 발표했던 이 장편에서 구한말
로부터 1970년대 당시까지에 걸친 한국사회의 변천과정을 문학적인 구도로
진지하게 묘파해냈다. 신구 세대 3대를 종횡으로 연결시킨 작가는 뛰어난
이야기꾼으로서의 기량과 함께 투철한 사회인식의 주제적인 무게를 더해
놓은 것이다.

(1999년 3월)

장보고(張保皐)의 소설적 형상화와 그 의미
— 송지영과 조세호의 장편을 중심으로

1. 장보고와 세계화 시대의 문학적 상상력

여러 가지 문학의 형식가운데서도 특히 소설은 역사와 깊은 관련을 맺고 있다. 그것은 그 둘 모두가 공통적으로 어떤 일(사건)과 관련된 '이야기'의 형태를 띠고 있다는 특징 때문이다. 다만 역사는 '사실'을 복원하는데 치중하고 문학의 형식인 소설은 거기에 '허구'가 개입될 뿐이다. 이를 무엇보다 뚜렷하게 보여주고 있는 것이 역사소설이라는 형식이다. 역사소설은 중요한 역사적 사건이나 역사적 인물이 문학적 상상력의 원천임을 보여준다. 역사소설은, 역사라는 문학적 소재를 사실의 차원에서 복원하고자 하는 것이 아니라 여기에서 한 걸음 더 나아가 이를 상상력을 통해 재구성함으로써 그 소재에 새로운 생명을 부여하는 문학적 형식이다.

장보고는 이와 같은 의미의 문학적 상상력의 원천이자, 최근 들어 역사소설의 새로운 주인공으로 떠오르고 있는 중요한 인물 중의 하나이다. 우리 문학사의 흐름 속에서는 역사소설의 형식이 하나의 전통을 형성하고 있다. 우리의 역사소설은 한국 근현대 소설사 가운데서도 가장 중심적인 역할을 했던 이광수, 현진건, 김동인, 홍명희 등에 의해 일찍부터 씌어지기 시작하였다. 그 후 1970 · 80년대에 이르러서는 박경리의 『土地』, 황석영의 『張吉山』,

김주영의『客主』, 이병주의『智異山』, 조정래의『太白山脈』등으로 대표되는 '장편 대하물' 형식으로 발전하게 되었다.

그런데 여기서 장보고라는 역사적 실존 인물은 이전의 역사소설에서 다루어진 임꺽정이나 장길산, 보부상과 빨치산들의 존재 못지 않은 역사적 의미와 그 가치를 품고 있다고 볼 수 있다. 실제로 장보고라는 인물을 다시 되새겨볼 때, 그는 우리에게 전혀 낯선 이름이 아니다. 그는 우리의 역사 속에서 바다의 역사를 새로 쓴 역사적 인물로 기술되고 있다. 뿐만 아니라 장보고는 그가 살았던 파란만장한 삶과 그 빛나는 업적 때문에 현재 위인전에 등장하는 가장 중요한 주인공 중의 한 명이기도 하다.

이 글의 목적은, 최근 들어 관심이 고조되고 있는 역사적 인물 장보고의 소설적 형상화 측면과 그 의미를 두 편의 작품—송지영의『장보고』와 조세호의『해상왕 장보고』를 중심으로 해명해보고자 하는 것이다. 이를 위해서는 먼저, 장보고라는 인물에 대해 살펴볼 필요가 있다.

문헌에 의거하자면, 장보고는 서기 7세기 초에 태어나 활약한 인물로 추정된다. 정확한 출생지와 출생 연도는 확인할 수 없지만, 청해진의 근거지인 완도에서 태어난 것으로 추측되고 있다. 원래 이름은 궁복(弓福) 또는 궁파(弓巴)이었고 장보고(張保皐)는 당나라에 건너간 뒤에 사용하기 시작한 이름이다. 서기 814년 당나라 문등현 신라방에서 정년(鄭年)과 함께 장보고는 황번적을 토벌하면서 명성을 떨치기 시작한다. 비슷한 시기에 고구려 유민의 후예인 이사도가 황실에 반기를 드는데, 장보고는 이 반역 토벌전에 출전하여 큰 공을 세우고 무녕군 소장이라는 벼슬을 얻게 된다. 그 후, 적산포에 사원 법화원을 세우고 그곳을 거점으로 당과 신라, 일본 등을 오가는 국제적인 무역상으로 활동하기 시작한다. 장보고는 그로부터 14년 뒤인 828년 신라 흥덕왕 3년에 귀국한다. 귀국 후, 청해—지금의 완도에 진을 설치하고 당대의 골치거리였던 해적을 소탕해나가는 한편, 신라를 거점으로 한 국제적인 무역 활동을 활발하게 전개해 나간다.

장보고의 운명을 좌우한 것은 긴박하게 돌아가던 당대의 정치적 상황이었다. 당신 신라 조정은 왕권 쟁탈을 둘러싼 권력 투쟁 속에 휘말려 있었다. 왕권을 둘러싼 김명과 김우징의 대립은 김명의 승리로 끝나고 이때 김우징은 청해진으로 찾아와 장보고에게 도움을 청한다. 김우징은 그 댓가로 장보고의 딸을 태자의 비로 삼겠다는 약조를 하게 된다. 장보고의 도움으로 김우징은 신무왕에 오르고 장보고는 감의군사라는 벼슬을 하사받는다. 신무왕이 죽자 그의 아들이 문성왕에 오르고 장보고는 다시 진해장군의 벼슬을 얻게 된다. 이때 문성왕의 납비 문제가 쟁점이 되자 조정 중신들은 장보고의 딸이 미천한 신분이라는 이유로 납비 불가론을 주장한다. 결국 문성왕은 신하 김양의 딸로 비를 삼게 되고, 장보고는 김양이 보낸 자객 염장에 의해 피살됨으로써 자신의 파란만장한 삶을 마감한다.

우리가 확인할 수 있는 여러 가지 역사적 기록들은, 장보고라는 인물이 탁월한 장수이자 국제적인 감각을 갖춘 무역상이었음을 말해주고 있다. 그에게는 늘 '해상왕'이라는 호칭이 따라다니는데 그것은 그가 신라, 당나라, 일본을 아우르는 삼국 교역을 주도했을 뿐만 아니라 동서를 넘나드는 해상 무역 활동을 전개한 인물이었기 때문이다. 장보고의 삶과 운명은 전적으로 '바다'에 뿌리를 둔 것이었다. 그는 비다에 근거를 둔 새로운 차원의 역사를 개척해보인 인물이다. 해양을 중심으로 한 이와 같은 장보고의 활약은 세계화를 지향하는 21세기 한국 사회의 국제화 요구와도 적절히 부합한다고 볼 수 있다. 장보고는 새로운 세기를 여는 마당에서 우리가 교훈을 찾을 수 있는 하나의 귀감이다. 지금 이 시점에서, 우리가 역사소설 장보고를 읽는 것은 바로 그런 점에 의미를 두고 있다.

2. 장보고의 인간적 면모와 영웅성

먼저 송지영의 『장보고』부터 살펴보기로 하자. 이 작품은 인물의 설정과 사건의 전개에 있어 방대한 규모를 보여주고 있다는 점에서, 일단 대하 역사소설의 기본 형식을 획득하고 있는 경우이다. 처음에 이 작품은 신문 연재소

설의 형태로 씌어졌고, 이후 지금 우리가 접할 수 있는 세 권의 책의 형태로
묶여 나왔다.

첫째 권의 내용은 주로 장보고의 어린 시절, 유년기 이야기로 이루어져
있다. 이 이야기들은 조음섬의 가난한 집에서 태어난 궁복이라는 한 사내
아이가 용맹스럽고 의기 있는 청년으로 자라나는 과정을 따라가고 있다.
둘째 권은 장보고가 큰 뜻을 품고 친구 정년과 함께 당나라로 건너간 뒤에
벌어지는 사건들을 그리고 있다. 당나라에서 장보고는 황번적을 토벌하고
명성과 인심을 얻게 되며 그를 통해 차츰 자신의 세력을 키워나간다. 장수이
자 무역상으로서 큰 성공을 거둔 장보고는 마침내 고향으로 돌아오고 신라
조정에서는 왕권 다툼의 조짐이 일기 시작한다. 셋째 권은 조음성에 정착한
장보고가 신라 조정을 설득하여 조음섬에 청해진을 건설하고 해적 소탕과
무역 활동을 펼쳐나가는 과정과, 자객에 의해 피살되는 최후를 그리고 있다.

송지영의 『장보고』는 신문 연재 당시 많은 독자의 시선을 끈 바 있는데
이는 무엇보다 이 작품이 "재미있게" 읽히는 요소를 풍부하게 가지고 있기
때문이다. 이 작품은 일차적으로 장보고라는 역사적 실존 인물의 행적에
대한 작가의 정밀한 이해에 바탕을 두고 있다. 더욱 중요한 것은 여기에
작가 고유의 상상력이 작용하고 있다는 점이다. 작가는 이 작품에서 주인공
장보고를 중심으로 당나라와 신라의 당대 역사를 충실하게 복원해놓고 있으
며, 이야기의 중심에 놓인 주인공 장보고의 생동감과 리얼리티는 작가 특유
의 인간 이해에 근거하고 있다. 작가는 주인공 장보고를 절세의 영웅인 동시
에 약하디 약한 한 명의 인간으로 묘사한다. 이는 대개의 역사적 인물이
가진 영웅성과 비교될 수 있다. 그러나 어떤 역사적 인물의 성격이 영웅성으
로만 파악될 때 그것은 필연적으로 비현실성과 추상성을 띠게 된다. 작가
송지영은 미리 이런 문제를 감지하고, 주인공의 묘사에 있어 인간적인 성격
을 불어넣는데 공을 들였다고 볼 수 있다. 그리고 작가의 이와 같은 노력은
결국 독자를 설득하고 리얼리티를 배가하는 중요한 요소로 작용한다.

"난 신라 사람 장보고야!"

장보고가 신라 사람임을 고집함은 유별나게 나라를 사랑한다는 마음이 맺혀있음은 아니었다. 조음섬 바닷가에서 자라면서 당나라에 드나드는 큰 배를 타는 것이 소원이었고 그 뱃사람들로부터 업신여김을 뼈저리게 당해 왔었기 때문이었다. 배를 타게 해달라고 무던히도 졸랐지만 그럴 적마다 뱃사람들은 코웃음만 쳤고 섬사람들도 비웃어 주기만 하였었다. 무슨 짓을 하여서라도 버젓이 큰 배의 주인이 되어 고향 조음섬으로 돌아가 여봐란 듯이 한 번 뽐내고 싶었고 그러자면 신라 사람이어야 한다는 생각이 막연히 굳어진 것이었다. 당나라 사람이 되어서는 면목이 안 설 것 같았다.

작가는 결코 장보고의 삶을 과장하거나 그 존재를 미화하려고 하지 않는다. 주인공 장보고는 현실초월적인 영웅의 형상이 아니라 좌절과 번민 속에서 자신의 길을 개척해나가는 인내와 의지의 인간으로 묘사되고 있다. 이와 같은 작가의 태도는 사건을 통하여 주인공의 행동을 과장되게 그리기보다는, 작품 가운데서 차분하게 주인공의 내적인 심리를 주로 묘사해 나가는 방식에 연결되고 있다. 주인공 장보고의 인간적 면모에 대한 묘사는 이밖에도 작품의 많은 대목에서 발견할 수 있는데 그것은 특히 수인공이 그를 둘러싼 여인들과 연정을 나누는 장면에서 나타난다. 소란과 구슬아기에 대한 주인공 장보고의 끈질긴 연성은, 그에 대한 누터운 인간애를 느끼게 만든다. 그 뿐만 아니라 주인공은 정연, 해룡 등의 주변적 인물들과 뱃사람만이 보여줄 수 있는 깊은 우애 관계를 맺는다. 이야기의 대미를 장식하고 있는 염장에 의한 주인공의 피살 장면 또한 송지영의 『장보고』가 사실에 근거한 역사소설인 동시에 한 인간의 파란만장한 삶을 그리고 있는 드라마틱한 인간사로 읽히게끔 하고 있다.

조세호의 『해상왕 장보고』는 최근 들어 고조되고 있는 역사적 인물 장보고에 대한 사회적 관심을 배경으로 하고 있는 작품이다. 이 점은 머리말에 해당하는, "청해진을 중심으로 한 동북아의 해상권을 장악한 '장보고'야말로 우리 민족이 내세워서, 그 웅대하고 장쾌했던 해양 경영사를 세계 만방에

널리 자랑해야 할 선각자임이 분명한 것이다"라는 작가의 발언에 뚜렷히 드러나 있다. 송지영의 『장보고』와 비교한다면, 이 작품은 장보고라는 역사적 인물에 대한 좀더 현실적이고 시대적인 해석을 바탕으로 삼고 있는 경우이다.

이 작품의 전체적인 구성은, 앞서 살펴본 송지영의 경우와 비슷한 규모와 전개 방식을 취하고 있다. 분량 면에서도 세 권으로 되어 있을 뿐만 아니라 각 권의 이야기 또한 각개의 '장'으로 연결되는 형식으로 이루어져 있기 때문이다. 이 작품의 특징은 주인공 장보고의 삶을 당대의 정치·경제적 상황과 결부하여 바라볼 뿐만 아니라, 그 인간적인 면모보다는 영웅적 성격을 부각하고자 하는 작가의 관점에서부터 비롯된다. 이와 같은 작가의 관점은 해설자의 모습으로 작품 속에 직접 그 모습을 자주 드러내고 있다. 다음과 같은 이야기의 서두가 이를 잘 보여준다.

> 역사를 돌이켜 보건대 인간이 아무리 권력과 재력이 있어도 영원히 지탱하기는 힘들다. 수명 역시 1백년을 누리기가 어렵다. 또한 어느 한 국가가 아무리 강대국이라고 할지라도 1천년을 넘기기는 쉽지 않다.
> 이렇듯 우선 이 이야기를 풀어나가기 전에, 이 이야기의 무대가 되는 주변국가들의 역사를 한번 살펴보기로 하자.
> 때는 수나라 문제 인수 4년의 일이었다.

이 작품의 서두는 수 나라가 몰락하고 당 나라가 건국되는 역사의 흐름 아래 놓인 한반도의 정치경제적 상황을 설명하는 데서 시작되고 있다. 그리고 이와 같은 이야기의 전개 방식 가운데서 작가는 역사의 해설자로 이야기의 배후에 자리잡는다. 그런 까닭에 이 작품에서 섬세한 디테일 묘사 같은 것은 찾아보기 힘들다. 대신 작가는 거대한 역사에 대한 이야기를 풀어놓는 호방한 이야기꾼으로 그 모습을 드러내고 있다.

이야기는 고국을 떠나 당나라 땅에서 새 삶을 꾸리기 시작한 신라의 두 젊은이, 궁복(장보고)과 정년에 대한 묘사로부터 본격적으로 펼쳐지기 시작한다. 두 젊은이가 고국 청해땅을 떠나온지 6년이 흐른 시점이다. 정년과 함께 신라 청년 궁복은 황번적 토벌 작전에 나서 명성을 얻는 한편 산동지방의 대부호 장이의 도움을 받아 물상객주(物商客主)로 성장해나간다. 산동성의 상인 장이의 성을 따 장보고로 다시 태어난 주인공은, 마침내 꿈에 그리던 고국 신라로 돌아가 흥덕왕 앞에 서게 된다.

> "청해는 북쪽으로 이어지는 해남·강진이 있어서 내륙지방과 통할 수 있는 군사적 요충지이옵고, 남으로는 당에서 황해를 건너 흑산도를 지나 남해연안을 따라 일본 북구주로 통하는 무역로의 중간 기항지로서의 중요한 지점이 되옵니다. 또한 근자에 들어오면서 해적의 출몰이 잦아 해변가의 백성들이 고향을 등지는 사례가 많았사옵니다. 신 역시 어린시절 청해 앞바다에 출현한 해적들과 싸운 적도 있었사옵니다. 청해에 진(鎭)을 설치할 수 있게 하여 주시옵소서. 이곳에 무역기지를 개항하여 해적을 물리치고 신라의 경제 부흥을 꾀하고자 합니다."

신라의 임금 앞에 선 장보고의 언사는 거침이 없을 뿐만 아니라 당당하다. 『해상왕 장보고』에 그려진 주인공의 모습은, 역사를 개척하고 만들어 나가는 영웅석 형상으로 나타난다. 여기서 장보고라는 역사적 인물은 용맹과 지략을 겸비한 굳센 남성의 표본이다. 이러한 주인공의 성격은 뜻을 같이하는 많은 인물들과 결의를 맺는 대목에서도 확인할 수 있다. 조세호의 『해상왕 장보고』가 가진 남성적인 장쾌미는 특히 거듭되는 전투 장면의 묘사에서 잘 표현되고 있다. 황번적의 토벌, 이사도 일파와의 대결, 청해진을 근거로 한 해적 소탕 작전 등을 그리는 대목에서 작가의 묘사는 박진감을 더하고 있다.

3. 21세기, 해상왕국의 건설을 꿈꾸며

지금까지 살펴본 장보고를 주인공으로 삼고 있는 두 편의 역사소설은 그동안 우리가 망각하고 있었던 바다의 중요성을 새삼스레 일깨우고 있다. 역사소설이라는 문학적 상상력에 의해 그 생명을 다시 얻게 된 장보고의 삶의 역정은, 독자들에게 바다가 삶의 현장일 뿐만 아니라 역사가 뻗어나가는 길목임을 웅변하고 있다.

인류사를 돌이켜볼 때, 한 국가의 흥망성쇠는 해상활동과 밀접한 관련을 맺고 있다는 사실을 확인할 수 있다. 바다길을 개척하고 그를 통해 활발한 해상활동을 벌인 민족과 국가는 번성의 길을 걸었다. 반면에 해상활동이 부진했던 국가는 대부분 쇠락의 길을 걸었다. 3면이 바다로 둘러싸인 한반도에서 우리 민족은 늘 바다를 접하면서 살아왔다. 그러나 해상왕이라고 불리는 장보고 이후 우리는 바다의 중요성을 인식하고 해양문화를 가꾸는데 부진했던 것이 사실이다. 아니 어쩌면 바다의 의미와 그 가치를 잊고 살아왔다고 해도 지나치지 않을 것이다.

다행스럽게도 현재 우리나라는 세계 1위의 조선국으로, 또 손꼽히는 해운국으로 발돋움하는 과정에 있다. 세계화를 지향하는 21세기를 맞아 우리 민족은 새로운 '해양 국가'를 건설해야 할 역사적 책무를 지고 있다. 해양 국가를 건설하고 해양 문화를 발전시키는 것은 앞으로 다가올 동북아 시대를 염두에 둘 때 대단히 중요한 의미를 머금고 있다. 장보고의 시대가 그러했던 것처럼, 그 질서의 중심에는 바다길이 놓여 있다. 세계를 향해 발돋움하는 21세기의 길목에서, 어떻게 바다를 정복하고 개척해나갈 것인가. 이 물음에 대하여 장보고는 그 한 가지 답을 보여주고 있다는 점에서, 교훈으로 삼을 수 있는 소중한 존재이다.

(2001년 3월, 평론가 임영봉과 공동 집필)

꾸준한 소설 미학으로의 접근 노력

― 2001년도 한국소설 문단에서

1. 소설의 위기 속에서도

1990년대 접어들어 우리 문학계 내부에서는 '문학의 위기'에 대한 담론이 널리 유포된 바 있다. 궁극적인 의미에서 그런 위기론은 문학 내적인 요인이라기보다는 문학을 둘러싼 환경의 변화에 기인한 것으로 볼 수 있다. 과거에 비교해볼 때 한국사회의 변화는 문학의 역할을 크게 축소시켰으며 새로운 대중문화의 대두와 발전은 문학의 입지를 어렵게 만들고 있음이 사실이다. 그러나 2002년 오늘에 이르러서도 문학은 지속되고 있으며 새로운 작가는 계속 탄생하고 있다.

소설분야 또한 새로운 환경에 적응하고자 하는 노력을 나타내고 있다. 2001년도에 발표된 소설작품들은 새로운 문학적 환경과 현실에 대응하기 위한 작가들의 모색을 다양한 차원에서 드러내고 있다. 전년도 소설의 흐름과 그 특징으로는 먼저 젊은 작가들의 지속적인 약진현상을 거론할 수 있다. 다수의 여성작가들과 더불어 구효서, 윤대녕, 김영하 등 1990년대 이후 등장한 소장 작가들이 여전히 활발한 작품활동을 전개하고 있으며 주도적 위치를 점하고 있다는 점이다. 두 번째로는 계속되는 여성작가의 대두현상을 들 수 있다. 신경숙, 공지영, 은희경 등을 뒤이어 배수아, 이혜경, 김별아,

권지예, 천운영 등의 여성작가들이 두각을 드러내고 있는 상황이다. 셋째로
는 일상이라는 소재에 대한 미시적 접근과 해석을 지적할 수 있다. 거대담론
이 무너진 자리에서 비롯된 미시적 탐구—일상성과 인간의 내면, 무의식에
대한 관심은 전년도 소설에서도 주류를 이루고 있다.

2. 일상성과 내면 탐구

전년도 소설의 흐름과 새로운 경향을 이야기하기 위해서는 먼저 이상문
학상 수상작인 권지예의 「뱀장어 스튜」(≪현대문학≫ 7월호)부터 거론해야
할 것이다. 이 작품은 파리라는 이국의 도시에서 살아가는 한 여성의 이야기
이다. 주인공은 과거에 한 남자의 아이를 갖게 되어 아무도 모르게 그 아이를
해외로 입양한 바 있으며 자살을 기도하기도 했다. 그런 주인공의 기억은
삶에 대한 권태와 결여의식의 형태로 그녀의 현재적 삶 속에 회귀한다. 여기
서 「뱀장어 스튜」는 과거의 기억과 현재의 삶 가운데 서 있는 여성 주인공의
부유하는 내면을 인상적으로 묘사하고 있다.

> 격정의 시간이 지나고 나면 무엇이 남을 것인가. 한순간의 깊은 상처는 긴
> 세월 동안 흉터를 남긴다. 함께하는 세월 동안 남편은 그녀의 흉터를 핥아
> 줄 것이고 그것이 사랑이 아니어도 괜찮을지도 모르겠다. 그건 그저 아름다운
> 하나의 습관, 견딤, 의리라 한들 어떨까. 생이라는 건 질긴 것이다. 구슬을 꿰는
> 실처럼. 하루하루 끊임없는 애증으로 엮어진 질긴 실인 것이다.

이 작품은 여러가지 측면에서 신선함을 보여주고 있는데, 무엇보다 평범
한 소재를 치밀한 구성과 상징적 묘사를 통해 새롭게 가공해낸 점이 돋보인
다. 액자소설적인 구도와 시점의 교차, 상징적 모티프의 배치는 이 작가의
실험정신을 잘 보여준다. 성과 사랑에 대한 문제, 인간의 숙명적 고독감
등을 떠올리게 하는 주제의 심원함 또한 작품의 무게를 더 하고 있다.

일상으로서의 삶에 대한 탐구는 조경란의 「마리의 집」(≪문학사상≫, 10

월)에서도 이루어지고 있다. 일상화된 삶의 모습은 무엇인가 하는 물음에 대답하기 위해 이 작가는 하나의 전략을 선택하고 있다. 현실에 대한 냉정한 거리두기가 그것이다. 이 작품에서 펼쳐지는 화자의 시점과 호칭은 일상의 무미건조함을 피부로 느끼게 하는 역할을 한다. 밀도감 있는 묘사의 탁월함 또한 이야기를 지탱하는 힘으로 작용하고 있다.

전년도 소설 속에서는 일상성의 문제와 함께 그 속에서 살아가는 인간 개개인의 실존적 문제 또한 중요하게 다루어진다. 김인숙의 「밤의 고속도로」 (≪동서문학≫, 여름호)의 경우, 화자와 여주인공의 사랑을 통해 삶의 문제를 제기하고 있다. 작가는 인간에게 있어 가장 고귀한 감정 중의 하나인 사랑을 대상으로 인간의 양면성을 드러내고자 하는 의도를 드러낸다. 이 작품 속에 서 '밤의 고속도로'라는 어둠 속의 질주는 깊이를 잴 수 없는 인간 욕망의 내면을 상징하고 있는 것으로 볼 수 있다.

젊은 작가들의 작품 속에 성장소설적인 모티프를 취하고 있는 것이 많다 는 것도 한 가지 특징이다. 김별아의 「첫사랑」(≪한국소설≫ 가을호)이 그러 한데 이 작품은 주유소 아르바이트생들을 통해 화자의 첫사랑을 그리고 있다. 화자는 주유소의 풍경을 통해 자신의 청년기 기억 속에 살아있는 소녀 의 모습을 떠올린다. 화자의 기억 속에서 청춘기는 방황과 시행착오로 가득 차 있다. 그것을 통과제의라고 볼 수도 있겠지만, 청춘을 일그러뜨리는 기성 사회에 대한 우회적 비판의 의미도 띠고 있다. 같은 제목의 김연수의 「첫사 랑」(≪문학동네≫, 봄호)도 작품의 완성도가 높은 경우이다.

「월경」(≪세계의 문학≫, 여름호). 「포옹」(≪현대문학≫, 10월호), 「눈보 라콘」(≪창작과비평≫, 여름호)의 작가 천운영은 활발한 작품활동을 벌이면 서 자신의 개성을 구축해나가고 있는 신예 중의 한 명이다. 천운영의 소설은 아버지와 어머니라는 존재, 집과 가족 등의 일상적 삶 속에 놓인 젊은이의 고뇌를 주로 그리고 있다.

90년대 이후 리얼리즘 미학의 약화 현상 속에서 기층 민중과 현실에 대한 관심을 거두지 않고 있는 공선옥의 존재는 더욱 돋보이는데 「정처없는 이

발길」(《창작과비평》, 봄호)에서 작가는 수몰지역 주민의 이야기를 그리고 있다. 여기서 수몰지역에 사는 한 농부는 이주비를 받지만 농협 빚으로 탕감하고 난 뒤 무일푼이 되어 절망에 떨어지고 만다. 평등을 가장한 불평등한 삶의 현실을 고발한 작품이다. 나이 든 모녀가 이인극을 한다는 줄거리를 통해 애절한 모성을 그리고 있는 윤영수의 「이인소극」(《창작과비평》, 겨울호)과 굵직한 이야기의 맥락과 남성적 소설언어를 구사하는 작가 한창훈의 「여인」(《문학사상》, 11월) 또한 공선옥이 추구하는 세계와 맥을 같이하는 작품들이다.

베스트셀러 여성작가 공지영은 새로운 모색을 보여주었다. 소설가협회에서 주관하는 한국소설문학상 수상작인 공지영의 「부활 무렵」(《창작과비평》 여름호)은 현실의 냉혹함을 뿌리 뽑힌 자의 시각에서 그린 작품이다. 중년 여성 화자의 시점에서 화자의 여동생과 주인집 여자 사이에서 벌어진 일을 수습해나가는 과정을 묘사하고 있는 이 작품은 위선과 허위의식에 침윤되어 있는 우리의 일상을 적나라하게 들추어낸다. 「부활 무렵」에서 공지영은 지금까지 그녀가 주로 다루어온 남성중심주의 비판에서 벗어나 힘없는 서민의 일상적 삶에 대한 관심을 드러내고 있다. 이 작품이 가진 견고한 서사성과 작가적 전망은 공지영 문학의 고유성을 다시 한번 음미하도록 만든다.

서사의 해체를 극단으로 밀어부치면서 실험을 계속하고 있는 백민석의 「믿거나말거나박물지 둘」(《문학사상》, 5월호)은 가상공간에 얽힌 이야기이다. 모형 미니어처라는 열대림과 미래와의 교감을 위한 또 다른 나와의 만남이라는 두 개의 가상공간이 등장한다. 여기서 존재의 허망함을 느끼기 시작한 '나'는 자신과의 여행을 통해 자기 자신의 정체가 불확정성에 있다는 점을 발견해나가고 있다. 가상공간에 둘러싸인 새로운 인간의 조건과 실존적 양태를 제시한다.

새로운 소설 양식은 최인석에 의해서도 꾸준히 실험되고 있다. 아버지와 딸 사이의 갈등 상황을 통해 삶에 스며 들어있는 권력의 문제를 다루고 있는 최인석의 「우울한 날의 알리바이」(≪문학과 경계≫, 2001년 가을호)가 그러한데 이 작품의 주인공 영서는 유년시절, 아버지의 폭력과 위선을 목격하면서 자라난다. 그리고 현재, 그런 그녀에게 날아온 한 통의 출두명령서는 아버지에 대한 기억, 권력을 떠올리게 만든다. 작가는 이 출두명령서를 주인공에게 거듭하여 보냄으로써 그것이 가부장적 권력 자체임을 환기시킨다.

3. 전통적인 소설문법의 재확인

젊은 작가들, 특히 대다수 여성작가를 중심으로 한국소설의 새로운 문법과 주제의식이 개척되고 있다면, 다른 한편에서 여전히 전통적인 의미의 낯익은 이야기들이 생산되고 있다. 이러한 작품들은 중견작가들을 중심으로 지속적으로 씌어지고 있다.

먼저, 안정효의 「나비 채집」(≪현대문학≫, 9월호)을 거론할 수 있다. 이 작품의 주인공 홍점동 노인은 나비 수집광이다. 문제적인 것은 홍 노인이 전혀 사람들을 만나 주지 않는다는 데 있다. 농사짓는 일을 제외하고 그가 하는 일은 외지로 나비를 수집하러 다니는 일 뿐이나. 결말에 이르러서도 그가 40년 넘게 나비만 수집해 온 이유는 정확하게 드러나지 않지만 작가는 어기서 삶이란 '꿈같은' 것이고 그 속을 노니는 나비의 운명과 닮아있다는 철학적 의미를 부여하고 있다.

김원우의 중편 「무병신음기(無病呻吟記)」(≪21세기문학≫, 2001년 여름호) 또한 기성 작가의 저력을 보여준 작품이다. 멀쩡한 육신을 갖고서도 끙끙 앓는 무병신음(無病呻吟)하는 특이한 병은 "개인적인 병이라기보다도 일종의 사회적인 증후군"으로써 억압적인 '제도'에서 발생한다. 김원우 소설 속의 인물들은 거의 이런 해괴한 병을 앓는 병자들이다. 이 작품에서 작가는 이런 병적인 삶의 모습을 특유의 치밀한 사실적 묘사를 통해 제시하고 있다.

김원일의 「나는 두려워요」(≪작가세계≫, 2001년 봄호)와 서정인의 「섬진

강」(≪문학과사회≫, 2001년 봄호) 연작 또한 눈길을 끌었다. 김원일의 작품이 「나는 누구냐」(≪문학과사회≫, 2000년 가을), 「나만 나를 알지」(≪문예중앙≫, 2000년 겨울호)에 이어져 있다면, 서정인의 작품은 「진료소」(≪문학사상≫, 2000년 10월호), 「수련원」(웹진 ≪Inswords≫, 2000년 1월호)에 연결되어 있다. 김원일의 근작들은 치매 노인들의 죽음을 통해 그 기억 속에 묻혀 있는 역사를 이끌어내고 있는 경우이다. 서정인의 근작들은 파편화된 대화를 통해 분열된 의식의 파노라마를 펼쳐 보여준다. 새로운 대화의 원리를 통해 서사적 정체성의 문제를 제기하고 있는 이 작품은 기성 작가에게서는 좀처럼 볼 수 없는 실험적인 면모를 드러내고 있는 경우이다.

그 밖에 기성 작가 가운데서 가장 활발한 활동을 보인 경우로는 먼저, 「천관정(天觀亭)」(≪문학사상≫, 9월), 「주변인을 위하여」(≪동서문학≫, 여름호), 「대숲에 바람이 불면」(≪현대문학≫ 552호)의 현길언을 들 수 있다. 「보라꽃 예순 송이」(≪동서문학≫, 봄호), 「나비의 전설」(≪작가세계≫, 가을호) 등의 작품을 발표한 윤후명의 활동도 눈에 띤다. 이외에도 「그리움을 위하여」(≪현대문학≫, 554호)의 박완서와 「명필 한덕봉」(≪현대문학≫, 553호)의 최일남을 비롯하여 송기숙, 송영, 최일남, 박상륭, 홍희담 등의 작가들이 지속적인 작품 활동을 펼쳐 보였다.

권지예, 공지영과 함께 중요한 문학상을 수상한 작가로는 김훈과 이혜경을 거론할 수 있을 것이다.

동인문학상 수상작인 김훈의 『칼의 노래』는 영웅적 인물 이순신의 삶을 소설화한 작품이다. 김훈의 이 작품은 칼과 노래라는 대극의 측면에서 역사적 인물 이순신의 삶을 입체적으로 그림으로써 역사소설의 새로운 장을 열었다고 볼 수 있다.

현대문학상 이혜경의 작품집 『고갯마루』에 주어졌다.

장편소설 『길 위의 집』으로 독자들에게 잘 알려진 작가 이혜경의 「고갯마루」(≪세계의 문학≫, 여름호)는 가족사 소설의 성격을 지닌 작품으로 전통적인 소설기법과 잔잔한 주제의식을 균형적으로 결합시킨 가작이다. 「고갯마루」는 애증과 연민의 감정이 복잡하게 뒤얽힌 '가족적' 삶의 내면을 원숙한 시선으로 그려내고 있다.

4. 전문지 출간 및 2002년 신춘 소설

2001년 한해 동안 문단은 각종 쟁점과 논쟁들로 뜨거웠다. 이 가운데서 문단을 가장 뜨겁게 달군 사안은 '문학권력' 논쟁이었다. 권성우의 "≪창작과 비평≫도 진보 권위주의로 물든 문학권력"이라는 비판에 대해 창비 측이 인터넷상으로 반론을 게재함으로써 논쟁에 불을 붙였다. 권성우는 한편으로 남진우와 설전을 벌이기도 했다. 두 사람의 논쟁의 출발점은 계간 '문학동네' 여름호로 거슬러 올라간다. ≪문학동네≫ 편집위원인 남진우가 ≪문학동네≫가 문학권력으로 비판받은 데 대해 문제를 제기했고, 권씨는 ≪황해문화≫ 가을호에 반론을 게재한 바 있다. 이들의 논쟁은 문예지와 단행본을 통해 앞으로도 계속될 것으로 보인다.

소설작단의 관심을 끈 사건으로는 작가 이문열을 둘러싼 '책 반환 논쟁'을 거론할 수 있다. 언론사 세무조사를 칼럼의 형식으로 비판한 작가의 홈페이지에 "책을 반송하겠다"는 네티즌의 글이 올라왔고 이에 대해 작가가 "현행법상 최고 이율을 붙여 반환하겠다"고 대답함으로써 사이버 공방이 치열하게 전개되었다. 이문열은 이 사건을 그대로 소설화한 「술단지와 잔을 끌어당기며」라는 단편을 발표하기도 했다.

이와 같은 문단의 분위기 속에서, 소설분야는 예년과 비슷하게 기성 작가보다는 신인, 소장 작가들의 대두와 약진이 돋보인 한 해였다. 2001년도 소설계에서는 많은 신인작가들을 중심으로 다양한 모색과 실험이 이루어졌다고 볼 수 있는데 여기에는 긍정성과 부정성이 아울러 자리잡고 있는 것으로 판단된다. 전년도의 소설들이 삶을 바라보는 미시적 시각과 묘사의 핍진성에 대한 성숙을 보여주고 있다면, 소설 장르의 근본을 이루는 서사성은 그 만큼 더 약화된 측면을 드러내고 있다.

이러한 문제를 염두에 둘 때 중견 작가들이 단행본 형식으로 보여준 결과물들의 의미는 간과될 수 없다. 황석영의 『손님』, 김원일의 『슬픈 시간의 기억』, 윤후명의 『가장 멀리 있는 나』를 비롯하여 이제는 작가적 성숙과정에 도달하고 있는 윤대녕의 『미란』, 은희경의 『마이너 리그』, 신경숙의 『바이올렛』 등이 그것이다. .

천운영의 『바늘』과 윤성희의 『레고로 만든 집』은 신예 여성작가들의 개성을 유니크하게 제시하고 있는 작품집이었다. 제34회 한국일보 문학상을 수상한 오수연의 『부엌』 또한 큰 주목을 받은 신예 작가의 작품집이다.

2001년도는 우리 소설사의 커다란 봉우리인 최인훈의 『광장』이 출간 40주년을 맞은 해이다. 궁핍한 현실 속에서 작가 최인훈이 『광장』을 통해 보여준 정신을 다시 한번 돌이켜보면서, 소설문학이 통일문학을 낳는 밑거름으로 작용할 것을 기대한다.

또한 이 기간의 소설문단에 상관된 사항의 하나로서 소설 전문지인 《소설시대》의 창간을 빼놓을 수 없다. 가뜩이나 문학이 위축되어 가는 처지에 소설의 부활과 새로운 위상 정립을 위하여 김용성, 유금호 등의 뜻 있는 작가들이 중심이 되어 자발적으로 참여한 것이다. 직접 소설을 쓰면서 대학 강단에 서 있는 교수들이 한국작가교수회를 결성하여 펴내는 문예지라서 그 의미가 남다른 바 있다.

여기에 참고로 2002년 신문문예 당선 소설을 살펴보더라도 그렇게 신선한 신호는 보이지 않는다. 지난 8,90년대처럼 민주화를 위한 운동권 인물이나 여성 작가 등장의 강세 현상 등도 없다. 다만 고만고만하게 일상적 주변에서 건져낸 개인의 삶에 연유된 내적 풍경을 천착해본 시도들 뿐이다.

김계환의 「카페, 바그다드」(《경향신문》)는 발랄한 구성력과 활달한 문장의 유머감각이 돋보인다. 카페 종업원으로 아르바이트하고 있는 화자(나)를 비롯해서 교도소 동기라는 간장형님 개뼈, 닐니리 노래방의 미스 최, 월남했다는 복덕방 할아버지 등의 다양한 변두리 사람들이 살아있어 흥미를 자아낸다. 하지만 카페 여주인의 행방불명과 주방 아주머니의 병 속 쥐새끼

소탕질이 인상에 남을 뿐이었다.

권정현의 「수」(≪조선일보≫)는 대조적으로 언어로써 수를 놓듯 꼬장꼬장한 문장이 눈에 띠지만 답답하기 그지없이 정태적이다. ㅡ"당신은 수를 놓는다. 가로와 세로가 각각 두 뼘 쯤 되는 인도산 얇은 모슬린 위다." 등. 시점도 희한하게 대학 강의하다 그만두고 승복 입고 인도로 떠난 '그'를 잊지 못하는 선희(당신)의 심사 묘사 역시 단조롭고 지루하다. 소설 본연의 재미를 생각해야 할 것이다.

그런가 하면, 김지현의 「사각거울」(≪문화일보≫)은 치매 걸린 시어머니(그녀)를 단칸방에서 모시고 사는 며느리(나)를 통해서 이야기하는 내용이다. 특히 죽은 아들의 유품인 사각거울로 자꾸만 자신의 치마 속 다리 사이를 들여다보는 어린 손녀(정화) 앞에서도 아랑곳없어서 더 흥미롭다. 그녀의 은밀한 곳에는 예의 새가 새겨져 있다는 것이다. 이런 시어머니의 치마 속 들여다보기는 남편 장례 후에 생업을 위하여 다리 모델로 돈벌이를 다니는 며느리의 생업과 비교를 이루어 효과적이다.

끝으로 가백현의 「돼지」(≪한국일보≫)는 제목에서 엿보이듯 요즘 드물게 보는 농민소설 작품으로서 눈길을 끈다. 이 작품에서는 농촌의 본질적인 문제를 다루기보다는 다소 작위적인 요소가 짙게 일부 농촌 공무원의 관료주의나 농정 실패를 비판하는 수준에 그치고 있어 아쉬움을 남긴다. 주인공 병수는 불행하게 터너 증후군을 앓는 기형아를 두고 있는데 거기에다 폭설로 인해서 돼지울 앞에 있는 시금치 심은 비닐하우스까지 무너져서 어려움에 처해 있다. 하지만 바로 그 돼지울 앞마당에서 찾아와 여유있게 이야기하는 친구들을 만나는 장면 설정은 투박한 이 작품의 문장 못지 않게 어색하다고 느꼈다. 불운을 당한 그 자리에 그 지방 공무원으로서 농가 부채 담당 실무과장인 중학 동창 상현이 으스대며 다가오고 곧이어 농자금 융자 등으로 티켓 다방을 차린 석진 선배와 찾아왔다는 사건 설정이 그것이다.

요즈음 날로 각박해진 문학의 위기 여건 속에서 2001년의 소설 작단은 새로운 세기를 열 획기적인 성과나 열쇠는 발견하지 못한 실정이다. 2002년 신춘문예 당선 소설들 현황에서도 그렇다. 하지만 그런대로 우리 소설문단은 다양한 작가·작품들이 꾸준히 발표되고 있다. 여러 작품성향을 통틀어 보면, 새로운 밀레니엄을 맞이하여 서사미학의 새길을 모색하는 신진들의 실험성과 소설문법을 활용하는 중견작가들의 분발 속에서 이루어지고 있음을 알 수 있다. 그만큼 소설문학은 과거와의 단절이 아니라 항상 전통의 바탕 속에서 현재를 호흡하며 미래를 지향해가는 연속성과 신구세대의 조화 속에서 발전해가고 있음을 확인할 수 있었다.

(2002년 5월)

동서양, 옛과 요즘의 글쓰기 현상

— 외국 해양수필의 경우

1. 문제 제기

사실 지구 면적의 3분의 2를 차지하는 바다는 인류와 긴밀한 생활터전으로서 우리 문학의 주요 대상이 되어왔다. 동서고금을 통하여 바다나 강에 연결된 시가를 비롯하여 소설, 희곡 등의 작품이 셀 수 없도록 많다. 더구나 삼면이 바다로 둘러싸인 우리 나라의 경우 바다와 강은 더욱 긴요한 문학대상이 아닐 수 없다.

따라서 여기에서는 외국 문학에 나타난 해양수필의 성향과 특성들을 살펴보고 끝으로 앞으로 남은 문학적 과제를 논하기로 한다.

하지만, 해양수필이라는 명칭도 생경할 뿐 아니라 외국문학 작품이 워낙 폭이 넓은 데다가 자료섭렵의 한계 등으로 접근의 어려움이 적지 않다. 생각하면 동서고금에 걸친 서양의 해양수필이 수없이 많겠는데 실제 각국의 여러 언어로 이루어진 작품들을 두루 읽어내기란 쉽지 않은 일이다. 그래서 이글에서는 지금까지 필자가 구해 읽은 20편 안팎의 수필작품을 중심으로 대강의 성향을 추출, 정리해보려 한다. 아직 서양 수필문학에 대한 체계화가 이루어지지 않았지만 그런 대로 행해지는 이 작업은 한국의 해양수필 현황과 과제를 파악하는 데는 좋은 타산지석이 될 것이다.

그런데, 우선 점검해 둘 사항은 해양수필이란 명칭과 그 범주이다. 해양수 필은 물론 장르상의 성격이 상이한 대로 소설문학을 제재상으로 구분하는 농촌소설, 도시소설 등과 더불어 항공소설이나 해양소설을 참고할 수 있다. 이를 테면 해양수필이란 바다는 물론이요, 강이나 호수에 연결된 강변이나 섬들을 대상삼은 글이라 설정할 수 있다. 이들 바다나 항구, 섬들은 공간적인 실체 내지 확 트인 정경과 이미지를 포함한 글의 막연한 소재이면서 동시에 구체적인 제재로서 때로는 작품의 무대가 되기도 한다.

해양수필의 성향을 엄밀히 구분해서 파악하기란 쉽지 않다. 각기의 작품 이 두어 개의 성향을 겸하고 있거나 시대별, 국가별, 주제별 특성들에서 상이할 수 있기 때문이다. 그럼에도 이들 몇 작품에 드러난 특성을 살펴보면 다음과 같다. 되도록 작품이 발표된 연대 순서로 보기를 들어서 설명해 나가 기로 한다.

2. 강 뱃놀이로 시 읊은 사색의 공간

여기서 대상삼은 중국의 고전수필을 보면 육지와 멀지않은 강가에서 한 껏 주관적인 시를 읊고 노닐면서 인간처세를 이야기하면서 경치를 즐긴다.

1) 굴원의 「漁父辭」 (기원전 3세기)

청렴한 선비가 무고에 걸려 조정에서 시골로 추방 당했을 때 그 억울한 심정과 굳은 마음을 어부와 문답형식으로 쓰고 있다. — "창파에 물이 맑으 면 내 갓끈을 씻으리라. 창랑의 물이 흐리면 내 갓을 씻으리라."

2) 소동파의 「赤壁賦」 (11세기말)

가을 달밤에 명승지인 적벽에서 뱃놀이하며 시를 읊고 인생을 논하며 경치를 묘파하고 있다. — "長江 일대에는 백로가 비껴있고 물빛은 하늘에

닿은 채 아득하고 넓었다. 그러한 가운데 한 척의 작은 배가 가는대로 맡겨, 넓은 수면의 아득한 데를 견디어 가노라니……허공을 타고 바람을 탄 것만 같아……"

3. 먼 바다로 항해한 개척의 공간

그런가 하면 서양인들은 큰 배를 타고 먼 대륙을 향해 무역차 항해를 하며 새로운 섬 등을 찾아나서는 개척의 공간으로 활용하고 있다.

1) 마르코 폴로의 『東方見聞錄』(13~14세기초)

이 책은 베네치아 상인 부자가 콘스탄티노플에서 흑해로 배를 타고 떠나 중국과 인도 대륙을 거쳐 26년만에 남해 뱃길의 귀국길을 타고 돌아오는 모험적 탐험길의 세계기행수필이다. — "로칵을 떠나 남쪽으로 5백 마일 항해하면 팬탄섬(싱가포르와 마주 보는 빈탄섬)에 도착한다. 이 섬 전체를 잇고 있는 밀림은 모두 값비싼 향나무 종류이다. 이 섬에서 그다지 멀지 않은 곳에 다른 누 섬이 있다."

2) 히멜의 『하멜漂流記』(1688)

네덜란드를 출발한 배(스페로우 호오크호)가 대만을 거쳐 일본 나가사끼로 향하던 중 폭풍우로 제주도 모슬포쪽에 표착한 생존자들이 겪었던 항해일지 겸 기행문이다. 특히 여수지방 바다에서 수군생활을 하다가 배를 구하여 하멜 일행이 일본으로 도망쳐서 찾아가는 과정의 묘사가 실감있다. 13년간의 조선 생활 중에서 보고 느낀 바를 적어서 서양 최초로 한국을 알린 책으로서 이본들이 많은 것이다.

4. 바다 낚시 즐기는 레크리에이션의 공간

그런가 하면 바다에서 낚시질을 즐긴 이야기를 다룬 기행문 수필들이 생각보다 많다. 전문적인 낚시전문서를 낸 사람이 있는가 하면 헤밍웨이의 경우는 기자 시절에 스위스와 쿠바 등에서 송어 낚시 등을 즐긴 체험을 신문, 잡지에 연재한 바 있다.

1) 아이쟈크 월튼 수필집 『완전한 낚시꾼』 (1653)

영국의 다브강에서 낚시 즐기는 방법과 그 체험을 시까지 곁들여서 낚시꾼, 사냥꾼, 매장이를 등장시킨 이야기식으로 전개하고 있다. 단순한 낚시안내서인 L. L. 빈의 『프라이 낚시 入門』과는 다른 수필집이다.

2) 헤밍웨이의 「로운 운하에서의 낚시질」 (1922)

스위스 제네바호로부터 로운계곡에서 미풍을 안고 송어낚시질하는 재미를 쓰고 있다. 작가가 근무하던 토론토스타신문에 연재한 글로서 낚시를 즐기는 취미생활이 사실적이다.

3) 헤밍웨이의 「모로섬 근처의 마알린」 (1933)

역시 헤밍웨이가 기자 시절에 쓴 자신의 취미생활과 잘 어울린다. — "내가 쿠바의 산 프란시스코 선창을 떠날 무렵 타아폰 청어가 미끄러지듯 뒹굴고 있다. 항구를 벗어나면 닻을 내린 어선들의 선을 따라 떠있는 산 물고기를 실은 자동차들 근처에서 훨씬 많은 수의 타이폰이 뒹굴고 있는 모습이 눈에 띈다. 항구 입구의 모로도 근해에는 길이 20길에 이르는 해저에 품질좋은 산호들이 있고 많은 조그만 배들이 해저의 고기들을 잡기도 하고……"

4) 헤밍웨이의 「푸른 물결을 타고」 (1936)

<멕시코 만류 통신>이라는 부제로 에스콰이어 잡지에 실은 글로서 친구와 낚시질을 하면서 "물론 자네는 그 큰 바다낚시질도 좋아하겠지."하는 대화도 나누고 있다. 위의 글과 더불어 그가 쓴 소설 『노인과 바다』를 연상시키는 수필이다.

5. 일상으로부터 탈출하는 해방의 공간

또한 바다는 답답한 사회적 삶에서 벗어나는 해방공간으로 묘파되기도 한다. 미국의 수필가 겸 작가인 어빙과 레바논 태생의 산문시인이면서 그림을 그리는 칼릴 지브란의 글이 그것이다. 그리고 이런 일상으로부터의 탈출 욕망은 결코 현실로부터의 무책임한 도피가 아니라 지친 심신을 가누고 회복시켜 일상으로 되돌아오기 위한 선택이기도 하다. 미국의 여성수필가로서 명성을 날리다가 자식을 잃고 소송일까지 겪으며 쇠진한 자신을 되찾기 위해 섬으로 여행을 떠났다가 돌아온 사정을 수필집으로 낸 『바다의 선물』이 이의 좋은 보기에 해당된다.

1) 어빙의 「항해」 (19세기 중엽)

미국인으로서 기선을 타고 유럽여행을 하면서 난파선을 눈으로 보고 선장의 체험담을 듣는 내용의 수필이다.

— "유럽을 여행하려는 미국인에게는 그가 앞으로 해야하는 긴 항해는 하나의 훌륭한 준비과정이다. 잠시나마 속세의 광경과 일상의 업무를 떠나기 때문에 이상하게도 마음이 차분해져 새롭고 선명한 인상을 받아들이기에 특별히 알맞은 상태가 된다."는 구절은 인상적이다.

2) 칼릴 지브란의 「더 큰 바다」 (1920년대)

— "이제 나의 영혼과 나는 우리들의 육신에 달라붙은 세상의 진흙과
오욕을 씻어버리기 위해서 큰 바다로 간다." 등에서처럼, 짤막한 수필이지만
선명하고 단아한 맛이 있다.

3) 린드버그의 『바다의 선물』 (1955)

여성스럽게 섬세한 필치로써 그녀 자신이 며칠 휴가를 지내던 섬에서
발견한 소라고둥, 달고둥, 해돋이조개 등의 생태로부터 얻은 교훈을 적었다.
바쁜 일상의 수레바퀴 속에서 틈을 내서 섬을 찾고 내면의 자아를 추스리는
내용이 공감을 준다. — "인생의 진실한 깨달음을 유지하기 위한 가능한
한의 생활의 단순화, 육체적 · 지적 · 정신적 생활의 균형, 압박감 없이 하는
일, 심오한 의미와 아름다움이 깃들인 공간, 고독과 공유의 시간, 정신적인
생활, 창조적인 생활, 인간유대 생활의 단속성에 대한 이해와 신념을 굳히기
위한 자연에의 접근을 섬에서 구한 몇개의 조개껍데기들에서 얻을 수 있다."

6. 환상적인 아름다움의 공간

해양문학의 주된 무대인 바다와 섬은 여러 수필에서 그림처럼 아름다운
공간으로 그려지고 있다. 어쩌면 그것은 환상적으로 회상되곤 하는 원초적
인 마음의 고향일지도 모른다.

1) 발레리의 「바다」, 「항해」, 「바다 위의 웃음」 (?)

본디 그 자신 남프랑스의 세이트 항구에서 태어난 포올 발레리(1871~
1945)는 누구보다도 수려한 지중해의 영향을 받고 자란 상징 시인답게 바다
에 관한 글을 많이 썼다고 알려져 있다.

— "잔잔한 바다 — 숱하게 우툴두툴한 부분들이 군데군데에서의 활기를 거죽의 근질거림과 북적거림으로 보여주는 잿빛 바다."

2) 발레리의 「地中海의 영감들」

시인인 자신이 태어난 프랑스의 한적한 항구에 대한 회상이 낭만적이다. — "한 물굽이 안쪽에 자리잡은 바위 더미가 해안선에서 떨어진 한 언덕 기슭에 자리잡은, 별로 대단치도 않은 항구에서 나는 태어났습니다. 그 바위는 만일에 두 모래톱이 — 로느강 하구서부터 알프스 산맥의 쪼개진 바위를 서쪽으로 밀어내는 바다 조류에 노상 휩쓸려 불어난 모래로 된 모래톱이 — 랑그도크 해안에 붙여주거나 묶어주지 않는다면 하나의 섬이 될 것입니다. 언덕은 그러니 바다와, 미디 운하가 거기서 시작되는 — 아니 끝나는 — 아주 널따란 못 사이에 솟아 있습니다. 언덕에서 굽어보는 항구는 그 못을 바다와 통하게 해주는 도크들과 운하들로 이루어져 있습니다."

3) 장 그르니에의 『섬』(1933)

프랑스의 사상가이며 작가인 그르니에의 수필집으로서 제자인 작가 까뮈의 서문까지 실려있는 수필집이다. 모두 15항목 가운데 4항목이 수백개의 섬들로 이루어진 케르겐턴 군도와 상상의 낙원이라는 보로메 군도를 묘파하고 있다. — "먼 바다의 시원한 공기며 사방의 수평선으로 자유스럽게 터진 바다를 섬말고 어디서 만날 수 있으며, 육체적 황홀을 경험하고 살 수 있는 것이 섬 말고 어디에 있겠는가?"

7. 원시적인 자연의 공간

끝으로 남은 하나는, 요즘 인기작가로 널리 알려진 이웃 일본의 작가가 쓴 기행수필로서 환경보호 의식을 띤 글을 들 수 있다. 바로 일본의 야마구찌현 육지에서 좀 떨어진 채로 있는 개인 소유의 무인도에 여행한 1박 2일의 기록으로서 인상적이다.

1) 무라카미 하루끼(村上春樹)의 「無人島 까마귀섬의 비밀」(1990)

작가 자신이 사진을 다루는 친구와 둘이서 호기심으로 6천평 정도의 무인도에 들어가 며칠 지내려 했지만 낭패를 본 이야기이다. 첫날부터 넘어져서 친구가 상처를 입고 카메라까지 망가뜨린데다가 수많은 벌레들의 침입으로 두 사람 모두 고통의 밤을 꼬박 세운 데서 새삼 자연의 존귀함과 함께 새어나오는 웃음을 터뜨리고 있어 흥미롭다.

— "배가 섬을 떠나자 그 섬은 다시 원래의 무인도로 되돌아갔다. 그곳은 짚신벌레, 해변의 녀석들, 숲 속에 사는 놈들, 백로와 까마귀들의 섬으로 되돌아갔다. 이 섬을 법적으로 소유하고 있는 사람은 무라카미씨이지만 까마귀섬에 거주하는 각종 생물들에게는 그런 법률적인 문제는 완벽하게 배제된다. '될대로 되라지'라는 식이다. 그들이 알게 뭔가. 섬은 어디까지나 그들의 것이다. 법률은 법률이고, 무인도는 무인도다. 보트는 보트이고, 섹스는 섹스다."

8. 남은 과제

위에서 우리는 미흡한 대로 외국 문학작품에 드러난 해양수필의 대강을 살펴보았다. 일반적으로 강과 바다에 치우치는 등의 성향에서 동서양의 바다를 대상으로 한 에세이들은 대체로 상이하고 시대적으로도 작가 성향 면에서 적잖은 변모양상을 드러냄을 엿볼 수 있었다. 그리고 전체적인 제재의 분포면에서는 강변 2, 호수 1, 섬 4, 바다 7의 작품 수효로 파악되어 상대적으로 바다와 섬이 많이 활용되고 있음을 본다.

이들에 비해서 과연 오늘날 우리 수필계에서는 실제로 어떤 글쓰기 형태로 행하고 있는 것일까 서로 견주어 봄직하다. 그래서 삼면이 바다인 한반도 국민과 수필인들은 과연 새로운 세기에 어떤 방향을 모색하며 전향적으로 글쓰기에 임해야 할 것인가를 진지하게 생각해보아야 할 것이다. 어쩌면 비평과 담론의 시대였던 20세기를 넘고 이제 곧 열린 세계를 맞이할 새세기는 만인에 친숙한 일상적 삶의 수필문학이 요즘처럼 위기스런 문화사회의 마음 텃밭에 소담하고 다채로운 작품의 꽃들로 가득 채울 수 있을 것이다.

(1999년 8월)

제 V 장

문화의 세기, 지역문학의 길

문화의 세기와 우리문학

— 새로운 패러다임과 대응전략

1. 새로운 세기의 길목에서

한 세기를 마무리하고 새로운 21세기를 향하는 전환점에서 우리는 바람직한 꿈과 바른 예측으로 앞날을 설계해야 한다. 10년이면 강산도 변한다는데 여기에 100곱절을 더한 새천년을 맞이하는 의미는 의례적인 통과제의(通過祭儀) 이상으로 각별한 바 있다.

따라서, 여기에서는 문화와 의식이 판이하게 바뀔 새 세기에 우리 사회는 과연 어떻게 변모할 것인가를 살펴보기로 한다. 그리고 우리 인류의 긴요한 과제는 무엇이며 이에 따른 우리 문화인의 위상(位相)은 어디에 처해 있는가를 추스려 볼만하다. 특히 이런 세기 전환적(世紀 轉換的) 패러다임과 더불어 우리 문학이 지니고 지향할 자세와 방향은 어떤 것인가를 논의해 볼 일이다.

더욱이 근래 문화예술은 실로 급격한 정보화 추세의 사회 속에서 자꾸만 외면 당하는 현실이라서 이런 문제를 다룸은 시의에 걸맞는 논의거리이기도 하다. 흔히 오늘날 우리 주위에는 동서양 가릴 것 없이 바람직하지 못한 세기말 현상으로써 활자매체를 통한 문학작품 읽기를 화면하고 있는 추세이다. 이를 감안할 때 요즘 논의되는 '문학의 위기'나 작가들이 우려하는 '소설의 죽음' 또는 '문학의 죽음에 대한 우려' 현상은 결코 서양에만 해당되는 걱정거리가 아니다. 과연 책상에서 동서명작을 탐독하거나 명시 낭송 등에 진지하게 열중하는 우리 주위의 청소년은 몇 명쯤이나 될까 의아스럽다. 중·고생들은 학교 숙제 외로는 차라리 마이클 잭슨 아니면 국내 인기 그룹의 열광적인 특설무대에 다가가거나 주말의 프로야구장 아니면 동네의 PC 게임방에서 전자오락을 즐기는 일이 더 많을 정도인 것이다.

2. 유토피아 속의 디스토피아 상황

다가오는 새 세기는 우리에게 긍정적인 면과 부정적인 면을 함께 지닌 야누스의 모습으로 천년(千年)의 긴 터널 속에 자리하고 있다. 고도의 과학 발달로 인하여 그야말로 물질적으로는 편리하고 꿈같은 생활여건을 조성할 수 있다. 하지만 그 지나친 과학만능적 개발로 말미암아 오히려 자연을 훼손하고 본연한 인성(人性)을 상실하며 자신을 망치게 되는 자가당착의 비극적 상황에 처할 위험성도 내포하고 있는 것이다.

어쩌면 이는 인류의 운명에까지 상관되는 거창한 과제이기도 하다. 일찍이 동양의 현인(賢人)들이 주장했던 내면적인 도덕성과 외향의 이용후생적(利用厚生的)인 물질의 양자(兩者)가 조화를 이루지 못한 모습인 셈이다. 이는 서양의 경우, 비약적인 물질문명에 더딘 정신문명의 불균형이 현대의 위기임을 갈파했던 토인비나 핵전쟁으로 인한 인류의 종말을 우려한 럿셀의 우려와도 무관하지 않은 현대문명의 기본문제이다.

사실 21세기 초엽에는 적어도 첨단적인 기술개발에 힘입어서 인류가 그려왔던 유토피아 사회 건설 노력이 펼쳐질 것이다. 평균 수명 연장으로 인한 인구 분산을 위해 바다 위에다 규모있는 공항을 갖춘 인공도시를 만들고 더러는 소설에서처럼 수중(水中)아파트를 지어 용궁같은 낙원의 삶을 구가할 것이다. 남녀들은 결혼하지 않고 이상적인 체형(體型)의 아이를 투명한 정자은행 등에서 고른 다음 배양해서 노리개처럼 키우며 자유롭게 성생활을 즐기게 된다. 손가락이나 눈빛으로 작동한 컴퓨터 장치로써 강렬한 장면의 비디오와 오디오를 즐기는 그들에게 대학 따위의 공부는 번거러운 사치이기 십상이다. 그전 작품이나 정치사, 회사법, 민족주의 따윈 무슨 구시대의 유물 바가지들인가 싶게 여겨지게 마련이다.

2030년 쯤이면 지구 생활에 무료해진 그들은 쾌속의 우주선을 타고 달나라에 여행하며 화성 탐사에도 관심을 기울이게 될 것을 상상해보는 것도 어렵지 않다. 공해로 오염된 지구촌을 벗어나서 새로운 이상(理想)을 담은 제7대륙 마스터 플랜에 의해 개발, 건설한 모방낙원이다. 두터운 유리벽으로 둘러싼 사방에는 봄·여름·가을·겨울 지역별 나라와 동산, 해수욕장, 단풍 뜰, 스키장을 모방해 만들고 눈요기를 꾀할 수 있다. 이렇게 땅속에다 돔으로 형성한 우주 호텔의 전망대에서 녹색별인 지구를 비롯한 천체관광만은 일품일 것이다.

그러나 위와 같이 공상스런 유토피아 성향과는 반대로 오히려 21세기가 반(反)유토피아적인 상황에 빠질 우려도 적지않다. 그것은 우선 첨단과학 만능적인 작태(作態)와 일부 후진국가들의 뒤늦은 산업개발 내지 환경파괴적인 자연의 훼손으로 인해서 지구가 황폐해질 위험성이다. 지구의 온난화에 의한 라니뇨와 엘리뇨 현상에 따른 자연 재해는 인류의 기본적인 삶과 의식에 직결되는 사안이다. 또한 날로 더해가는 인구증가와 물기근 내지 식량부족, 문명충돌의 위험성을 내포한 종교분쟁과 국경분쟁에 직결된 핵(核)확산의 우려 등도 상존하고 있기 때문이다.

더 중요한 일은 이와 같은 미래 사회의 디스토피아스런 외면적 요인들만이 아니라 다가올 세대들의 중심없는 의식들이란 점이다. 말하자면 거의가 20세기적인 가족의식이나 국가관 내지 민족의식은 물론이요 재래적인 의미의 종교관과도 상이하게 마련일 그들 사고방식이 문제시된다. 전세대의 가정과 국가·민족 및 사회적인 공동체 의식보다는 철저하게 개인주의적인 의식은 세대차만의 일이 아니다. 더구나 청소년일 경우, 비디오, TV, 전자오락 등을 통한 광란성과 도덕불감증, 폭력성 등은 세계적인 문제거리가 아닐 수 없다.

3. 문화적인 도전 양상

앞에서 살펴본 대로 가치관과 사회여건이 판이하게 바뀌어져갈 21세기는 그만큼 문화예술적인 여건도 변화되게 마련이다. 근래 미래학자 앨빈 토플러도 '제3의 물결'에서 지적했듯 표준화, 집중화, 전문화의 산업사회 단계를 지나 전자정보화의 혁신 사회로 심화된 21세기는 이전과 달리 탈대중화한 나머지 보다 개인적이고 밀실화된 다양성을 띤 문화환경이다. 그리고 앞으로는 도서관 서가의 활자를 통한 서적보다는 개인의 서재에서 CD롬이나 컴퓨터의 원활한 인터넷 전자언어를 통한 독서가 정보전달의 주종을 이루게 된다.

그런만큼 간접적인 표현수단인 언어와 문자를 통한 문학이 상대적으로 미술, 음악, 연극, 무용 등에 수용자측의 호응을 덜 받게 된다. 더욱이 문학은 역동적인 현장감을 지닌 스포츠, 쇼 등에 비해서 흥행면에서 취약하고 비디오와 영화같은 영상예술에도 상대적인 제한성은 어쩔 수 없다. 뿐만 아니라 앞으로는 대학진학을 위한 교과과정의 필수요목으로 의무화해왔던 문학작품 익히기 장치마저 통하지 않게 되었으므로 문학의 존패 위기감은 21세기 사회에 더 가중되고 있는 것이다.

21세기는 대체로 20세기와 달리 반(反)이데올로기와 반(反)전체주의적이면서 반(反)민족주의 지향의 코스모폴리타니즘 성향으로 흘러가게 될 것임을 유추할 수 있다. 오래 전에 전체주의의 가공할 폐단을 예견했던 G. 오웰의『1984년』에서의 통제체제나 헉슬리의『멋진 신세계』는 상상적인 미래소설 그대로 남아있을 뿐이다. 이들 작품은 이미 반세기(半世紀) 훨씬 전의 당시 사회상을 고발 또는 경고하는 데 더 주안점을 두고 있다고 할까. 더구나 남북통일이라는 역사적 과업을 눈앞에 둔 우리로서는 새로운 세기의 문화여건을 그렇게 논리정연하게 예견하기란 결코 손쉬운 편이 아니다.

4. 문화적인 대응전략

그렇다면 과연 다가오는 새 世紀에 우리 문학인이 대처할 바는 무엇이며 어떤 방향을 모색해 나갈 것인가를 생각해볼 차례이다. 국민의 정부에서도 공약 대로 전에 없이 2000년의 총예산 중 1%를 문화의 세기 첫해 예산으로 세워놓고 있는 그 정책보다 중요한 기본인 것이다. 더욱이 이런 문제는 가뜩이나 첨단기술과 과학만능적인 우주시대에서 다른 예술분야에 상대적인 취약성들로 위기에 처해 있는 문학이 전통적인 문학의 맏형으로 살아남기에 직결되는 문제점이기도 하다.

그러므로 우리는 우선 21세기의 당면여건 속에서 문학예술의 향방이나 문학이 담당할 몫도 새롭게 설정해 두어야 한다. 더욱이 우리 문학예술 본래의 위상(位相)을 올바로 세우면서 새 세기에 대처하거나 응전할 방법을 능동적으로 모색, 접근해 가야 하는 것이다.

그래서 소설문학의 경우, 역시 재래의 줄거리 중심과는 달리 언어적인 묘사와 더불어 활자를 통한 상상력 위주의 접근방식을 활성화시킬 수 있을 만큼 새롭게 대응하는 전략을 필요로 한다. 가령, 소설작품 중에도 필요한 장면은 내용에 알맞은 관계사진이나 지도 및 배경을 담은 그림을 곁들여서 직관적인 볼거리 효과를 겸해 봄직하다. 이런 면은 연극의 각본인 희곡작품의 활자 사이에다 구체적인 무대배경을 그림으로 드러내 보이면서 독자들의 시각적인 만족도 충족시키는 효과를 노릴 수 있을 것이다. 이런 언어예술인 문학에서의 그림곁들이기를 통한 독자끌기 효과 높이기 노력은 다른 문학장르에도 실용화될 성과를 거둘 수 있게 된다. 시(詩)와 시조(時調)라 할지라도 내용의 이미지에 직결되는 사물이나 세계 대상을 영상 아니면 그림으로 시집 활자 가운데 곁들여 넣는다면 친근감까지 자아내서 금상첨화스런 실효를 거두게 되리라 생각한다.

또한 새로운 세기의 첨단사회에서 생활할 문인들의 선비적 자세를 지켜

야 할 것이다. 첨단정보 수단과 가공할 유전자(遺傳子) 조작으로 인한 복제
생물(複製生物)의 폐해 및 우주개발의 황당한 무리수 등은 오히려 문학과
인간의 소외를 불러일으키는 비극에 이를지 모르기 때문이다. 따라서 문학
예술은 본연한 반(反)과학주의 운동을 펴고 인간(人間)수호와 인간회복(人
間回復)을 기하는 휴머니즘의 사명을 다하는 데 앞장서야할 책무를 겸해야
할 것이다.

위에서와 같은 고도한 정보와 혁신적인 과학기술의 발전으로 인한 21세
기의 사회에 문학예술은 흔히 요즘 논의되고 있는 TV나 비디오, 스포츠
등에 밀린 나머지 문학예술의 위기를 이겨내기 위해서 그만큼 실험적이고
파격적으로 변모, 다양화될 것을 예측할 수 있다. 우선 문학의 장르 경계가
무너지고 각 예술의 종합적 연결과 빅딜이 이루어질 것이다. 탈전통(脫傳統)
과 탈(脫)장르, 안티 예술적인 해체문예, 문자언어보다는 사이버문학으로
옮겨가기 등이 실험적으로 대두될 것이다. 하지만 결국은 여러 찬반논쟁을
벌이다가 변증법적으로 고전적(古典的)인 20세기 문학 전통에 되돌아오게
마련으로 생각된다. 여기에서 우리 문학인은 모름지기 문학이 모든 예술의
장자(長者)로서 맏이답게 올바른 문학의 본령을 지키는 주체가 되어야 마땅
함은 물론이다.

또한 우리 문학은 유토피아를 저해하는 대상을 지탄하고 그런 무서운
현상을 그려내서 예방해야 한다. 그런 접근을 위해서 우리 문학은 지금까지
의 흥미 본위나 환상적인 공상과학(SF)소설 차원을 넘어선 문명비평적 미래
소설도 써내봄이 바람직하다. 비정한 인류사회의 앞날과 황폐한 자연을 경
고해서 지구와 우리 자신을 지키기 위한 고발, 풍자전략이 필요하기 때문이
다. 그리고 손쉽고 대중화된 일련의 공연예술과 영상매체들에 대응할 활자
매체와 언어예술의 개선전략을 펴야한다. 그러기 위해서는 재래의 제한적이
고 완고한 문학 장르의 틀을 과감하게 혁파하여 장르 뛰어넘기적인 공략법
을 활용해야 할 것이다. 시·소설·희곡·평론·드라마·아동문학적인 요
소와 영화·음악·스포츠·정치·경제 등을 함께 버물어 담을 수 있을 정

도의 새 문학의 틀을 만들어 문학예술의 취약성을 극복해야 하는 것이다. 그리하여 결국은 반(反)과학주의적이고 원초적인 휴머니즘의 동산에 회귀하게 하는 문학예술로써 새 세기(世紀)의 위기를 극복해내야 할 것 같다.

끝으로 21세기의 정보화와 첨단과학적인 발전에 발맞춘 사회변혁을 감안할 때 우리 문학예술 전공자들의 접근자세가 거듭나야 마땅하다. 그것은 우선 문학예술 분야 종사자들도 자기 전공 밖의 인문사회과학(人文社會科學) 내지 자연과학(自然科學) 분야 등에 대한 해박한 지식과 교양 이상의 진지한 탐구노력이 따라야 한다. 이를테면 국어국문학과생이나 영문학 전공자들도 어문(語文)관계 밖의 거시(巨視)경제학, 정신분석학, 미학(美學), 국제관계학 등의 학점을 이수하고 정치(政治), 철학, 심리학 등에 걸쳐 폭넓은 학제적(學際的) 소양을 쌓아야 하는 것이다. 과거처럼 다른 전공에서 전과(轉科)온 대학원생을 따돌리고 백안시(白眼視)하던 선입견들을 버려야 한다. 그래야 구체적인 전공분야의 작가론(作家論)이나 작품평(作品評)을 할 경우에 보다 입체적이고 다양하게 객관적인 접근자세로 접근함으로써 그 대상을 올바로 파악될 수 있기 때문이다. 그리고 문학예술의 학제적(學際的) 접근(接近)을 통해서 예술(藝術)도 자연과학이나 사회과학분야에 대응(對應)해서 본연한 존재가치를 차지할 수 있게 된다.

아무쪼록 새로 맞이할 21세기에는 언어예술을 대표하는 우리 문학이 모든 예술 장르에 앞서서 2천년대의 과학만능적으로 도전해올 우주적 공간의 사이버 사회에서 상실해가는 인간수호의 파수병으로서 거듭나는 응전을 솔선해야 할 것이다. 이를 위하여 우리는 보다 더 미래를 내다보고 거듭나는 자세로 예비해서 대응하는 용기와 슬기를 지녀야 할 것 같다. 그것은 새 세기의 유토피아와 디스토피아적인 야누스의 얼굴을 한 갈림길에서 우리 문학예술이 본연한 제자리를 찾고 맡은 몫 이상의 바람직한 역할을 해내야 마땅하기 때문이다.

(1999년 12월)

새 천년, 문화예술의 접근과제
— 통일 문학의 작업부터

한 세기를 마감하고 새로운 천년을 맞이한 시점에서 여러분과 더불어 우리 문학과 예술의 좌표를 점검하고 바람직한 향방을 모색해보는 일은 긴요한 과제이기도 하다. 사실 필자는 문학도의 한 사람으로서 그 동안 30년 가까이 대학 강단과 중앙문단 일선에서 겪으며 느껴온 바는 물론이요 앞으로 제기될 문제들을 진솔하게 논의, 제시해보려 한다. 이는 어쩌면 마침 이순(耳順)의 나이테를 넘긴 일선 종사자로서 자성(自省)을 겸한 우리 학계와 지방 예술계를 포함한 문단에의 건의사항이기도 하다.

1. 통일시대의 민족예술 지향
— 이념의 벽과 반쪽의 틀에서 벗어나기

2천년대 상반기에는 우선 한반도에 분단시대의 전세기적인 이데올로기의 벽을 넘어서고 통일민족예술을 지향해야 마땅하다. 이미 1960년대에 이데올로기의 종말을 고했던 레이몽 알롱의 주창을 외면해온 한반도도 점차적으로 정치·경제적인 세계의 조류에 침식되지 않을 수 없음은 물론이다.

그리고 남북한은 20세기말 무렵의 빈번했던 이면의 경제교류와 간헐적인 스포츠나 예술의 상호방문식 교류는 결국 정치, 군사적인 긴장을 완화하고 상호 왕래하는 개방과 협력의 방향으로 개선될 전망이다. 여기에는 국방력 완비와 국민의 안보의식을 튼튼히 하는 조건을 전제로 함은 물론이다.

이들 정치, 경제와 외교면의 관계개선에 앞서 스포츠 교류 및 남북의 대중 매체 상호개방 성향에 따라 문학을 비롯한 음악·미술·조각·건축 및 각종 공연예술은 더욱 통일의 물꼬를 트는 데 선도적 역할을 맡기에 적합하다. 문학을 위시한 모든 예술은 무엇보다 민족적 공감대를 같이 하고 경제, 사회적으로 수시 교류협력이 용이한 조건을 지니고 있는 것이다. 이런 면에서 통일정책의 효율화에 대비한 문화예술면의 활용과 조직화도 검토해 볼 일이다. 과연 관계당국은 다음 세기의 긴급과제로 다가오는 이 문제에 착안이라도 하고 있는 것일까? 이런 점들을 고려할 때, 새 세기초(世紀初)부터 우리는 일본 등과 함께 특히 북한에 자신을 갖고 전향적(前向的)으로 문화예술면의 과감한 개방전략을 펼 만하다고 생각한다. 우리 사회의 민도(民度)는 사실 북한의 정략적인 이념화 작품들에 식상하고 비판적이라서 오히려 승공적(勝共的)인 효과를 거두기에 충분하기 때문이다. 이런 문제는 쏘연방의 해체 이후 한국을 비롯한 자유진영에 비해볼 때 사회주의권 사회 전체가 우리와 현격한 경제실상(經濟實相)들에서 너무나 뚜렷하게 증명되고 남는 사실이다. 따라서, 이제는 북한의 문예지 정도 등을 공공도서관에 비치, 열람시키고 정책대학원 등에서는 북한의 영화도 비판적으로 자유로이 감상할 여건을 마련할만하다고 본다.

여기에 덧붙여 일차적으로 민족적인 통일문학사 정립문제를 제기하고 싶다. 이는 바로 필자 자신이 4반세기가 넘는 동안 강의해 오는 한국 현대문학사 경우에서 매년 절실하게 느끼는 고민거리인 것이다. 그야말로 국어국문학과의 전공 개설과목인 현대문학사 분야는 우리 문학의 살아있는 역사인데도 광복 이후 반세기가 넘는 분단시대의 북한문학 부분은 공백인 채 반쪽만의 절름발이 역사를 가르쳐야 하는 고충은 문학도의 비극이 아닐 수 없다.

오래도록 터부시 되어온 이 부분만은 자료도 제한적인 데다가 연구서가 거의 없어 앞으로 남북한 모두 함께 이 분야의 분단 극복 구현으로서의 민족문학사 정립노력이 요구된다. 이런 애로점은 음악·미술·조각·건축·무용 등의 다른 예술분야도 마찬가지일 것이다. 필자는 여러 해 전부터 그 전초작업으로써 1200여 쪽의『북한문학사전』(1995)을 펴낸 데 이어 통일문학사 기술작업을 꾀하고 있는데 재래의 선입견에 의한 경계의 눈초리가 관심거리이다.

　이런 통일문학사 정립과 실현에 직결된 문제로서 2000년대 초부터는 적어도 대학의 국어국문학과에다 '북한문학 이해'나 '통일민족문학사' 강좌 정도는 개설해야 한다고 생각한다. 비록 이념과 체제는 일시적으로 다르다 하더라도 같은 언어와 문자로써 민족의 심성생활(心性生活)을 기록한 북한 문학을 배제할 수 있단 말인가. 우리는 적어도 그 작품들이 남한의 그것과 상이한 그대로 비교하고 그 장단점과 의미를 객관적으로 체계화시킬 권리와 의무를 지니고 있는 것이다. 북한의 문학예술을 알고 비판할 수 있어야 새 세기에 이룩될 남북통일 후에 우리가 북한에 가서도 남한의 자유문학을 제대로 가르치게 되는 건 당연한 귀결이다.

2. 한국적인 정통의 문학비평 모색, 활용
— 탈식민주의 담론의 구현과 정체성 찾기

　또한 2천년대에 들어서는 예의 엘빈 토플러가 설파한 정보화 사회경향과 더불어 세계화 추세 속에서 각종의 서양 따르기식 예술담론이 횡행하는 가운데 이에 대한 반성 기운도 드셀 것으로 예견된다. 근대 이후 구미(歐美) 중심의 예술이론에 입각한 신생국과 개발도상국 및 후진국들은 거의가 그들 서양의 기존 이론과 서구 위주의 기법을 추종, 모방하고 일련의 예술운동마저 하나의 계절풍처럼 풍미해왔다. 필자 자신의 경우만 하더라도 지금 당장 서양 이론가들을 열거하고 후기구조주의, 탈식민주의라는 명칭과 개념사용마저 서양치중 성향을 띠고 있는 것이다. 하지만 우리 나라를 위시한 중국, 일본과 중·남미 중진국들 경우, 역시 구미이론 편중에 대해서는 그만큼 각성과 반발도 더하게 마련인 것이다. 이런 문제는 근래 성행하는 E. 사이드나 F. 파농 등에 의한 탈식민주의 담론(脫植民主義 談論) 등에서도 두드러진 현상이다. 과거에 다분히 정치적으로나 문화적으로 영향받거나 지배 당해온 후진국에서는 이제 나름대로의 문화적인 자기 정체성(正體性)을 찾으려고 노력하는 문화적 주체성 추스르기 단계인 것이다. 사실 따져보면 흔히 세계화 등을 내세우며 강행되고 있는 요즘의 IMF체제나 WTO 등도 회의장 안팎에서 격렬한 반대 시위로 주장되듯 문화 전반에까지 미국 같은 강대국이 지배하려는 혐의가 짙은 것이다.

이런 문제의 실제 보기로서는 우선 필자 자신의 전공분야인 현대문학의 경우에서도 손쉽게 타자적(他者的)인 고충을 제기할 수 있다. 대학에서 오래도록 문학이론과 비평담론을 강의하는 분들이 평소 절실하게 느끼는 서양 이론 모방과 답습 굴레에서 받는 굴욕감과 불편도는 심각하다. 항시 이질적인 그리스·로마시대로부터 근대 이후 사조의 변천과정을 비롯해서 수많은 이론가들의 얼키고 설킨 상이점(相異點)들은 혼란스럽다. 자크 데리다의 차연, H. 블룸의 오독론(誤讀論), 야우스의 수용이론(受容理論)과 이저의 독자중심론 및 빈자리론, 피쉬의 정통독자, 리파테르의 초독자 따위. 거기에다가 좀 새로운 이론이 나왔다싶어 애써 원서와 번역서를 섭렵하여 알만하다 싶으면 이미 낡은 이론으로 퇴색해 버리니 더욱 그렇다. 이런 현상은 문학뿐만 아니라 다른 예술분야도 마찬가지 일 것이다.

생각하면, 신문학 초기 무렵부터 임화가 제기했던 이른바 서양 편향의 이식문화적 병폐와 상관된 문제이다. 말하자면, 새로운 서양의 문예이론과 사조 및 주요 작품들을 받아들이는 외래문화 수용상의 태도에 직결되는 과제요 후유증인 셈이다. 물론 근대 문물을 처음 만나는 개화기 무렵에는 문명에 앞선 외국의 것을 받아들이는 일도 필요하지만 그 정도와 자세가 중요하다. 외래의 것을 우리의 문화전통이나 지리풍토(地理風土)에 맞게 받아들여서 무리없는 문화로 발전시켜야 하는데 과연 그것은 성공한 것일까? 서양품종 나무가 우리 산림의 토종식물을 고사(枯死)시키고 산천(山川)을 차지한 꼴은 아닌가 싶다. 더구나 문명개화 이후 백년이 지난 오늘날에도 우리 문학예술이론과 실제는 주체성을 잃고 서양적으로 치우쳐있는 데서 오는 후유증인 것이다.

따라서 새세기에는 서양 일변도 현상에서 벗어나서 보다 정통적인 우리 전통의 문예이론을 바로 세워 올바로 다스려가야 할 것이다. 우선 옛부터 유협의 『문심조룡(文心雕龍)』 등 중국권과 원활한 교류를 거쳐 형성된 우리의 고려시대 비평사서(批評四書)(『파한집』, 『보한집』, 『백운소설』, 『역옹패설』)와 조선시대의 『東人詩話』, 『詩話叢林』 등을 체계화해서 새 비평이론으로 내세울만 하다. 그리하여 우리 체질에 적합한 동시에 서양인에도 통용될 비평의 잣대로 문학작품을 측정하고 이를 이제는 당연히 서양쪽으로 수출하는 문화의 신무역체제를 이루어 나갈 단계이다. 이를테면, 고려시대 이규보의 '詩有九不宜體論'에 입각한 아홉 가지 항목으로 시작품을 비평하거나 조선시대 비평가인 신경준의 시짓기 법칙 6항목 등을 현대비평에 활용해보는 접근노력이 필요하다고 생각한다.

이런 외국문학 받아들이기와 이해 및 한국문학의 대외적(對外的)인 번역, 소개 문제와 상관된 참고사항이 있다. 그것은 다름아니라 한국문학 전공 학생은 서양의 문학이론과 담론 등을 교양 삼아 이해할 정도면 충분한데 외국문학 전공자 경우는 상이하다는 점이다. 적어도 외국문학도는 전공분야인 영문학이나 독문학, 프랑스문학을 공부하는 것 못지않게 한국문학도 어느 정도는 깊이 있게 익혀두어야 한다. 그것은 다만 재래의 서양 컴플렉스에서 벗어나고 자아를 찾자는 의식에서만은 아니다. 특별한 사람 아니고는 외국에 진출해서 그들 문학으로 그들과 겨루기 힘든 것이므로 가능한 대로 우리 문학을 외국에 번역, 소개하거나 이해시켜야 하기 때문이다. 앞으로 10년 후쯤은 영어 등의 외국어는 일반화될 것이고 해서 한국말이나 한국문학을 외국인에게 가르치거나 사회적으로 활용하는 사람은 인정받을 수 있어도 우리 것을 모르고 외국문학을 배우려는 태도는 비판받을 처지에 이를 것이라고 생각된다.

3. 지방화 시대의 문예적 특성화 전략
— 지방모델 계발로 자기 지역문화 위상(位相) 높이기

이제 새롭게 맞이한 새 밀레니엄의 첫 100년은 문화의 세기라고 말한다. 최근 정부에서도 공약(公約)대로 내년의 국가 전체 예산의 1%를 문화면으로 책정, 발표하였다. 그만큼 문화는 앞으로 우리 사회에서 생활의 질을 높이는 핵심분야로 중요시되는 대상이다. 21세기는 주로 민생문제와 경제개발에 치우쳐 제국주의적 침략을 위한 무기개발 경쟁에 주력하던 20세기 경우와는 대조적인 추세이다. 그야말로 새 세기는 기본적인 생존보다는 원활한 문화적 생활을 지향하는 데 주안점을 두게 된다. 이런 추세는 그 동안 고도의 과학발전과 경제성장으로 산업화사회를 이루는 과정에서 생긴 여러 인간소외적 요소들을 보상하는 차원이라 볼 수 있겠다.

그런데 다가오는 이 문화의 세기를 우리는 새롭게 특장점을 지닌 지역문화 계발과 선양(宣揚)으로 특성화시키자는 것이다. 사실 미국이나 독일, 일본 등의 선진국에서는 이미 오래 전부터 각 지방별로 고유한 전통문화와 지정학적 요소를 잘 활용하여 문화적인 성과를 거두었다. 큰 문화상품만 하더라도 미국의 허리우드나 프랑스의 샹송 및 이태리의 베니스 영화제, 독일 프랑크푸르트의 괴테 하우스, 모스크바의 볼쇼이 발레단이나 비엔나의 왈츠 등은 너무나 유명하다. 가까운 일본만 보아도 각 도시별로 자기네 지역 특색을 살려서 기념관을 세우고 번갈아가며 불꽃놀이 행사 등을 많이 벌이고 있음을 만나곤 한다.

근래 새로운 지방 자치제를 실시한 이래 점차 정착되어가고 있는 우리나라 역시 바야흐로 지역문화 시대가 열려 꽃피우고 있는 것이다. 산업사회 형성 이후 서울집중 현상이 두드러진 나머지 공해와 국적 없는 오락·퇴폐

풍조 만연으로 인한 사회문제는 심각한 지경에 이르렀음을 감안할 때 바람직한 지역문화 형성이 우리의 절실한 과제로 다가와 있다. 더구나 지구촌의 세계 각국과 여러 민족이 서로 치열한 문화전선(文化戰線)을 펴는 데서 이기고 살아남기 위해서는 고유하고 경쟁력 있는 문화상품을 계발하여 국제시장에 내놓을 정도가 되어야 하는 것이다.

따라서 우리 호남지방은 다음과 같은 지방문화 모델을 선정해서 가꾸고 규모 있게 선양해야 하리라고 생각한다. 이렇게 해나가면 흔히 예술의 고장이라는 긍정적인 인상 및 전통적인 평가에 어울리게 광주와 전남도(全南道)가 조화로운 이미지로 새롭게 부각될 수 있을 것이다. 이 지방이 역사적으로 항일의병 활동을 비롯해서 광주학생운동을 거쳐 5월 민주화운동의 본거지로서 민족사에 빛나는 의혈(義血) 투쟁의 덕목에다 평화로운 문화의 빛고을로서 조화롭게 거듭나는 효과를 겸할 수 있기 때문이다. 이런 면은 근래 계속해 오는 광주 비엔날레 행사도 참고가 되고 남는다.

새삼스럽지만, 이곳 광주나 전남 지역은 이전의 일부 선입견처럼 척박하고 배척받은 한반도의 변두리 땅이 아니다. 이는 예의 세속적인 정치논리에 의한 집권 차원에서가 아니라 민족의 역사와 전통을 이어온 선비와 양심의 인재들 고장이며 태평양과 황해(黃海)는 물론 푸른 하늘을 통해 전세계와 우주로까지 열려 있는 공간이다. 조상전래의 미풍양속과 풍요를 지닌 기름진 땅에서 청정해역의 섬들까지 아우르고 있는 백성들의 보금자리이다. 오히려 농·어촌이 많아 오염되지 않고 낭만적이며 건강미까지 갖춘 곳이라 생각된다. 적어도 2천년대는 서울과 지방의식을 벗어남이 일반화될 것이다.

솔직히 말해서 함평천지의 한 농촌태생인 내 자신도 철없던 시절 한때 말고는 고향 탓을 하지 않고 산다. 물론 서울 등의 타향살이에서 적지않은 지역차별도 받았지만 오히려 시골 태생다운 성실과 뚝심이 좋은 힘이 되어 이겨낼 수 있었다고 생각한다. 일찍이 임어당(林語堂)도 자기의 이상은 '영원한 촌(村)사람'이 되는 것이라고 설파했지 않았던가. 이런 사실은 우리나라 역대(歷代) 대통령도 거의가 섬이나 농촌같은 시골태생이어서만큼은 아님은 물론이다. 통신수단과 교통 사정 등이 거의 일일생활권화(一日生活圈化)하고 있는 오늘날에는 오히려 전원적인 고향을 지키며 사는 생활이 보다 여유로운 면도 없지 않다고 생각한다. 서울 행사일로 상경(上京)하는 여러분 못지 않게 집안의 크고 작은 일과와 성묘 및 친구 만나는 일들로 한달이 멀다하고 하향(下鄕)하는 처지는 큰 차이가 없지 않다고 여겨진다.

요컨대, 호남의 중심인 광주에는 나름대로 이 고장 특장점을 지닌 방면의 집중적인 계발, 육성이 바람직하다고 생각된다. 우선 생각나는 대로 호남적인 민속박물관을 곁들인 향토문화관(鄕土文化館) 등을 개설, 운영해봄직하다. 여기에는 자연사(自然史)박물관, 역사(歷史)박물관, 문학박물관 등과 더불어 본격적인 연구도 겸하게 해야한다. 또한 장보고 기념관, 다산(茶山)기념관, 민중항쟁기념관 등의 건립은 물론이요 남도환경연구원(南道環境硏究院)도 만들어 내륙(內陸)과 해양(海洋) 동·식물과 환경조건의 체계적인 지방 생태계 보존효과도 거두어야 할 것 같다. 이밖에도 판소리쯤으로 전통예술의 기틀을 잡았으면 한다. 그리고 김하서(金河西), 송면앙정(宋俛仰亭), 정송강(鄭松江), 정곤재(鄭困齋) 등의 유학적인 전통문화를 이어받아 키우는 한학진흥(漢學振興)을 꾀할만하다. 이런 분야를 집중 계발하여 특성화하는 것이 오는 세기의 공략에서 문화적인 가치가 높다고 보기 때문이다. 여기에다 수년 동안 계속해 오고 있는 현대적인 세계 대회 규모의 비엔날레 행사 개최로써 예술장르의 균형 발전과 더불어 동서양의 교류를 원활히 하는 성과를 거두었으면 한다. 보다 전향적인 안목으로 도내 여러 곳에 골프장도 건설하여 주민의 건강을 증진하고 세계적인 선수도 배출해야 할 것이다.

여기에 참고로 덧붙여 말하고 싶은 바는 광주문학계의 분발에 대한 기대 사항이다. 그것은 다름이 아니라 근년의 광주문단을 지켜보노라면 아무래도 지방문단을 일으키고 지탱할 구심점이 없어서 아쉽다고 여기기 때문이다. 이런 점에는 뜻있는 지방과 재경문인들로부터 광주·전남지방 문단을 이끌 원로급 문인들이 후배양성에 등한하고 지방문단육성을 외면하고 있다는 불만도 곁들어 있다. 박화성(朴花城), 조운(曹雲), 김현승(金顯承) 같은 선배

분들의 집에 찾아오는 제자들을 격려하고 지도했던 과거와 비교해 보면 얼마나 다른 것인가 생각치 않을 수 없다.

또한 중견층의 문인들 경우도 현재 이렇다할 지방의 문예 동인지가 없이 지내는 실정이 아쉽게 여겨진다. 따져보면 유독 30년 역사를 지탱해온 동인지 ≪圓卓詩≫ 정도가 호남문예의 자존심을 지켜가고 있는 편이다. 하지만 사실 현재의 문협 기관지인 ≪광주문학≫, ≪문학전남≫을 빼면 근년에 발행되는 지방문예지인 ≪시와 사람≫, ≪문학춘추≫ 뿐이라서 문학 작품을 발표하는 지면이 너무 좁고 침체해 보인다. 1950년대의 ≪零度≫, 80년대 초 전후의 ≪목요시≫, ≪오월시≫ 활동을 참고하면 각 군(郡)지역의 군소 문학 동인지를 감안하더라도 다른 시나 도 지역에 비해 미약하지 않은가. 이는 전북의 ≪表現≫, 대전의 ≪白紙≫, 대구의 ≪竹筍≫, 부산의 ≪오늘의 문예비평≫, 제주도의 ≪다층≫ 등에 견주어 보면 그 나이테나 전국적인 영향 면에서 짚어 볼 바가 적지 않다. 적어도 새 천년의 한국문화를 이끌어갈 일꾼들을 키우는 문학의 못자리 역할을 맡아온 이 지방 문학 풍토가 이래서야 어찌 이전의 호남 문예 위상을 지켜낼 수 있을지 적이 걱정됨을 삼가 말해두고 싶다.

생각하면, 60년대 이전의 『學園』잡지처럼 감수성 많은 우리 중·고교생들에게 넓은 교양과 꿈을 키워줄 이 고장의 청소년 문예지는 없어도 되는 것일까 우려된다.

4. 첨단적 예술환경과 학제적(學際的) 접근
— 사이버 시대의 문예전략(文藝戰略) 펴나가기

바야흐로 다가온 2천년대 중에는 점차로 예술과 과학 및 환경, 정치, 경제, 기술 등에서 그야말로 획기적인 사회변화를 겪게될 것이다. 세계는 사회전반에 고도한 인터넷 체제 속에서 사이버 시대가 심화되어 재래의 생활패턴도 크게 달라질 상황이 예견된다. 직장일도 숙소에서 인터넷으로 처리하며 대학진학을 외면하고 필요한 정보는 인터넷망에서 자유자재로 이용하게 되는 상황을 상정할 수 있다. 또한 남녀들은 혼인(婚姻)하지 않고 널리 보급된 정자은행(精子銀行)에서 우수한 체형(體型)의 정자를 선택하여 이상적인 자녀를 기를 수 있게 되어 재래의 가족관(家族觀)마저 해체되기 십상이다. 거기에다 전세기에 시작된 우주개발의 꿈도 21세기 전반기에 실현할 가능성을 상상케 한다. 달나라와 화성 등에도 탐색작업을 계속하게 마련이다.

요컨대, 21세기는 놀라운 사회변혁으로 인해서 유토피아적인 인간의 꿈을 실현함이 가능하다. 포화상태인 지상의 인구를 새로운 해상도시(海上都市) 건설이나 수중 아파트 건립 아니면 달나라와 화성으로 이주시켜 그야말로 긍정적인 신세계를 이룰 수도 있다. 그런가 하면, 반대로 지나친 군비경쟁과 산업화로 인한 공해로 생태계가 파괴되고 세계가 함께 멸망할 디스토피아적인 우려도 적지 않다. 실로 인류는 더해가는 인구팽창과 핵경쟁이나 심각한 지구온난화(地球溫暖化)현상으로 인해 생존을 위협받고 있는 것이다. 일부 지역분쟁과 종교갈등 및 민족대립 등에 의한 충돌 우려 등도 인류의 부정적인 장래를 우려케 한다.

이와 같은 21세기의 당면여건 속에서 문학예술의 향방이나 담당할 몫도 새롭게 설정해 두어야 한다. 더욱이 우리 문학예술 본래의 위상을 올바로 세우면서 새 세기에 대처하거나 응전할 방법을 능동적으로 모색, 접근해 가야 하는 것이다. 첨단정보 수단과 가공할 유전자(遺傳子) 조작으로 인한 복제생물(複製生物)의 폐해 및 우주개발의 황당한 무리수 등은 오히려 인간의 소외를 불러일으키는 비극에 이를지 모른다. 따라서 문학예술이 본연한 반과학주의 운동을 펴고 인간수호와 인간회복을 기하는 휴머니즘의 사명을 다하는 데 앞장서야할 책무를 겸해야 할 것이다.

위에서와 같이 고도한 정보와 혁신적인 과학기술의 발전으로 인한 21세기의 사회에 문학예술은 흔히 요즘 논의되고 있는 TV나 비디오, 스포츠 등에 밀린 나머지 문학예술의 위기를 이겨내기 위해서 그만큼 실험적이고 파격적으로 변모, 다양화될 것을 예측할 수 있다. 우선 문학의 장르 경계가 무너지고 각 예술의 종합적 연결과 빅딜이 이루어질 것이다. 탈전통(脫傳統)과 탈 장르, 반(反)예술적인 해체문예, 문자언어보다는 사이버문학으로 옮겨가기 등이 실험적으로 대두될 것이다. 결국은 여러 찬반논쟁을 벌이다가 변증법적으로 고전적인 20세기 문학 전통에 되돌아오게 마련으로 생각된다. CD롬이나 인터넷 등을 통한 전자책은 아무래도 전통적인 활자에 의한 종이책의 효용성을 벗어나지는 못할 것이다.

21세기의 정보화와 첨단과학적인 발전에 발맞춘 사회변혁을 감안할 때 우리 문학예술 전공자들의 접근자세가 거듭나야 마땅하다. 그것은 우선 문학예술분야 종사자들도 자기 전공 외의 인문사회과학 내지 자연과학 분야 등에 대한 해박한 지식과 교양 이상의 진지한 탐구노력이 따라야 한다. 그래야 구체적인 전공분야의 업무처리 경우에 보다 입체적이고 다양하게 객관적으로 접근함으로써 그 실체를 올바로 파악할 수 있기 때문이다.

맺음말

필자는 이상에서 모처럼 행하는 우리 고장 문학예술 관계사 여리분과 문단 선후배 및 문학도 여러분과의 만남을 통해서 우리가 당면한 문제점들을 논의해 보았다. 그 동안 필자 나름대로 국문학계와 문단생활에서 보고 느끼며 생각한 바들을 진솔하게 밝혀 본 셈이다. 2천년대를 맞는 시점에서 지난 세기를 되돌아 보고 다가오는 새 천년을 올바로 대비할 일들을 점검(點檢)해 보자는 뜻에서였다.

아무쪼록 세계로 열린 광주와 전남은 21세기에 들어 한국문학예술은 물론이요 세계문화의 빛고을로서 거듭나는 지역문학의 중심이 되길 바라마지 않는다. 물론 그것은 문화의 제패차원이 아니라 올바른 지역문학의 활성화로써 바람직한 민족문학을 이룩하자는 취지에서이다. 그리고 이런 호남문화 가꾸기와 모름지기 르네상스적인 위상재정립(位相再定立)은 여러분과 함께 이 고장 출신인 우리 자신의 마음 다짐과 노력에 달려있음을 명심해야할

문인 등단의 길목과 문턱

― 신인 등단 제도의 재검토 ―

1. 문제 제기

근래까지 전 세계를 통틀어 전통적인 문화의 기초로서 군림해온 문학계는 근년 들어 적지 않은 위기 속에서 문학 본래의 위상을 지키려 노력해오고 있다. 그것은 최근 들어 대중적인 소비 사회의 레저붐과 더불어 스포츠와 손쉬운 영상예술 등의 범람에 의한 대중의 교양 여건이 더욱 심해져 가고 있는 추세 속의 대응 전략이기도 하다.

이런 시점에서 한국적 문학제도의 재인식을 주제로 우리 신인등단 제도의 문제점을 논의함은 의미 있는 일이다. 문학계에서 특히 신인층은 기성 문단에 도전, 합류하면서 문화의 품격과 문학의 판도를 형성하는 우리 문단의 활력소로서 민족문학의 질과 양을 결정하는 주체들이기 때문이다.

이글에서 문단의 길목이란 사회인이나 학생층이 자신의 전공과 진로방향을 설정하는 데 있어 여러 길 중에서 문학예술을 택함을 지칭한다. 그것은 바야흐로 문화의 세기가 무색할 정도로 컴퓨터 공학, 유전자 공학, 국제경영, 항공 산업, 스포츠, 락 음악 등에 쏠린 젊은이들을 문학의 식구로 끌어들이는 전략적 의미를 띠고 있다. 그리고 문턱이란 일단 문학의 세계로 지망해온 이들이 문인으로 데뷔할 신분상승 욕구를 충족할 문단 등단의 문제를 지칭한 이름이다. 따라서 문단의 길목과 그 문턱은 문학 지망과 문단 등단으로서 두 가지가 서로 밀접한 관계이므로 여기에서는 주로 한국 문단계의 신인 등용제도에 대해 논의해 본다.

문학계에서의 신인이란 새로운 문단의 엘리뜨로서 주목되는 문학의 첨병이다. 신인은 이름 그대로 신진기예의 인재들이 발군의 경쟁을 통해 발탁된 존재인 것이다. 그런 만큼 신인은 시인, 작가, 비평가들이 그야말로 문단의 새내기답게 문학예술의 역군들이 모인 기성 글판에 뛰어들어 새로운 기량과 의연한 작가 정신으로 새로운 글쓰기를 행해가야 한다. 문단에서의 신인 작가나 신인 비평가들은 다른 예술분야에서의 신인들과 한가지이다. 그들은 기성인들이 지니지 못한 참신성과 패기로써 기성 문인들에게 도전적으로 접근하여 남다른 실력으로 압도하고 남을 만한 예술적 능력과 투철한 선비정신을 갖추어야 마땅하다. 그래야 침체한 문학계를 새롭게 활성화하여 문화 사회를 변증법적으로 발전시키게 마련인 것이다.

따라서 이와 같은 본래의 취지에 명실상부하게 역량을 갖춘 문단 신인을 제대로 발굴, 육성하는데 있어서는 그 선발 과정과 올바른 장치 마련이 필요하다. 무엇보다 장래의 문화역군을 뽑는 문인 선발제도가 원만하지 못할 경우 문단은 스스로 격하되어 침잠하기 때문이다. 신인등용문의 점검과 모집 장르의 적절성, 선고 위원의 엄선과 공정한 심사 및 바람직한 응모자의 자세 등도 진지하게 논의해야 할 것이다. 이런 신인 등용 제도의 문제들은 문단의 정화와 온전한 발전 여건 마련을 위한 우리 문학계의 당면한 과제들이기도 하다.

그러므로 여기서는 먼저 한국 문학계에 있어서의 신인등단 제도 가운데 신인의 위상과 등단 관문의 유형 및 변천상을 외국 경우와 대비하면서 고찰해 나가기로 한다. 그리고 우리 문단의 장단점과 폐단스런 풍토의 실태들을 살펴볼 일이다. 그런 다음 이들 현행 문단 데뷔 제도에서 야기되는 적지 않은 문제점과 이를 극복하기 위한 방안 등을 모색, 논의해 보려 한다.

2. 신인 등단의 유형과 변천상

개화 자강기 이후 100여 년에 걸친 우리 신문학은 지금까지 다양한 신인 등용문을 만들고 이 관문들을 자주 고쳐 달거나 겹치기로 행해 나오면서 오늘에 이르렀다. 이런 신인 발굴을 겸한 등단의 유형과 변천상을 연차순으로 살펴보면 다음과 같다. 동인제, 추천제, 신춘문예제, 대현상공모제, 자비 출판제, 신인작품제, 신인상제 등이 그것이다.

1) 동인제

동인제는 신문학 초창기의 ≪創造≫, ≪廢墟≫, ≪白潮≫처럼 문사들이 동인지를 중심으로 습작활동 겸 문인이 된 경우로서 가장 긴 역사를 지니고 있다. 일본 근대 문단 초창기의 '白樺派'나 '新思潮派' 경우와 중국 신문학 초기의 '創造社' 경우 등과 유사하다고 볼 수 있다. 우리 나라에서는 1920년대 전후의 문단이 거의 동인지 중심으로 이루어져 왔다. 가기 초창기 문예 동인지의 러더격이었던 김동인, 염상섭, 홍사용, 박종화, 박영희 등과 1930년대 문단의 총아였던 박용철, 정지용, 서정주 등의 문단사적 위상도 이를 실증하고 있다.

이들 동인에 가입한 회원들은 작품 몇 편씩을 발표함과 동시에 시인·작가로 대우받고 신분 상승을 이루었다. 동인 자신들의 작품은 심사 받거나 별 규제 받음 없이 임의대로의 문단 활동을 보장받는 창작 특권을 누려 왔었다. 그러면서도 동인 성격이 점차 달라져 갔음은 물론이다. 처음에는 한국 종합 문예지의 효시를 이룬 ≪創造≫ 동인들처럼 문예적 경향 보다는 나이 어린 동향(평양) 중학생에 의한 습작 문단적 성격이 짙었다. 그러다가 ≪廢墟≫,≪白潮≫동인들 보기에서처럼 점차 문예적 성향을 띠며 ≪詩文學≫,≪三四文學≫,≪詩人部落≫ 등에 의해 1930년대 말엽까지 동인 중심의 문단을 형성해 왔다.

그런데 초창기에 이들 동인 문예지를 중심으로 하여 소박한 학연, 지연성으로 구성된 성향이 점차 다양한 문예 성향 위주로 바뀌면서 다소 바람직한 진전을 보여온 바 있다. 하지만 이런 문예 동인지적인 성격이 80년대 후반 이후에 와서는 다분히 문단 권력의 중심으로 자리잡고 비대해진 나머지 무척 폐쇄적인 문단 집단으로 변모되었다. 따져보면 일종의 변형된 동인지 격인 ≪創批≫나 ≪文知≫ 그룹이 좋은 보기에 해당되는 셈이다. 이들 두 문예지 편집진을 비롯한 당사자들은 폐쇄적인 기성 문단에 대응하기 위해 새로운 에콜지를 지향한다는 출발 취지에 역행한 결과 현대판 동인제 문단의 실체로서 권력 지향적인 위세로 군림 하고 있는 것이다. 이들은 군부독재 하에서 한동안 힘겨운 문단적 대응과 다소의 서구 교양적 기여 활동을 해온 덕목을 지녔으면서도 근래 적지 않게 지탄받는 이유도 이런 배타적 엘리뜨 의식과 경직성의 허물들 속에 들어 있다고 생각한다. 물론 ≪創批≫는 수년 전부터 일부 장르에 신인상 제도를 신설하여 변화를 모색하고 있지만 주시해 볼 일이다.

그런가 하면, 요즘에도 여러 학교의 문학지방생이나 적지 않은 분들이 지역단위 아니면 문학 입상자들끼리 모여 진지한 문예 창작과 이론 모색에 전념하는 조촐한 동인 모임을 계속하고 있다. 이를테면, 수년 전에 계간 문예동인지 ≪다층≫을 내고 있는 제주의 다층 동인 활동을 모델로 들 수 있다. 10여 년 동안 매주 토요일에 모여 합평과 담론을 가져오던 동인들이 IMF 속에서 규모 있는 동인 잡지 발간을 계속하며 신인 추천 작품도 모집해 오는 것이다. 지금까지 20여 년 동안 40호를 발간해 오고 있는 전주의 ≪表現≫회원이나 10년 가까이 꾸준한 활동을 계속해온 부산의 ≪오늘의 문예비평≫ 등도 동인제 성격을 띠고 있다.

이들 동인제는 서로 가족 같은 종횡관계를 유지하며 문학과 생활호흡을 함께 한다는데 특장점을 지닌다. 추천제나 신춘문예제의 유파성이나 경쟁관계에 비해 이들은 다분히 동지적인 협력관계 여건인 편이다. 문학 예술에 대하는 분위기나 접근태도에 있어서도 시한성에 민감한 전자들에 견주어 이들은 항시 시간에 얽매이지 않는 자유로움을 지닌 채 더욱 진지하게 문학에 임할 수 있어 좋은 성향을 띠고 있다.

이런 동인제는 일본의 경우, 시인 작가가 되려면 대개의 문단진출 통로가 이와 같은 문예 동인회 과정을 지내고 동인문예지에 작품을 발표를 하는 것과 유사한 편이다. 각 지역이나 학교 또는 문인 그룹별로 형성된 동인회에서 작품집을 내든지 동인적인 문예지 ≪地球≫ 등에 작품발표 기회를 갖는 과정이 그렇다. 하지만 일본의 문예잡지 ≪詩와 思想≫과 ≪群像≫ 등에 정식 회원 자격으로 작품 발표 기회를 얻는 기간이 여러 해의 수련과 기성인들의 엄정한 작품 검정을 거쳐야 한다는 절차과정이 우리 문단 조건과는 상이하다.

2) 추천제

시인, 작가, 극작가, 비평가 등으로 입신하기 위해서 문단에 나서는 관문으로서의 추천제는 우리 나라에만 활용되는 등단 제도이다. 앞에서 살핀 동인제가 그 구성원과 필진을 비교적 엄정하게 가리지 않고 유유상종적인 취약점을 보완한 등단 규제 장치라 볼 수 있다. 기존의 문예지에 문인으로 지면을 얻어 발표할 자격을 부여할 때 유수의 기성문인 천거로서 이루어지는 것을 가리킨다. 신인 문인으로서의 기량과 인품을 보증하고 문단에 내보내서 활동하게 한 대신 추천문인에 책임을 맡기는 제도이다.

1920년대 중엽에 이광수와 방인근이 이전의 동인문단에 의한 폐쇄성과 폐해를 벗어나기 위해 전 문단의 공기(公器)로 창간한 문예지인 『朝鮮文壇』에서 맨 처음 시행한 것으로 알려졌다. 출생지나 학력 등에 구애를 두지 않고 사람 됨됨이와 예술적 가능성 내지 수련 자세 등을 주로 해서 초기부터 최서해, 채만식, 박화성, 한설야 등의 걸출한 작가를 배출해 냈던 것이다. 그 후 일제 말엽에 『文章』에서 성과를 거두고 한국 전란 전후에 간행되던 『文藝』 등에 이어 오늘날의 『現代文學』 등이 시행해 왔다.

가끔 지적 받는 대로 이 추천제는 우려하는 바처럼 자칫 정실에 치우치고 아류(亞流)에 빠질 소지가 없지 않다. 그러나 추천 문인의 선비적인 양식과 추천 받은 신인 또한 스승에게 누를 끼치지 않으려 노력하는 면이 있기도 하다. 작품을 자주 써서 퇴고 지도를 받고 답답하게 오래 수련해 오는 동안 글쓰기의 진수를 터득하는 특장점이 적지 않다. 황순원의 이호철, 김동리의 박경리, 안수길의 최인훈 등은 물론이요 서정주의 박재삼 등도 좋은 본보기가 된다. 어쩌면 작가로서의 신뢰면에서는 추천제가 오히려 작품 한, 두 편만으로 당락을 가리는 신춘문예나 신인상 제도보다는 더 신뢰감 있을 수도 있다.

그럼에도 추천제는 1980년대 말엽의 문예지 발행 자율화 이후 격감하여 요즈음은 전통적인『現代文學』등의 문예지 말고는 드물다. 그만큼 지루한 수련기간을 거치지 않고도 상대적으로 수월하게 개방된 문예지 신인상 제도가 많아졌기 때문일 것이다. 무엇보다 2, 3 차례 씩 추천 과정을 꺼리는 소비적인 사회의 풍조 속에서 해이해진 문학지망생들의 자세가 참고되는 일이다.

3) 신춘문예제

추천제와 더불어 신춘문예제는 한국 문단 특유의 화려하고 공인된 신인 문학 등용문으로 손색이 없다. 문단사적으로 고찰해 보면, 1925년 초 동아일보사에서 처음 공모한 데 이어 일제 말엽과 한국 전쟁 때 외로는 매년 계속되고 있다. 그 후 조선일보, 조선 중앙일보를 거쳐 오늘날에는 도하 주요 신문사와 여러 지방 신문사에서 연례행사로 실행하고 있다.

이 신춘문예제는 일제 강점기인 초창기 문단에서 동인지 중심으로 문학 활동을 이루어 온 폐쇄성과 발표지면의 영세성 및 추천제를 통한 등단 기회의 제한 상황에서 비롯되었다. 비록 유능하더라도 등단의 기회를 얻지 못한 채 묻혀있는 전국 문학도에게 등단의 문을 활짝 열어서 역량 있는 신인

문학 역군을 발굴하기 위해서 신설한 것이었다.

동아일보 학예부장이던 벽초 홍명희 등은 당시 식민지 통치하에서 고유한 민족어를 활용하여 민족문학을 향상토록 많은 상금을 걸고 문화적 민족주의를 선양하는 문화운동의 일환으로 창설한 것이었다. 물론 신문 구독자 배가와 주가상승 효과를 동시에 거두는 이벤트성 행사였던 셈이다.

추천제가 다분히 앞에서 지적한 취약점을 지니는 반면 신춘문예는 공개 경쟁성과 객관성을 지니고 있음이 사실이다. 일반적으로 신춘제도가 추천제 등 보다 영예롭고 자랑스런 등용문으로 지칭되는 것은 바로 이런 특장점과 함께 유능한 신춘제 출신 문인들이 문단에서 주역으로 두각을 나타내고 있기 때문이기도 하다. 김동리, 서정주, 윤석중, 정비석, 박영준, 김유정 등에 이어서 광복 이후 신춘문예 출신 문인들이 대체로 여러 장르에서 두드러진 실적을 드러내고 있는 것이다.

이 신춘문예 제도는 특히 일제 강점기의 열악한 문학 환경에서 발표지면 부족과 기성 문단의 폐쇄 속에서 유능한 인재를 발굴한 공적 등 그 역할이 매우 컸다. 우리 나라 특유의 신춘문예 제도는 실로 일제 식민지시대에 스러져 가는 민족어문(民族語文)을 기리고 나라를 지키는 성신으로 문화저인 구실을 다해 왔다. 해마다 거의 모든 신문지상을 통해서 재기발랄한 새 얼굴들이 우리의 말과 감성으로써 수많은 독자들에게 나라와 겨레의 얼을 담은 메시지를 전달하는 일이란 총독부 치하의 당시로선 얼마나 대견한 경우인가 짐작할 만하다.

하지만 우리는 다른 한편으로 이런 신춘문예 제도가 우리 문단의 원활한 발전에 저해 요소가 되어온 역작용(逆作用)도 없지 않음을 내쳐서는 안 된다. 따라서 이런 점은 마땅히 반성하여 시정해야 할 것이요, 되도록 빨리 보완되어야 할 과제이기도 하다. 그것은 결코 단 한편의 작품 당선으로 화려하게 각광받는 모험성과 화려한 거품성 내지 적지 않은 사행심 등만이 아니다. 이미 70년이 넘도록 타성적으로 시행되어 온 그것이 아직 이렇다 할 개선점도 없이 문화적인 요건이 판이한 오늘날까지 무작정 답습해 오는 일이란 모순이기 때문이다.

신춘제도는 이제 중단하거나 크게 개선해야 마땅하다. 이미 여러 해 전부터 신춘문예에 대한 일반 시민들의 뜨거운 선망도가 줄어들고 문학 지망생들 또한 예전과 달리 심드렁한 반응이다. 연말연시를 전후해서 해마다 신춘문예 현상 광고가 수많은 문학도들의 가슴을 설레게 하고 신년 연휴(連休)의 지상을 통해 떠오른 신인들의 얼굴과 당선작품을 대하는 예전의 시민들의 감격은 거의 찾아보기 어려운 것 같다. 그것은 문화예술 접근 기회의 다변화에 따른 문학에의 경원과 문단 진출 관문의 폭넓어진 사회 변화 등에 상관된 때문만은 아닐 것이다. 우리는 그 원인과 함께 대책을 찾아야 한다.

4) 대현상 공모제

대현상공모제란 유수한 언론사들에서 창간 기념 등의 행사 일환으로 큰 상금을 걸고 장편소설을 공모하는 경우이다. 이런 신인 발굴 제도는 여러모로 이전의 신춘문예 현상 모집이나 신인상 따위의 현상 경우와 차별화 되기 때문이다. 홍성유(한국일보, 1955), 김용성(한국일보, 1961), 이규희(동아일보, 1963), 박완서(여성동아, 1970) 등이 그 보기에 해당된다. 일찍이 브나로드 운동의 일환으로 응모 당선된 심훈의 『상록수』(1934)나 신문 창간 60주년 현상 당선작인 최명희의 『혼불』(1981) 등은 기성문인이 당선된 경우로서 참고가 된다.

이런 대현상공모제는 최근까지 국민일보사에서 해마다 억대의 장편소설을 모집해 왔고 문학사상사가 주관하는 삼성문학상에서는 시집과 장편소설, 장막 희곡 분야 시상도 함께 계속해 오고 있다. 이 행사 응모자격은 기성·신인을 가리지 않고 있으므로 기성문인이 당선되는 확률이 많은데 이 또한 신인으로서의 문단 재등단 장치로서 수긍된다. 어쩌면 신춘문예에서 단편소설에 치우친 취약점을 서사문학 본연의 장편소설 중심으로 보완하는 효과도 거두는 특장점을 대현상공모제가 살리고 있어 긍정적이다. 허버트 리드의 견해처럼 시는 사물의 인상을 응축시키는 데 비해 소설 미학은 대상된 사물의 인상을 확산시키는 요소를 본령으로 하고 있는 연유에서이다. 하지만 이들 대현상공모제의 당선작 분포를 보면 근년 들어 본격 작품보다는 상업성을 띤 홍행성 소설들이 많아 걱정된다. 거액의 상금을 수상자에게 준 대신 그 장편소설을 베스트 셀러로 만들어 더 많은 수익을 꾀하는 면이 있을 수 있다. 다만 아무리 그렇다 하더라도 이 제도가 본격적인 역작소설보다는 홍행적인 작품만 선호하는 문제는 경계해야 한다. 응모자들의 글쓰기 취향과 독자들 글읽기 효과가 올바르지 않은 방향으로 오염돼 나갈 소지가 없지 않아서 이다. 그렇지 않아도 근래의 당선작 태반이 여성의 것이고 제목부터 경박한 감각성을 드러내는 성향이 더해가고 있어 이런 걱정이 따른다.

5) 단행본제

일명 자비 출판제라고도 부를 수 있는 단행본제는 구차한 동인 활동이나 추천제 및 신춘문예 관문을 통하지 않고 직접 두툼한 작품집으로 등단하는 제도이다. 다분히 수동적으로 작품(집)을 응모하여 당선됨과 동시에 작품집을 내는 대현상모집제와는 다르게 글쓴이 스스로 단행본을 펴내서 평가받는 점이 특성이 있다. 우리 나라에서는 일찍이 김동환의『國境의 밤』(1924), 한용운의『님의 沈默』(1926)에 이어서 조병화의『버리고 간 遺産』(1949) 등이 각자 처녀시집을 통해서 문단에 나선 본보기가 되었다.

단행본제를 통한 문단 데뷔 제도는 여러모로 서양의 문단 제도와 유사한 면이 많지만 엄밀한 면에서 상이하다. 왜냐하면, 하바드 대학 문예지인『렌튼』이나 서독의『그루페 67』같은 동인지에 발표하여 어느 정도 역량을 인정받은 뒤에 출판의 논의 대상이 되기 때문이다. 으레 자기가 써둔 시집 또는 장편소설을 대리인(에이전트)을 통해서 직접 출판사의 문학 담당 편집자에게 전달한 다음 일임하여 단행본으로 출간해 내는 관례와 우리 사정은 다르

다. 단 몇 편의 작품만으로 남의 눈치나 영향을 받는 번거러움을 떨치고
듬직한 분량의 작품집을 직접 독자와 문단에 내놓아서 여러분의 평가를
받는 떳떳함이 이 제도의 자랑이다. 그러나 근래에 와서는 일부 수련을 거치
지 못한 문학지망생이 임의대로 자비출판 하여 빈축을 사는 사례가 적지
않다. 경계할 일이다. 문제는 그 물량의 무게가 아니라 선비적인 교양의식과
작품 자체의 예술적 성숙도가 뒷받침되어야 하는 전제가 따른다. 이런 규제
는 문학 단체나 문인 각자가 엄정하게 평가하여 사이비 작품집을 단호히
배제해야 마땅하다.

지금까지는 우리 나라 경우, 아무래도 단행본 작품집들을 문학지망생 자
비로 출판해온 게 상례였다. 하지만 앞으로는 뜻 있는 신문사 아니면, 의욕
있는 문예 잡지사 등에서 작품 본위로 역량 있는 신인의 작품집을 인세
위주로 출판해서 문인으로 발탁하는 자세가 기대된다. 그리하여 영미 선진
국에서처럼 출판사에서 실력 본위로 신인 작품집을 채택, 발간하여 상업적
인 경쟁 체제가 확립되어야 한다. 물론 북한 문단의 경우는 아직 당과 국가
기관의 통제 체제 밑에서 격식을 갖춘 송가 문학을 위주로 하는 터라 자유시
장에서의 기대는 엄두도 못 낼 대상이다. 하지만 우리 문단은 이제 점차로
신인등단을 듬직한 작품 중심으로 삼아 영미 선진국에서처럼 문예지 아니면
일반 출판사에서 단행본으로 펴내서 그 경쟁력으로써 살아 남는 문단의
시장체제화가 필요한 단계이다.

6) 신인작품제

신인작품제는 적어도 이전의 문단 등용 장치인 여러 제도들이 저마다
폐단과 한계점을 지니고 있는 터라 이에서 탈피하기 위한 개선책으로 생긴
것이었다. 따라서 여기에는 예의 심사위원이나 추천위원을 거치지 않고 편
집자가 그 작품 수준을 임의로 판단하여 게재하는 경우가 주가 된다. 그리고
이런 심사위원의 정식 절차 없이 신인 작품을 게재, 발표한다는 점에서는

제도적인 문인으로의 절차를 밟지 않은 사람이 펴내는 경우도 포함될 수 있다. 스스로 투고하거나 편집자의 청탁을 받아서 지면에 발표하는 기고제와 문학에서의 견해를 같이 하는 일정 수준의 문학도들이 부정기적인 단행본 형태로 합동 작품을 묶어내는 무크(mook)지제들이 그것이다.

참고로 언급한다면 기고제란 엄밀히 말해서 아직 문단에 등단 절차를 밟지 않은 사람의 글을 신문이나 잡지의 지면에 몇 번 게재 발표하여 문인으로 인정받는 케이스이다. 예를 들면, 1930년대 초에 『조선일보』 문화면에 비평가 안함광의 글을 공격해서 유명해졌던 백철이나 1940년대 말엽에 여러 잡지들에 평론적인 글을 자주 발표했던 조연현 등이 과도기를 지나오면서 크게 인정받은 케이스가 된다. 한국전쟁 이후에 문단에 편입해 올라온 김광림 시인과 김우창 비평가도 이런 기고제 등단 범주에 포함된다고 파악된다.

그리고 무크제란 1980년대 초 군부의 집권과 동시에 유수의 문예지가 정간되고 언론 통폐합에 의해 문인들의 발표지면을 잃던 때 생긴 것이다. 당시 극심한 간행물의 법적인 규제를 벗어나 문학의 사회적인 참가 기능을 강조하는 진보적인 운동권 문학청년들이 작품을 모아서 부정기 간행물인 잡지와 단행본 형태로 펴냈던 작품집을 일컫는다. 채광석 등의 필진들이 재래의 보수적인 제도권 문인들을 압도한 나머지 진보적인 운동권 문학도들로 신구 세대 교체를 하는 계기로 만든 문단적 혁신 요인들을 무크지가 활용해 왔던 것이다.

하지만 신인작품제의 주류는 역시 일부 문예지와 종합지에서 정선하여 싣고 그대로 기성 작가의 관문을 통과한 것으로 간주하는 경우를 지칭한다. 1966년에 창간된 『創作과 批評』에서 오래도록 이런 <신인작품> 제도를 활용하여 <투고작품>으로 호응을 얻은 바 있다. 작가 송영, 방영웅, 최창학 등이 초기에 신인 작품으로 문단의 관심을 끌기 시작했다. 그 이전에도 심사자나 추천자 없이 <신인작품>을 싣기는 1950~60년대 한때 『思想界』와 『새벽』에서 시행하여 보수적인 문단 데뷔 관례를 깨는 신선함을 보여주기도 했었다.

7) 신인상제

신인상 또는 신인작품상이란 이름으로 된 제도는 우리 문단에서는 비교적 최근에 속하는 문단 등단코스의 하나이다. 이 제도는 1960년 4.19 혁명이 일어나서 낡고 부패한 제도들을 혁파하는 분위기 속에서 이루어졌다. 그만큼 새롭고 부패 방지책으로 적합하다고 선택한 신인 등단 제도인 것이다. 그 이전까지 전형적인 추천제를 시행해 오던 『現代文學』을 제외하고는 거의 예외 없이 신인상제를 채택해 왔다. 그 무렵까지 주요 월간 문예지로 속간된 『文學藝術』은 물론이요 나중에 나온 『韓國文學』 등도 <신인작품>에서 신인상으로 바꿔서 여러 종합 문예지나 시 전문 문예지 및 종합 교양지에서까지 거의 신인(작품)상제를 시행하고 있다.

더욱이 1980년대 말엽의 민주화로 인해서 정기간행물들이 신고제로 전환된 이후 우후죽순격으로 생겨난 각종 문예지들은 거의가 문단 등단 장치를 신인상 제도로 활용하고 있다. 이런 이면에는 시인·작가들을 선발 육성하는 제도의 취약점 개선보다는 수년에 걸친 2, 3회 추천 관문을 힘겹게 거치던 사정에 비해 단 한번의 신인상으로 문인을 배출한다는 안이성이 도사려 있는 혐의가 짙다. 신춘문예의 경우, 원년이던 1925년부터 1970년대까지도 태반이 당선보다는 입선 가작이었던 성향과는 대조적이다. 첫 해의 동요극 선외 가작 2석이던 윤석중, 1950년대 시와 희곡의 가작에 입상했던 신동엽, 차범석의 경우는 좋은 참고가 된다. 이에 비해서 요즘의 우리 문단 상황을 볼 때, 사실상 대개의 신인(작품)상 관장 문예지에서는 미쳐 문인이 될만한 문장 수련 과정도 제대로 거치지 않은 문학애호가 수준의 아마츄어들을 신인으로 남조해 내고 있는 것이다. 게다가 상금은 기껏해야 간단한 상패와 메달 정도뿐이기 십상인데도 대부분의 잡지들이 등단 때부터 그래왔던 것은 공공연한 사실이다.

정기 간행물 발행이 자율화된 이래 오늘의 우리 문단은 바야흐로 백화재

방일 정도로 많은 문예지들에 숱한 문학작품들이 쏟아져 나오고 있다. 이런 문예잡지들을 통해 문단 활동이 시작되고 있음은 일본이나 러시아 등도 유사한 면이 있다. 하지만 적어도 정식으로 시인, 작가로 데뷔하기 위해서는 여러 해 후보 동인처럼 문예지에 습작품을 투고해서 평가받은 다음에야 겨우 신인 대접을 받게 되는 일본의 경우와 우리 문단 현실은 너무나 다르다.

3. 신인 배출의 문단 실태

앞에서 살펴보았듯 우리 문단은 특유의 추천제와 신춘문예제 등을 비롯해서 외국의 예와는 다르게 다양한 신인 등단 제도를 시행해 왔다. 일곱 가지 남짓한 시인, 작가, 평론가 등용문들은 제각기 나름대로의 장단점을 지니고 있다. 그래서 신문학 한 세기 동안 문학지망생의 선택과 신문사나 잡지사 및 출판사 등에서 여러 번의 시행 착오를 겪으며 오늘에 이르렀다.

그 동안 신문학 100년을 거쳐 나오는 사이에 대부분의 신인 등용제도는 본래의 성격과 다르게 변질되거나 또는 두 세 가지를 절충한 면이 없지 않다. 따라서 우리는 이들 한 두 개만을 선별해서 시행하고 나머지는 버릴 필요는 없다. 그만큼 등단 코스는 왕도가 없으며 각자의 특장점을 지녔기 때문이다. 문제는 시대의 변화를 감안하고 이전의 폐단을 거울삼아 끊임없이 개선해 나가야 할 일이다. 그리고 현재 많이 활용하는 등단제의 현황과 폐해 등도 검토하여 개선책을 모색해야 한다. 이런 문제들이 한국적 문학제도의 재인식에 직결되기 때문이다.

1) 신인(작품)상의 남발과 질 저하

현재 우리 문단에서 가장 많이 활용하는 신인발굴 장치는 단연 신인(작품)상제인데 이 통로를 통한 문인 양산과 이에 따른 심각한 질 저하 현상이 문제이다. 대형 서점의 잡지코너에는 실로 백여 종에 이르는 각종 문예지의 태반이 신인 등단의 문을 열어놓고 거의가 신인(작품)상제를 운용하고 있었다. 여기에 빠진 각 지역과 기타의 해당 문예지를 합한다면 그 정확한 조사마저 힘들 정도이다. 문예지에 따라서는 추천신인상, 신인문학상이라고 사고(社告)로 광고하고 있는데 이들은 실상 신인추천을 과장 선전하고 있는 셈이다.

그 가운데 필자가 조사한 해당 문예지만 해도 월간 계간 구분 없이 최근호에 신인상으로 5명 이상 당선시킨 잡지는 쉽게 다섯 권을 넘었다. 그중 한 월간지 경우는 모두 15명이 넘었으니 일년에 180명을 웃도는 신인을 배출한다는 계산이 나온다. 《현대문학》이 47년 동안 추천해 낸 문인수를 이 문예지에서는 단 3년만에 배출해 낸 셈이다. 문인들을 공장에서 상품 만들어내듯 하는 일 아닌가 착각 될 정도이다. 《현대문학》창간 이후 2001년 10월호까지에 2, 3회의 추천 절차를 밟아 등단한 문인수는 563명인데 이를 단 한번 당선으로 3년만에 넘어서는 것이다. 아무리 신문사와 백화점의 문예강좌나 몇 대학 문예창작 특별 강좌팀을 동원하더라도 놀라운 일이 아닐 수 없다. 물론 일부 문예지 경우나 여기에 참여하는 사람 중에는 양식과 기량을 갖춘 회원이 상당수 있을 것임을 감안하더라도 그렇다.

일부 문예지의 정도를 벗어난 처사에 대해 다룬 최근의 한 신문 기사는 그 좋은 참고로서 뒷받침되고 있다. 기초가 닦여지지 않은 문인의 양산은 기성 문단의 선거와 맞물리면서 문단풍토의 밑뿌리까지 오염시켜들고 있음을 외면할 수 없다.

> 이처럼 몇몇 문예지를 중심으로 돈을 받고 지면에 시를 실어주는 일이 횡행하고 있다. 특히 소설에 비해 상대적으로 쉽게 창작할 수 있는 시 분야에서 심하다.
>
> — (중 략) —
>
> 최근 들어 심각해진 것은 이들이 순진한 문학도들을 '사냥'하고 있다는 점이다. 주된 사냥터는 대학부설 평생교육원이나 사회교육원, 백화점 문화센터의 문예창작반, 지방의 시인학교나 시 동호회 등.
>
> 이곳에서 가르치는 강사 중 일부는 이런 문예지와 커넥션이 있는 것으로

알려져 있다. 지방에서는 해당 지역의 문학단체 간부가 직접 문예지를 만들어 거간꾼으로 나섰다는 소식도 들린다.

이같은 일이 가능한 것은 아무리 3류 잡지라도 추천을 받아 작품만 실리면 문인이 되는 '등단 제도' 때문이다. 한 시인은 "3류 문예지로 등단했다는 시인들은 대개 사단법인으로 등록된 협회에 가입하고 자신을 뽑아준 사람에게 투표한다"면서 "이런 식으로 회원을 확보한 문학단체들이 정부가 주는 각종 문예지원금까지 받아내고 있다"고 비판했다.

(≪동아일보≫, 2001. 7. 24.)

신인 등단 문제를 놓고 우리 문단의 일각에서는 이런 실태로써 기성 문단 질서를 흐려놓고 결국은 문학의 저질화와 국민 문화의 병폐를 키우고 있는 실정에 처해있다. 신인등단제는 문인의 발굴 육성보다는 그 자질 관리와 후유증을 예방하는 일까지 우리 모두가 심각하게 고려하지 않을 수 없게 되었다.

2) 신춘문예의 퇴색과 퇴영성

한국 특유의 신춘문예제는 초창기 문단의 신선한 활력소 역할 못지 않았지만 이제는 연말 연시의 당선자 발표를 선망의 눈으로 맞곤 하던 국민들의 호응도 시들어졌다. 그것은 70여 년의 시대적 변천 속에서 신춘문예세도는 제대로 대응해 오지 못한 연유가 제일 큰 것이다. 시대는 날로 변하여 앞서가는데 그 제도는 도무지 따라가지 못한 채 거의 구태의연해 있기 때문이다.

신문과 잡지는 물론이요 출판 공간들이 즐비하게 열려있는데도 초창기 신춘문예 모집 부문의 주종을 이루었던 단편소설을 요즘에도 그 메뉴의 으뜸으로 놓고 있다. 신문의 메카니즘상으로 긴 소설 작품이나 평론은 게재하기 어렵다고 외면하거나 생략하기 십상이다. 요즘의 신문사측에서는 거의가 문학평론, 음악평론 등의 입상작은 생략하거나 간추려서 싣곤 하는 것이다. 그리하여 본디 확산의 서사미학인 소설을 왜소화시키는 퇴영성을 어쩌지 못한다.

뿐만 아니라 흔히 신춘문예 스타일이라고 지칭하듯 길고 거창한 행사시적 작품 당선작으로 선호함으로써 시 미학 본래의 틀을 깨는 폐단이 없지 않은 것도 사실이다. 거기에다 한번 화려하게 당선시켜서 새해 출발을 시켜놓고는 그 이후로는 신문사에서 당선된 문인들을 보살펴 주지 않는 점 등도 퇴영성 못지 않은 신춘문예제의 일반적인 취약점이다.

경향 각지의 언론사들이 동시에 연말 보름 전쯤에 마감하여 신년호에 심사결과를 발표하는 신춘문예의 한시성과 무모한 타성도 신춘제의 안타까운 퇴영성을 부채질한다. 젊은 문학도들에게 한꺼번에 쓴 작품들로 짧은 기간동안 겹치기로 심사를 받는 노릇도 결코 자연스럽지 못하다. 일부 주관 신문사에서는 모집 일자를 달리하는 노력도 보인 바 있지만 거의 대부분의 언론사는 매년 연례행사처럼 의미 없는 반복만 거듭하고 있어 퇴영성을 더한 처지를 만들고 말았다.

일찍이 신문학 초창기에 창안, 시행하여 한국 특유의 소중한 신인 등용문으로 키워온 이 문단제도를 이렇게 퇴색시키고 방치해 놓을 수는 없다. 언론사들에서는 이를 반성하고 새 세기에 걸맞게 접근하여 활성화의 길을 모색해야 할 일이다. 독자들로부터 외면 당하며 해마다 무모한 행사 반복만 일삼을 바에야 차라리 이 제도를 폐지하는 자세가 마땅한 것이다.

4. 문단의 정화와 활성화를 위해

이상에서 우리는 신인 등단제를 중심한 한국 문학제도의 문제점들을 살펴보았다. 그런데 여기에서는 무엇보다 분명히 해둘 바 세 가지만을 제기해서 논의해 볼까 한다. 그것은 그야말로 문화의 세기를 맞는 시점에서 우리 문단이 스스로 문학의 위기를 극복하며 살아가야 할 긴요한 과제들이기 때문이다.

1) 문학인의 의식 개혁

첫째, 우리는 새로운 세기에 대응할 문학인 자신들의 의식구조의 탈바꿈과 문단개혁의 참여 자세이다. 진정한 문단의 정화와 활성화를 위해서는 문인들 각자의 열린 사고와 손수 나서서 임하는 자세가 전제되어야 한다. 문단은 이제 더 이상 고답적인 특수 문화층만의 전용 공간이 아니요 문인 또한 예전처럼 희소가치를 누리던 권위주의 시대는 지났다. 판·검사 수효도 옛날 대비 10여 배 늘었고 국내외의 대학 역시 옛날과는 판이하게 넓어져서 가치 판도가 바뀌었다. 이와 마찬가지로 문인들은 낡은 고정관념에서 벗어나야 하고 가치관도 새롭게 정립하며 문단을 개선해 나가야 할 것 같다. 그래야 요즘의 혼탁스런 문단 해결책도 슬기롭게 해결해 나갈 수 있는 것이다.

이런 견지에서 우리는 자격을 제대로 갖춘 문학지망생들이 문단에 도전하여 성공한 시인, 작가, 평론가, 수필가, 아동 문학가들이 많을수록 좋다는 민주의식을 지녀야 한다. 저마다 존재 가치를 지니고 다양한 작품으로 한국 문학에 이바지한다는 아량으로 받아들여야 할 것이다. 특정 문예 그룹만 선호하고 배제하는 선입견은 버려야 마땅하므로 어느 문인이든지 막론하고 작품의 예술적 성취도를 주로 해서 평가해야 하는 것이다. 문제는 문인들이 스스로 양식을 가지고 선비답지 않은 신인 양산 행위를 삼가야 하며 함량 미달의 신인은 엄정한 평가로써 철저하게 배제하여 사이비 문인이 도태되도록 해야 한다. 문학인 여러분은 항상 소수의 문제 신인들에 의해 생긴 그레샴의 법칙의 피해 당사자가 될 수 있다는 각오로 신인 등단제도에 신중을 기해야 하는 것이다.

2) 동인활동과 지역문학 활성화

우리 문단의 신인 등단 제도는 이제 새로운 세기의 변화에 걸맞게 획기적인 접근을 꾀해야 할 것 같다. 이를 구체화시키는 방안의 하나로 필자는 우리 문단에서 행해오던 이전의 동인활동을 내실화 함과 동시에 지역문학 활성화를 기하는 길을 제기한다. 그럴 경우에는 자연스럽게 무리한 신인 양산을 막는 효과와 함께 저절로 질을 향상시키는 실효도 거둘 수 있게 된다. 사실 문인은 많아도 수련을 쌓은 문단 지망생이 없는 모순 —너무 쉽게 문단에 신인으로 등단하는 사이 정작 진지한 문학 지망생 수효가 기성 문인보다 더 적은 역현상도 극복하여 문단 정화를 기하게 된다.

동인제의 장점을 살리면서 이를 지방화 시대에 걸맞게 각 지역의 각급 학교와 문학 지망생 동아리들에 연결하는 현실성을 함께 한다. 인위적으로 모임을 주선하는 것이 아니라 제주의 ≪다층≫같은 지방 중심의 진지한 문학 동아리 운동이 전국적으로 확산되는 필연성에 걸맞는 기대를 전제로 한다. 동인제는 여러모로 각 지역의 공동체들과 긴밀한 유대 관계로 이어져 있고 또 그렇게 전개될 것이 자연스런 조건이기 때문이다. 서양의 경우, 『神曲』으로서 지역사투리 문학 성취의 모범을 보인 단테와 헤르더의 민족 문학론은 물론이요 가장 지방적인 것이 세계적인 것이라는 지드의 주장들도 지역문학의 중요성에 힘을 실어 주고 있다. 지역문학은 민족문학을 키우는 텃밭이요 중앙집권적인 문단을 민주적으로 분산하여 균형발전을 꾀하는 문 단 재정비 작업이기도 하다.

여기서 제기하는 동인제 등단은 다양하고 자유로운 동인지 활동을 중심 으로 하되 그 절차와 내용은 강화하여 문학의 내실화를 기하고 문단 진출을 통제하는 것이다. 우선 문학을 애호하고 문단 진출을 뜻 둔 사람들에게는 가능한 대로 문을 활짝 열어 동인으로 받아들여서 습작에 임하도록 한다. 그래서 동인지에 투고 작품도 발표하여 합평 하고 수련하도록 한다. 하지만 정식 문인으로서의 진출은 동인지에 발표한 작품들을 권위 있는 중견 문인 들의 엄정한 심사로 선정하여 신인상을 수여한 다음 기성 문인으로 대우하 는 절차를 제도화한 동인제를 말한다.

다시 말하면, 앞으로 전공을 찾아 나갈 진로선택의 길목에 서 있는 청소년 들을 문학의 식구로 받아들이되 정작 문단인이 되려면 이중의 단계적인 절차를 밟아 검증을 받은 후에 문인으로 올라서는 등단 장치이다. 문학의 공간에 들어서는 문턱은 부담 없이 낮추되 기성의 문인으로서 단상에 오르는 자격은 엄격히 규제하자는 것이다. 그리하여 함량미달의 신인들이 문인이 되어 문단을 흐트리는 폐단을 막으면서 문학의 질을 향상시키는 제도로서 적합하다.

이런 방법은 오래도록 문예지를 중심으로 준회원과 정식 회원으로 차등을 두어서 두 문인의 단계로 제도화하고 있는 일본의 등단제도에 비해 참고가 된다. 동인지인 ≪詩와 創造≫와 일반문예지 ≪現代詩手帖≫ 등에 발표된 투고 작품을 대상으로 정식 시인을 엄선하는 일본 문단 데뷔 절차 등이 그것이다. 소설 작가의 경우 여러 동인지 등에 발표된 문인 예비생들의 작품을 대상으로 한 전통있는 ≪文藝春秋≫잡지사가 행해온 아꾸다와상(芥川賞)이나 나오키상(直木賞) 역시 이들과 유사하다.

3) 신춘문예제의 개선 방향

앞에서 신춘문예 제도의 형성 과정과 그 공로 및 폐단을 살펴보았는데 그래도 이 제도는 한국문학 발전에 이바지한 공이 훨씬 많다고 믿어 의심치 않는다. 따라서 근년에 들어 일부층에 의해 이의 계속 시행에 심심찮은 회의를 표명한 일도 있으나 필사는 이 제도의 긍정적인 측면을 높이 사고 일부 방식을 개선하여 살려나감이 좋다고 본다. 일반 정치 사회에 시종 압도된 채 이끌려온 우리 문학 예술이 그런 대로 가뜩이나 영상문화나 컴퓨터 등에 밀려서 위기에 처한 오늘의 처지에서는 더욱 그렇다. 우리 문학을 새해 첫날부터 우리 사회에 선보여서 활력을 주며 점차적으로 향상된 국민문화 수준으로 끌어올리는 지름대 역할을 감당해야 마땅하기 때문이다,

이 신춘문예제를 개선하기 위해서 우리는 되도록 재래의 단편 중심의 타성을 씻고 중·장편으로 바꿔서 모집해야 한다. 작품도 두 세 편을 함께 응모시켜 상금이나 명예만을 노리는 사행성 조장의 폐단 없이 저력을 지닌 역량 있는 문인을 배출해야 한다. 소설 부문은 적어도 중편과 단편 1편씩을

의무화하고 희곡, 평론 등도 2편 이상을 동시에 응모하도록 하는 제도의 보완책을 마련해야 한다. 아동문학 부문 역시 응모 작품수를 복수로 하고 시 분야 또한 응모편수를 늘려야 한다. 또한 앞으로는 사이버 공간 문학도 신춘문예 대상으로 삼아볼 만 하다. 심도 있는 시작품 선고(選考)를 위하여 졸속적인 심사 기간을 늘려 잡고 한 심사위원이 동시에 두 세 언론사의 중복 심사를 맡게 되는 폐단도 시정해야 마땅하다. 성실한 예비심사와 함께 본심도 복수제 심사 위원도 자주 바꿔 신중하게 운용함직하다. 그리고 이렇게 어려운 관문을 통과한 신인 당선자에게는 사이버 문학 공간까지 감안하여 어느 정도 발표 지면을 할애해 주는 제도적 뒷받침이 따라야 할 것이다. 그리하여 우리 문단 특유의 문학사적이고 전통적인 등용문을 보다 값있고 의미 깊은 제도로 재정립함이 필요하다고 생각한다.

신문학 1백년의 나이테와 새 세기의 초입에서 우리 문단의 체질 개선에 직결된 신인 등단 제도 가운데 문제되는 몇 가지를 들어보았다. 아울러 요즘의 무절제하고 혼탁스런 문단 풍토의 원인을 이룬 신인 데뷔 제도의 맹점을 살펴보았다. 그 중에서 비교적 많이 선호해온 추천제의 보완 방안으로 문단을 정화하는 효과까지 들었다. 그리고 전통적인 신춘문예의 개선점을 제시해 보았다. 이 두 신인 등단 제도는 한국 현대문학과 문단의 발전을 좌우하는 요인들이기 때문이다. 금년 초겨울 신춘문예 모집 광고에는 몇 개 언론사에서 그 취지에 걸맞게 예년과는 달리 과감하게 신춘응모용으로 급히 써 낸 원고가 아니라 최근 일년 동안에 동인지들에 발표된 신인들의 작품을 대상으로 시상한다는 신선한 소식을 전해 주었으면 한다. 우리는 바야흐로 신문학 1세기의 연륜 속에서 새로운 21 문화의 세기 문턱을 넘어 서 있는 것이다.

(2001년 가을)

현행 문학상 제도의 문제점

─비뚤어진 타자적 욕망의 축제를

　　지난 12월 초순, 제주에서 평론가 협회 세미나를[1] 마친 뒤의 일이었다. 뒷풀이를 겸한 저녁 회식에 이어 필자는 서울서 내려간 동료 서넛과 어울려서 현지 문인 너덧 사람과 술자리를 함께 했다. 술잔을 건네면서 호기있게 나누는 문학 이야기들이 부둣가의 낭만스런 흥을 돋우고 있었다.

1. 문단 현안에 대하여

　　"지방화 시대라고요? 인터넷 시대라지만 아직은 서울 독판 아닙니까. 그러니 우리는 정보화 시대 지역문학 몫의 사이버 전략으로 중앙 문단을 당해 나가도록 접근하고 있습니다."

　　"글마들 몇이서 우리 문학상을 쥐락펴락 끼리끼리 다해 묵는다 말이요 그래 놓으니 오히려 문학권력이 독재권력 뺨치는 격이라요"

---

1) 한국문학평론가 협회 주최 전국 세미나가 「타자비평」 및 생태문학이란 주제로 2001. 12. 7 ~ 12. 8 양일간 제주대학에서 열렸음.

문학단체 난립이며 서울문단의 중앙집권적 폐해 등이 안주감으로 오르곤 했다. 안티 조선과 문언 유착에 상관된 중앙일보 문학상 제정에 대한 찬반양론 등이 무르익고 있을 즈음이다. 방금 문학상 실태를 말한 동료에게 Y시인은 원고를 부탁했었다. 이곳에서 인터넷 정보 도서관을 경영하는 그는 문예지 ≪다층≫에 특집을 꾸미겠다는 것이다.

하지만 일부 일간지의 문단권력적인 작태와 문학상 운영의 불합리성 성토에 열을 올리던 동료는 단호한 태도로 사양했다. 그렇게 비판적인 언설을 서슴치 않던 비평에서 왜 갑자기 그러는 것일까. 가끔은 자치단체 등의 문학상 심사에 참여한 동료 자신이 여러 문학상 심사에 관여한 선배문인들 험담하기를 꺼리는 인품 때문인가? 그는 굳이 문학상 비판의 글은 쓰지 않겠다고 고사했다.

숙소로 돌아오는 길에서 필자는 동료 비평가에게 새삼스레 충고하듯 말했다. 이런 문단의 사안에 외면하거나 침묵함은 문학인의 도리를 저버리는 태도요, 선비의 책무를 방기하는 무책임한 처사가 아니겠는가. 적어도 우리는 문단을 앞장서서 이끌지는 않더라도 삐뚜로 굴러가는 문학을 바로잡는 발언만은 제대로 해야 마땅하다고 생각했다. 우리 스스로 필요한 때 방관하고 회피할 경우, 문단이란 공동체는 그레샴의 법칙에 상응하는 사이비가 판을 치게 마련이다. 그리고 요즈음 느슨해진 문학계에 오히려 사회과학도로서 매서운 감시를 서슴치 않는 강준만 교수 등으로부터 지탄받기 십상인 것이다. 따라서 필자는 평소에 다소 비판적인 시각으로 대해오던 문단의 현안에 대해 조사, 숙고한 자세로 이 글을 쓰게 되었다.

여기에서 필자는 주어진 특집 취지에 따라 한국 문학상 제도의 현황적인 폐단을 들고 앞으로 시정해갈 문제점들에 대해 논의해 보려한다. 하지만 글의 성격상 화끈한 공격적 자세보다는 의연한 중용의 정도를 주로 하게 된다. 한쪽에 치우쳐서 신랄한 비판이나 시원스런 매도 일변도의 논조는 독자들에게 다소의 청량제가 될지언정 정작 사물의 정체를 밝히는 데는 실패하기 십상이기 때문이다. 그대로 드러난 실체에다 한사코 짙은색 포장

을 해서 호기롭게 접근하는 일은 문학본래의 취지에서 어긋나는 처사인
것이다.

2. 문학상의 위상 추락

최근 자료에 따르면 우리 나라에는 신인문학상을 제외한 기성 문학상만
도 현재 300여 개를[2] 헤아리는 각종 문학상이 제정, 시행되고 있는 편이다.
이것이 2000년 통계임을 감안할 때 지난 일년 동안 새로 제정된 황순원
문학상, 미당 문학상 등으로 지금은 이미 3백을 넘는 수효이다. 하지만 일반
독자층이나 문단인들은 날로 늘어나는 문학상 수치를 결코 탐탁하게 여기지
않고 냉소적으로 생각하는 점에 문제가 있다. 그것 역시 문학상을 제정,
운영하는 일부 언론사나 개인 및 사회단체와 더불어 심사위원 또는 일부
수상문인들 자신의 부적절한 결정과정이나 대응태도 등에 많은 원인이 있음
은 물론이다.

우리 독자는 안타깝게도 1970년대 이후 문학상에 선망의 마음으로 대하
던 순수성을 상실한지 오래이다. 그 이전만 해도 우리는 문학상이야말로
밤낮 가리지 않고 오직 혼신의 힘을 다하여 피땀으로 빚은 예술적 성취를
기리고 축하하는 보람으로 우러러 왔었다. 그래서 사상계의 동인문학상 수
상작을 밤새워 읽고, 그 작가를 선망의 눈으로 존경해 마지않았었다. 그것은
어쩌면 해마다 초겨울 눈발이 날리던 무렵에 발표되곤 하던 노벨문학상
작품의 신선한 기다림 못지 않은 감흥이기도 했다.

그러나 예의 얄팍한 관능과 상업주의에 문단이 침식되기 시작한 70년대
이래 독자들의 인식은 판이하게 반응하고 있다. 예의 이상문학상 수상작이
발표되거나 그 동안 주관사가 바뀌고 체질도 달라진 동인 문학상 당선자가

---

2) 한국문화예술진흥원, 『문예연감』, 2001년판, 90~91쪽. 2000년 말 현재, 문학상 시
   상분야별 분포는 시분야 57개, 소설분야 32개, 평론분야 9개에 비해서 장르 종합
   적인 것이 113개로서 다수를 이루고 있음.

공포되면 의구심부터 곤두세우게 마련이다. 수상대상을 반기고 축하하기보다는 어떻게 뽑혔을까, 그리고 제대로 실력이나 갖춘 대상인가 하는 불신감이 앞서는 것이다. 그래서 다수 독자는 수상작으로 결정된 작품을 읽기보다는 수상작으로 정하게 된 과정이나 인맥에 얽힌 배경에 적잖은 관심을 쏟는다. 이번에는 상 선정에 따른 무슨 스캔달이 없는가, 그래서 심심찮게 야기되는 수상작 비난의 까십이나 메타 비평 등의 반론들에 더 흥미를 보이는 현상이 비일비재한 정도이다.

설사 수상작품을 대해서 읽더라도 적지 않은 독자들은 본디 작품에 담긴 예술성보다는 은연중 취약점 잡기에 더 신경이 쓰이는 실정이다. 이런 비정상적인 글읽기 습성은 비단 순정한 독자뿐만 아니라 더 직업적인 문학담론의 관리자격인 평론가 경우도 마찬가지이다. 일종의 불신감에서 오는 이런 뿌리깊은 문학상에의 부정적인 선입견과 악영향은 우리 문학의 건전한 발전을 위해서도 주요한 문제 거리가 아닐 수 없다고 생각한다.

그렇다면 이런 글읽기의 병폐현상을 야기 시킨 원인 제공자는 누구인가? 그것은 우선순위에 상관없이 우리 모두가 복합적으로 저질러서 자초한 현상이다 싶다. 이런 문제에는 무엇보다 한, 두 사람만 뚜렷한 대상을 끄집어내서 초주검이 되게 학살하는 논조가 인기를 끌겠지만, 필자는 결코 그런 대중심리에 영합하는 광대가 되고 싶지 않다. 일시적인 갈채보다는 사심 없는 진실 규명이 더 옳은 선택이라 믿기 때문이다. 요컨대, 이 딱한 현상의 범죄자는 일부 무정견한 언론사를 비롯해서 그와 공범한 일부 심사위원들이 손꼽힌다. 그리고 그들 횡포를 눈감아온 비평가들은 물론이요 상이라면 가리지 않고 탐식해온 인기 문인층이 포함된다. 뿐만 아니라 따져보면 그들 장단에 무비판적으로 순응해온 일부 독자들 마저 이런 혐의에서 완전히 자유롭지는 못한 처지이다.

3. 문학상에 얽힌 스캔들 시비

사실 상이란 누구나 무척 좋아하는 대상인 모양이다. 이런 점은 해마다 연말연시에 방영되고 있는 예의 가요대상이나 연기대상 등의 시상 프로에서도 확인하고 남는 현상이다. 2001년 그것에서는 더욱 그런 현상이 짙음을 느낀다. KBS나 MBC, SBS 방송 3사는 역시 서로 경쟁하듯 일년 중 자기네들 방송프로에 출연한 사람들을 골라 자화자찬식으로 시상했다. 연예대상은 각사가 약속이라도 한 듯 경연을 보였던 『태조왕건』, 『여인천하』, 『명성황후』, 『상도』 등의 주연급들에 두 사람씩 겹치기 수상을 안겼다. 그런데, 가요대상처럼 그들 연애대상 수상자들은 한결같이 축하 꽃다발 속에서 감격의 눈물을 어쩌지 못할 정도로 기뻐하고 감탄해 마지않고 있다.

이에 비하면, 모름지기 문학인들은 양반인 셈인가. 문인은 공자님 말씀마따나 결코 기쁘다고 그렇게 호들갑을 떨거나 슬프다고 요란스럽지 않았다. 하지만 겉으로는 여느 연애인과 달리 보였을지 모르지만 정작 문학상을 놓고 접근하는 데서는 아무래도 군자답지 못하게 한심한 면이 적지 않았던 것이다. 이는 문인 스스로 마음 깊이 자성하는 의미에서 다시 한번 여러 경우를 되돌아 봄직하다.

사실, 근년에 들어서 만도 문단 일각에서는 우리의 문학상에 상관된 문제를 놓고 적지 않은 잡음과 비난이 오고간 바 있다.

먼저 오랜 전통으로 많은 영향력을 행사해온 이상문학상에 대한 비난에 귀기울여 볼만하다. 하기는 이미 여러 해 전부터 이상문학상의 상업성이나 작품선정의 불합리성과 선정작품의 부적절성 등을 신랄하게 비판해 왔었다.

이상문학상은 이상의 진취적이고 모던한 문학적 경향을 기리는 現想文學賞
이 아니라 오직 상표이름으로써 이상이라는 작고문학인이 동원되는 그리하여
상품의 용도나 질보다는 그 상표에 신뢰감을 주는 현대 독자들의 천박한 구매

력을 창출하기 위한 異常文學賞일 뿐이다. 現代文學賞/ 異常文學賞 심사위원
들은 수상작이라는 유명 메이커의 브렌드에 권위를 부여하는 기구이다.3)

그리고 이상문학상에 대한 비판은 다른 비평가에 의해서도 계속되고 있
음을 본다.

> '지금 이곳' 우리의 문학상은 어떠한가? 그것은 차라리 추문에 가깝다. 축제
> 는커녕 잔치상이나 넘보며 떠도는 아귀처럼 탐색과 자기기만이 있을 뿐이다.
> 잔치를 차리는 자나 거기에 앉아 그 상을 받고 있는 자나 모두 그러한 탐식과
> 자기기만으로부터 자유롭지 못한 것도 또한 사실이다.
> 최근 <이상문학상>을 둘러싼 논란을 계기로 부각된 문학상에 대한 문제
> 는… 4)

말하자면 2000년도의 해당문학상은 특정 대학 출신이 과반수로 이루어진
심사 위원들이 수년전에 표절 혐의로 말썽된데다 대상 작품의 기간까지
문제된 작가의 소설 「시인의 별」을 수상작으로 선정한 데 대한 문제인 것이
다. 그래서 논자는 이런 문제점을 고발하고 있다. 특히 여기서는 이상문학상
수상작과 수상 후보가 된 우수작들을 묶어서 단행본으로 낸 뒤 제대로 인세
를 계산해 주지 않고 상업적인 타산에 치우친 처사에 공격의 화살을 던지고
있다. 사실 1999년 가을에는 이에 따른 소송 사건도 없지 않았고 다음해
정월에는 상의 주관사측에서 '이상문학상에 관한 백서'와 예심에 관한 해명
서도 내놓은 바 있다.5)

> 이제 우리는 <이상문학상>에 관한 소문과 이번 논란의 실체를 안다. <문학
> 상>이라는 문단의 축제가 출판사의 수익사업으로 변질되었고, 출판사의 문화

---

3) 전정구, 『약속없는 시대의 글쓰기』, 시와 시학사, 1995, 151쪽.
4) 박기수, 「자기만의 탐식에서 상생(相生)의 축제로」, ≪비평과 전망≫2집, 새움,
   2000.5, 188~189쪽.
5) 최재봉, 「문학상과 상업주의, 그 극복을 위하여」, ≪문예중앙≫, 2000년 봄, 260~
   267쪽. 여기에는 실명을 곁들인 문학상의 상세한 내용들이 밝혀 있음.

권력을 확대 재생산시키는 역할을 하고 있으며, 그것은 일정한 기획 아래 충분
히 연출될 수 있다는 사실을. 6)

　　한국 지식계의 패거리 주의는 이미 구조의 문제가 돼 버렸다. 권언유착은
이제 상식이고, 학자와 언론의 유착을 가리키는 학언유착(學言癒着)과 문인
과 언론의 유착을 가리키는 문언유착(文言癒着)도 굳건한 토대를 갖게 된
것이다. 7)

이런 문단 안팎의 여러 실태를 그 주변에서 객관적으로 비판한 강준만은
최근 문학평론가 권성우와 공저로 낸『문학권력』(개마고원)에서 패거리적
인 저간의 문단실정을 문학과 언론사의 문제로 거듭 지적하고 있다.
　　우리나라의 문학상 제도에서 일어나는 비리와 잡음에 따른 문제점은 결
국 오래도록 이어져온 동인문학상의 경우에까지 연결되어 수상자 대상인
일부 작가들의 반발적인 거부 사태에 이르고 있음을 밝히고 있다. 더욱이
논자는 조선일보사에서 유례없게도 객관적인 기준이 수긍되지 않는 특정
문인 몇 사람을 송신심사위원으로 못박아 공표하는 데 대한 일반 여론을
제시하고 있는 것이다.

　　익명을 요구한 한 중견작가는 "이인화의 이상문학상 수상에서 드러났듯
심사과정의 불투명성이 우리 문학상 제도의 가장 큰 문제"라며 "우리 문단은
지면 발표의 기회가 적고, 특히 신인들은 메이저 잡지에 자신의 글이 발표되거
나 굵직한 문학상 하나를 거머쥐어야 작가로서 인정받을 수 있기 때문에 문예
지나 신춘문예 심사위원으로 자주 발탁되는 평론가나 작가들에게 신진작가들
이 청탁하는 사례가 빈번하다."고 말했다.
　　이번 황석영씨 '동인문학상 심사대상 거부 파동' 또한 이와 같은 문제의
연장선상에서 발생했다. 동인문학상을 주관하는 조선일보사는 올해 상금을
5천 만원으로 올리고, 심사위원을 종신제로 바꾼 뒤 몇 차례의 중간심사독회
내용을 신문에 공개해왔다. 종신 심사위원은 박완서, 김주영, 이청준, 이문열,

---

6) 박기수 글, 앞의 책, 194쪽.
7) 강준만, 「성역과 금기에 도전한다」, ≪인물과 사상≫, 개마고원, 10쪽.

유종호, 김화영, 정과리 모두 7명이다.[8]

무엇보다 심사위원 선정의 부당성과 불균형성 및 그로 인한 폐단 문제는 비단 동인문학상만에 국한된 사안이 아니다. 다름 아닌 제47회 현대 문학상의 경우, 예심 위원들 분포부터가 문학권력의 실체라 볼 수 있는 특정 문예지에 치우쳐 있음을 지적하고 있는 것이다.

> 이번 현대문학상의 예심 심사위원 명단 다섯 명중에 세 명이『문학동네』 편집위원이다. 즉, 시 부문의 남진우, 정끝별, 소설 부문의 성민엽, 신수정, 평론 부문의 황종연 중에서 정끝별과 성민엽을 제외하면 모두『문학동네』편집위원 들이다. 나는 이러한 대목이『현대문학』의 고유한 문학적 정체성을 훼손시키고 있다고 생각한다.[9]

그리고 끝으로, 최근 신설된 황순원문학상과 더불어 처음 시행한 바 있는 미당문학상 제정의 당위와 언론사 제정의 타당성 시비이다. 인터넷 신문을 통한 보도 기사 형식으로 발표된 이 글에서는 역시 비록 한때 떳떳하지 못한 친일 과오를 지니고 있는 문인일지라도 예술적인 성취도를 기리자는 데 대한 찬반과 문단권력의 카리스마를 쥐고 있는 언론사가 특정문인의 문학상을 운영하는 문제의 당위 여부를 그대로 제기했을 정도이다.

> 이와 관련해 중앙일보사가 제정한 미당문학상에 대해 문단 안팎에서 비난 여론이 끓어올랐다. 조선일보사의 동인문학상은 지난해 황석영씨에 이어 올해 는 공선옥씨가 '후보 사퇴'를 선언했고, 동아일보사의 인촌상 역시 수상자로 내정된 소설가 최인훈씨로부터 거부당하는 수모를 겪었다.[10]

위에서 우리 문학상 제도와 그 현황의 문제점들을 여러 글을 들어 두루

---

8) 노민수, 「패거리주의 문학상은 가라」, ≪2000 뉴스메이커 385≫, 2000. 8. 10.
9) 강준만, 「권성우, '비판을 위한 비판', 그 맹목적 글쓰기에 대하여」, 『인물과 사상 21 : 논쟁의 사회학』, 개마고원 2002, 303쪽.
10) 최재봉, ≪인터넷 한겨레≫, 2001. 12. 24.

살펴보았는데, 그 지적사항에 필자도 대부분 의견을 같이 한다. 그야말로 선비의 표상으로서 문필에 종사하는 동지들이 진정 우리 문학의 발전을 위하고 정화에 긴요한 충고이며 제언들이다. 따라서 일부 지탄 대상이 된 언론사나 심사위원 등의 해당 문인은 문학상에 상관된 일련의 의견과 충고를 겸허하게 수용해야 마땅하다고 생각한다. 그리고 여기에 참고로 덧붙이고 싶은 한마디는 비판하는 분 자신이 적어도 한두번쯤은 직접 언론사의 출판이나 문학상 심사에 임해본 역지사지의 진중한 자세를 전제로 할 수 있어야 한다는 말이다.

4. 앞으로의 개선 방향

그렇다면, 과연 우리 문단의 진정한 발전을 위해서 문학상 제도는 어떻게 개선해 나갈 것인가? 여기에는 시각에 따라 여러 견해가 있을 수 있지만 필자는 대개 다음같은 몇 가지를 제기하려 한다.

첫째, 문학상을 운영하는 주체측의 의식개혁문제이다. 흔히 상을 제정하고 관리하는 언론사나 개인 또는 공공단체는 문학상을 설립한 올바른 취지 등에 걸맞게 정체성을 지켜나가야 할 것이다. 그렇지 않을 경우, 결국은 경 읽기보다는 잿밥에 더 관심을 두어 문화창달을 앞세운 탐욕자의 뱃속 채우기로 빠질 소지가 적지 않다. 그것은 김동인·김소월·이상·김환태 등의 고매한 작고 문인을 기리는 게 아니라 선배 문인들을 이용한[11] 나머지 자칫 모독할뿐더러 문학 자체의 발전을 저해하는 결과를 가져오기 십상이기 때문이다. 이런 문학상의 기본이 제대로 세워지고 그대로 실행될 경우, 문학상의 증가는 자연스럽게 다다익선이 되게 마련이다.

둘째, 심사위원제의 올바른 정립과 활용문제이다. 앞에서 살펴본 대로 심사위원 구성이 불균형스럽고 원칙없이 이루어질 경우, 문학상은 필연적으

---

11) 강준만은 『한국문학의 위선과 기만』, 개마고원, 2001. 10에서 황순원이나 서정주 문학상 경우를 들어 이런 견해를 피력했음.

로 파행에 빠지게 되어 있다. 따라서 문단 에콜이나 세대별, 성향별로 조화를 이루는 심사위원 분포가 바람직하겠다. 특히 문제가 된 바 종신 심사위원제는 "심사기준의 획일화를 불러와 작가들의 다양한 개성 추구를 막을" 우려가[12]있다는 방민호의 주장대로 경계하고 금해야 마땅하다. 또한 노민수의 견해마따나 "백번 양보해 종신 위원제를 인정한다면, 7명의 심사위원들은 다른 여타의 문학상 심사위원을 '결코' 맡아서는 안 된다. 그래야 공정한 시장질서가 가능해진다"[13]는 주장이 옳다. 실상 필자는 몇 분 문단 선배분에 해당되는 발언이 불편해서 이런 글쓰기를 망설였으나 충정으로 한번쯤 말해두고 싶다. 필자는 지금까지 그 수를 헤아릴 정도는 일반 신문이나 문예지 등의 심사에 몇 번 참여해 본 바 있지만 결코 부자연스럽게 접근해보진 않았다. 하기는 손에 꼽히는 신문사의 문화부를 책임 맡고 차장 부장을 십여 년 지낸 지기한테도 신춘심사 등을 부탁한 바가 없었던 점을 밝혀도 좋을지 모르겠다.

그런데 우리 문단에서 중견급 안팎의 문인 몇 분은 으레 각종 심사의 단골손님으로 활동하고 있어 경탄을 자아내고 있다. 거의 30여년을 개근하는 심사위원 면면도 낯설지 않게 만나곤 한다. 그분들은 신춘문예 창작부문과 평론부문을 으레 서너 개씩 겸할뿐더러 굵직한 대한민국 문학상 심사의 고정 멤버로 건재하고 있는 것이다. 유능하신 당사자들 정력도 놀랍지만 그분들께 거의 매번 단골로 심사를 위촉하는 언론사 등의 담당자들 정성이 더욱 감탄스럽게 느껴지곤 한다. 으레 이 몇 사람들에 의해 각종의 문학상이 싹쓸이되다시피 하니 정작 문단의 균형발전과 다양한 개발은 까마득하다 싶은 것은 어찌 필자만의 기우일까.

더욱이 연말이 가까운 북새통 속에서 해마다 두어 장르에 걸친 서너 신문사의 응모작품들을 함께 단시일에 읽어 옥석을 가려내는 그분들의 노고에 경의와 우려를 함께 한다. 가까운 예를 들자면 일생일대의 운명을 걸다시피

---

12) 노민수, 앞의 글, 53쪽.
13) 같은 글, 같은 쪽.

심혈을 다해 빚어낸 문학도들의 원고는 사실 법학도들의 국가고시 답안지보다 더 소중한 것이다. 그것은 요즘의 신춘문예 당선이 사법고시 합격률보다 열곱절쯤은 더 어렵다는 단순한 수치개념에서만은 결코 아니다. 문제는 과중한 숫자의 작품들을 한꺼번에 읽어야 하는 부담 속에서 정작 인재의 옥석가리기가 제대로 이루어지고 있는가 하는 점이다.

혹자는 여기에서 신성한 문인을 법관에 비교한다고 힐난할지 모르지만 문단인 스스로의 권위를 지키기 위해서도 엄정한 심사가 행해져야 한다는 것이다. 단적으로 사법고시 채점위원의 경우, 국가시험 요건에 따른 각서를 쓰고 극비리에 일정장소에서 농성하며 채점한 뒤 출제나 체점에 하자가 생기면 소송도 당하는 처지를 생각해 보자. 이런 점에 비추어 본다면 적어도 문학도의 사활운명을 결정하는 문학상 심사위원 태도는 과연 어떠한가 묻고 싶다.

셋째, 수상 작품 조건으로서의 상업성과 예술성 문제이다. 80년대 무렵까지만해도 문학상은 그야말로 척박한 문화 여건 속에서 빚어진 예술적 창작에 주어졌었다. 1950년대 중엽에 세징되었던 동인문학상도 사상계에 이어서 동서문화사에서 주관할 무렵까지만 해도 예술성을 주로하였다.

그러나 1990년대 이후 동인문학상도 조선일보사가 인계 받아 시행할 무렵부터 이상문학상처럼 상업성에 기울어지기 시작했다. 이를테면 수상작과 후보작들을 모아 문학상 작품집을 내면서부터 판매전략을 겸한 상업성이 우세한 형세를 띠어왔다. 그래서 점차 우리나라 주요문학상은 90년대 이후 현대문학상, 오늘의 작가상, 상상 문학상, 작가세계 문학상, 국민일보 문학상, 삼성 문예상, 문학동네 소설상 등, 소설 장르를 중심한 대중적 상업성이 짙어진 것이다.

이렇게 장사속으로 기운 심각성은 물론 상을 주관하는 언론사 등에서 주도되고 있음은 물론이다. 이런 현상은 다음과 같은 글에서도 혐의점을 엿보게 된다.

　　"심사위원들이 선정한 수상작이 발휘할 상업성이 의심을 받아 한창 인기가
좋은 작가의 작품으로 발표 전에 조정되는가 하면 아예 점 찍어둔 작가로 결정
하는 요식행위로 심사가 진행되기도 한다."14)그리하여 이제 문학상은 독자들
의 사후적 지원의 결과에 의해서가 아니라 베스트셀러를 겨냥한 기획상품의
에이전시로 전락했다는 자괴섞인 진단마저 없지 않다.15)

　　물론 문학상 주관사에서는 경영상의 영리성을 추구하더라도 심사위원들
은 상 제정 취지 본연의 예술성을 선예술, 후상업 원칙으로 유통 효과까지
반영해야 할 것이다. 문학상의 품격 높은 예술성은 결국 세속화 되어가는
대중을 예술의 광장으로 이끌어내고 선도하는 효과를 가져오게 되기 때문
이다.

　　대다수 독자층은 요즘의 세태 속에서 오히려 사이비가 아닌 예술적 향취
가 높은 본격 문학 작품을 갈망하고 있다. 그러므로 문학상이야말로 흥행성
을 지닌 대중성향의 작품보다는 상대적으로 위축, 외면되고 있는 본격작품
에 주어져야 마땅하다.

　　이웃 나라의 경우, 1935년에 제정된 아쿠다와상(芥川賞)이나 나오키상(直
木賞)은 최근까지 126회 이상 시행해 왔지만 매년 상하분기 당선작을 ≪文藝
春秋≫ 등에 발표할 뿐 주관사에서는 단행본 출판을 삼가온 전례를 참고해
볼만하다. 우리 나라에서는 일본과 다르게 문학상의 주관사에서 수상작을
영리적인 면으로 상품화하여 비난을 받지만 그 수상작 단행본의 예술성만
담보된다면 시상한 언론사의 문학상 작품집 출판도 긍정적이라고 생각한다.

　　넷째, 문학상에 대한 문인들의 의연한 자세문제이다. 다시 말하면 상을
받을 당사자인 작가들 자신의 선비다운 대응태도와 덕목에 상관된 사항인
것이다. 각종 문학상 결정과 판매유통에 따른 잡음 따위는 수상자 자신의

---

14) 김이구, 「작가적 욕망과 사회적 다스림」, ≪오늘의 문예비평≫, 1996년 봄호, 134
　　쪽. ≪실천문학≫, 1998년 봄호. 고영직 글에서 재인용.
15) 고영직, 「추락하는 권위, 춤추는 문학상」, ≪실천문학≫, 1998 봄호, 76쪽.

올바른 태도와 분명한 선택으로 해결될 수 있는 사안이다.

우리는 주변에서 흔히 갖가지 문학상의 심사과정에 연관된 심심찮은 소문을 듣고 있음도 사실이다. 적잖은 문인들은 해당 문학상의 심사위원 명단을 탐색한 뒤 그들에게 접근, 청탁한다는 유형들이 흥미롭다. 흔한 미인계형을 비롯해서 통사정하는 읍소형과 문학 권력 동원형 및 다른 상과 주고받는 거래의 버터제형 등이 그것이다.

이런 일부의 문학상에 얽힌 비행을 앞에 두고 단호히 배제하는 문학도 자신의 자세가 긴요하다. 이에 관한 다음 작가와 평론가의 글은 참고가 된다.

석어도 문학상을 받은 문인은 예의 가요대상이나 연기대상을 줄줄이 덤으로 주고받는 경우와는 상이한 덕목을 지녀야 한다. 연서푸 받게 되는 문학상은 되도록 여러번 후보에만 오르고 탈락해온 동료에게 양보하는 아량쯤은 겸해야 할 것이다.

다섯째, 문학작품의 수용주체인 독자층의 비판적인 글 읽기의 기본자세이다. 비록 문학상 수상작품이라는 꼬리표를 단 작품이라 할지라도 독자들 스스로 작품 자체의 문학성을 따지면서 읽는 엄격한 자세를 지녀야 한다. 독자 스스로 작품에 대한 평가와 배제의식은 문학에서의 민주정신과 직결되는 사안이다. 독일의 수용미학과 미국의 독자 반응비평 역시 예전의 작가

---

16) 고정욱, 「똥통학교의 똥통학생들」, ≪비편과 전망≫2집, 2000. 5, 210~211쪽.
17) 박기수, 위의 글(≪비평과 전망≫2집), 204쪽.

중심과 달리 문학작품의 수용 주체인 독자층이 중심이 되어 작품을 감상, 평가하는 이론에 바탕한 것이다. 또한 여기에서 일종의 고급독자격인 문학평론가 역시 테리 이글턴의 주장처럼 작가와 독자 사이에서 담론의 관리자로서[18] 역할하고 있음은 물론이다.

우리는 일반 상품의 유통과정에서 실수요자인 소비자들이 악덕기업주에 의한 상품을 감시, 고발할 뿐 아니라 질 나쁜 상품은 반품하거나 불매운동을 펴고 있음을 보고 있다. 이와 마찬가지로 문학상 또한 저급한 작품이나 수상자 결정 과정에 의혹이 있는 대상에 대해서는 불매운동을 펴거나 해당 주체를 퇴출시켜야 한다. 그래야 사이비 문학상은 저절로 도태되어 우리 사회에 발붙이지 못하고 문단 역시 정화되게 마련이다.

끝으로 우리 문학상 제도와 관련된 이른바 신인상 시행 또한 반성하고 개선되어야 마땅하다. 적어도 문학상이라면 일정 기간에 걸쳐서 뼈를 깎는 노력으로 빚은 가치 있는 작품이나 오랜동안 쌓아 올린 원로 내지 중견급 문인의 문학적 업적에 주어지는 보상이요 영예인 것이다. 따라서 전통있는 신문문예나 일부 언론사 등의 창간기념 현상 모집 등의 규모있는 신인상은 기성문인을 대상으로 행하는 역할 못지 않은 가치가 인정된다.

하지만 근래 수 많은 군소문예지들이 거의 매달 경쟁적으로 신인문학상이라는 이름으로 문단 인구를 늘리는 폐단은 바로 잡아야 한다. 상의 권위나 상금도 없이 미쳐 기초마저 다져지지 않은 문학도를 도매금으로 양산하는 작태는 문단의 정화차원에서 엄격히 규제, 개선해야 마땅하다. 이제는 우리 문학상 제도도 문화의 세기에 걸맞게 개선하고 활성화시켜가야 할 것이기 때문이다.

(2002년 4월)

---

18) 테리 이글턴, 『문학이론 입문』(김명환 외 공역), 창작과비평사, 1995, 247쪽.

지방화 시대와 지역 문학 가꾸기

— 지역문학은 민족문학의 뿌리

　가을도 깊어져서 겨울로 향하는 요즈음, 우리 사회 주변은 계절이란 말이 무색하게 부실 업체 퇴출이며 경제계의 혼조 현상과 함께 국정감사 안팎의 정치판이 혼란스럽다. 새 천년의 첫 해를 맞이하는 시점에서 새삼 우리 국민 문화의 현장과 지역 문화의 실태는 어떤가 생각하며 되돌아보게 된다.

1. 21세기는 문화의 세기

　대망의 새 천년을 맞으면서 전 세계는 2천년대가 이념과 정치 및 경제 문제보다는 문화가 중시되는 세기임을 매스컴 등에서 강조하였다. 21세기는 양적인 산업화 사회 단계를 넘어 비약적인 정보화 사회 추세 속에서 바야흐로 한껏 질적인 삶을 추구하는 새로운 문화가 중심이 된다는 것이다. 그래서 국민 정부에서도 전에 없이 전체 정부 예산의 1%를 문화면에 편성하여 나름 대로 문화 진흥의 정책을 펴오고 있는 셈이다.

　하지만 특히 근래 우리 주변의 청소년 문화 현상은 심히 염려스러워 이 문제에 대한 해결점을 모색해야할 것 같다. 서울 시내 곳곳이나 지방 여러

곳 할 것 없이 서점보다는 전자 오락실과 PC방들이 즐비하여 붐비는 현상이
그것이다. 중·고생들부터 대학생 또래들 다수가 밤늦게까지 수시로 그런
오락실에 드나들며 중독증에 걸려 있는 정도라니 더 그렇다.

그러지 않아도 근년 들어 경박한 서양풍의 대중 문화와 더불어 일본쪽의
폭력만화까지 흘러들고 있어 걱정이다. 집에서 마저 가뜩이나 TV 오락프로
에 사로잡혀 있고 곧잘 프로야구 아니면 서태지 등의 이벤트성 인기 음악에
열광하는 홍행 속에 탐닉하지 않은가. 이렇게 일시성과 경박성의 무분별한
청소년 문화 현실은 어떻게 해결할 것인가. 우리 나라의 장래를 위하여 중요
한 과제거리가 아닐 수 없다.

2. 문학은 친근한 문화의 꽃

금세기는 바야흐로 문화의 시대라지만 그 폭이나 갈래는 너무 넓고 다양
하여 쉽게 설명하기 어렵다. 교통 문화, 정신 문화, 전통 문화, 청년 문화,
군사 문화, 대중 문화, 지역 문화, 국제 문화, 민족 문화 등. 하지만 그 중에
모두에 연결되는 문화의 중심은 예술을 바탕으로 하고 있으며 모든 예술
가운데서 언어와 문자를 주로 삼는 문학이 가장 친근하고 일반화된 문화의
꽃으로 자리잡고 있다.

여러 예술 분야 가운데서 문학만 100년의 역사를 지닌 노벨 문학상으로
시상되어 오는 사실도 결코 우연스런 일이 아니다. 물론 모든 예술이 저마다
특성이 있어 소중한 존재 가치를 지니고 있음은 더할 나위조차 없다. 문학과
함께 뮤즈의 시간 예술인 음악은 이를 바 없으려니와 공간 예술인 미술,
조각, 건축도 그렇고 운동 예술인 연극, 무용 장르 역시 마찬가지이다. 근년
들어 영상 매체와 컴퓨터 등을 활용한 문화적 추이에 따라 활자를 통한
문학인구가 줄고 해서 엘빈 커넌의 저서에서처럼 '문학의 죽음'을 걱정하는
위기감도 없지 않지만 문학은 현대문화의 제일 요건인 것이다.

그럼에도 불구하고 시, 소설, 희곡, 수필, 평론 등의 문학 작품이 우리와

가장 가깝고 보편화되고 있는 사실은 엄연한 현실이다. 그것은 말과 글을 통한 책읽기들로써 다른 예술 분야에 비해 접하기가 손쉽고 자유로운 때문만은 아니다. 직접 글쓰기 작업에 종사하는 문인들의 수효 또한 음악가, 조각가, 건축가, 무용가, 연극인 등에 비해 상대적으로 많다. 무엇보다 교양의 필수 요건으로서의 문학에 상관된 국어 과목이 초·중·고교 과정에서 가장 큰 비중을 차지하고 있음도 여기에 참고가 된다. 어쩌면, 우리 일상의 삶에서 으레 남의 이야기를 즐겨 듣거나 일기를 적고 편지를 쓰는 행위는 너무나 자연스럽고 타고난 욕구인 것이다.

3. 지방화와 세계화

우리 나라에도 다시 근년 들어 지방자치제도가 시행되고 해서 이제 본격적인 지방화 시대가 열렸다. 아직 시행착오도 적지 않지만 때늦은 대로 다행스런 일이라 생각한다. 영국이나 독일, 일본 같은 선진국은 이미 오래 전부터 정착되어온 제도인 것이다. 정치, 경제, 교육, 문화 등의 모든 면에 있어서 중앙집권적인 불균형을 해소하고 각 지방의 특장점을 살리면서 국가 사회발전에 활용할 당위성을 지니고 있다. 원활한 지방화 바탕에서 올바른 중앙화가 이루어 지고 이것이 자연적으로 세계화로 나아가게 된다. 이런 지방화에 바탕한 세계화는 근래 미국 등의 패권주의에 중심을 둔 정치나 경제계의 세계 지배 구조적인 몰아치기 식의 무리한 세계화와 상이함은 물론이다.

문학의 경우, 일찍이 단테(이태리)의 라틴어로 쓴 열정시집 『新生』이 독자들의 호응을 못 얻고 실패하자 한사코 자신의 고향 사투리인 토스카니어를 써서 크게 성공했던 사례를 참고할 수 있다. 그의 베아트리체에 대한 열정 마저 로마제국의 문어체로서는 도저히 감정 전달이 제대로 안된 대신 프로방스 지역의 생생한 회화체는 구구절절 심금을 울려 명작 『神曲』을 낳은 것이다. 다름 아닌 그의 「속어론」은 시골의 지역 사투리 특성을 살린 지방어 문학(Vernacular language literature)의 모범이요 이는 나중에 괴테의 친구였던 독일의 헤르데에 의해서 민족문학(national literature)의 이론으로까지 정립되고 괴테가 일기에서 쓴 세계문학(world literature) 용어에도 설정되었다.

이런 단테의 보기는 가장 민족적이고 지역적인 것이 가장 세계적인 문학임을 역설한 앙드레 지드(프랑스)의 견해와 합치되는 사실이다. 사실 타골의 『기탄자리』나 「동산지기」, 헤밍웨이의 「노인과 바다,' 가와바다의 『雪國』 등도 제각기 자기 민족 감정과 특성을 살린 작품들이다. 요즘 세계화의 방향도 이렇게 자기 전통문화를 주로 하여 세계 무대에 나서고 세계 일류 문화공동체와 조화를 이루는 방향으로 나가야 마땅하다. 각 지역 특장점을 지닌 여러 민족이 다양하고 조화로운 다문화(多文化—multi culture)를 꽃피워야 하기 때문이다. 열강 중심의 세계화란 정치·경제적 판도 확장과 패권주의로 흘러서는 본래의 세계 발전과 평화에 역행하기 마련이다.

우리 문학도 각 지역별로 특장점을 살린 작품을 육성하고 교류해 나가야 한다. 중앙 문단과 각 지역문단이 서로 조화를 이루고 민족 문학의 향상을 꾀하는 일이 바람직하다. 앞으로는 오히려 각 지역의 문단이 바탕이 되고 신인들 육성의 못자리가 되어 중앙으로 모아서 문화 발전을 꾀하는 문화적 민주주의를 실현할 단계라고 본다.

지자체 발족이래 대다수의 시·도와 구청 및 군에서는 단위별로 여러 문화 행사를 벌이고 또 문예지를 내고 있다. 서울 은평구 문인협회(김지연 회장)역시 구청의 지원 아래 매년 백일장을 열고 4집째의 문예지를 내게 됨을 환영하고 축하한다. 강남문인협회(회장 유현종) 회원인 필자 역시 해당 구의 문학 모임에 참여하며 보람을 느끼고 있다. 지난 달에는 가을 문학의 밤 행사에서 『양반전』 문인극을 관람하고 내 글이 실린 《강남문학》 5집도 세 권에 소정의 원고료까지 받아 흐뭇하다. 앞으로 전통적인 신춘문예 대신 어느 지자체쯤에서 참신한 신인 문인을 발굴하는 의욕적인 문예행사쯤 벌여볼만하다. 그 뿐만 아니라 광주에서 발행되는 《문학전남》은 전국 문예지로 손색없는 질량을 보이며 《현대문예》로의 변모를 하고 있다. 또한 제주에서 간행되고 있는 동인지 ≪다층≫은 이미 인터넷 시대의 선두주자다운 체제로써 전국적인 문예지로 성장하고 있는 것이다.

4. 지역 문학의 새로운 지평

이런 지역 문학을 깨달은 문인들은 2001년 11월 중순(17일~18일)에 전국적인 문학 행사를 전남 지역 화순에서 열었다. 전남 문화 백년 사업 추진위원회(회장 황하택) 주최, 문화관광부, 문예진흥 후원의 제 1회 지역문학 전국 시·도 문학인 교류 대회가 그것이다. <지역 문학을 통일로, 세계로>라는 구호 아래 '지역 문화의 해' 행사의 일환으로 연 이 모임은 짙은 의미를 지니고 있다.

실로 문학의 모든 장르를 통틀어서 전국 각 지역의 문인 450여명이 모처럼 한 자리에 모인 화합잔치였다. 서울에서는 전세 버스로, 인천서는 봉고차로, 부산, 대구서는 기차나 승용차로, 제주서는 비행기편으로 모여들었다. 거대한 세 문학 단체인 한국문인협회(이사장 신세훈), 국제펜클럽한국본부(회장 성기조), 민족문학작가회의(대표 현기영—문병란 시인) 대표들이 처음 자리를 함께 한 셈이다. 지금까지 정치, 경제면에서 심한 지역 갈등과 파벌을 일삼던 고질에서 문인들은 스스로 벗어나려는 노력을 솔선해 보인 것이다.

첫날 열린 구인환, 허영만, 강희근님의 주제 발표와 필자 좌장으로 열린 지역 문학의 현황과 과제 등의 심포지엄에서는 장장 130분이 넘도록 진지하게 행해졌다. 토의 참가자인 권기호, 김춘섭, 김지연, 신진, 문태길, 최일환님과 청중간의 토의도 너무 진지했고 다음날 행해진 오세영, 문병란 시인의 강연 역시 성황이었다. 물론 행사 사이사이에 있었던 허영자 시인의 축시를 비롯한 여러 지방 시인들의 작품 낭송 및 리셉션 때의 남도 국악 공연 등도 흥을 돋구었다.

새로운 세기의 시작과 함께 성공적으로 이루어진 이 행사는 앞으로 각 지역으로 번갈아 가며 행해질 터이므로 기대되는 바 많다. 재래의 서울 중심

문단을 넘어서 지역 문학 중심의 통일시대 민족문학의 발전을 위해서 올바른 역할이 있길 바란다.

5. 문학 누리기의 국민 생활화

이제는 날로 메말라 가는 사회 속에서 우리 청소년의 올바른 정서 함양을 위해서도 알뜰하고 건전한 국민문화를 우리 스스로 나서서 가꾸어 가야할 것 같다. 이런 문화 캠페인은 물론 우리 지역 주민이 앞장서고 관계 지자체 행정 부서 등에서 적극 협력하는 자세가 필요하다. 일반 매스컴의 성원도 함께 하면 더욱 좋다. 자꾸만 문화적 정체성을 잃고 일시적인 선정과 서구적인 폭력에 물들어가고 있는 오늘의 문화 환경을 개선하기 위해서다.

우리는 우선 한국의 유익하고 재미있는 고전과 외국의 명작들을 주로 하는 책읽기 운동을 솔선해 보기로 하자. 교양의 방법에는 독서가 지름길이라는 아널드(영국)의 말 때문이 아니다. 자녀들에게 매달 두 세권씩 동서고전을 읽게 하고 자신과 함께 독후감 발표 모임도 갖고 토론하며 시상도 해 보자. 자녀들의 수능 성적이나 교양은 물론 정서 순화에 얼마나 좋은가. 그리고 이런 모임을 이웃집이나 친척, 아파트 단지 통·반으로 점차 확대해서 벌여나가 볼 수 없을까.

또한 주말 오후 아니면 보름에 한번이라도 온 식구가 애송시 낭송 자리를 마련해 보자. 「진달래 꽃」, 「초원의 빛」, 「하늘이 푸르른 날은」 등. 그런 다음에 두어 계절 후로는 「가을 추억」, 「어머니 생신 날에」, 「아, 또 다시 한 해를 보내며」 등으로 서투른 대로의 글짓기 자리도 실천해 보자. 그리고 격려의 말과 아담한 사전이나 색깔 좋은 책가방쯤을 상품으로 선물해 보자. 그리고 이런 행사가 이웃 마을과 행정 구역으로 번져가고 서로 시·읍·면이나 구청대항 시합이라도 열어서 신문 등에 게재하여 여러 국민들이 두루 읽으며 문학의 보람을 만끽할 사회가 되길 바란다.

2001년은 마침 정부에서도 '지역 문화의 해'로 설정해 놓았다. 우리는 이러한 모처럼의 취지에 걸맞게 그야말로 정치적인 지역 갈등이 아닌 문화적인 지역 화합이 다채롭고 내실 있게 이루어질 문화운동이라도 벌여 나가야 한다. 그리하여 우리 문학인들이 이 사회의 병폐인 정치권의 대립적인 지역 감정을 혁파하여 한 덩어리로 어울리는 본을 보여 이끌어 나갔으면 한다. 바람직한 민족문학의 발전은 무엇보다 지방문화 스스로의 원활한 문학 가꾸기 노력과 각 지역 화합의 바탕 속에서 중앙적인 총화로 이루어지는 문화국민의 보람인 것이다.

(2001년 12월)

통일시대 문학의 길 찾기

인쇄일 초판 1쇄 2002년 09월 01일
        2쇄 2015년 01월 15일
발행일 초판 1쇄 2002년 09월 10일
        2쇄 2015년 01월 17일

지은이 이 명 재
발행인 정 진 이
발행처 새미
등록일 1987.12.21, 제17-270호

서울시 강동구 성내동 447-11 현영빌딩 2층
Tel : 442-4623~4 Fax : 442-4625
www. kookhak.co.kr
E- mail : kookhak2001@hanmail.net
가 격 19,000원

* 새미는 국학자료원의 자매회사입니다.
*저자와의 협의 하에 인지는 생략합니다.